MAYA BANKS

L'ORA DELLA VERITÀ

romanzo

Traduzione dall'inglese di Donatella Rizzati

leggereditore

Della stessa autrice abbiamo pubblicato:

Estasi infinita

Prima edizione: gennaio 2014
Titolo originale: *The Darkest Hour*

Il marchio Leggereditore è di proprietà
della Sergio Fanucci Communications S.r.l.
via delle Fornaci, 66 – 00165 Roma
tel. 06.39366384 – email: info@leggereditore.it
Indirizzo internet: www.leggereditore.it

This edition is published by arrangement
with The Berkley Publishing Group,
a member of Penguin Group (USA) LLC,
A Penguin Random House Company.

Stampato in Italia – Printed in Italy

Progetto grafico: Grafica Effe

MAYA BANKS

L'ORA DELLA VERITÀ

A Stephanie Tyler, Jaci Burton,
Karin Tabke, Sylvia Day e Lorelei James.
I buoni amici sono i piaceri più dolci della vita.
Grazie.

1

Aveva sperato che se la notte si fosse ubriacato a sufficienza avrebbe dormito per tutto il giorno successivo. Invece i suoi occhi si aprirono di colpo alle otto di mattina, e la luce del sole gli bruciò le retine.

Ethan Kelly si portò un braccio sul viso e se ne restò sdraiato mentre la realtà della giornata lo colpiva dritto allo stomaco.

Sedici giugno.

Avrebbe potuto dire qualcosa di incredibilmente banale, del tipo: 'Sedici giugno, il giorno in cui il suo mondo era irrimediabilmente cambiato. Sedici giugno, il giorno in cui tutto era andato a puttane.' Ma in realtà lo aveva già fatto molto tempo prima.

Dal comodino risuonò il trillo penetrante del telefono ed Ethan represse l'istinto di fracassarlo. Rimase ad ascoltare, invece, ogni squillo che gli trivellava il cranio come un rompighiaccio.

Quando, dopo un tempo ragionevole, non smise di suonare, allungò un braccio e strappò il cavo dalla parete. Poteva essere soltanto uno dei membri della sua famiglia, e la compassione era l'ultima cosa al mondo che desiderava quel giorno.

Se fosse stato suo padre, gli avrebbe fatto la predica su quanto Rachel avrebbe disprezzato l'uomo che era diventato. No, Rachel aveva disprezzato l'uomo che *era stato*. C'era una grossa differenza. E anche lui si disprezzava.

Frank Kelly avrebbe proseguito dicendogli che era ora che riprendesse in mano la sua vita. Che andasse avanti. Aveva portato il lutto abbastanza a lungo.

Se a telefonare fosse stato uno dei suoi fratelli, lo avrebbe ossessionato chiedendogli di tornare a lavorare per il KGI.

Tentativo vano.

Sapendo di non avere alcuna possibilità di riaddormentarsi, si sedette a fatica sul bordo del letto e poggiò i piedi sul pavimento.

Nell'alcol aveva cercato l'oblio, ma tutto ciò che aveva ottenuto era una bocca impastata e uno stomaco che sembrava avesse ingerito del piombo.

E la giornata era appena iniziata.

Chiuse gli occhi e si premette le dita sulle tempie. Poi si coprì il volto con le mani e si massaggiò le orbite con i palmi, come se potesse ripulire la nebbia che gli offuscava la vista.

Rachel.

Quel nome, quasi un sussurro nella mente affaticata di Ethan, evocò i ricordi della sua bellissima moglie. Le immagini di Rachel sorridente e felice fluttuarono come farfalle.

Ma in un batter d'occhio si accartocciarono e annerirono, come se qualcuno avesse bruciato loro le ali.

Rachel era scomparsa.

Era morta.

E non sarebbe mai più tornata a casa.

Ethan si spinse fuori dal letto e si avviò barcollando verso il bagno. La sua immagine riflessa non lo turbò, e non sprecò nemmeno un minuto per spruzzarsi un po' d'acqua sul viso o sciacquarsi la bocca. Orinò e uscì incespicando, con la lingua che gli raspava il palato.

Aveva bisogno di bere. Preferibilmente qualcosa che non lo avrebbe fatto vomitare.

Come un automa, percorse a piedi nudi il pavimento di legno fino al salotto. Tutto era esattamente come lei lo aveva lasciato. La stanza rifletteva la personalità di Rachel. Fine, elegante e priva di fronzoli.

Lui, invece, era rozzo e disordinato.

Con un sospiro pesante, vagò fino in cucina per prepararsi un caffè. Forse suo padre aveva ragione. Forse era ora di gettarsi il passato alle spalle. Di andare avanti con la sua misera vita. Ma era certo che non avrebbe mai potuto perdonarsi per aver allontanato Rachel.

Rimase accanto alla macchina per il caffè, in attesa che smettesse di gorgogliare. Poteva vendere la casa e trasferirsi in una più piccola. Non aveva senso rimanere lì, visto che ormai era solo.

Aveva bisogno di trasferirsi in un posto che non gli ricordasse in ogni momento Rachel, ma d'altra parte, questo faceva parte della sua penitenza. Rachel non meritava di essere dimenticata e gettata via, anche se lui aveva fatto esattamente questo.

Versò il caffè fumante nella tazza e camminò senza fretta fino al tavolo di cristallo che guardava verso il giardino sul retro. Si sedette e fissò lo sguardo fuori, sul paesaggio che aveva dovuto sopportare durante l'ultimo anno. Rachel e sua madre ne avevano pianificato accuratamente ogni dettaglio, impegnandosi per lunghe ore a piantare e seminare. Ethan aveva dato una mano, quando era a casa.

Spesso stava via per settimane, con incarichi sempre improvvisi e riservati. Lasciava Rachel nell'ignoranza delle sue mete e dei suoi ritorni. Non avevano una vita loro.

Aveva rassegnato le dimissioni dopo che sua moglie aveva perso il bambino. Nei due anni del loro matrimonio l'aveva delusa troppe volte e aveva giurato che non l'avrebbe fatto mai più. Invece aveva continuato a farlo.

Si massaggiò gli occhi, poi lasciò la mano a indugiare sulla barba di tre giorni che gli copriva le gote. Era ridotto un rottame.

Un lampo color pesca catturò il suo sguardo. Fissò il vaso di rose che aveva comprato il giorno prima. Erano i fiori preferiti di Rachel. Non proprio arancioni, non proprio rosa, diceva sempre. Una perfetta sfumatura color pesca. Avrebbe dovuto portarle sulla sua tomba, ma non era certo di avere la forza per starsene davanti a quella fredda lastra di marmo e dirle per la quarantesima volta che gli dispiaceva.

A quel pensiero, arricciò le labbra disgustato. Doveva andare. Era il minimo che potesse fare. Nelle settimane che avevano preceduto il primo anniversario della sua morte, Ethan aveva evitato il cimitero. Non lo sorprendeva il fatto che sfuggisse con tutte le sue forze le proprie responsabilità. Ormai era un esperto.

Spinse la tazza sul tavolo, facendo fuoriuscire il liquido dal bordo. Ignorando il disastro che aveva causato, Ethan tornò in camera da letto e si infilò una maglietta e un paio di jeans. Avrebbe avuto bisogno di fare una doccia e di radersi la barba, ma non aveva intenzione di perdere tempo. Se il suo aspetto scoraggiava la gente, tanto meglio. Chiacchiere spicciole e scambio di convenevoli non rientravano nei suoi programmi.

Tornato in cucina, si fermò davanti al vaso di rose.

Con dita tremanti toccò uno dei morbidi petali. Era da molto tempo che non comprava fiori per Rachel. Dal primo anno del loro matrimonio. Che senso aveva farlo adesso?

Se era difficile ingoiare il rimorso, accettare di non poter fare più niente per riparare agli errori commessi era molto più di quanto potesse sopportare.

Afferrò il vaso, il disgusto che provava verso sé stesso lo nauseava più dell'alcol che gli rimescolava lo stomaco. Prese le chiavi e si diresse verso l'ingresso, deciso ad andare sulla tomba di Rachel, affrontare il passato e far pace con la giornata.

Non appena aprì la porta, si trovò faccia a faccia con un fattorino della FedEx. Non sapeva chi dei due fosse più sorpreso, se lui o il ragazzo delle consegne, ma, a giudicare dal modo in cui l'altro indietreggiò, Ethan immaginò di non apparire troppo accogliente.

«È lei Ethan Kelly?» domandò nervosamente il ragazzo.

«Sì.»

«C'è un pacco per lei.»

«Lo lasci qui» disse Ethan, indicando il dondolo sul portico. Era impaziente di andarsene, e sembrava dannatamente stupido mentre se ne stava là con un vaso di fiori stretto fra le mani.

«Io, ehm, avrei bisogno della sua firma.»

Ethan trattenne un grugnito e appoggiò i fiori sulla balaustra del portico. Fece un cenno impaziente per avere la penna e scarabocchiò la sua firma digitale sul palmare.

«Grazie. Ed ecco qui il suo pacco.»

Il ragazzo pose una spessa busta nella mano di Ethan e scese precipitosamente gli scalini. Con un gesto di saluto, salì sul furgone e uscì rombando sulla strada.

Ethan gettò un'occhiata alla busta ma non vide alcun segno identificativo. Si girò verso l'interno della casa e la lanciò sul tavolino dell'ingresso. Poi sbatté la porta e prese il vaso di fiori.

Quando arrivò alla piccola chiesa che la sua famiglia frequentava da decenni, gli si strinse lo stomaco. Era un edificio imbiancato e antico di secoli, situato in fondo a una strada sterrata molto fuori mano. Il cimitero in cui i suoi antenati erano stati sepolti già dalla fine dell'Ottocento era adiacente alla chiesa.

Scese dal pick-up, prese coraggio e si diresse lungo il sentiero polveroso fino al lotto di terra recintata che costituiva il cimitero.

Le rose tremavano nella sua stretta, dei petali caddero e furono catturati dalla brezza. Vorticarono all'impazzata e poi vennero soffiati sulla distesa di lapidi marmoree.

Sua madre era stata lì. Probabilmente quella mattina. C'erano dei fiori freschi e la lapide di Rachel scintillava alla luce del sole della tarda mattinata.

RACHEL KELLY. AMATA MOGLIE, SORELLA E FIGLIA.

L'avevano amata. Tutta la sua famiglia l'aveva adorata. I suoi fratelli avevano l'abitudine di prenderlo in giro dicendogli che, se non stava attento, gli avrebbero portato via Rachel con l'inganno.

Ethan sentì una stretta allo stomaco. L'acidità salì, scavandosi un sentiero bruciante nel suo petto. Perché era tornato nel luogo in cui aveva detto addio a sua moglie? Il giorno del funerale la sua famiglia si era stretta intorno a lui, la mano di sua madre sul suo braccio, suo padre, in piedi al suo fianco, sembrava aspettarsi che lui scoppiasse in lacrime da un momento all'altro.

Ethan odiava quel posto.

Si chinò e poggiò le rose accanto alla lapide. Anche se le lacrime gli bruciavano gli occhi, serrò le mascelle, deciso a non lasciarsi andare alle emozioni. Non aveva mai pianto da quando aveva ricevuto nella cassetta della posta la fede nuziale di sua moglie. I soli effetti personali recuperati dall'incidente aereo. Un incidente in cui aveva perso la vita un piccolo gruppo di soccorritori volontari che rientrava dal Sudamerica.

No, non avrebbe pianto neanche questa volta. Se avesse cominciato non si sarebbe più fermato, e avrebbe compromesso il suo labile equilibrio mentale. La freddezza gli si adattava molto di più. Sapeva che la sua famiglia lo considerava privo di sensibilità. Non aveva mai consentito a nessuno di capire quanto fosse stato profondamente colpito dalla morte di Rachel. La verità era che non riusciva a condividere il ricordo di sua moglie con nessuno.

Se ne restò là, con le mani affondate nelle tasche, a fissare il luogo in cui lei riposava. Sopra di lui, il sole si alzò, battendo inesorabile sulla sua testa. Ma Ethan si sentiva di ghiaccio.

«Mi dispiace» sussurrò. «Se potessi tornare indietro lo farei. Se solo avessi un'altra possibilità... non farei passare un giorno senza dimostrarti quanto ti amo.»

La consapevolezza che non avrebbe mai avuto un'altra possibilità lo distruggeva. Sapere di aver mandato a rotoli la cosa migliore della sua vita... non c'erano parole per descrivere la sofferenza che gli causava.

Incapace di resistere un minuto di più, Ethan voltò le spalle e raggiunse con passo rigido il suo pick-up. Il ritorno a casa fu silenzioso. Cancellò dalla mente ogni pensiero, concentrandosi sulla strada che aveva davanti. Un torpore che poteva affrontare.

Rientrò in casa, e si impregnò del suo silenzio. La busta della FedEx era accanto alla porta d'ingresso, ma la ignorò, desiderava soltanto farsi una doccia e sbarazzarsi dell'odore di alcol stantio.

Venti minuti dopo si sedette sul bordo del letto con il capo chino, cercando di calmare il rimescolio nello stomaco. La doccia non era servita a liberarlo dal mal di testa e dalla nausea.

Se la cosa non avesse implicato un faccia a faccia con sua madre, Ethan sarebbe andato da lei per mangiare un po' della sua zuppa. Ma vederlo con i postumi della sbronza e con un aspetto così trasandato l'avrebbe turbata e avrebbe fatto preoccupare ancora di più lei e suo padre, già in apprensione per lui.

Si lasciò andare sul materasso e chiuse gli occhi. Pace. Era questa l'unica cosa che voleva.

Quando riaprì gli occhi, la stanza era buia. Inspirò a fondo e verificò la stabilità del suo stomaco. Non avvertì conati di vomito e lo considerò una vittoria.

Diede un'occhiata alla finestra e vide che era scesa la notte. In qualche modo era riuscito a dormire per tutto il pomeriggio. Non che se ne lamentasse. Significava che era vicino a lasciarsi il sedici giugno alle spalle.

Quando strisciò fuori dal letto, aveva i muscoli intorpiditi. Si sgranchì e ruotò le spalle mentre entrava in cucina con passo felpato. Il suo stomaco brontolò, un altro segno positivo.

Mise insieme un panino, si versò un bicchiere d'acqua e andò in salotto. Senza accendere la luce, si sedette sul divano e mangiò al buio.

Considerò per un istante l'idea di finire il liquore che aveva comprato il giorno prima, ma significava che l'indomani avrebbe ricominciato tutto da capo e che alla fine la sua famiglia ne avrebbe avuto abbastanza del suo schivarli e sarebbe venuta a trovarlo.

Si era appena infilato in bocca l'ultimo boccone del panino, quando lo sguardo gli cadde sulla busta della FedEx che pendeva per metà fuori dal tavolino dell'ingresso. Si accigliò ricordando l'incontro con il fattorino.

Poggiò il bicchiere sul tavolino del salotto e si alzò per prendere la busta. Quando tornò sul divano, ruppe il sigillo. Allungò un braccio per accendere la lampada, poi si stese sul divano e fece scivolare la mano nel robusto involucro di *tyvek*.

Ne trasse una pila di fogli di varie forme e dimensioni. Alcuni avevano l'aspetto e il formato dei documenti legali, altri erano fogli A4 tagliati a metà. Contenevano immagini e grafici che a prima vista sembravano fotografie satellitari e coordinate GPS.

Aveva ricevuto per sbaglio dei documenti del KGI? Di sicuro i suoi fratelli non avrebbero commesso un errore del genere. Nessuno di loro conoscenza avrebbe dovuto avere il suo indirizzo, ma quella sembrava una documentazione ufficiale. Militare.

Alcune fotografie gli caddero in grembo e sul divano. Quando ne prese una e la guardò, Ethan ebbe un tuffo al cuore ed emise un rantolo doloroso.

Era la foto di una donna, tenuta prigioniera in uno schifoso campo d'internamento nella giungla. Se avesse dovuto indovinare, Ethan avrebbe scommesso sul Sudamerica o sull'Asia. Un qualche fottuto buco come la Cambogia.

Nella foto la donna era affiancata da due uomini armati. Uno la teneva per un braccio, e lei sembrava spaventata a morte.

Ma non fu la violenza dell'immagine a farsi istantaneamente strada nel suo cervello come una sega circolare.

La donna somigliava a Rachel in modo impressionante. A sua moglie Rachel. Che era morta. Che lui era appena andato a trovare in quel dannato cimitero.

Che razza di scherzo perverso era quello?

Rovistando tra i documenti per trovare qualche indizio che lo aiutasse a capire – magari un biglietto di un fottuto maniaco in cerca di rogne – si imbatté in un breve messaggio. Quando lesse le quattro semplici parole scritte a mano, sbiancò.

'Tua moglie è viva.'

La collera gli montò dentro come lava ribollente. Accartocciò il biglietto nel pugno e lo gettò dall'altro lato della stanza. Il foglio schizzò sul pavimento e atterrò sotto il televisore.

Chi diavolo poteva fare uno scherzo del genere, e perché?

Riprese la prima foto, poi un'altra. Le riunì tutte, ma le sue mani erano scosse da un tremito così violento che le fotografie si sparpagliarono come un mazzo di carte.

Imprecando, Ethan si mise in ginocchio per raccogliere le foto finite sotto il tavolino. Qualcuna era scivolata sotto il divano, altre ancora erano incastrate fra i cuscini.

Anche i documenti erano sparsi ovunque. Grafici, mappe, un mucchio di stronzate che per lui non avevano alcun senso.

Cerca di controllarti. Non lasciare che questo stronzo abbia la meglio su di te.

Nonostante si ripetesse che si trattava soltanto di uno scherzo, non riusciva a controllare il flusso di emozioni che lo attraversava: rabbia, speranza, paura, collera, impotenza. E poi di nuovo speranza, contro la sua fottuta volontà. *Speranza.*

Serrò le dita sui fogli, accartocciandoli nella sua stretta. Le foto lo fissavano, lo canzonavano. Ritraevano Rachel. Tutte ritraevano Rachel.

Dimagrita, spettrale, i capelli più corti, gli occhi smorti. Ma era Rachel. Un viso e un corpo che gli erano intimamente familiari.

Chi poteva aver fatto una cosa del genere? Perché qualcuno aveva messo in piedi una montatura così sofisticata proprio nel giorno del primo anniversario della morte di sua moglie? Cosa sperava di ottenere?

Si costrinse a distogliere lo sguardo dalla donna spaventata e fragile della foto, perché se avesse continuato a fissarla e a pensare che fosse Rachel avrebbe vomitato.

Si stropicciò gli occhi con rabbia e si concentrò sui fogli che aveva in mano. Si impose una calma che non provava. Fece ricorso alla sua forza di volontà, scacciò le emozioni e studiò i documenti con distaccata freddezza per rimanere obiettivo.

Sparse frettolosamente i fogli sul tavolino e sul divano.

La mappa indicava un'area sperduta della Colombia, a circa ottanta chilometri dal confine venezuelano. Le foto satellitari mostravano una fitta giungla che circondava un piccolissimo villaggio, se così si potevano definire una dozzina di capanne in bambù e foglie di banano.

Si distinguevano delle torri di avvistamento e due aree in cui erano ammucchiate delle armi. Perché diavolo un buco schifoso come quello avrebbe avuto bisogno di torri di guardia e munizioni in grado di rifornire un piccolo esercito?

Un cartello della droga.

Diede un'altra occhiata alla fotografia della donna.

Rachel.

Quel nome tornò insidiosamente a galla nella sua mente.

Le somigliava. Avrebbe giurato che si trattava di lei, se non avesse saputo che i suoi resti erano stati spediti a casa insieme alla sua fede nuziale.

Ma non era stato eseguito alcun test del DNA.

Un'ondata di nausea gli tolse il respiro.

No. Non poteva accettare ciecamente la morte di sua moglie se esisteva anche solo una possibilità che fosse ancora in vita e tenuta prigioniera, sopportando dio solo sapeva cosa, da criminali privi di scrupoli.

Rachel era stata identificata soltanto sulla base dei suoi effetti personali recuperati insieme a quelli che erano stati ritenuti i suoi resti; ma l'incendio aveva reso impossibile perfino l'identificazione dentale. L'esplosione aveva incenerito ogni cosa, tranne la fede nuziale, i frammenti carbonizzati della sua valigia e i brandelli di un passaporto. Il passaporto di Rachel. Sua moglie stava viaggiando su quell'aereo e non c'erano stati sopravvissuti. Ethan non aveva mai pensato di metterlo in discussione.

Cristo, non aveva messo in discussione la morte di sua moglie.

Scosse la testa con rabbia. Dannazione, si stava lasciando trasportare. Doveva esserci un'altra spiegazione. Qualcuno lo stava provocando. Non sapeva perché. Non gli importava.

Esaminò il resto dei documenti. Orario dei turni di guardia. Orario della somministrazione dei farmaci. Che diavolo era? Sembrava che qualcuno volesse metterli in grado di andare dritti al punto senza fatica. Era evidente che fosse una trappola.

Coordinate GPS. Foto satellitari. Mappe topografiche. Chiunque le avesse spedite era un tipo scrupoloso.

Se fossero state vere, quelle informazioni avrebbero reso quei criminali un bersaglio fin troppo facile. Anche dei boy-scout avrebbero potuto sferrare un attacco a quell'accampamento e abbatterlo nel giro di cinque minuti.

'Tua moglie è viva.'

Guardò il pezzo di carta appallottolato che giaceva nell'ombra sotto il televisore.

Quattro parole. Quattro semplici parole.

Odiò la speranza che sentiva sbocciare dentro di sé. Il cuore gli batteva come un martello pneumatico. Il polso era talmente accelerato da dargli le vertigini, quasi come la notte precedente, quando aveva cancellato qualsiasi pensiero razionale con un liquore da quattro soldi.

Solo che adesso era perfettamente sobrio.

No. Assolutamente no. Non si sarebbe abbandonato al barlume di speranza che stava conquistando terreno dopo un anno di dolore. Quelle stronzate non accadevano nella vita reale. Alla gente non veniva servita una seconda possibilità su un fottuto piatto d'argento.

Aveva pregato per un miracolo molto più spesso di quanto fosse disposto ad ammettere, ma le sue preghiere erano rimaste inascoltate. Oppure no?

«Stai andando fuori di testa» borbottò.

Ecco qua, stava perdendo gli ultimi brandelli di lucidità. Era così che ci si sentiva una volta arrivati al capolinea? Non gli restava altro che cominciare a sbattere la testa contro il muro?

Si massaggiò il viso e la nuca. Poi fissò lo sguardo sulle informazioni sparse davanti a lui come una mappa del tesoro. Una mappa che conduceva a sua moglie.

Voleva crederci. Soltanto un cretino della peggiore specie avrebbe dato credito a quella storia. Ma poteva permettersi il lusso di liquidarla senza nemmeno parlarne con i suoi fratelli?

Accidenti, gestivano il KGI. La disfatta dei nemici era il loro pane quotidiano. Non esisteva un'operazione militare che non potessero affrontare. Riuscivano a trovare persone che non volevano essere trovate. Salvavano gente da situazioni impossibili. Liberavano ostaggi. Eliminavano merda. Senza dubbio, un infimo avamposto di un cartello della droga nel buco del culo della Colombia sarebbe stata una passeggiata per un'organizzazione come il KGI.

Oh dio, i suoi fratelli avrebbero pensato che aveva perso il cervello. Lo avrebbero fatto internare.

E se invece non fosse uno scherzo?

Quel pensiero gli attanagliò la gola. Lo azzannò. Non voleva lasciarlo andare.

Passò tutta la notte a studiare la documentazione, un foglio dopo l'altro, ricostruendo nella propria mente un'immagine così dettagliata dell'accampamento che avrebbe potuto muoversi al suo interno anche a occhi chiusi. Lo conosceva a fondo, sapeva dove si trovava ogni capanna, dov'erano collocate le torri d'avvistamento. Sapeva quando effettuavano il cambio della guardia, conosceva gli orari di somministrazione delle medicine. Perfino a che ora prendevano i prigionieri e li spostavano in un'altra capanna.

Doveva essere preparato. I suoi fratelli avrebbero potuto pensare che fosse completamente pazzo. Non poteva biasimarli se lo avessero fatto. Di una cosa era sicuro: con o senza di loro, sarebbe andato in quel posto a cercare sua moglie.

E se l'avesse trovata... viva... l'avrebbe riportata a casa.

2

Non esistevano copioni per momenti come quelli. Niente, negli anni trascorsi nell'esercito, lo aveva preparato a quella inaspettata svolta degli eventi. Anche se tentava di calmare il pulsare della speranza che gli batteva nel petto, lo sentiva vivo e presente sotto la pelle.

Ethan parcheggiò il pick-up nel vialetto della casa sul lago di suo fratello Sam, poi allungò un braccio sotto il sedile per prendere la busta che conteneva le informazioni relative alla posizione di Rachel.

Sarebbero stati sorpresi di vederlo. Con molta probabilità Sam, Garrett e Donovan stavano progettando un'incursione a casa di Ethan. Gli erano stati dietro per mesi per convincerlo a unirsi alla loro unità operativa speciale, il KGI. Tutto per riportarlo con fermezza nella terra dei vivi.

Una consegna della FedEx era riuscita laddove i suoi fratelli avevano fallito.

Per la prima volta Ethan provava qualcosa di diverso dal senso di colpa o dal dolore. Era arrabbiato. Molto, molto arrabbiato.

Imbrigliò la rabbia e la tenne con sé, ne aveva bisogno per il conflitto imminente. I suoi fratelli avrebbero pensato che era impazzito. Erano la sua unica speranza, però, quindi doveva convincerli che Rachel era viva.

Scese dal pick-up e lanciò un'occhiata verso la sala bellica. Costruita accanto al cottage di Sam, sulla riva del lago Kentucky, era un modernissimo edificio di centottanta metri quadrati, completamente circondato da un giardino, e ospitava gli uffici del Kelly Group International.

Era lì che Sam, Garrett e Donovan, i fratelli maggiori di Ethan, praticamente vivevano. Dormivano nella sala bellica più spesso di quanto non facessero a casa loro.

Si diresse direttamente lì. Aveva saputo che un membro della squadra del KGI era in missione di ricognizione, il che significava che i suoi fratelli non si sarebbero allontanati dalla sala informazioni.

La struttura era impenetrabile grazie a un sistema di sicurezza tecnologicamente all'avanguardia. Il luogo aveva un aspetto accogliente e bucolico, ecco perché a Sam piaceva così tanto. Nessuno avrebbe sospettato che nella tranquilla campagna di Stewart County venissero pianificate e condotte operazioni militari.

Ethan si fermò davanti al tastierino numerico e dovette concentrarsi per ricordare il codice d'accesso. L'ultima cosa che voleva era sbagliarlo e farsi mettere KO dai suoi fratelli.

Dopo aver digitato una serie di codici, la porta si aprì e lui entrò. Sam e Garrett erano distesi scompostamente sui divani al centro della stanza mentre, com'era prevedibile, Donovan stava lavorando al sistema informatico chiamato Hoss.

Ethan entrò spavaldamente con un'espressione decisa sul volto. Non c'era niente da guadagnare a presentarsi come una femminuccia timorosa. Quando lo udì, Sam alzò gli occhi e li sgranò per la sorpresa. Diede un calcio alla gamba di Garrett appoggiata sul tavolino e indicò Ethan.

«Era ora che trascinassi la carcassa fuori da quella casa» disse Sam con ostentata noncuranza.

Donovan si girò sulla sedia e il suo sguardo sorpreso incontrò quello del fratello. «Ehi, finalmente ti si vede.»

«Hai un aspetto schifoso» disse Garrett rudemente. «Da quanto tempo non dormi?»

Ethan ignorò i loro commenti. «Mi serve il vostro aiuto.»

Sam aggrottò le sopracciglia e lo fissò intensamente, esaminandolo da capo a piedi e prendendo nota di ogni dettaglio del suo aspetto. Quando parlò lo fece con voce calma, ma decisa. «Devi soltanto chiederlo, lo sai.»

Ethan si passò la lingua sulle labbra e soffocò l'impulso di spiattellare tutto in un attimo. «Ho bisogno dell'aiuto del KGI.»

Garrett si alzò all'istante. «Che ti succede? Sei nei guai?»

Ci avrebbe scommesso, Garrett aveva immediatamente rizzato il pelo. Sam era il fratello maggiore, ma se si trattava della famiglia, Garrett diventava un orso iperprotettivo. Quando aveva saputo dell'incidente di Rachel era quasi impazzito, anche perché le era stato molto amico.

Ethan abbassò lo sguardo sulla busta che aveva in mano, mentre il dubbio gli offuscava la mente. Era una follia. Come poteva convincere i suoi fratelli quando lui stesso non riusciva a crederci? Ma se fosse stato vero... se c'era anche la minima possibilità che lei fosse viva, avrebbe smosso cielo e terra per scoprirlo. Non c'era alternativa, ecco tutto.

Alla fine lanciò la busta verso Garrett. Sam scattò dal divano e l'afferrò prima del fratello. Donovan e Garrett si accalcarono dietro di lui per guardare da sopra le sue spalle mentre estraeva il materiale.

«Che diavolo è questa roba?» domandò Sam rovistando fra grafici, mappe e coordinate satellitari. Quando prese le foto di Rachel, l'espressione di Garrett e Donovan si pietrificò. Il cipiglio di Sam si fece ancora più duro, e tornò a fissare Ethan. «Dove hai preso questa roba?»

«Mi è stata consegnata ieri con un biglietto che diceva che Rachel è viva.» Indicò la pila di documenti e fotografie che il fratello teneva in mano. «Quella documentazione ne è la prova.»

Lo stesso Ethan si meravigliò della calma e della compostezza che stava ostentando, come se la notizia che sua moglie era ancora viva fosse un'informazione come un'altra.

Garrett imprecò e Donovan gli rivolse uno sguardo triste e comprensivo. Ethan odiava essere commiserato. Era come se il fratello gli stesse dando una pacca sulla spalla raccomandandogli un buon psichiatra.

Con la fronte corrugata, Sam era ancora concentrato sulle fotografie.

«Questa donna somiglia a Rachel» disse lentamente, come se lo addolorasse dubitare dell'affidabilità di Ethan.

«Quella donna *è* Rachel» replicò Ethan con l'impazienza che gli bruciava nelle vene. «Credimi, ho passato al setaccio tutti i documenti. Ci sono stato sopra l'intera notte ripetendomi che era uno scherzo di cattivo gusto. Ma se invece non lo fosse? Posso permettermi il lusso di far finta che non sia successo niente? Mio dio, se Rachel è viva... se ha passato un anno in qualche sporco buco...»

Troncò la frase con il petto ansimante mentre tentava di riprendere il controllo. Apriva e serrava le dita mentre quel pensiero gli ronzava nella testa. *Rachel. Viva. Tenuta prigioniera e sottoposta a dio sa cosa.*

«Sam, devi aiutarmi. Ho bisogno del KGI. A chi altro potrei rivolgermi? Nessuno mi crederebbe. Hai sempre voluto che venissi a lavorare con te. Fai questo per me, aiutami, e farò tutto quello che mi chiederai.»

Sam imprecò e scosse la testa. Garrett si accigliò. Il viso di Donovan si contorse in una smorfia di disagio.

«Non c'entra niente con il fatto che tu venga a lavorare con noi» cominciò Sam. «Non ti manipolerei mai in questo modo. Merda, sto cercando di capirci qualcosa. Hai idea di quanto sembri inverosimile che Rachel sia ancora viva dopo tutto questo tempo? Lo sai, vero? Non hai convinto nemmeno te stesso, di' la verità!»

Ethan lottò per mantenere un'espressione neutra. Bruciava dalla voglia di sbraitare, di infuriarsi e, perdio, voleva agire. Lo voleva seduta stante. Avrebbe voluto schizzare in piedi e andare. Come potevano, i suoi fratelli, starsene lì di fronte a lui, calmi e razionali, invece di pianificare subito il salvataggio di Rachel?

«Oh, Cristo, sì, invece» borbottò Garrett.

«Ethan» cominciò Donovan con la sua voce tranquilla. «Probabilmente è solo uno scherzo disgustoso, devi esserne cosciente. Potrebbe trattarsi perfino di qualcuno che nutre rancore verso il KGI. Quale modo migliore di metterci sotto tiro con il culo di fuori, se non farci ciondolare davanti l'immagine di Rachel in questo modo?»

Sam annuì risoluto. «Dobbiamo considerare questa storia come una potenziale minaccia, questo è sicuro.»

La rabbia di Ethan esplose. Si avventò su Sam afferrandolo per la camicia. «*Mia moglie* è laggiù in qualche sporco buco dimenticato da dio!» gli urlò in faccia. «Non stiamo parlando di ostaggi senza nome o di qualche pedina politica senza importanza. Si tratta di Rachel. Io vado a prenderla, con o senza il vostro aiuto.»

«Levami le mani di dosso, Ethan» disse Sam con calma, fissandolo con un'espressione indecifrabile. Non c'era rabbia o giudizio nei suoi occhi, e forse fu questo che lo turbò maggiormente.

Ethan allentò la presa e spinse indietro Sam con un verso di disgusto. Poi si voltò e si avviò alla porta, ma si ritrovò stretto in una morsa. Stringendogli il braccio intorno al collo, Garrett lo trascinò di peso al centro della stanza e lo spinse sul divano.

Ethan incespicò e cadde gambe all'aria sui cuscini. Cercò di rialzarsi, ma Donovan glielo impedì sedendosi prontamente sopra di lui.

«Maledizione, levati dalle palle!» Avrebbe voluto colpire qualcosa, anzi qualcuno, per dare sfogo alla rabbia che stava rapidamente esplodendo, su cui stava perdendo il controllo ogni secondo che passava.

Quando focalizzò il viso di Sam a un solo centimetro dal suo, Ethan sbatté le palpebre.

«Stammi a sentire, fratellino. Se credi che abbiamo intenzione di lasciare Rachel dentro quella fogna, ti stai sbagliando di grosso. Ma non intendo mettere in pericolo la mia squadra agendo d'impulso senza le informazioni e i rinforzi necessari, capito?»

Ethan chiuse gli occhi. Non era uno sciocco. Disperato, sì. Ma non sciocco. Sapeva che non potevano piombare in una giungla sudamericana a pistole spianate e cominciare una maledetta guerra da un momento all'altro, nemmeno se sua moglie era prigioniera di un manipolo di stronzi.

Annuì e sentì che Sam si allontanava. Donovan lo lasciò libero ed Ethan rotolò giù dal divano.

«Incaricherò Steele» disse Garrett. «Lui e la sua squadra stanno completando una ricognizione in Sudamerica. Posso ottenere delle immagini satellitari in base alle coordinate contenute in quei documenti. Se quei tipi si azzarderanno anche solo a fare una pisciata fuori da una capanna, saremo in grado di misurargli l'uccello.»

Sam annuì. «Ci servono delle fotografie. Dei numeri. Dobbiamo confermare ogni singolo tassello di quelle informazioni. Non agiremo finché non sarò certo che non ci stiamo buttando a pesce in un'imboscata.»

Ethan rimase dov'era, in ginocchio sul tappeto, a osservare i suoi fratelli che con calma facevano quello che sapevano fare meglio: pianificare un'operazione militare. Con l'unica differenza che stavolta non avrebbero salvato un ostaggio anonimo o recuperato un latitante.

Fu preso dal torpore. Ogni cosa intorno a lui cominciò a

ruotare al rallentatore. Una mano decisa gli afferrò la spalla ed Ethan alzò il viso lentamente finché non incontrò lo sguardo duro di Garrett.

«Se Rachel è là dentro, la tireremo fuori. Lo sai, vero?»

«Sì, lo so» rispose Ethan in un sussurro. Poi si alzò, irritato dalla propria paralisi. «Che cosa posso fare?» domandò. Aveva bisogno di agire, o sarebbe impazzito.

Sam lo guardò, calmo in apparenza, ma il bagliore nei suoi occhi tradiva la rabbia che stava provando. Un sentimento con cui Ethan poteva immedesimarsi. «Ci serve un piano. Perché non vai a trovare Van? Potresti tirare fuori un po' di mappe e imparare tutto quello che puoi sulla conformazione del territorio. Scarica qualche immagine satellitare da Hoss mentre io mi metto in contatto con qualcuno dei miei. Conosco un tipo della DEA che potrebbe dirmi se ci stiamo infilando in un conflitto fra cartelli della droga.»

«Vuoi dire che devo entrare in Hoss?» chiese Ethan lanciando uno sguardo di traverso a Donovan. Adesso era più tranquillo. Nutriva una fiducia cieca in Sam e nel KGI. Avevano alle loro dipendenze alcune delle più brillanti menti militari del mondo. Potevano farcela. Rachel sarebbe tornata a casa. Presto.

Donovan borbottò qualcosa di incomprensibile. «No. Ci entrerò io. Tu siediti, guarda e basta. Non voglio che mi incasini il computer.»

«Ne sembra quasi innamorato. Penso che venga nei pantaloni quando risolviamo qualcosa.»

«Ah ah. Quanto sei simpatico» disse Donovan, mostrando al fratello il dito medio. Fece un cenno a Ethan. «Forza, fratellino. Ti mostrerò il vero cervello che si nasconde dietro il KGI. Il coglione laggiù non saprebbe pulirsi il culo se non gli dicessi come e quando.»

Azione. Qualcosa da fare. Qualcosa che impedisse alla sua mente di pensare al fatto che in quel momento, in quel preciso momento, Rachel era sola e terrorizzata. E, ancora peggio, convinta che lui non sarebbe mai andato a prenderla.

Tre giorni dopo la sala bellica rispecchiava in tutto e per tutto il proprio nome. Tutte le sue superfici erano ricoperte di mappe e immagini satellitari, qualcuna era sparsa perfino sul pavimento. Donovan era al computer, con la fronte corrugata per la concentrazione, mentre Sam parlava a bassa voce con Steele via satellite.

Garrett ed Ethan, seduti uno di fronte all'altro al tavolo operativo, stavano studiando la riproduzione dell'accampamento che avevano ricostruito grazie alle immagini satellitari e alle fotografie scattate dai loro uomini sul territorio.

Quando Sam tornò da loro, Ethan alzò lo sguardo. «Allora? Hanno identificato Rachel?»

Sam rimase in piedi accanto a Garrett e prese una delle fotografie. «La situazione laggiù è tranquilla. Troppo tranquilla. Steele è stato là due giorni fa e ha sorvegliato l'accampamento ventiquattr'ore su ventiquattro con la sua squadra. Hanno visto la donna in questione due volte.»

Ethan scattò in avanti, appoggiandosi con i palmi sul tavolo. «Allora si trova là. È viva.»

Sam esitò. «Non è quello che sto dicendo. Non sappiamo se è lei.»

«Stronzate. Mi stai dicendo che Rachel ha una stramaledetta gemella nello stesso identico posto in cui lei è andata in missione umanitaria un anno fa?»

Garrett e Sam si scambiarono uno sguardo d'intesa. «È solo che non voglio alimentare troppo le tue speranze, Ethan» disse Sam. «Siamo d'accordo nel pensare che, chiunque sia, quella donna non si trova là per sua scelta, e il fatto che somigli così tanto a Rachel ci basta per occuparci della sua liberazione.»

Le spalle di Ethan si rilassarono per il sollievo. «Quando

agiremo?» domandò. Erano trascorsi già tre giorni, tre lunghi giorni d'agonia, in attesa di informazioni, dati, foto satellitari e della ricognizione di Steele.

E in quel momento, lo attraversò un altro pensiero. «Non avrete intenzione di lasciarmi fuori, vero?» Non aveva intenzione di discuterne. Non avrebbe mai accettato di restarsene a casa mentre il KGI andava a liberare Rachel.

«In tutta onestà, ci abbiamo pensato» ammise Garrett. «Ma so anche che se si trattasse di mia moglie, nessuno al mondo mi terrebbe fuori dalla missione. Quindi, sì, verrai, ma dovrai tenere la testa a posto. Ormai è da un po' che non vai in azione, e questa volta la posta in gioco potrebbe compromettere la tua lucidità.»

Ethan annuì, mentre sentiva l'adrenalina rimescolargli il sangue nelle vene. «Quando agiremo?» domandò ancora.

«Non appena saremo sicuri di ciò in cui ci stiamo infilando» disse Sam. «Steele è sul posto con la sua squadra. La sta organizzando in modo da garantire una circonferenza stretta intorno all'accampamento. Non appena avremo un elicottero pronto per la liberazione ci prepareremo e andremo in Messico in aereo. Porteremo l'elicottero in Colombia e atterreremo nella giungla. Non sarà facile, ma ce la faremo.»

Garrett serrò le mascelle. «Certo che ce la faremo.»

«Ho appena ricevuto un'email da Beavis e Butt-Head» li interruppe Donovan. «Li informiamo di cosa sta succedendo?»

Ethan fece una smorfia. I due Kelly più giovani, Nathan e Joe, erano ancora in servizio militare attivo e in quel momento erano dislocati in Afghanistan. Ethan era quasi certo che Sam e gli altri tenessero i gemelli al corrente di tutto quello che accadeva al KGI, ma l'ultima cosa che voleva era dare loro un motivo di distrazione mentre si trovavano a combattere in una zona pericolosa.

«No» risposero lui e Sam all'unisono.

Sam lo guardò ed Ethan annuì. «Non c'è ragione di alimentare le speranze finché non sapremo con certezza che Rachel è viva.»

«Allora cosa raccontiamo a papà?» domandò Garrett.

Donovan si girò sulla sedia per inserirsi meglio nella conversazione.

«Gli dirò che è una missione riservata» disse Sam con un'alzata di spalle. «Come se non ne avessimo avute a dozzine.»

«Già, ma che cosa gli dirai quando noterà che il nostro ostruzionista non fa più resistenza?» insistette Donovan indicando Ethan con il pollice.

«Semplicemente che non fa più resistenza» disse Garrett. «Papà sarà felice di saperlo. È preoccupato per lui.»

Donovan annuì e tornò al suo computer. Il collegamento satellitare squillò e Sam tornò al ricevitore.

«Abbiamo dei rinforzi?» chiese sottovoce Ethan a Garrett. Per quanto desiderasse riabbracciare Rachel, non avrebbe mai voluto mettere a repentaglio le vite dei suoi fratelli, e in una missione del genere le cose potevano andare male da un momento all'altro.

Garrett emise un verso di disappunto. «Non ti dirò bugie, fratello. Per operazioni simili servirebbe una pianificazione molto più lunga e accurata. E questa volta non possiamo contare sull'aiuto economico e logistico del governo. Non potremo alzare il telefono e rompere le palle per qualsiasi cagata come quando firmiamo un contratto per conto dello Zio Sam. Se provocheremo una stramaledetta guerra con quella cazzo di Colombia, ci butteranno in galera a calci in culo e nessuno verrà a pagare la cauzione.»

«Mi dispiace, non avrei dovuto coinvolgervi» disse Ethan, fissando il fratello. «Ma non avevo scelta. Non posso lasciarla laggiù.»

Gli occhi di Garrett si fecero di ghiaccio.

«Dannazione, certo che no, non ce la lasceremo. La riporteremo a casa, Ethan. Stanne certo.»

Ethan abbozzò un sorriso, poi allungò il braccio per battere il pugno con quello di Garrett.

«Bene, è ora di muoverci» disse Sam.

Donovan rigirò la sedia verso il computer. «Sto scaricando le mappe locali in quelle del nostro GPS insieme alle immagini digitali che ha raccolto Steele. Per quanto mi riguarda ho finito.»

Ethan si sporse in avanti. «Quando entriamo in azione?»

Anche Garrett e Donovan guardarono Sam in attesa di una risposta.

«Abbiamo un appuntamento con il tipo che ci procurerà l'elicottero in Messico entro le prossime quarantotto ore. Da lì voleremo fino in Colombia, atterreremo, prenderemo Rachel, poi ce la daremo a gambe. Rio e la sua squadra sono ancora in Asia, ma si stanno dirigendo in Sudamerica il più in fretta possibile. Ci faranno da rinforzo, se ne avremo bisogno.»

«Quanti uomini avremo sul posto?» domandò Ethan.

«Steele e la sua squadra e... noi» rispose Garrett. «Anche troppi per fare fuori quegli stronzi.»

Ethan si appoggiò allo schienale della sedia e sospirò, frustrato. Quarantotto ore. Erano una vita intera e insufficienti allo stesso tempo.

La paura per il pericolo a cui aveva esposto i suoi fratelli gli attanagliò lo stomaco, ma era disposto a correre qualsiasi rischio per riportare a casa Rachel.

«Non hai intenzione di mollarci perché te la fai sotto, vero?» gli domandò Garrett.

Lo sguardo di Ethan scattò su di lui pieno di sorpresa. Negli occhi di suo fratello c'era una scintilla di sfida.

Sostenne quello sguardo con fermezza. Il KGI era il migliore nel suo campo. Ethan aveva piena fiducia nella loro capacità di guidare la missione per liberare Rachel. Tutti i suoi fratelli erano stati sotto le armi, e in giro non c'era un solo avanzo di galera che potesse reggere il confronto con loro.

«Ooyah» disse Ethan sottovoce.

Sam alzò gli occhi al cielo. «Non cominciare con queste stronzate da marinaio, rospetto.»

«Urrà» disse Garrett con un sorrisetto.

Donovan rise e gli fece eco con un altro 'urrà'.

Sam scosse la testa. «Perché, di tutti i miei fratelli, soltanto Nathan e Joe hanno dimostrato di avere buonsenso e hanno seguito il mio esempio entrando nell'esercito?»

«Loro sono quelli scemi» disse Ethan.

«Già, e invece la tua scusa quale sarebbe?» domandò Garrett. «Io e Donovan ti abbiamo offerto un esempio eccellente entrando nei marines. Ma no, tu dovevi diventare un mozzo. Anche se devo ammettere che eri proprio carino con quella divisa da marinaretto.»

Donovan rise sotto i baffi ed Ethan tirò un pugno nello stomaco di Garrett. L'uomo si piegò in due ridendo di gusto.

«È bello riaverti con noi, Ethan» disse Sam in tono serio.

Ethan lo guardò. «La rivoglio indietro, e basta.»

«Sì, lo so, e la riavremo. Te lo prometto.»

3

La giungla intorno a loro era animata da centinaia di insetti. L'aria era talmente pesante e densa che sembrava galleggiare in scie di fronte agli occhi di Ethan. Respirare era quasi impossibile. Il caldo era talmente opprimente che pesava su di loro come due tonnellate di cemento.

Gli uomini e l'unica donna della squadra si spostavano furtivamente attraverso la giungla, accerchiando il loro obiettivo.

P.J. Rutherford, il loro cecchino migliore, prese posizione e puntò il fucile sulle torri di guardia in lontananza. La donna alzò due dita per segnalare che c'erano due uomini in ognuna delle torrette occidentali.

David Coletrane, o semplicemente Cole, si trovava a circa ottocento metri da P.J., in posizione diametralmente opposta, per abbattere le due torrette orientali. Steele, il caposquadra di P.J. e Cole, alzò un pugno e segnalò di essere pronto.

Donovan e Garrett scomparvero alla vista mentre si dirigevano a sud. Il loro compito era piazzare gli esplosivi, fornire un diversivo ed eliminare chiunque sul loro cammino.

Steele e il resto della sua squadra avrebbero preso la parte nord.

Sam ed Ethan sondavano l'accampamento raffazzonato che avevano davanti, prendendo accuratamente nota di ogni singola capanna con il tetto di paglia. Sam alzò un dito e indicò le tre verso nord, poi si rivolse a Ethan e ne indicò quattro sul perimetro meridionale. Ethan annuì e si accovacciò in attesa che iniziassero i fuochi d'artificio.

Dovette far ricorso a ogni singolo grammo del suo addestramento per rimanere seduto là e non catapultarsi nell'accampamento a pistole spianate, lanciando granate e annientando ogni cosa gli intralciasse il cammino. Quei bastardi non meritavano alcuna pietà. Se non fosse stato per il fatto che ignoravano la posizione esatta di Rachel e che sarebbe potuta essere colpita dal fuoco incrociato, Ethan avrebbe mandato a puttane il piano e decimato il villaggio.

Sam controllò l'orologio e segnalò a Ethan che mancavano due minuti per entrare in azione.

Ethan scrutò tra le foglie e l'intrico di liane, ma l'unica persona che riuscì a vedere, a parte Sam, fu P.J. A un minuto dall'azione, lei avrebbe abbattuto le guardie e poi, insieme a Cole, avrebbero eliminato chiunque dal percorso di Ethan e Sam.

Era un personaggio interessante, P.J. Quando Sam gli aveva parlato di lei, Ethan aveva immaginato una donna tarchiata e mascolina, con i capelli a spazzola e piena di tatuaggi. Invece P.J. aveva un aspetto delicato e assolutamente femminile. Il fatto che fosse un'assassina altamente qualificata non combaciava con l'immagine che dava di sé.

Aveva i capelli legati in una coda di cavallo e un viso raffinato come quelli che decorano i cammei. Era china sul suo fucile, con un'espressione di intensa concentrazione mentre puntava al suo obiettivo.

A un minuto dall'azione, soltanto un leggerissimo spostamento del suo corpo indicò a Ethan che aveva colpito il primo bersaglio. Nello spazio di due secondi aveva abbattuto anche l'altro, poi bilanciò il fucile per mirare all'altra torre di guardia.

Sparò altri due rapidi colpi, poi sollevò la mano per segnalare il suo successo.

Venti secondi all'azione.

P.J. riprese posizione in modo da avere sotto tiro il percorso di Sam ed Ethan. Cinque secondi all'azione ed era sdraiata sulla pancia con il fucile puntato e fermo.

Una poderosa esplosione fece tremare la terra. Dal fogliame che ricopriva la giungla come una cupola si sollevarono sfere di fuoco che disegnarono un inquietante sentiero luminoso nel cielo.

Ethan si lanciò in avanti e, con la pistola in pugno, corse nel groviglio di vegetazione della giungla fino a raggiungere l'area disboscata dell'accampamento. Le raffiche di mitra esplodevano da ogni lato mentre si dirigeva verso la prima capanna. Non aveva controllato come procedeva l'azione di Sam, e si augurò che i cecchini facessero il loro dovere.

La donna si rannicchiò nell'oscurità, stringendosi le ginocchia al petto. Si dondolava avanti e indietro, un movimento costante mentre con le mani si massaggiava le gambe su e giù.

La sua medicina. Aveva bisogno della sua medicina. Dov'erano finiti? Si erano dimenticati di lei? Aveva fatto qualcosa di male? La stavano punendo? Aveva bisogno della sua medicina. Il dolore le strisciava sul corpo, lasciandole una scia rovente sulla carne.

Chiuse gli occhi e si dondolò con più forza. Tremava e aveva le spalle bagnate di sudore. Il pavimento di terra battuta era duro e freddo e, nonostante il caldo e l'umidità opprimenti, il corpo di Rachel era scosso da brividi.

«Rachel. Rachel. Rachel.»

Pronunciò quel nome, quasi una litania sulle sue labbra.

Se non l'avesse detto, era certa che l'avrebbe dimenticato, e aveva già dimenticato troppe cose.

«Il mio nome è Rachel.»

Quella piccola informazione vitale ebbe l'effetto di rassicurarla, ma il dolore e la nausea le attanagliarono lo stomaco.

Inspirò profondamente e tentò di evocare l'immagine che l'aveva confortata nei lunghi mesi di prigionia.

Rachel non ricordava il nome di quell'uomo. Non sapeva nemmeno se esistesse *davvero*, ma finché riusciva a vederlo, poteva credere di avere ancora una speranza.

Il suo angelo custode. Aleggiava ai margini della sua mente sconvolta. Grande, forte, un guerriero. Il suo protettore.

Dov'era?

Per quanti giorni era rimasta seduta lì, chiedendosi se sarebbe arrivato? Ne aveva perso il conto da parecchio tempo, i graffi sulla parete erano ormai un passatempo dimenticato.

Oh, dio, stava per morire. Non le avrebbero portato la sua medicina. Ne aveva bisogno. Non riusciva a sopportare il dolore. La paura le strinse la gola in una morsa soffocante. Il petto le bruciava per lo sforzo di respirare.

Il dondolio si fece più rapido.

Un'enorme esplosione riecheggiò come il rombo di un milione di tuoni. La terra sotto di lei tremò, e Rachel si coprì la testa con le braccia, mentre il rumore delle raffiche di mitra le risuonava violentemente nelle orecchie.

Il catenaccio della porta della sua capanna sferragliò con impazienza e poi un colpo di pistola, molto ravvicinato, le lacerò i timpani. Alzò gli occhi non appena la porta si spalancò. La luce del sole l'accecò e Rachel si accucciò da un lato. Quando guardò di nuovo, la sagoma di un uomo si stagliava contro una strana luce arancione, troppo accecante per i suoi occhi abituati alla penombra.

La figura era grande e minacciosa, i lineamenti contratti e resi demoniaci dal fuoco, dal fumo e dalla luce troppo intensa. Il suo fucile spazzò la stanza prima che l'uomo concentrasse tutta l'attenzione su di lei.

Oh, dio, l'avrebbe uccisa. Ecco, quello che aveva sempre temuto stava per accadere. Scoppiò in lacrime e si strinse le braccia intorno al corpo per proteggersi.

«Cristo» esclamò l'uomo. «Rachel, tesoro, siamo venuti a salvarti. Andrà tutto bene.»

La donna sussultò. Non l'avevano mai chiamata per nome. Nei momenti più bui si era chiesta se quel nome non fosse solo frutto della sua fantasia.

L'uomo girò la testa di lato e parlò in una specie di ricetrasmettitore. «L'ho trovata. Capanna tre. A nord. Ci serve una copertura.»

La guardò di nuovo e si lanciò verso di lei.

Terrorizzata, Rachel si rannicchiò contro la parete. Chiuse gli occhi per non vedere cosa sarebbe successo.

L'uomo imprecò sottovoce e poi si fermò. Rachel azzardò un'occhiata furtiva da sotto le braccia e lo vide in piedi accanto alla porta. Stava guardando fuori, il profilo illuminato dal fuoco.

Pochi secondi dopo, un altro uomo armato di fucile fece irruzione nella capanna. Il suo sguardo si posò immediatamente su di lei.

Il secondo uomo si strappò via l'elmetto e spalancò la bocca per lo shock. Rachel lo conosceva. Lo aveva visto talmente tante volte nella sua testa. Ma non poteva essere reale, doveva trattarsi di un sogno.

Invece l'uomo si inginocchiò davanti a lei e con cautela le tese la mano. «Rachel, sono io, Ethan. Sono venuto a prenderti.»

Conosceva il suo nome. Il suo angelo custode conosceva il suo nome.

La donna fu scossa da un tremito violento, il rumore dei suoi denti che battevano le rimbombava nella testa. Il dolore era diventato insopportabile. Aveva bisogno della sua medicina.

«Medicina» implorò con voce roca. Era doloroso parlare. Non aveva parlato a voce alta per molto tempo. «Ho bisogno della mia medicina.»

Ethan si accigliò e si voltò a guardare l'altro uomo. Poi tese la mano e le prese dolcemente il braccio. Quando l'uomo accanto alla porta si scansò di lato per far sì che la luce illuminasse pienamente la capanna, Rachel si ritrasse di soprassalto da quel bagliore intenso. Ethan le girò il polso per vederle la parte interna del braccio e si lasciò sfuggire un sibilo di rabbia.

Rachel tirò via il braccio, terrorizzata.

«Maledizione, Sam» mormorò Ethan.

L'uomo di nome Sam fece eco alla sua imprecazione e aggiunse: «Dobbiamo muoverci. Adesso. L'elicottero è a cinque chilometri dall'accampamento e siamo sotto il fuoco incrociato dei nemici.»

La donna rimase con lo sguardo fisso fra i due uomini, disorientata da ciò che stava ascoltando. Avevano intenzione di portarla via?

Ethan le accarezzò la guancia e poi si alzò in piedi tirandola su con sé. Il dolore le attanagliò il corpo e fu sommersa da un'ondata di sudore. Eppure non aveva mai sentito tanto freddo in vita sua.

«Abbi fiducia in me, piccola» disse Ethan dolcemente. «Ti porterò fuori da qui, ma ho bisogno che tu faccia come ti dico.»

Rachel ebbe a malapena il tempo di annuire prima che lui la sollevasse sulla spalla. Con la mano libera Ethan cercò a tentoni il fucile e poi si precipitò fuori dalla stanza preceduto da Sam.

Il terreno vorticava sotto gli occhi di Rachel e la spalla di Ethan le premeva dolorosamente sulla pancia, finché un getto di bile non le corrose la gola. Il mondo intorno a lei era impazzito. Il fuoco si era aperto un cammino rovente dentro e oltre l'accampamento. Gli spari riempivano l'aria intorno a lei, e Rachel era sicura che sarebbe morta. Adesso, proprio quando la salvezza era imminente, sarebbe stato tutto inutile. Loro non l'avrebbero mai lasciata andare. Gliel'avevano detto.

D'un tratto si ritrovò a volare. La sua schiena sbatté per terra con una tale violenza da prosciugarle l'aria nei polmoni. Rimase lì distesa, con un braccio muscoloso stretto intorno alla vita mentre cercava di respirare. Il dolore le esplose nella testa finché la sua vista non fu offuscata da puntini neri. Quando alla fine la nausea la travolse, tentò di girarsi ma era intrappolata. Scalciò e si divincolò, terrorizzata, ma la stretta dell'uomo non fece che rafforzarsi.

«Sssh, piccola. Sono qui, va tutto bene.»

La sua voce la confortò e Rachel rimase immobile sotto di lui. Ethan l'aiutò a rialzarsi e lei sbatté le palpebre per riabituare gli occhi alla luce del sole.

Ma all'improvviso, l'uomo la spinse di nuovo a terra, coprendole la testa con le sue braccia possenti.

«Figlio di puttana! Dov'è la copertura?»

Sdraiato sopra Rachel, Ethan ispezionò rapidamente l'area. Maledizione, Sam era inchiodato a terra parecchi metri più in là. Guardò ancora nella direzione in cui secondo i piani doveva trovarsi P.J. e dove Garrett e Donovan si sarebbero incontrati.

Non poteva lasciare Sam, ma doveva proteggere Rachel. Una scelta atroce. Suo fratello o sua moglie.

Scostò i capelli dal viso di Rachel e nei suoi occhi vide il terrore assoluto.

«Ascoltami, Rachel. Ho bisogno che tu faccia esattamente quello che ti dico. Vedi quel sentiero nella giungla?»

Lo indicò e aspettò che lei si voltasse a guardarlo.

«Quando ti dico 'vai', voglio che tu corra più veloce che puoi. Dritta lungo il sentiero. Vai nella giungla e nasconditi. Ho degli uomini laggiù. Ti troveranno.»

Lei lo fissò terrorizzata, ed Ethan si chiese se avesse registrato le sue indicazioni.

«Andiamo, Rachel, di' qualcosa. Dimmi che hai capito. Devo aiutare Sam.»

Lentamente, Rachel annuì. La lasciò andare e lei si alzò vacillando sulle ginocchia, mentre si guardava intorno con prudenza.

Ethan si portò il microfono alla bocca. «Ho bisogno di una copertura. Sam è nei guai. Sto mandando Rachel da te, P.J.»

Per tutta risposta, alle sue spalle risuonò una fitta raffica di spari. L'uomo spinse Rachel in avanti. «Vai! Corri!»

Lei non esitò. Come un puledro che si alzava sulle zampe per la prima volta, fece qualche passo incerto e poi scattò verso il folto della giungla.

Si guardò indietro e lui si sollevò quel tanto che bastava per vederla mentre si allontanava, ma un proiettile lo colpì di striscio ed Ethan sentì l'inconfondibile odore di capelli bruciati e sangue.

Rachel lo fissò terrorizzata mentre un rivolo di sangue gli scorreva lungo il collo.

«Vai!» le urlò.

Si lasciò cadere giù e si passò la mano sopra l'orecchio destro. Stava perdendo sangue ma la ferita non era grave.

Aspettò finché Rachel non scomparve nella vegetazione, poi si girò per cercare suo fratello.

Lo raggiunse strisciando e Sam gli scoccò uno sguardo contrariato.

«Risparmiamelo» disse Ethan seccamente. «Non ho intenzione di lasciarti qui.»

«Dovresti occuparti di tua moglie» ribatté Sam con rabbia. «Non pararmi il culo.»

Un'altra raffica di spari trivellò le barre metalliche dietro cui si erano riparati.

«Maledetti figli di puttana» disse Sam. «Dove cazzo sono Van e Garrett con quei dannati esplosivi?»

Un boato fece tremare la terra ed entrambi si coprirono la testa con le braccia mentre intorno a loro piovevano rottami.

Ethan sorrise. «Proprio là, se non sbaglio.»

Alla seconda esplosione, Ethan e Sam approfittarono del caos per balzare fuori dal loro riparo. L'auricolare cadde dall'orecchio di Ethan e, davanti a lui, Sam si lasciò andare a un fiume di imprecazioni mentre si tuffavano dietro una pila di casse.

«Cole è ferito. Un colpo di rimbalzo. Steele sta andando da lui. Dolphin e Renshaw stanno fornendo la copertura.»

«Che è successo a Rachel?» domandò Ethan. «Van e Garrett l'hanno già raggiunta? Dove cazzo è P.J.?»

Non si era accorto che stava urlando nel microfono finché Sam non trasalì.

«P.J. dice di riferirti che è impegnata a salvarti il culo. Nessun segno di Rachel. Van e Garrett la stanno cercando. Che diavolo è successo al tuo auricolare?»

«Perso.»

«Cristo, Ethan, sei ferito. Stai sanguinando.»

Ethan guardò il fratello e incurvò il labbro. «Che cosa sei, una mammoletta? Gli anni passati lontano dall'esercito ti hanno trasformato in una femminuccia? Da quando ti preoccupi per qualcosa meno importante di un arto amputato?»

Sam scosse la testa, poi indicò al di sopra della propria spalla.

«P.J. li ha già eliminati? Sono stanco di starmene qui sdraiato nel fango.»

Ethan si sollevò sui gomiti e spazzò l'area di mira con il fucile. Non appena uno dei bastardi fece capolino da dietro un fusto di metallo, P.J. gli piazzò una pallottola in mezzo agli occhi. Accidenti se era portentosa quella donna.

«Devo raggiungere Rachel» disse Ethan.

Sam annuì. «Al mio tre.»
Ethan si accovacciò sulle ginocchia.
«Uno.»
«Due.»
«Tre.»
I due uomini si tuffarono da dietro le casse, rotolarono e corsero verso la giungla.
Quando raggiunsero il punto in cui si trovava P.J., Ethan fu turbato dall'improvviso silenzio che li circondava.
Pochi secondi dopo, scorse Steele, Renshaw e Baker che barcollavano nella fitta vegetazione trascinando Cole ferito. Ethan si guardò intorno e vide Sam con la mano sull'orecchio intento ad ascoltare le trasmissioni. Sam gli rivolse uno sguardo cupo.
«Che c'è?» domandò Ethan. «Che cazzo sta succedendo? Dove sono Van, Garrett e Rachel?»
Sam fece segno agli altri di radunarsi.
«Dannazione, Sam, parla!» lo incalzò Ethan in preda all'ansia.
Sam lo zittì con un gesto. «Okay, dobbiamo sbrigarci. Garrett e Van stanno cercando Rachel. Non l'hanno ancora trovata. Renshaw, tu e Baker prendete Cole e tornate di corsa all'elicottero. Voialtri sparpagliatevi. Troviamo Rachel e leviamo le tende.»

4

Marlene Kelly uscì dal bagno e camminò silenziosamente verso il letto su cui suo marito era seduto a leggere. Mentre si avvicinava, l'uomo abbassò il libro e si tolse gli occhiali.

«Sembri preoccupata» osservò.

Marlene accennò un sorriso, divertita dal fatto che, dopo tutti quegli anni, suo marito avesse ancora l'abilità di dare voce all'evidenza. Non poteva proprio chiamarlo intuito, dal momento che lei non aveva fatto che trascinarsi mestamente in giro per casa durante tutto il giorno.

Scostò le coperte e si infilò sotto le lenzuola. Quando si fu sistemata sui cuscini, incrociò le braccia sul petto e sospirò. «Sono preoccupata.»

Frank si girò su un fianco e appoggiò il mento sul palmo della mano. «Per cosa?»

«Ethan.»

Sospirò anche lui. «Pensavo fossimo d'accordo che era un bene il fatto che si fosse unito ai suoi fratelli. Non poteva continuare a starsene chiuso in casa, circondato dai ricordi di Rachel.»

«Mi preoccupo soltanto perché penso che non fosse ancora pronto» rispose tristemente Marlene. «La morte di Rachel lo ha distrutto.»

«I nostri ragazzi si prenderanno cura di lui. Lo sai. Sam non lo avrebbe lasciato partecipare se non avesse avuto fiducia nelle sue capacità.»

«Hai ragione, lo so. È solo che sono preoccupata. Voglio che Ethan sia di nuovo felice.»

Frank le sfiorò una guancia seguendo con le dita le sottili rughe sulla sua tempia. «Lo sarà. Ci vorrà del tempo.»

Marlene aggrottò la fronte quando udì un rumore al piano di sotto. Si mise seduta e la mano di Frank scivolò via dal suo viso. Poi si voltò verso il marito. «L'hai sentito?»

«Cosa?»

La donna sbuffò esasperata. «Quel rumore. Veniva dalla cucina.»

Frank si irrigidì e, quando Marlene fece per alzarsi, le mise una mano sul braccio. «Tu resta qui. Scenderò io.»

«Dovremmo chiamare la polizia e basta» sibilò lei.

Frank le lanciò uno sguardo infastidito mentre andava verso la cabina armadio. «Probabilmente è soltanto un topo. Non c'è bisogno di far venire Sean fino qui per niente.»

Scomparve nella cabina armadio e riapparve pochi secondi dopo con un fucile da caccia in mano.

«Frank, non osare devastarmi la cucina!»

Lui la liquidò con un gesto e uscì dalla stanza. Marlene prese il telefono. Tipico atteggiamento da maschio Kelly: tutto poteva essere risolto con le armi. Non che lei avesse qualcosa in contrario, ma non voleva buchi nelle sue pareti appena imbiancate.

Afferrò il telefono, decisa a chiamare Sean non appena avesse sentito il minimo cigolio, anche se questo avesse voluto dire tirarlo giù dal letto.

«Ma che diavolo... Ehi, tu, torna qui!» urlò Frank.

Marlene sussultò al rumore di qualcosa che si infrangeva. Le sue dita stavano pigiando la tastiera del telefono quando udì di nuovo Frank.

«Marlene, scendi giù» urlò.

La donna si precipitò fuori dal letto con il telefono all'orecchio. Arrivata in fondo alle scale, girò l'angolo della cucina e si fermò di botto davanti alla singolare scena che si presentò ai suoi occhi.

«Scendi giù!»

Marlene abbassò lo sguardo sulla ragazza sdraiata a faccia in giù al centro della cucina, mentre Frank, seduto sulla sua schiena, si massaggiava la mano imprecando.

«Frank! Che diavolo sta succedendo?»

Il marito la guardò in cagnesco. «Secondo te? Ho beccato questa piccola strega che saccheggiava il frigorifero. Mi ha lanciato il barattolo dei biscotti in testa e ha cercato di scappare. Chiama Sean e digli di venire.»

Marlene guardò con durezza la ragazzina che cercava di divincolarsi. Non poteva avere più di sedici anni, magra come un chiodo, sembrava uno stuzzicadenti sotto un macigno. Tutto quello che Marlene riusciva a distinguere era un cespuglio di capelli rosa sparati in tutte le direzioni.

«Frank, lasciala andare» lo rimproverò precipitandosi verso di loro.

«Cosa? Lasciarla andare? Col cavolo. Questa pazza ha cercato di uccidermi.»

«Sei tu che la stai uccidendo» puntualizzò lei. «Un uomo della tua stazza che le si siede sopra. Non credo che riesca nemmeno a respirare.»

Frank la incenerì con lo sguardo, poi mise giù il calcio del fucile per potersi alzare. Mantenne la mano aperta sulla schiena della ragazza mentre si sollevava. «Non farti venire strane idee, ragazzina. Non mi faccio scrupoli a riempirti la schiena di pallettoni.»

Marlene alzò gli occhi al cielo, poi spinse da parte il marito.

«Maledizione, Marlene, non ti avvicinare troppo» protestò Frank. Tentò di mettersi fra lei e la ragazza, ma sua moglie lo aggirò.

«Puoi alzarti, adesso» disse con enfasi. «Ma se fossi in te lo farei molto lentamente. Frank muore dalla voglia di usare quel fucile.»

La ragazza si girò adagio e si affrettò a occultare la paura che aveva negli occhi, rimpiazzandola con un imbronciato atteggiamento di sfida. Era carina, ma magra come un palo. Aveva occhiaie scure sufficienti a far capire a Marlene che, probabilmente, non dormiva né mangiava da giorni.

Gli abiti le pendevano addosso e i suoi capelli forse erano graziosi sotto la tintura rosa.

Il cuore di Marlene cedette di fronte a quella ragazza. Era evidente che non si trattava di una criminale incallita. Di sicuro Frank le avrebbe riso in faccia e le avrebbe detto che, come al solito, era troppo tenera. I suoi figli avrebbero brontolato che si prendeva a cuore troppi randagi, ed era vero, ma di solito appartenevano alla specie animale.

«Hai fame?» domandò alla ragazza.

Gli occhi di lei si strinsero. «No, ho scassinato il vostro frigo per prendere un po' di ghiaccio.»

Di fronte a quella spavalderia Marlene quasi sorrise. «Non c'è bisogno di fare l'altezzosa con me, signorina. Posso assicurarti che nella mia carriera di insegnante ne ho affrontati di più grossi e cattivi di te e, se mi permetti, non sei più minacciosa di una pulce.»

La ragazza le lanciò un'occhiataccia, ma Marlene rimase rigida, con le mani sui fianchi mentre la guardava dall'alto in basso.

«Ora, possiamo affrontare la questione in due modi. Puoi sederti come una persona educata mentre io ti preparo qualcosa da mangiare, oppure possiamo chiamare lo sceriffo e tu trascorrerai qualche notte in prigione. Dipende esclusivamente da te.»

Il guizzo di speranza negli occhi della ragazzina rischiò di spezzarle il cuore. Poi sbirciò cautamente Frank, che era in piedi a pochi metri di distanza con un'espressione bellicosa sul viso.

«Non preoccuparti di lui» disse Marlene, esasperata. «Abbaia ma non morde. Allora, vuoi qualcosa da mangiare o no?»

La ragazza annuì.

«E questa è sistemata. Siediti al bancone mentre cerco di capire cosa ci è rimasto. E tu, Frank, smettila di spaventarla a morte. Non riuscirà a inghiottire nemmeno un boccone se continui a guardarla in quel modo.»

Frank sospirò, ma mise giù il fucile e tentò di mitigare il suo cipiglio. Non sarebbe stato facile, perché tutti i Kelly amavano molto accigliarsi quando si offendevano. Una cosa che i ragazzi avevano ereditato dal padre, senza dubbio.

La ragazza si issò su uno degli alti sgabelli, senza mai staccare gli occhi da Marlene e Frank. Sembrava pronta a fuggire alla minima provocazione.

«Allora, come ti chiami?» domandò Marlene mentre andava al frigorifero.

«Rusty» rispose lei con un filo di voce.

«Come diavolo hai fatto ad aggirare il mio sistema di sicurezza?» domandò Frank. «I miei ragazzi l'hanno installato tre mesi fa.»

Rusty gli scoccò un sorrisetto di trionfo. «È stato facile.»

«Dannazione» borbottò Frank. «Bei soldi buttati.»

Rusty scosse la testa. «Non per la maggior parte degli intrusi. Si dà il caso che sappia il fatto mio sull'elettronica, tutto qua.»

«E perché ti sei introdotta in casa nostra?» le chiese l'uomo, sospettoso.

Rusty si agitò un po' e distolse lo sguardo imbarazzata. «Avevo fame» borbottò. «E mi siete sembrati abbastanza ricchi per potervi privare di qualcosa.»

«Sappi che ho lavorato sodo per ogni cosa che possiedo.» Agitò un dito verso di lei. «È questo il problema con i giovani d'oggi...»

«Frank, ti prego. Non cominciare» intervenne Marlene. «Le farai venire un'indigestione.»

Tirò fuori dal frigorifero parecchi contenitori e li poggiò rumorosamente sul tavolo.

«Vuoi mangiare qualcosa anche tu, caro?»

Per tutta risposta Frank si limitò a lanciarle un'occhiataccia.

Marlene rivolse la propria attenzione alla ragazza mentre preparava dei panini. «Hai un posto dove stare, Rusty?»

La ragazza si irrigidì e nei suoi occhi ricomparve la paura. «Sì, certo che ce l'ho. Non sono mica una senzatetto o una barbona.»

«Ma in quel posto non hai da mangiare, vero?» le chiese gentilmente la donna.

Le labbra di Rusty si chiusero in una linea dura. Marlene le mise davanti due panini, poi prese un bicchiere dalla credenza.

«Dalle un po' di ghiaccio, caro» ordinò a Frank.

L'uomo parve infastidito, ma obbedì tornando poco dopo con il bicchiere. Quando Marlene vi versò del tè il ghiaccio scricchiolò e scoppiettò e la donna spinse il bicchiere sul tavolo verso Rusty che stava già divorando un panino.

Marlene scambiò un'occhiata mesta con Frank, che sembrava toccato quanto lei da quella visione.

«Perché non resti qui per stanotte?» le propose Marlene.

Non seppe con certezza chi fosse più scioccato, se Rusty o Frank. Zittì il marito con uno sguardo, poi si rivolse di nuovo a Rusty.

«Allora?»

«Perché vuole che rimanga?» domandò la ragazza con circospezione. «Io ho cercato di derubarvi. Non è che voi due fate cose strane?»

Marlene sbatté le palpebre, sorpresa, ma quando capì a cosa si riferiva Rusty le si spezzò il cuore.

«No, tesoro» le disse gentilmente. «Ti sto soltanto offrendo un posto dove dormire e una buona colazione domani mattina.»

«Ma perché?» sbottò Rusty.

Sembrava che fosse sul punto di mettersi a piangere, come se non avesse alcuna idea di come reagire di fronte alla gentilezza. Il che fece capire a Marlene che doveva averne conosciuta ben poca.

«Perché hai l'aria di una a cui farebbe bene un po' di riposo e un altro pasto decente.»

Il desiderio struggente negli occhi di Rusty colpì Marlene con la forza di un martello. Signore, quanto soffriva per quella bambina.

«E domani cosa succederà? Chiamerete la polizia?»

Marlene scosse la testa. «No, Rusty. Niente polizia. A meno che tu non cerchi di rubare ancora. Fallo, e sarò io stessa a chiamare Sean. Ma sei la benvenuta se vuoi rimanere. E per quanto riguarda quello che succederà, perché non ne discutiamo di fronte a una colazione calda domani mattina? Perdonami se mi permetto, ma sembri un cadavere che cammina.»

«Uh, già, certo, okay» rispose Rusty con la bocca piena di pane.

«Non credere che non ti terrò d'occhio» l'avvertì Frank.

Le narici di Rusty si dilatarono, ma non rispose.

«Avanti, finisci la tua cena, poi ti mostrerò la tua stanza. Puoi fare un bagno e indossare un abito di Rachel.»

«Chi è Rachel?» domandò Rusty.

Marlene rimase in silenzio, mentre la tristezza le si insinuava nell'anima. «Era mia nuora» disse sommessamente.

La ragazza comprese il passo falso che aveva commesso e non insistette più sull'argomento. Invece divorò con voracità gli ultimi bocconi del panino ingurgitandoli rumorosamente insieme al tè. Dopodiché si asciugò la bocca con la manica.

Marlene la guardò contrariata e Frank sorrise di gusto. Se c'era una cosa che sua moglie non tollerava erano le cattive maniere a tavola. Nel corso degli anni, ognuno dei suoi figli era stato colpito dalle sue ire e, come risultato, avevano tutti maniere impeccabili anche se non sempre sceglievano di farne uso.

Eppure, Marlene non fece alcun commento. Quella povera ragazzina probabilmente non aveva mai ricevuto un pasto decente, quindi le buone maniere non erano una priorità.

«Forza, allora. Andiamo di sopra. Ti darò qualche asciugamano pulito mentre sei nella doccia.»

5

Rachel. Il suo nome era Rachel. Adesso ne aveva la prova. Quello strano uomo che era comparso improvvisamente nella sua capanna l'aveva chiamata così, e poi il suo angelo custode, quello che aveva pensato fosse un prodotto della sua immaginazione, era venuto a salvarla. Finalmente.

Solo che lei non si sentiva in salvo. Era spaventata a morte e, ovunque guardasse, non c'era altro che giungla. Era disperatamente smarrita e sola.

Sola. Non prigioniera.

Quell'idea le donò un piacere selvaggio mentre il concetto si radicava nella sua mente. Era libera.

Cadde in ginocchio e quasi gridò quando il suo stomaco si contrasse violentemente. Si sostenne con i palmi piantati nel terreno umido mentre veniva scossa dai conati.

Udì qualcosa che si muoveva in lontananza e si immobilizzò, trattenendo il respiro. Stavano venendo a riprenderla? Era tentata di rimanere là e lasciare che la trovassero. Se non altro avrebbe ricevuto la sua medicina e quel dolore orribile sarebbe scomparso.

Le palpebre le bruciavano gli occhi. Non voleva tornare in quella capanna. Avrebbe preferito morire, piuttosto. Ethan era stato colpito mentre tentava di salvarla. A quel pensiero, le si rivoltò lo stomaco.

Doveva fuggire. L'idea di inoltrarsi nella giungla, nell'ignoto dove innumerevoli creature si aggiravano furtive in cerca di prede, la terrorizzava. Ma essere trovata dai suoi carcerieri la spaventava ancora di più.

Si mise in piedi. Fece un passo. Poi un altro. Il terreno a contatto con la sua pelle le sembrava tiepido e vivo. Prese velocità finché, finalmente, spiccò una corsa.

Dolore. Paura. Non sapeva quale delle due sensazioni avesse la meglio. La travolgevano entrambe. Rachel si fermò per riposarsi, appoggiandosi a un albero. Barcollò e si piegò su sé stessa mentre la nausea le invadeva lo stomaco.

Le sembrava che tutte le terminazioni nervose le si incendiassero in una successione casuale. Un dolore intermittente e incessante le scorreva nelle vene. La pelle era infiammata dal prurito e fece appello a tutta la sua forza di volontà per non scorticarsi la carne.

Inspirando dal naso, con le narici dilatate per lo sforzo, fissò lo sguardo sulla folta copertura della giungla. Un panico disperato la lacerò finché gli occhi non le si riempirono di lacrime. Non aveva idea di dove stesse andando né di come sarebbe sopravvissuta.

Un gelo aggressivo le devastò il corpo anche se la sua mente registrava l'umidità opprimente della giungla. Ma il freddo veniva da dentro di lei. Un rumore alle sue spalle la colse di sorpresa e la fece muovere. Girò su sé stessa, incerta su quale direzione prendere. Da dove era venuta?

La spossatezza le rendeva gli occhi pesanti, ma sbatté le palpebre e si costrinse ad andare avanti. La melma e dio sa cos'altro le risucchiavano le dita dei piedi. Ritrasse di scatto il piede quando qualcosa le strisciò sulla caviglia.

Sul punto di mettersi a urlare per il panico, la frustrazione e la paura, si gettò a terra nella fitta vegetazione. Una stilettata acuta alla spalla, poi il dolore si propagò come fuoco nei muscoli sofferenti. Si era slogata la spalla? Rimase ferma, ansimante, mentre il dolore le squarciava il corpo.

Doveva nascondersi meglio.

Le foglie erano umide e le sfioravano le guance come dita gelide. Stringendosi al petto il braccio ferito, avanzò strisciando sul terreno, finché la vegetazione del sottobosco non l'avviluppò.

Sbatté le ginocchia sulle radici nodose di un albero, si avvicinò al tronco e si rannicchiò contro di esso per trovare un po' di tepore e calmare il ritmo martellante del suo cuore.

Calma, doveva stare calma. Il suo stesso respiro le rimbombava nelle orecchie come un ruggito, perfino nel frastuono della giungla.

Con cautela tirò le gambe a sé, sistemandosi il braccio ferito fra le ginocchia e il petto. Restò immobile più che poté.

I suoi muscoli fremevano, la pelle le prudeva e lei lottò contro l'impulso di grattarsi e sfregarsi per scacciare via le creature che sentiva strisciare sul suo corpo. Sapeva che i suoi occhi non avrebbero visto niente di strisciante, ma il corpo si rifiutava di credere che fosse solo una suggestione.

Colse un movimento con la coda dell'occhio e si raggelò. Spostò lentamente lo sguardo verso sinistra, e lo vide.

Il respiro le si mozzò in gola. Era Sam, l'uomo che era entrato nella capanna prima di Ethan. Era enorme, minaccioso e aveva un fucile. Si guardava intorno con espressione torva e concentrata.

Oh, dio. Che cosa doveva fare? Quell'uomo la spaventava a morte. Non lo conosceva. Non si fidava di lui. Ma lui sapeva il suo nome. L'avrebbe riportata alla capanna, adesso che Ethan era morto? L'avrebbe aiutata o si sarebbe sbarazzato di lei?

Poi, alla sua destra, Rachel scorse un altro movimento repentino. All'inizio pensò di averlo immaginato, ma quando guardò di nuovo scorse degli uomini che avanzavano nella giungla. Erano a malapena riconoscibili perché le loro tute mimetiche li confondevano con la fitta vegetazione.

Per quanto fosse spaventata da Sam, aveva molta più paura di quegli uomini. Conosceva perfettamente i loro volti, li aveva visti quotidianamente durante la sua prigionia. La bile le risalì in gola e il suo corpo fu attraversato da violenti tremiti.

Doveva rischiare. Con Ethan morto, quel Sam avrebbe potuto infischiarsene di ciò che sarebbe stato di lei, ma era anche vero che lui non aveva tentato di farle del male, mentre non poteva dire lo stesso dei suoi carcerieri.

Anche se il terrore le paralizzava le gambe, trovò la forza per alzarsi in piedi. Doveva avvertire Sam. Sembrava non essersi accorto del pericolo.

«Sam, dietro di te!»

Lui si gettò a terra come un sasso. Gli spari esplosero a raffica. Rachel vide cadere uno degli uomini. Un senso di feroce soddisfazione si impadronì di lei. Poi altri spari, stavolta da dietro le sue spalle.

Si tuffò a terra, gettandosi le braccia sopra la testa. Nel disperato tentativo di proteggersi mentre intorno a lei infuriava il conflitto armato, si rannicchiò cercando di rendersi il più possibile invisibile.

E poi si rese conto della stupidità del suo gesto. Doveva scappare. Ormai il suo nascondiglio era stato scoperto. Era solo questione di tempo prima che venissero a prenderla.

Il terrore le diede forza, si alzò e tentò di allontanarsi più in fretta che poté. Sobbalzò quando un proiettile colpì l'albero appena sopra la sua testa e si gettò nuovamente a terra.

Quando smisero di piovere proiettili, Rachel ricominciò ad avanzare, pregando per ogni centimetro che guadagnava. Gli spari cessarono, ma questo non la rassicurò: senza altri impedimenti, sarebbero venuti a prenderla.

Avanzò strisciando nella vegetazione, più velocemente,

con il respiro ansimante che le squarciava il petto. Il sudore le scorreva sul viso. O erano lacrime?

Andò a sbattere contro un corpo prima di vederlo. Fu troppo sconcertata per gridare o anche solo per rendersi conto che l'uomo era morto. Era completamente coperto di sangue e aveva ancora il fucile stretto nella mano.

Lei conosceva quell'uomo. Lo odiava. Non perse tempo a compiangere la sua morte. Con una forza che non pensava di possedere gli strappò il fucile di mano e strisciò oltre.

Non l'avrebbero ripresa. Li avrebbe uccisi. Tutti quanti.

Quando fu abbastanza lontana dal corpo del suo carceriere, smise di trattenere il respiro. Le dolevano i fianchi, le bruciavano le spalle e aveva la vista offuscata dalle lacrime.

Un singhiozzo le strinse la gola e lo ricacciò indietro velocemente. Temendo di tradirsi, abbassò la testa seppellendo il volto nella mano libera. Aveva bisogno di un attimo di riposo.

Passarono alcuni minuti, o forse furono secondi, ma a lei sembrarono un'eternità, e poi udì il proprio nome. Un sussurro leggerissimo, portato dal vento. *Rachel.*

Sussultò, ma non alzò lo sguardo. Loro non la chiamavano mai per nome.

«Rachel.»

La voce adesso era più vicina.

Sollevò la testa e strinse più forte il fucile. Rotolò su sé stessa, puntando l'arma in direzione della voce. Un uomo che non conosceva la stava fissando, con espressione assente. I suoi glaciali occhi blu erano imperscrutabili mentre la studiava con calma. Non sembrava turbato dal fatto che lei gli stesse puntando contro un'arma.

Rachel tentò di fuggire ma la vegetazione le impediva i movimenti. Gettò in avanti il fucile tentando di tenere il dito sul grilletto.

Dietro il primo uomo ne comparve un altro. Sam. Non disse una parola mentre si metteva fra lei e l'altro uomo.

«Stai indietro, Steele» mormorò.

Sam protese una mano per calmarla, mentre con l'altra reggeva il fucile, ma non provò nemmeno a puntarlo contro di lei.

«Rachel, ascoltami. Non ti farò del male. Lo giuro. Devi mettere giù il fucile e venire con me, in modo che io possa riportarti da Ethan.»

Rachel sentì un nodo in gola e non riuscì a fermare le lacrime.

Non poteva fidarsi di lui. Le stava mentendo. Ethan era morto. Lo aveva visto cadere, ferito e sanguinante, non appena le aveva urlato di scappare.

Trattenendo una smorfia di dolore, si alzò goffamente in piedi. Sam si rilassò e le tese una mano ma, invece di avvicinarsi, Rachel indietreggiò senza mai staccare lo sguardo da lui e dall'uomo alle sue spalle.

Con le mani tremanti, puntò il fucile in direzione dei due, sperando che se ne andassero senza fare storie. Sam si accigliò per un istante, poi fece un passo in avanti.

«No» disse lei con voce strozzata, mentre gli puntava contro l'arma. Sam alzò una mano e indietreggiò, con espressione guardinga.

«Rachel» disse poi in tono carezzevole. «Tesoro, sono qui per aiutarti. È giunto il momento di tornare a casa. Dalle persone che ti amano. Dalla tua famiglia.»

La donna sentì una stretta al cuore. *Famiglia?* Non riusciva a ricordare alcuna famiglia. Tutto ciò che ricordava era Ethan, e perfino la sua immagine era confusa. Quando aveva dimenticato? Non ricordava altro che dolore e paura, lo stato confusionario che le provocavano le iniezioni che le facevano e il bisogno che lentamente cresceva quando aspettavano troppo per darle un'altra dose.

Per un breve istante esitò, attirata dall'idea della famiglia. Di una casa. Di persone che l'amavano. Ma poi ricordò. Ethan era morto. Lui era tutto ciò che aveva, tutto ciò che poteva ricordare. Se avesse avuto una famiglia, di sicuro se ne sarebbe ricordata.

Riesci a malapena a ricordare chi sei tu.

Quel pensiero si insinuò nella sua mente già confusa, ossessionandola.

Percepì un movimento nella sua visione periferica e, voltandosi di lato, vide che un uomo si stava avvicinando furtivamente a Sam e Steele, gli occhi fissi su di lei. Rachel colse una vena di rabbia nel suo sguardo. Quell'uomo era più imponente e più minaccioso di Sam, avrebbe potuto ispirarle un timore reverenziale, eppure in lui c'era qualcosa di familiare, qualcosa di stranamente rassicurante.

Stava diventando pazza?

L'uomo si fermò accanto a Sam e lei continuò a fissarlo mentre nella sua mente balenavano immagini fuggenti.

«Che cazzo sta succedendo, Sam?» domandò con tono duro. «Non abbiamo tempo da perdere. Prendiamola e andiamo.»

«Diglielo tu» mormorò Sam mentre fissava l'arma nella mano di Rachel. «Direi che non ha voglia di venire con noi.»

Come lampi di luce in un cielo nero, delle immagini sfrecciarono confusamente nella mente sconvolta della donna. Erano forse ricordi? Rachel vi riconobbe l'uomo che era accanto a Sam. Vide dell'acqua. Un molo. Lui che la sollevava e la gettava scherzosamente nel lago. Lui che rideva mentre lei, sorridente e felice, riemergeva dall'acqua. *Felice.* Era stata felice.

Un altro ricordo, ossessivo e tenero. Una chiesa. Lei che avanzava lungo la navata centrale. Ethan in attesa... e di nuovo quell'uomo, di fronte a lei... lui l'aveva accompagnata. La sua mano stretta sul suo braccio. Lui che le sussurrava a bassa voce di non preoccuparsi, che era la sposa più bella del mondo e che suo fratello era l'uomo più fortunato della terra.

Garrett. Il fratello di Ethan?

«Garrett?» mormorò Rachel.

Il viso dell'uomo si addolcì immediatamente. Il cipiglio scomparve e qualcosa di simile alla gioia balenò nei suoi occhi, solo per un attimo.

«Sì, Rachel. Sono io, Garrett.»

Senza pensare, lei corse improvvisamente al suo fianco. Garrett si irrigidì per la sorpresa, ma la cinse con un braccio. Rachel si rannicchiò contro di lui e lanciò uno sguardo guardingo a Sam.

«Dammi il fucile, fiorellino» mormorò Garrett mentre glielo toglieva con delicatezza dalle dita.

La donna sussultò e ansimò quando le sfiorò la spalla dolorante. Sam si accigliò e fece un movimento verso di lei, ma Rachel indietreggiò di scatto e inciampò cadendo dolorosamente a terra su un fianco.

Garrett le fu accanto in un istante. Sam rimase indietro, con la fronte corrugata.

«Stai bene, Rachel? Dove ti fa male?» domandò Garrett.

«La spalla» rispose lei. «Non riesco a muovere il braccio. Fa troppo male.»

«Probabilmente è slogata» disse Sam in tono cupo. «L'angolo è storto e lei peggiora dannatamente la situazione.»

Quando Sam riprovò ad avvicinarsi, Rachel svicolò di nuovo. Lui imprecò e si fermò.

«Non si ricorda di te» disse Garrett.

«Già, l'ho notato» borbottò Sam. «Ma non mi sorprende che si sia ricordata te. Ringraziamo il cielo almeno per questo.»

«Ha mentito» mormorò Rachel.

Gli occhi di Garrett si strinsero. «Chi ha mentito?»

«Sam.»

La testa di Sam scattò all'indietro per la sorpresa. «Io?»

Garrett allungò una mano per scostarle i capelli dal viso. «E su cosa ha mentito, fiorellino?»

Rachel iniziò a piangere e si morse il labbro per non lasciarsi sfuggire un gemito di disperazione. «Ha detto che mi avrebbe riportato da Ethan, ma Ethan è morto.»

Sia Garrett che Sam sgranarono gli occhi per lo shock. Sam sbuffò e si accovacciò accanto a lei ignorando i suoi tentativi di allontanarsi.

«Perché diavolo pensi che Ethan sia morto?»

«L'ho visto con i miei occhi. È stato colpito. Mi ha detto di scappare e poi è caduto. L'ho visto.»

Sam sorrise. «Non è morto, Rachel. Ci vuole ben altro per ammazzare quel bastardo permaloso. È stato solo un graffio. Sanguinava come un maiale sgozzato, ma sta bene. Te lo giuro.»

Rachel lanciò uno sguardo ansioso a Garrett sperando in una conferma, e lui annuì.

«Adesso sta bene?» domandò la donna con voce tremante. «Dov'è?»

«Ti porterò da lui» disse Sam. «Ma dobbiamo sbrigarci.»

Rachel prese a tremare, terrorizzata. «Non lasciare che mi riportino indietro. Ti prego.»

Garrett si incupì e lei rabbrividì di fronte alla collera che lesse sul suo volto. Steele spuntò da dietro le spalle di Sam. Per un attimo, i suoi occhi gelidi si fissarono in quelli della donna, poi si inginocchiò al suo fianco e rimase lì accovacciato, fissandola intensamente.

«Tu non mi conosci, Rachel» disse con voce tranquilla. «Non hai nessun motivo di credermi. Ma c'è una cosa che posso assicurarti. Non permetterò a quei bastardi di riprenderti. Ho intenzione di riportare te ed Ethan nella vostra casa. Mi capisci?»

C'era una certezza granitica nella sua voce. Una sicurezza incrollabile che, nonostante la paura e l'ansia che provava, la tranquillizzò.

Rachel annuì lentamente. Steele fece altrettanto e poi si alzò e si allontanò di qualche passo.

«Potrei farti un po' male» disse Garrett. Poi le passò un braccio sotto le ginocchia, l'altro dietro la schiena e la sollevò con delicatezza, cercando di non urtarle la spalla ferita.

Rachel sbirciò Sam, studiandolo dal rifugio sicuro offerto dall'abbraccio di Garrett. Non somigliava a Ethan. Garrett sì, e forse era questo il motivo per cui lo ricordava. Mentre Ethan e Garrett erano entrambi alti, robusti e con i capelli neri, Sam era più longilineo, ma non meno muscoloso. Aveva i capelli castano chiaro, la mascella squadrata e un piglio deciso che la innervosiva. I suoi occhi erano di un blu gelido, molto simili a quelli di Steele, glaciali e impenetrabili.

Quasi avesse avvertito lo sguardo indagatore di Rachel, Sam alzò gli occhi. Come per magia il suo sguardo duro si addolcì e le rivolse un sorriso incerto.

«Non mi ricordo di te» gli disse sottovoce. «Mi dispiace.»

Lui allungò una mano e le sistemò una ciocca di capelli dietro l'orecchio. «Va tutto bene, tesoro. Mi ricorderai. L'importante adesso è riportarti da Ethan e poi a casa, dove finalmente starai bene e tutti noi potremo darti le attenzioni che meriti.»

Garrett cominciò a camminare, facendola sobbalzare leggermente mentre si faceva strada sul terreno accidentato della giungla. Sam si mise rapidamente in testa, con la pistola sollevata mentre perlustrava la zona con movimenti veloci e sicuri. Steele chiudeva la fila.

«Chi sono 'tutti'?» domandò sottovoce Rachel a Garrett.

«Sssh, non adesso» le rispose, con voce calma e priva di rimprovero. «Prometto che ti racconterò tutto non appena saremo fuori pericolo.»

Rachel posò la testa sotto il mento di Garrett, la guancia contro il suo petto muscoloso. Ma proprio in quel momento, mentre si stava rilassando, il bisogno, violento e incessante, la colpì. Il suo corpo, madido di sudore, fu scosso da spasmi e brividi. Cominciò a tremare, a sentire caldo e poi freddo.

Garrett la strinse più forte a sé finché il dolore non le esplose nel braccio. Ansimò e l'uomo allentò immediatamente la presa.

«La medicina» boccheggiò. «Per favore, ne ho bisogno. Sto per morire.»

«Non stai per morire» sussurrò Garrett contro i suoi capelli. «Non te lo permetterò. Lo so che fa male, tesoro, ma devi resistere. Non lasciare che vincano loro. Pensa a Ethan. Presto sarai di nuovo insieme a lui.»

Rachel chiuse gli occhi mentre migliaia di insetti le strisciavano sul corpo. Sulla sua pelle, sotto i vestiti. Si sforzò di non urlare, facendo ricorso a tutte le sue forze per non gettarsi a terra e levarseli di dosso scorticandosi.

«Maledizione, Sam, hai un sedativo nella borsa?» disse Garrett.

Si fermò e, pochi secondi dopo, Rachel sentì un'acuta puntura nel braccio. Sollevò la testa, sorpresa, e fissò Garrett senza fiatare.

«È tutto okay, piccola» le disse con voce roca. «Chiudi gli occhi. Ti farà stare meglio, te lo prometto.»

Il viso dell'uomo si annebbiò davanti agli occhi di Rachel. «Ethan» sussurrò. «Me l'hai promesso.»

«Quando ti sveglierai, lui ci sarà» disse Sam accanto a lei. «Rilassati e non opporre resistenza.»

Per alcuni secondi Rachel continuò a resistere, troppo immersa nel susseguirsi delle violente ondate di dolore e fame per lasciarsi andare. Il mondo intorno a lei cominciava a dissolversi e le sue palpebre sfarfallavano, ma resisteva con tenacia.

Poi una mano calda le accarezzò la guancia e i capelli e, sospirando, Rachel si abbandonò a quel tocco confortante. Il torpore le invase il corpo, e infine svenne.

Ethan.

6

Marlene si svegliò presto, come d'abitudine. Troppi anni trascorsi ad accompagnare un branco di bambini dove dovevano andare e poi a uscire presto per recarsi al lavoro a scuola. Frank non era diverso da lei. Negli ultimi trent'anni aveva gestito l'unico negozio di computer della piccola città in cui vivevano e, piovesse o splendesse il sole, apriva alle sette del mattino per sei giorni alla settimana.

Diede una sbirciata nella stanza di Rusty, quasi temesse di non trovarla più lì, ma ciò che vide fu una ragazzina immersa in un sonno profondo e con le coperte tirate fin sotto il naso. L'espressione della donna si addolcì mentre la guardava dalla porta. Qualsiasi fosse la sua storia, sicuramente non era delle più felici.

Silenziosamente uscì dalla stanza e si richiuse delicatamente la porta alle spalle. Poi scese al piano di sotto per preparare la colazione. Infornò i biscotti, cominciò a friggere il bacon e mise a bollire il porridge di mais. Ruppe le uova uno alla volta lasciandole cadere in una ciotola.

Era strano non avere nemmeno uno dei suoi ragazzi che faceva capolino la domenica mattina. Erano perennemente affamati e la domenica a casa Kelly si preparava una colazione in grande stile. Ultimamente passavano molto più tempo fuori casa. Nathan e Joe erano in servizio all'estero e Sam, Garrett e Donovan sembravano sempre impegnati in una qualche missione riservata per il KGI.

Soltanto Ethan era spesso a casa. Fino a quel momento. Marlene sospirò mentre sbatteva le uova un po' troppo energicamente. Ethan aveva condotto una vita troppo quieta dopo la morte di Rachel. Si era isolato dalla famiglia. L'unica volta in cui Frank lo aveva visto era stato quando era piombato al negozio per dare una mano, ma anche allora era stato schivo.

E adesso, all'improvviso, se ne andava in missione insieme a Sam? C'era qualcosa che non quadrava. «E non pensate che non lo scoprirò» borbottò.

Quei ragazzi credevano sempre di poterla raggirare, ma nessuno di loro era mai riuscito a nasconderle qualcosa a lungo.

Quando udì un rumore proveniente dalle scale, alzò gli occhi. Era Rusty, con la maglietta e i jeans di Rachel, i capelli arruffati e un'espressione guardinga sul viso.

«Buongiorno» le disse Marlene allegra. «Hai fame?»

Continuando a tenerla d'occhio, Rusty avanzò con prudenza fino al bancone. «Sì.»

«Molto bene. Frank scenderà fra un attimo e faremo una buona colazione.»

Rusty si appollaiò sul bordo di uno sgabello da bar e osservò Marlene mentre versava le uova nella padella. La donna girò il bacon e abbassò la fiamma sotto il porridge per farlo cuocere a fuoco lento.

«Non mi piacciono le uova.»

«Mi dispiace sentirlo, visto che le sto cucinando. Be', sta a te decidere, puoi mangiarle o restare affamata.»

«Non vuoi sapere quando me ne andrò?» disse la ragazza in tono bellicoso.

«No, dato che non ti ho chiesto di andartene.»

Rusty corrugò la fronte e si agitò nervosamente sullo sgabello. «Quindi non te ne importa se rimango?»

«Mi preoccupa il fatto che ci sia qualcuno in pensiero per te. Mi sembra doveroso da parte tua almeno far sapere ai tuoi dove sei.»

Gli occhi di Rusty si fecero di ghiaccio e il suo corpo si irrigidì. «Io non ho nessuno. E neanche me ne frega niente.»

Marlene l'aveva immaginato, ma non voleva prendere in casa quella ragazza se da qualche parte aveva una famiglia preoccupata per lei.

Proprio in quel momento Frank scese con calma le scale ed entrò in cucina. Si fermò per baciare sulla guancia Marlene prima di girarsi verso il bancone. Rivolse un'occhiata diffidente a Rusty, ma si sedette senza fare commenti. Neanche lei gli fece esattamente le feste.

Si squadrarono come due animali guardinghi, ognuno in attesa di una mossa imprevedibile da parte dell'altro.

«Allora stai dicendo che vuoi rimanere?» domandò Marlene con noncuranza.

Rusty si accigliò. «Non ho detto questo.»

Marlene si girò mentre tirava su la padella e faceva scivolare le uova su un piatto. «Frank, prenderesti gli *scones* per favore?»

Sistemò il bacon accanto alle uova e poi svuotò il porridge in una ciotola. Dopo che ogni cosa fu posta sul bancone, prese posto di fronte a Rusty e Frank e fece segno a entrambi di cominciare.

«Allora te ne vuoi andare dopo la colazione?» domandò Marlene mentre imburrava uno *scone*.

Le labbra di Rusty si curvarono in una smorfia sardonica. «Vuoi che me ne vada, vero?»

«Se volessi che tu te ne vada, te lo direi. Non ho peli sulla lingua.»

«Questo è certo» borbottò Frank.

Sua moglie gli lanciò uno sguardo di rimprovero. Qualcosa che somigliava a un sorriso aleggiò sulle labbra di Rusty.

«Mi piacerebbe che restassi, se questo è quello che vuoi» disse alla ragazza. «Ma se accetti la mia offerta, dovrai essere onesta con me. Su ogni cosa. E ci sono delle regole.»

Frank sbuffò e Marlene gli lanciò un'altra occhiataccia.

«Non farla cominciare con le regole» disse Frank con un sospiro di rassegnazione. «Limitati ad annuire e a dire 'sì, signora'.»

Marlene guardò Rusty negli occhi. «Ti sembra qualcosa con cui poter convivere?»

Rusty si dimenò, imbarazzata dallo sguardo severo della donna. Piluccò il cibo e giocherellò con la forchetta su un pezzo di bacon. «Che succede se cambi idea?»

Marlene si impose di non reagire di fronte alla paura e all'incertezza nella voce della ragazzina. Perché Rusty era proprio questo: una ragazzina. Anche se tentava con tutte le sue forze di atteggiarsi da adulta, restava pur sempre una bambina.

«Non cambierò idea, Rusty. Finché rispetterai le mie regole e la mia casa, andremo perfettamente d'accordo.»

Per un lungo momento Rusty fissò Marlene, come se non riuscisse a credere a ciò che stava sentendo. Poi lanciò un'occhiata di traverso a Frank.

«Allora resto. Per ora» si affrettò ad aggiungere.

7

Grazie alla perdita di quel maledetto auricolare, Ethan era costretto a fare coppia con Donovan mentre perlustravano le sterpaglie. Davanti a lui, il fratello si fermò e si portò una mano all'orecchio.

«Ripetilo, Sam, la comunicazione è disturbata.»

Mentre ascoltava attentamente, si girò verso Ethan.

«Ricevuto. Stiamo arrivando.»

Donovan armeggiò con la sua unità GPS, fissò il terreno assorto, e poi alzò lo sguardo come per decidere quale direzione prendere.

«Che diavolo ha detto?» domandò Ethan.

«Hanno trovato Rachel. Garrett la sta riportando indietro. Ci vedremo all'elicottero.»

P.J. sfondò un groviglio di foglie con il fucile che sembrava troppo grande per il suo corpo esile.

«Creiamo un sentiero» disse. «L'elicottero si trova a quattro chilometri oltre quel crinale.»

«Conosci una strada più facile?» domandò Donovan.

«No.»

Ethan andò avanti senza aspettare che si mettessero d'accordo sulla strada migliore da percorrere.

«Ehi, aspetta» lo chiamò Donovan. «Visto che sono io ad avere il GPS, magari potresti farmi fare da guida. Altrimenti ti ritroverai in Venezuela.»

«Allora vai» sbraitò Ethan. «Siamo già abbastanza in ritardo.»

Si inoltrarono nella giungla in silenzio, occhi e orecchie all'erta per registrare il minimo rumore o movimento. Sebbene con il loro attacco improvviso avessero distrutto il piccolo accampamento, erano ancora in minoranza e, non appena i nemici avessero avuto il tempo di riorganizzarsi, sarebbero stati alle costole del KGI.

Ethan voleva scappare al più presto dalla Colombia, molto prima che ciò accadesse.

Espirò tutta l'aria che aveva nei polmoni mentre ripensava agli avvenimenti della giornata. Non era nemmeno riuscito a esultare per il ritrovamento di Rachel, prima che si scatenasse l'inferno. Perfino adesso, lei era insieme ai suoi fratelli e dipendeva da loro portarla in salvo all'elicottero. Non che non avesse fiducia nel KGI, ai suoi fratelli avrebbe affidato senza esitazioni la propria vita e anche quella di Rachel. Ma in quel momento sarebbe spettato a lui stare con sua moglie, proteggerla, rassicurarla.

Affrettò il passo quando Donovan lo distanziò. Non poteva permettersi di indugiare in quei pensieri. Distraendosi, rischiava di mettere a repentaglio sé stesso e i suoi compagni.

Diede un'occhiata a P.J. Non aveva problemi a tenere il passo e sembrava che lo scontro a fuoco non l'avesse minimamente turbata.

«Grazie per la copertura» le disse.

La ragazza parve sorpresa del ringraziamento. La sua coda di cavallo oscillò mentre gli lanciava uno sguardo in tralice. «Nessun problema. È il mio lavoro.»

«È un lavoro che ti riesce bene» le rispose con sincerità.

«Intendi per essere una donna.»

«Non ho detto questo.»

La guardò e vide un sorriso curvarle gli angoli della bocca.

«Lo stai facendo per farmi sentire come un secchio di melma» l'accusò.

Lei alzò le spalle. «Sei un SEAL. Non sei abituato ad andare in guerra con le donne. È ovvio che tu sia impressionato. Dubito che Cole ti faccia lo stesso effetto, e lui fa il mio stesso lavoro.»

Lo aveva preso in castagna.

«Okay, beccato. Hai ragione. Sono impressionato perché sei una donna. Una donna molto bassa.»

Di fronte a loro Donovan fece una risatina. «Piantala finché sei in vantaggio, fratellino. Ha preso gente a calci nel culo per molto meno.»

P.J. alzò gli occhi al cielo.

«Hai un orario d'arrivo previsto, sfigato?»

«Ahi» rispose Donovan. «Mi ferisci con i tuoi insulti. Ancora ottocento metri circa.» Indicò il pendio di fronte. «Superato il crinale, vedremo l'elicottero.»

«Allora che ne dite di parlare meno e camminare di più?» disse P.J. mentre si metteva in testa alla fila.

Rieccoci, liquidato sbrigativamente come uno scolaretto disobbediente. Quella donna sapeva far sentire un uomo piccolo come un moscerino.

Donovan ed Ethan si scambiarono uno sguardo divertito e affrettarono il passo.

Quando arrivarono in cima, erano sporchi e sudati ed Ethan aveva del sangue rappreso sul collo e sulla camicia. In basso videro l'elicottero coperto da una rete mimetica.

Donovan parlò a bassa voce nel microfono e, lentamente, gli uomini che circondavano l'elicottero si resero visibili.

Ethan, Donovan e P.J. corsero giù e Dolphin andò loro incontro.

«Fammi un resoconto su Cole» disse Donovan in modo brusco.

«È nell'elicottero. Gli abbiamo fatto un'iniezione per calmare il dolore. Il proiettile è ancora nella gamba. Dovremo fare scalo in Costa Rica e fargli dare un'occhiata da Maren, sperando di poter fare carburante laggiù.»

Donovan annuì, poi guardò il punto in cui si trovavano Baker e Renshaw di sentinella. «Voi ragazzi state bene? Altri feriti?»

«Soltanto Dolphin» disse Renshaw, indicando il compagno con il pollice.

«Che diavolo ti è successo?» domandò Ethan.

Dolphin fece una smorfia. «Niente di che. Forse mi sono rotto qualche costola. Ero troppo vicino a una delle esplosioni.»

«A volte capita» mormorò P.J.

«Sam, Garrett e Steele stanno arrivando con Rachel» disse Donovan mentre ritraeva la mano dall'orecchio. «Togliete la copertura dall'elicottero. È ora di muoversi.»

La squadra scattò in un'attività frenetica. Ethan si fiondò a dare una mano, sebbene la mente gli urlasse di andare incontro a Rachel. Si impose di contenere l'eccitazione che gli cresceva dentro.

Rachel. Sua moglie. La stava riportando a casa.

«Ethan» mormorò P.J. alle sue spalle.

Quando lei gli diede un colpetto, Ethan si voltò e la ragazza gli indicò un punto in lontananza. Seguì il suo sguardo e vide Garrett che arrivava a grandi passi verso l'elicottero, con Rachel fra le braccia.

Dimenticò ogni cosa e, incurante dello spettacolo che offriva, Ethan spiccò una corsa ignorando il dolore alla testa e i crampi muscolari. Tutto ciò che gli importava era andare da lei.

Garrett si fermò e aspettò che lo raggiungesse. Sam e Steele passarono oltre e Sam mise una mano sulla spalla di Ethan.

«Prendila e andiamo» mormorò prima di superarlo.

«Sta bene?» domandò Ethan con un nodo in gola.

«Sam l'ha sedata. Non è stato un bel momento» disse Garrett dopo una pausa.

Ethan prese la moglie dalle braccia del fratello meravigliandosi della sensazione che gli dava stringerla di nuovo dopo tanto tempo. Questa volta si lasciò impregnare da quella sensazione laddove, prima, si sarebbe gettato Rachel in spalla per potersi muovere più velocemente.

«Forza, portiamola nell'elicottero» disse Garrett.

Ethan sollevò Rachel e si incamminò per raggiungere il velivolo mentre gli altri stavano togliendo la rete dal rotore posteriore. Si sedette insieme al resto della squadra mentre Donovan salì nella cabina di pilotaggio.

Abbassò gli occhi sul viso delicato di Rachel e, per la prima volta da quando aveva fatto irruzione nella capanna, guardò a lungo sua moglie.

I suoi vestiti erano laceri. Gli shorts consunti e logori, la maglietta piena di buchi e sporca di fango. Non portava scarpe, e i capelli le pendevano flosci sulla testa. Ma ai suoi occhi non era mai apparsa più bella.

L'emozione lo travolse, la gola si chiuse e le lacrime gli bruciarono le palpebre. Incapace di pensare, di reagire, si limitò a premerle le labbra sulla fronte e stringerla a sé più forte che poté.

«Devo ammetterlo, io ero scettico» disse Sam scivolando sul pavimento accanto a Garrett e di fronte a Ethan.

Il fratello alzò lo sguardo e nei suoi occhi vide brillare rammarico e dispiacere.

«Sono maledettamente felice che l'abbiamo tirata fuori.»

Ethan annuì. «Sono in debito con te, fratello. Lo sono con tutti voi.»

«Stronzate. Non ci devi niente. Mi fa impazzire il fatto che non siamo riusciti ad arrivare prima» esclamò Garrett con rabbia.

«Non capisco» rimuginò Ethan a voce alta. «Perché? Perché lei?» Affondò il viso fra i capelli di Rachel. «Che cosa ha fatto per meritare tutto questo?»

Respirò profondamente cercando di calmare la rabbia, il dolore, il senso di colpa che lo opprimevano e lo stavano facendo impazzire. Come aveva potuto ignorare che fosse viva? Avrebbe dovuto chiedere altre prove, invece di accettare ciecamente la notizia della sua morte.

Sam si protese in avanti per consentire a Steele di scavalcarlo. «La cosa importante è che tu l'abbia riavuta.»

Sì. L'aveva riavuta e avrebbe ammazzato qualsiasi figlio di puttana avesse tentato di strappargliela di nuovo.

«Sta bene?» domandò Steele mentre prendeva posto dall'altro lato di Sam.

Ethan notò il suo braccio insanguinato e la smorfia sul suo viso mentre si sedeva. Guardò Sam che scosse la testa. Non era grave, ma Steele non sembrava in ottima forma.

Ethan deglutì e rispose alla domanda. «Ancora non lo so. Penso che l'abbiano imbottita di droghe.»

La rabbia fece tendere la mascella di Steele e i suoi occhi blu lampeggiarono. «Avremmo dovuto lasciar cadere un mucchio di C-4 e farla finita con quegli stronzi.»

P.J. prese posto accanto a Ethan mentre Baker, Renshaw e Dolphin salirono sul retro per stare vicino a Cole. Dolphin si stiracchiò ed emise un gemito, portandosi la mano alle costole.

«Ragazzi, penso di essere diventato troppo vecchio per queste stronzate.»

Ethan sentì che la tensione si stava allentando. Cominciò a tremare mentre la realtà si faceva evidente.

«Vuoi che la prenda io?» domandò Sam.

Ethan scosse la testa, stringendo la moglie ancora di più. Grazie a dio era ancora incosciente. Il sedativo aveva agito bene.

«Grazie» disse l'uomo a voce abbastanza alta per farsi sentire dagli altri.

«Avresti fatto lo stesso per ognuno di noi» disse Steele, scrollando le spalle. Il gesto lo fece sussultare di nuovo e si strinse la spalla con la mano. Ethan vide il sangue filtrare fra le sue dita. «E per dirla tutta, quando ho saputo cos'era successo a Rachel, non vedevo l'ora di prendere a calci in culo qualche cartello della droga. Sono felice che lei stia bene.»

Stava bene? Domanda da un milione di dollari. Era viva, ma chi poteva sapere come stava? Quei bastardi l'avevano drogata per chissà quanto tempo. Di sicuro abbastanza da renderla una tossicodipendente. Quando Sam l'aveva trovata era in piena crisi d'astinenza. Ethan non voleva nemmeno rimuginare su cos'altro potevano averle fatto.

Doveva portarla da un dottore, e in fretta. Ma prima dovevano andarsene di corsa da quel posto. Vivi.

Il fragoroso ronzio delle pale e il ruggito del motore interruppero qualsiasi altra cosa Ethan avrebbe potuto dire. Nel giro di qualche secondo, Donovan si sollevò da terra e rasentò le cime degli alberi. In lontananza era visibile il fumo che si innalzava verso il cielo in una scia nera. Le narici di Ethan si dilatarono. Avrebbe desiderato fare esattamente quello che aveva detto Sam: sganciare sull'accampamento un carico di C-4 e farla finita.

L'uomo si appoggiò sulla schiena e spostò Rachel in modo da averla ancora più vicina. Non importava che fossero entrambi sporchi e maleodoranti, incrostati di fango e terra. Lei era sua. Lei era un miracolo.

Chiuse gli occhi e affondò il viso fra i capelli della moglie. Il lento salire e abbassarsi del suo petto, i leggeri movimenti che faceva contro il corpo di lui gli davano una rassicurazione di cui aveva estremo bisogno.

La baciò e tenne le labbra premute sulla sua testa. Stavolta non avrebbe commesso gli stessi errori del passato.

Avrebbe apprezzato ogni giorno trascorso insieme a lei.
Sperava soltanto che Rachel potesse perdonarlo per i suoi errori.

8

«Avremmo dovuto far venire Sean insieme a noi» brontolò Frank. «E come ti è venuto in mente di lasciare Rusty da sola a casa nostra? Saremo fortunati se ne avremo ancora una quando torneremo. Probabilmente ci ha spediti a caccia di farfalle. Come facciamo a sapere che ci stava dicendo la verità?»

Marlene strinse le labbra mentre lasciavano la strada provinciale per immettersi su un sentiero fangoso a malapena sufficiente a ospitare il pick-up. «È importante dimostrarle che ho fiducia in lei.»

Frank sbuffò. «Fiducia? L'hai conosciuta soltanto la notte scorsa. La fiducia si guadagna, Marlene. Devi scendere dalle nuvole.»

La donna sospirò mentre si fermavano di fronte a una roulotte fatiscente coperta da erbacce e rami che non venivano tagliati da anni.

«Perlomeno avresti dovuto permettermi di portare il fucile. Ti sembra che questa gente voglia compagnia?»

«Frank, smettila. Guarda questo posto. Non è per Rusty. Ti meraviglia che sia scappata?»

Il cuore di Marlene si stringeva per il dolore e la sfiducia che aveva letto negli occhi della ragazzina. Occhi troppo tristi e maturi per la sua giovane età.

«Diamoci un taglio» brontolò Frank. «E voglio che tu resti dietro di me finché non sarò certo che non ci sono pericoli, okay?»

Marlene annuì e scesero entrambi dal pick-up. Prima che potesse chiudere lo sportello, un uomo uscì dalla porta a zanzariera che pendeva dall'unico cardine a cui era attaccata.

«Qualsiasi cosa vendiate, noi non la vogliamo» gridò in tono bellicoso. Se non altro adesso sapeva da dove l'avesse imparato Rusty, pensò Marlene.

Si allontanò dal pick-up e rispose a voce alta: «Siamo qui per parlare di Rusty.»

«Che ha fatto stavolta quella scema? Non ho soldi per tirarla fuori di prigione, quindi potete pure andarvene. Se la cava da sola.»

«Su questo non c'è dubbio» commentò Marlene a bassa voce.

Frank le si mise davanti e tese indietro una mano per farle segno di non muoversi e di stare zitta.

«Lei è suo padre?» domandò all'uomo.

«Non credo siano affari suoi.»

«Be', dobbiamo parlare con chiunque sia incaricato della sua custodia.»

L'uomo lo fissò per un lungo momento, poi si ficcò le mani nei jeans stracciati e gonfiò il petto. «Non ha nessuna parentela con me. Lei e sua madre vivevano qui insieme a me, ma sua madre ha levato le tende, senza dire quando o se tornerà. La ragazzina sta seguendo la stessa strada. Se n'è andata da una settimana.»

Marlene chiuse gli occhi per trattenere le lacrime. Una settimana. Una settimana da sola senza cibo, spaventata a morte e senza un posto dove tornare. Rusty non aveva mentito su questo.

La donna prese la mano di Frank e la strinse con urgenza. Lui ricambiò il gesto.

«Quindi lei non è il suo tutore legale.»

«Maledizione, no. Quello toccherebbe a sua madre. Io me ne sono lavato le mani, di tutt'e due. E finalmente, dico.»

«Grazie» rispose Frank. Si voltò e fece segno a Marlene di tornare sul pick-up.

«Chi avete detto che siete?» gridò l'uomo. «E che è successo a Rusty?»

Frank girò intorno al pick-up fino allo sportello del posto di guida, poi guardò il tizio. «Non l'ho detto. Grazie per il suo tempo.»

Entrò in macchina e accese il motore. Si allontanarono di circa tre chilometri prima che aprisse bocca. E lo fece soltanto per farne uscire un fiume di imprecazioni.

«Dovrebbero fucilarlo» brontolò.

Marlene fece fatica a trattenere un sorriso. Conosceva bene Frank. Magari poteva fare una faccia da duro, abbaiava sempre più di quanto non mordesse, ma dentro di sé aveva il cuore tenero come lei, se non di più.

«Quindi immagino che non ti dispiaccia se lei resta.»

«Le servirà qualche vestito decente. Potresti portarla a fare compere a Clarksville. Non possiamo farla andare in giro con i vestiti smessi di Rachel per sempre.»

Marlene allungò la mano e la appoggiò su quella del marito.

Rusty sedeva sullo stesso sgabello sui cui si era appollaiata un'ora prima, quando Marlene e Frank erano usciti. Aveva una postura rigida e un'espressione imbarazzata. Alzò gli occhi quando loro entrarono, ma poi abbassò la testa, rifiutando di incontrare i loro sguardi.

Marlene avrebbe voluto abbracciarla, ma probabilmente da bambina Rusty non aveva ricevuto molti abbracci, e non era certa che lo avrebbe tollerato. Il suo linguaggio corporeo urlava: 'Allontanati, non mi toccare.'

E così Marlene girò intorno al bancone e vi appoggiò sopra la borsa. Frank rimase a girellare sullo sfondo, come se volesse dire qualcosa, ma poi emise un sospiro e se ne andò, lasciando sole le due donne.

Dopo alcuni minuti di silenzio, Rusty strinse i pugni e guardò Marlene, con un evidente lampo di sfida negli occhi. Sfoggiava il suo miglior grugno da 'me ne frego'.

«Be', avete parlato con Carl?»

Marlene annuì. «Sì.»

Rusty alzò le spalle. «Allora immagino che vi abbia detto che Sheila se n'è andata e che a lui di me non gliene importa un cavolo.»

«Prima regola. Modera le parole. Non tollero questo genere di linguaggio dai miei figli e non lo tollererò da te.»

Le labbra della ragazza si curvarono in un sorrisetto compiaciuto, ma non aggiunse altro.

«Non voglio mentirti, Rusty. Carl ha detto esattamente ciò che ti aspettavi, ma io dovevo sentirlo con le mie orecchie. Dovevo essere sicura che non ci stavamo cacciando in un pasticcio legale offrendoti un posto dove stare.»

«Sì, be', l'unica ragione per cui Carl direbbe che tiene a me è poterci guadagnare qualcosa. Se pensasse che avete del denaro, potrebbe usarmi per ottenerlo.»

Marlene sospirò. «Non devi più preoccuparti di lui. Te lo prometto. C'è ancora il problema di tua madre, ma ce ne occuperemo quando e se si presenterà. Per il momento, tu resterai qui. La prima cosa che faremo sarà andare a comprare dei vestiti decenti.»

Rusty la guardò con sospetto, ma Marlene la ignorò e continuò.

«C'è anche la questione della scuola. Mi aspetto che tu frequenti e termini il tuo corso quando inizierà ad agosto.»

«La scuola è noiosa» disse alzando gli occhi al cielo.

«Per una ragazza in gamba come te non c'è dubbio, ma ciò non la rende meno necessaria. Non andrai mai al college se non finisci le superiori.»

«College?» Rusty scoppiò a ridere, una risata amara e derisoria. «E che cosa ci va a fare una ragazza come me al college? Non me lo posso permettere, e comunque non ci entrerei mai con i miei precedenti.»

«Precedenti?»

«Già» mugugnò lei. «Niente di importante. Una volta mi hanno spedito al riformatorio.»

«Per cosa?»

Rusty alzò il mento con un lampo negli occhi. «Adescamento.»

Marlene chiuse gli occhi e si sforzò di non piangere di fronte a quella bambina. Quando li riaprì, vide la rabbia riflessa sul viso di Rusty. Non apprezzava la sua compassione.

«Be', ciò che è fatto è fatto. Non possiamo cambiare il passato, ma di sicuro possiamo cambiare il tuo futuro. Andrai a scuola e lavorerai sodo. Niente scuse.»

Ci fu un leggero mutamento e Rusty sembrò accasciarsi un po' sullo sgabello. Marlene si protese sul bancone e posò la sua mano sopra quella di Rusty.

«Non metto in dubbio che tu abbia avuto una vita dura e che moltissima gente ti abbia deluso. Puoi crogiolarti in questa infelicità e rimanere una vittima, oppure puoi prendere in mano il tuo destino e ribaltarlo. La scelta sta a te. Io non posso costringerti a farlo, e non lo farò. Frank e io ti daremo l'opportunità, ma tu devi volere di più.»

Rusty abbassò lo sguardo sulla mano di Marlene con gli occhi lucidi. «Perché lo stai facendo? Cosa ci guadagni?»

«Non tutti fanno qualcosa per avere un guadagno» rispose con dolcezza Marlene. «Oltretutto vederti fare qualcosa per te stessa sarà il mio personale guadagno.»

«Allora posso restare?» domandò speranzosa la ragazza.
«Puoi restare.»
Marlene riprese la borsa e vi frugò per cercare le chiavi della macchina. Andò verso la porta del garage, poi si girò e inchiodò Rusty con uno sguardo.
«Be', non startene lì seduta, andiamo.»
La ragazza scese dallo sgabello e si sfregò nervosamente le mani sui pantaloni. «Dove?»
«A comprarti vestiti e scarpe. E magari a fare qualcosa per quei capelli, già che ci siamo.»
Rusty si accigliò e si passò la mano fra le lunghe ciocche con fare difensivo. «Cos'hanno i miei capelli che non va?»
«Niente, se non ti dà noia somigliare a un gallinaccio rosa» rispose seccamente Marlene. «So che oggigiorno i ragazzi hanno idee strambe sulla moda ma, credimi, quel look non è una buona idea.»

Quando parcheggiarono di nuovo nel vialetto era buio. Frank le accolse sulla porta e prese loro le buste. Quando vide Rusty, dovette guardarla due volte.
Marlene si illuminò e si rivolse alla ragazza. «Non ti avevo detto che non ti avrebbe riconosciuta?»
Rusty abbassò la testa imbarazzata e parve desiderare che il pavimento la ingoiasse. Aveva l'autostima sotto i piedi, ma se Marlene l'avesse avuta vinta, l'avrebbero ricostruita da capo.
«Sei molto graziosa» disse Frank in tono burbero. «Sembri una signorina invece di una specie di punk.»
Rusty sorrise a quel complimento.
«In macchina ci sono altre buste» disse Marlene mentre entravano in cucina.
«Hai comprato tutto il negozio?» domandò Frank in tono indignato.
«Quasi. Non mi divertivo così tanto da quando ci andavo con Rachel.»

Le tremò la bocca mentre pronunciava quelle parole. Frank le strinse il braccio.

«Che cos'è successo a Rachel?» domandò Rusty. «L'hai già nominata prima.»

Marlene sospirò. «Era sposata con mio figlio Ethan.»

«Hanno divorziato?»

«No. Lei è morta un anno fa» le rispose sommessamente.

Rusty spostò il peso da un piede all'altro, imbarazzata. «Scusa.»

Marlene sorrise. «Non scusarti. Dico sempre a Ethan che è ora di andare avanti e poi non ascolto il mio stesso consiglio.»

«L'amavi molto.»

Non era una domanda, ma una constatazione.

«Sì, è così.»

Frank rientrò rumorosamente con il resto delle buste e Marlene si rivolse a Rusty.

«Bene, signorina, hai parecchi bagagli da disfare. Sarà meglio che tu vada di sopra a sistemare le tue cose. Il bagno in fondo sarà il tuo. Con tutti i cosmetici e gli aggeggi per capelli che abbiamo comprato, sistemerai abiti e trucchi finché non sarà ora di dormire.»

Per un attimo, Rusty rimase immobile. Fece qualche piccolo movimento imbarazzato, spostando il peso da un piede all'altro. Poi guardò Frank e infine Marlene.

«Grazie. Ehm, cioè... Grazie mille.»

Marlene le diede una pacca affettuosa sul braccio. «Benvenuta a casa.»

9

Mentre Donovan faceva atterrare l'elicottero su uno spiazzo accanto a un anonimo edificio di pietra, una donna con un camice bianco uscì di corsa schermandosi il viso con la mano.

Ethan abbracciò Rachel ancora più stretta mentre Sam saltava giù e correva a testa bassa verso la donna. La dottoressa Maren Scofield. Ne aveva sentito parlare dai suoi fratelli. Il KGI l'aveva salvata durante una situazione di crisi con un gruppo di ostaggi. Lei era stata l'unica sopravvissuta. In seguito, la dottoressa era partita dall'Africa e aveva installato la propria clinica in un'area rurale e povera del Costa Rica.

Sam tornò un attimo dopo insieme alla donna che si affacciò all'interno del velivolo per esaminare i feriti. Indicò Cole.

«Prima lui. Ambulatorio diagnostico principale.» Passò velocemente in rassegna Rachel, Dolphin e infine Steele. Indicò lui per primo. «Secondo ambulatorio diagnostico.» Poi fece un gesto verso Dolphin. «Portatelo sul retro. Ho un apparecchio radiografico. Vedrò se ha qualche costola rotta.»

Cole scosse la testa. Anche Dolphin rimase dov'era.

«Prima visiti Rachel» disse Steele con fermezza.

La dottoressa guardò la donna, sorpresa, poi di nuovo gli

uomini, come se stesse valutando la loro determinazione. «Sono convinta che le ferite da arma da fuoco debbano essere esaminate per prime.»

Cole sollevò una mano, il dolore evidente nei solchi che gli increspavano la fronte. «Prima Rachel.»

La Scofield alzò le spalle e guardò Ethan. «Portala dentro.» Poi si rivolse a Sam. «Manda i tuoi uomini in ambulatorio, oppure non gli resterà nemmeno un arto. Se vanno in cancrena non è colpa mia. Gli altri possono farsi una doccia sul retro mentre voi aspettate.»

Sam sorrise e fece segno a Ethan di uscire. «La portiamo dentro, Maren. Non ti incazzare per così poco.»

La dottoressa gli lanciò un'occhiataccia, ma Ethan vide uno scintillio affettuoso negli occhi della donna.

Saltò giù tenendo stretta Rachel. Mentre camminavano verso la clinica la dottoressa si chinò su di lei, poi alzò gli occhi su Ethan. «Da quanto tempo è incosciente?»

«Le abbiamo dato un sedativo» disse Ethan. «Ci ha facilitato le cose.»

La donna li condusse in una delle piccole sale, poi fece segno a Ethan di adagiare la moglie sul lettino. Mentre sollevava lo stetoscopio, la dottoressa sbirciò l'uomo da sopra gli occhiali.

«È necessario che lei mi faccia un resoconto della situazione. Poi potrà andare a farsi una doccia insieme agli altri mentre io finisco qui.»

Ethan esitò. Non voleva lasciare Rachel lì da sola. E se si fosse svegliata e spaventata?

L'espressione della dottoressa Scofield si addolcì. «Non ci metterò molto, e dopo lei potrà rientrare. Probabilmente sua moglie nemmeno si sveglierà.»

Riluttante, Ethan le disse tutto ciò che sapeva delle condizioni di Rachel. Che non era poi granché. Quando ebbe finito, la Scofield annuì e gli fece segno di andar via.

Ethan uscì dalla sala e nel corridoio trovò Sam che parlava con l'altro caposquadra, Rio.

«Ethan» disse l'uomo salutandolo con un cenno del capo quando Ethan si avvicinò. «Piacere di vederti.»

Ethan gli strinse la mano. «Che cazzo ci fai qui?»

«Stavo per fare la stessa domanda» intervenne seccamente Sam.

Sul viso di Rio balenò un sorriso. «Vi ho portato un regalo. Un nuovo elicottero. Quello là fuori attirerebbe troppo l'attenzione, con tutti quei fori di pallottole. Per non parlare del fatto che il governo colombiano ha diramato un comunicato dichiarando quell'elicottero pericoloso per la sicurezza nazionale.»

Sam imprecò. «Temevo che sarebbe successo. La nostra partenza è stata troppo incasinata.»

Rio scrollò le spalle. «Era prevedibile, quando hai solo tre giorni per programmare una missione e sei sotto organico. Avresti dovuto aspettare che io e la mia squadra tornassimo. Ci sarebbe voluto solo un giorno in più.»

«Non potevamo aspettare un altro giorno» si intromise Ethan. «Quelli avevano mia moglie.»

Rio lo fissò per un attimo e poi annuì. «Ti capisco. Comunque dobbiamo disfarci di quell'elicottero. Non c'è modo di evitare che qualcuno lo noti, nemmeno in questo buco di villaggio nella giungla del Costa Rica. Me ne occuperò io.»

Senza aggiungere altro, l'uomo si girò e si allontanò a grandi passi scomparendo rapidamente com'era apparso.

Sam scosse la testa poi si rivolse a Ethan. «Rachel è sistemata?»

«La dottoressa Scofield se ne sta occupando.»

«Allora andiamo a farci una doccia. Puzziamo come due capre.»

Andarono sul retro della clinica dove la piccola sala ospitava due docce aperte. Acqua bollente non ce n'era, ma perfino quella tiepida a Ethan parve una meraviglia. Lavò via il sangue secco e si tastò il cuoio capelluto in cerca della ferita. Era fortunato a non essere morto.

«Gli uomini di Rio lo accompagnano?» domandò al fratello dopo che ebbero fatto la doccia e si furono asciugati.

«Sì. Dove va Rio, va anche la sua squadra. Sono una manica di asociali, sfuggenti fino all'osso. Probabilmente gli dà un fastidio cane uscire dalle loro tane, anche solo per poco tempo.»

«Sembra gente della mia risma» disse Ethan con un sorrisetto.

Sam lo guardò stupefatto. «Be', che mi venga un colpo. Hai fatto una battuta. Ma dove diavolo andremo a finire?»

Ethan gli assestò un colpo con un asciugamano. «Piantala con quest'atteggiamento strafottente, fratellone. Posso ancora prenderti a calci quel culo secco.»

Sam sorrise. Poi, senza alcun preavviso, afferrò Ethan e lo abbracciò dandogli delle pacche sulla schiena. «È davvero bello riaverti fra noi, fratellino.»

«Finiscila con queste stronzate sentimentali» brontolò Ethan mentre respingeva il suo abbraccio.

«Si festeggia San Valentino qua dietro, ragazze?» domandò Donovan.

Ethan e Sam si girarono e videro Donovan e Garrett sulla porta, con un sorriso divertito stampato in faccia.

Sam mostrò loro il dito medio. «Datevi una ripulita prima che Maren butti le vostre carcasse puzzolenti fuori dalla sua clinica. Io ed Ethan andremo a vedere come stanno gli altri mentre aspettiamo che Maren finisca con Rachel.»

Ethan entrò nella stanza di Cole e lo trovò sdraiato con evidente disagio su un lettino, gli occhi chiusi e la fronte corrugata per la tensione.

«Ehi» gli disse sottovoce.

Cole aprì gli occhi e lo fissò. «Rachel?»

«Ancora niente. La Scofield la sta visitando. Volevo vedere come stavi.»

«Sono stato meglio. E peggio. Niente che non possa superare con l'aiuto di una buona medicina» gli rispose in tono ironico.

Ethan esitò, sentendosi un po' a disagio.

«C'è qualcosa che non va?» domandò Cole.

«Volevo solo ringraziarti. Hai rischiato la vita per salvare Rachel. Non potrò mai ripagarti per questo. Riaverla con me... Grazie, solo questo. L'ho apprezzato.»

Cole emise un versaccio. «Piantala di blaterare queste stronzate da marine e saremo pari.»

Ethan gli lanciò uno sguardo derisorio. «Hooyah, amico. Hooyah.»

Cole sorrise. «Così va bene, fratello. Bravo.»

Poi si sdraiò e gemette. «Se quelle teste di cazzo avessero avuto una mira migliore, questa sarebbe stata una ferita pulita, da parte a parte.»

«Be', se avessero avuto una mira migliore il tuo cervello sarebbe sparso per la giungla colombiana» disse seccamente Ethan.

Cole chiuse gli occhi. «Proprio così.»

«Ti lascio risposare. Vado a dare un'occhiata a Dolphin e Steele.»

Cole riaprì gli occhi e sollevò la testa. «Tieni la bocca chiusa con Steele. E, per l'amor di dio, non lo ringraziare. Lo faresti soltanto incazzare.»

Ethan fece una risatina. «Me lo ricorderò. Cerca di riposare un po'. La dottoressa arriverà fra poco.»

«E tu prenditi cura della tua donna. Sei maledettamente fortunato. Non a tutti viene concessa una seconda opportunità.»

«Già» disse Ethan, asciutto. «Sono fortunato.»

Girò i tacchi e uscì, le spalle e il petto tesi. Una porta più giù, si affacciò nella stanza di Dolphin, e vi trovò Baker e Renshaw. Fece un cenno di saluto a Dolphin e proseguì.

Steele era seduto sul lettino con un'espressione pensierosa. Scambiò un'occhiata con Ethan e gli rivolse un rapido, conclusivo cenno del capo. Ethan capì l'antifona e si diresse verso la piccola zona d'accoglienza dove era seduto Sam. Si lasciò cadere in una delle piccole, scomode sedie e chiuse gli occhi.

Ritornò improvvisamente alla coscienza con Sam che lo scuoteva per svegliarlo. Sbatté rapidamente le palpebre mentre metteva a fuoco il viso della dottoressa Scofield.

«Ethan» gli disse lei sommessamente. «Può venire con me?»

Si alzò a fatica, sfregandosi gli occhi per scacciare il sonno mentre seguiva la dottoressa verso l'ambulatorio diagnostico. L'ansia lo rendeva nervoso e strofinò i palmi sudati sui pantaloni militari. Quando oltrepassarono la stanza di Rachel, lanciò un'occhiata interrogativa alla dottoressa.

«Pensavo di fare due chiacchiere nel mio ufficio» disse mentre apriva la porta ed entrava. «Se possiamo chiamarlo così.» Con un gesto del braccio presentò una stanza che somigliava molto a un ripostiglio: pile di fogli ammonticchiate su ogni superficie disponibile, file di scatoloni allineate sulle pareti a entrambi i lati della scrivania.

La dottoressa spostò delle buste da lettera dalla sedia di fronte e tese una mano per invitare Ethan ad accomodarsi. Poi girò intorno alla scrivania e si sedette dalla parte opposta.

Incapace di tollerare ulteriormente l'attesa, Ethan sbottò: «Come sta?»

«Fisicamente sta bene. Ha qualche livido alla spalla, ma non è slogata. Sarà rigida e indolenzita per qualche giorno, ma Rachel riuscirà a recuperarla completamente.»

La dottoressa si tolse gli occhiali e si passò una mano fra i capelli biondi lunghi fino alle spalle. «Lei avrà parecchio da fare nei prossimi giorni, Ethan. Non voglio indorarle la pillola. Sua moglie è denutrita e sta combattendo un'infezione. In poche parole, è debilitata e avrà bisogno di un po' di tempo per riprendersi a dovere.»

«Le hanno fatto del male?» domandò Ethan a bassa voce. «Voglio dire, fisicamente.»

Il viso della dottoressa espresse comprensione. «Non ho riscontrato prove di un recente abuso sessuale. Ma è rimasta prigioniera a lungo, ed è impossibile stabilire cosa abbia subìto all'inizio. Le ho fatto un prelievo di sangue per escludere la presenza di malattie sessualmente trasmissibili.»

Ethan deglutì più volte. Il pensiero di ciò che quei bastardi potevano aver fatto a sua moglie gli dava il vomito. Era stata loro prigioniera, indifesa, mentre lui era dall'altra parte del mondo.

«Non le fa bene torturarsi così» disse gentilmente la dottoressa Scofield. «E, come le ho detto, non ci sono prove di abusi sessuali. La mia preoccupazione più grande riguarda l'evidente uso di droghe.»

«L'hanno costretta» replicò Ethan incollerito.

«Lo so. Mi preoccupa non sapere cosa le hanno somministrato. La cocaina sarebbe l'ipotesi più ragionevole, considerando la sua accessibilità nell'area geografica in cui Rachel è stata tenuta prigioniera. E in effetti alcuni dei sintomi che manifesta corrispondono a quelli dell'astinenza da cocaina. Tuttavia, per quanto possa sembrare strano, sono sicura che le sia stata iniettata regolarmente e quotidianamente dell'eroina.»

Ethan chiuse gli occhi contro l'improvviso impeto di rabbia e dolore che lo assalì.

«Molti dei sintomi che manifesta fanno pensare a una crisi di astinenza da eroina. C'è di positivo che l'astinenza da eroina non ha una durata lunga e i suoi effetti sono meno devastanti di quelli provocati dall'astinenza da cocaina. È brutta finché dura, ma per fortuna finisce nel giro di alcuni giorni, mentre i cocainomani risentono della mancanza della droga per mesi, e talvolta anche per periodi più lunghi.»

«E la memoria? La memoria di Rachel è irrimediabilmente danneggiata?» domandò Ethan.

«Non posso affermarlo con certezza. Il cervello umano è un meccanismo affascinante e complesso. Per certi versi, imprevedibile. Le droghe potrebbero averlo danneggiato. Se in modo permanente o meno, non posso dirlo. Potrebbe trattarsi semplicemente di ragnatele che non hanno avuto il tempo di essere ripulite. Più Rachel sta lontana dalla droga, maggiore è la possibilità che il passato le torni alla memoria.»

«Quindi che cosa devo fare?»

La dottoressa Scofield gli rivolse un sorriso d'incoraggiamento. «La porti a casa e si prenda cura di lei. Deve recuperare un po' di peso. Ma la cosa più importante è la sua salute mentale. E questo non sarà facile, Ethan. Le suggerisco di contattare un terapista non appena sarà a casa, e allo stesso tempo è necessario che si prenda cura anche di sé stesso. Dovrà mostrarsi paziente e comprensivo anche quando sentirà di aver raggiunto il limite. Rachel potrebbe andare in pezzi.»

Ethan esalò un respiro trattenuto, sorpreso dal velo di lacrime che gli offuscava la vista.

«E si ricordi che anche lei avrà bisogno di aiuto» aggiunse con delicatezza. «Non abbia timore di appoggiarsi alla sua famiglia. Suggerisco anche a lei di consultare un terapista. Non può affrontare tutto da solo.»

«Farò tutto il necessario affinché Rachel stia meglio.»

La Scofield annuì. «In questo momento sta dormendo. Ha ripreso conoscenza per un po' e, dopo che le ho assicurato che era salva e che lei era nelle vicinanze, è scivolata di nuovo nel sonno. È visibilmente in crisi d'astinenza. Perfino nel sonno è scossa da tremiti muscolari.»

Ethan si spostò sulla sedia, poi si protese in avanti. «Quando posso portarla a casa?»

Per un attimo la dottoressa tamburellò con la penna sulla scrivania. «Nelle condizioni in cui si trova non può tornare a casa. Una crisi di astinenza non sparisce con un colpo di bacchetta magica, o con qualche giorno di flebo o di pasti nutrienti. In circostanze normali le avrei raccomandato di ricoverarla in una clinica riabilitativa finché la fase peggiore della crisi non fosse passata, ma so che questa situazione è differente, e che lei non desidera attirare l'attenzione su di sé in un Paese straniero. L'alternativa migliore è che Rachel rimanga qui, dove posso monitorare la sua crisi ed essere certa che recuperi un po' di forze. Il ritorno a casa sarà traumatico per Rachel, quindi non dovrebbe essere spinta a farlo troppo presto.»

Ethan scosse la testa, confuso. «Traumatico?»

«Be', sì. O forse sarebbe meglio dire 'opprimente'. Credo che i suoi fratelli dovrebbero precedervi e preparare il terreno per il ritorno di Rachel. In questo momento sua moglie è in una situazione molto delicata e lei non deve forzarla.»

«Allora restiamo qui» disse lentamente Ethan. «È una buona idea? Voglio dire, per lei, dottoressa?»

«Ne parli con Sam. Sono certa che una volta capita la situazione sarà d'accordo. Per quanto mi riguarda, non avrò problemi. Dopo quello che ho vissuto in Africa, non c'è molto che possa spaventarmi ormai. Quegli imbecilli del governo non mi percepiscono come una minaccia e mi lasciano curare gli abitanti del villaggio.»

«Il nostro arrivo potrebbe cambiare le cose» le fece notare Ethan. La dottoressa gli piaceva. Aveva un che di pragmatico che lo affascinava. O forse era perché non aveva indorato la pillola quando si era trattato di Rachel. Ethan aveva bisogno di onestà e franchezza perché, per la prima volta in vita sua, si sentiva del tutto smarrito. Perfino quando aveva sbagliato, in passato, era stato risoluto. Determinato e rapido nelle decisioni. La maggior parte delle volte a suo discapito.

Questa volta aveva intenzione di andarci piano e anteporre le esigenze di Rachel alle proprie. Una cosa che in passato non era stato disposto a fare.

«È un rischio che sono disposta a correre. Il KGI ha rischiato molto per me. È il minimo che possa fare.» Sorrise. «Adesso, se vuole scusarmi, devo occuparmi degli altri pazienti...»

Ethan si alzò. «Grazie, dottoressa Scofield. Per tutto quanto.»

«Mi chiami Maren, la prego.»

«Grazie, Maren.»

«Non c'è di che.»

La donna uscì dall'ufficio ed entrò nella stanza di Cole lasciando Ethan in piedi di fronte alla sua scrivania con il cuore che batteva un po' più velocemente rispetto a prima.

10

Rachel aprì gli occhi sbattendo le palpebre per abituarsi alla luce fioca. Un attimo dopo riuscì a vedere con chiarezza. Dall'ultima volta che si era svegliata le cose erano cambiate. Non si trovava più su un lettino stretto in una stanza talmente piccola da farla sudare. Al contrario, era in un letto più grande e più comodo.

Abbassò lo sguardo e vide il tubo di una flebo che andava dal suo braccio fino a una sacca appesa a un'asta accanto al letto. Per un momento se ne rimase sdraiata nel silenzio e nell'immobilità, assimilando la prima sensazione di pace che sperimentava da più tempo di quanto la sua mente sconvolta riuscisse ad afferrare.

Non aveva fame. Non avvertiva l'opprimente desiderio di quel veleno che le pungeva la pelle e penetrava insidiosamente nelle sue vene. Per pochi secondi non ci fu dolore. Soltanto un dolce silenzio.

Un movimento alla sua destra la spaventò e si lasciò sfuggire un singulto. L'ombra si mosse e una luce morbida le inondò gli occhi.

«Rachel, sono io, Ethan. Scusami se ti ho spaventata.»

Entrò nella sua visuale, rimanendo in piedi al suo fianco.

Rachel colse l'occasione per studiarlo con inaspettata chiarezza. Era alto e robusto, più imponente degli uomini che infestavano i suoi incubi, eppure sapeva istintivamente che non le avrebbe fatto del male, che con lui era al sicuro.

Capelli neri e lucenti, tagliati corti. *Militareschi.* La parola le affiorò alla mente senza pensarci. Impressionanti occhi blu, seri e pensosi. Un'altra immagine le balenò in testa: quegli occhi ridenti e scintillanti mentre lui la faceva piroettare. Abbassò le palpebre, desiderando ricordare di più, ma l'immagine scomparve, rapidamente com'era arrivata.

«Ti senti male?»

La voce apprensiva di Ethan penetrò la piacevolezza dei suoi sogni. Gli occhi di Rachel si riaprirono sfarfallando e stavolta lui era chino su di lei, le sue dita le accarezzavano incerte la guancia.

Invece di rispondere, la donna sollevò una mano e gli prese le dita. Erano tiepide e forti intorno alle sue. Ethan strofinò il pollice sul dorso della mano della moglie e poi se la portò alle labbra con un gesto talmente tenero da commuoverla.

«Ehi» mormorò lui, e la voce si incrinò. «Come stai?»

«Ethan.»

«Sì, piccola, sono io, Ethan. Adesso sei al sicuro. Lo capisci?»

Lei annuì, la gola troppo stretta per poter dire qualcosa.

Ethan si chinò e le premette le labbra sulla fronte, poi si ritrasse e, delicatamente, le scostò i capelli dal viso.

«Mi fai un po' di spazio per sedermi?»

Rachel guardò il punto in cui i fianchi dell'uomo erano chini sopra il suo letto e poi si rannicchiò in fretta contro la sponda opposta.

Ethan si accomodò sul letto, le cosce che premevano su di lei.

«Come ti senti?»

Lei ci pensò su. Come poteva spiegarlo?

«Libera» disse alla fine.

Ethan le prese le mani e le strinse. «Ti porterò a casa presto. La dottoressa Scofield vuole tenerti in osservazione per qualche giorno e accertarsi che tu sia pronta per partire. Ma io resterò tutto il tempo insieme a te.»

Altre immagini ossessionarono la sua mente. Fumose, sospese sull'orlo del suo ricordo. Questa volta vide il volto di Ethan contratto dalla collera. Urlava e lei si ritrasse dalla sensazione oscura che la investì.

«Rachel?»

La donna distolse lo sguardo dal suo e tentò di calmare il proprio respiro ansimante.

«Cosa c'è che non va, tesoro?»

Lei scosse la testa, incapace di spiegare la fugace immagine che l'aveva tanto turbata.

Per un lungo momento, Ethan si limitò a fissarla, lo sguardo che le accarezzava il viso con determinazione, come se la stesse sfiorando con le dita. Rachel assorbì quell'impressione con avidità, desiderando il contatto, la sensazione di sicurezza che le instillava con la sua sola presenza. Per la prima volta dopo tanto tempo, non era divorata dalla paura e dal dolore.

Ethan si portò di nuovo le sue mani alle labbra e le tenne lì, premendo la bocca tremante sulle sue nocche.

«Ho bisogno di toccarti» le disse. «Di averti qui. Di vederti. Di sentirti ancora.» L'emozione gli bloccava la voce rendendola forzata e aspra. «Pensavo che fossi morta. Mi avevano detto che eri morta. Ti ho seppellito, ho pianto per te, ho tentato di continuare a vivere senza di te. E adesso sei qui. È molto più di quanto avessi mai sperato o sognato.»

A Rachel si mozzò il respiro. Sentì le viscere contorcersi, le lacrime bruciarle la pelle.

«Ti ho aspettato» mormorò lei. «Con il passare del tempo ho pensato di averti solo immaginato. Quando ho dimenticato tutto tranne il mio nome, ho pensato che forse ti avevo inventato e che la speranza mi fosse proibita. Quando non avevo nessuna certezza, però, sapevo che saresti arrivato.»

Ethan chinò la testa, abbassandosi finché non toccò la sua fronte. «Ti amo, Rachel. Talmente tanto. So che dobbiamo superare parecchie cose, ma adesso non sei più sola. Non lo sarai mai più.»

Rachel chiuse gli occhi assaporando quella promessa. Aveva paura di credere, di sperare che, dopo così tanto tempo, il suo incubo fosse terminato.

«Non ricordo molte cose» disse esitante. Lo avrebbe irritato il fatto che lei ricordasse soltanto frammenti della loro vita insieme? E non si trattava solo di questo. Lei riusciva a malapena a ricordare *sé stessa.*

Come se percepisse il suo sconvolgimento, Ethan si tirò indietro. La guardò con un'espressione improvvisamente turbata, quasi colpevole. Rachel strinse gli occhi, perplessa. Per cosa avrebbe dovuto sentirsi colpevole?

«Andrà tutto bene, piccola» le disse con voce carezzevole. «La memoria tornerà con il tempo e affronteremo tutto insieme. La cosa importante è averti di nuovo con me.»

«Che cosa mi ha dato la dottoressa? Mi sento...»

«Senti dolore? Vuoi che la chiami?»

Lei scosse la testa. «No. Mi sento...» Esaminò mentalmente il proprio stato fisico. «Tranquilla. La mia mente è tranquilla. Non sento prurito, eppure so che è lì, pronto a tornare.»

Lui le sfiorò dolcemente il viso, le dita che scivolavano sugli zigomi e sulle labbra. «Lo sconfiggeremo.»

Rachel chiuse gli occhi mentre un senso di pena si impadroniva di lei, denso e soffocante. «Che cosa mi hanno fatto? Perché?»

Le mani di Ethan rimasero immobili sul suo viso. «Non so perché.» La rabbia inasprì la sua voce. La donna aprì gli occhi e vide la collera riflessa in quelli del marito. «Non permetterò che accada di nuovo. Io proteggo ciò che mi appartiene.»

Uno strano formicolio le provocò un tremito lungo la schiena lasciandosi dietro una vampata ardente. Il suo petto palpitò e qualcosa dentro di lei, morto ormai da tempo, si risvegliò e sbocciò.

Apparteneva a quell'uomo. Lui l'avrebbe protetta.

«Parlami di noi» mormorò.

Allora Ethan sorrise, e quel sorriso trasformò il suo volto. La maschera dell'uomo serio e rude scomparve, sostituita da un'espressione affascinante e solare da ragazzo. Era meraviglioso da osservare.

«Ci siamo sposati tre anni fa.»

La fronte di lei si corrugò. «Oh, allora non da molto tempo.»

Gli occhi di Ethan persero un po' della loro brillantezza. «No, non da molto.»

Concentrandosi intensamente, Rachel riuscì a evocare ricordi lontani.

Era strano. Anche se riusciva a richiamarli alla mente, era come se appartenessero a qualcun altro. Nella sua mente ridotta a brandelli, il legame con sé stessa non era stato ancora del tutto ristabilito.

«È stato Garrett ad accompagnarmi al nostro matrimonio?»

Ethan si irrigidì, poi annuì lentamente.

«Me lo ricordo. Mi disse che ero la sposa più bella del mondo.»

«E lo eri.»

«Mi ricordo di averti visto sull'altare, mentre mi aspettavi.»

Ethan esitò per un istante. «Che altro ricordi?»

Rachel sospirò. «È un tale caos. Voglio dire, ricordo molte cose sparse, ma non ho un elenco cronologico degli avvenimenti. È come se qualcuno mi stesse mostrando delle fotografie a casaccio.»

«Non avere fretta. Ne hai passate troppe. Quando ti porterò a casa e ti sentirai di nuovo al sicuro, ricorderai.»

Per un attimo, la donna inclinò la testa da un lato. «Quanti fratelli hai? Ricordo solo Garrett. Sam... lui mi spaventa. E ce n'è un altro qui. Donovan?»

Ethan sorrise. «Di solito è Garrett quello che spaventa le persone. Sam è il più grande, ma è Garrett che dà l'idea di essere il maggiore.»

«Garrett non mi avrebbe fatto del male.»

«Nemmeno Sam» disse lui dolcemente. «Per rispondere alla tua domanda, in tutto siamo sei. Nathan e Joe sono gemelli e adesso sono in Afghanistan.»

«E io ce l'ho una famiglia? Sembra così strano che riesca a ricordare Garrett ma non la mia stessa famiglia.»

Ethan scosse la testa. «Tu sei figlia unica e i tuoi genitori morirono in un incidente stradale molti anni fa.»

«Oh.» Non riuscì a nascondere la delusione che accompagnò la dichiarazione del marito.

«Avevi un legame molto forte con mia madre, però. Sia lei che mio padre ti amavano come una figlia. Facevi parte della mia famiglia molto prima che ti sposassi.»

Rachel si rilassò e sorrise. Poi la sua fronte si corrugò mentre ricordava un dettaglio. «Pensano che io sia morta. Come hai fatto tu.»

Ethan sospirò e si passò una mano fra i capelli.

«Come l'hai saputo? Voglio dire, come hai fatto a trovarmi?»

Mentre parlava venne scossa da un tremito e sentì che la brama ricominciava a strisciarle sulla pelle.

«È una storia lunga, piccola, e adesso non è importante. Ti ho trovata, è questo ciò che conta. Sei un miracolo per tutti noi. Mamma e papà saranno felicissimi. Ancora non so come glielo dirò. Penseranno che sono impazzito.»

«Ho fame» esclamò improvvisamente Rachel. Si strofinò il braccio con la mano, tentando di scacciare il formicolio. La fame la pungolava, ma non sapeva con certezza quale urgenza fosse prevalente: se quella di cibo o quella dell'ago.

Riusciva quasi a percepirlo mentre affondava nella sua

carne, lo accoglieva con gioia, e avrebbe voluto allontanare quell'orribile dolore.

Le mani di Ethan si chiusero teneramente sulle sue. «Torno subito.»

Si alzò dal letto e uscì dalla stanza dopo un ultimo rapido sguardo a Rachel.

Qualsiasi cosa le avesse somministrato Maren, stava perdendo efficacia e sua moglie stava ricominciando ad agitarsi.

Si affacciò alla porta della stanza di Cole e lo vide privo di conoscenza. Da lì passò in quella di Steele, che era vuota, ma non se ne sorprese. Rischiò di scontrarsi con Maren che usciva dalla stanza di Dolphin.

«Dove posso procurarmi del cibo?» le chiese. «Rachel ha fame.»

«Bene. Ha bisogno di mangiare. Ma ci vada piano. Non gliene dia troppo e troppo in fretta. Sul retro ho una piccola cucina dove possiamo scaldare una zuppa al microonde.»

Si girò ed Ethan la seguì, oltrepassando la zona delle docce fino a un cucinino con una stufa a due fuochi, un piccolo frigorifero e un forno a microonde.

«Tutte le comodità di una casa» disse la dottoressa con aria mesta.

«Ma lei non vive qui, vero?»

«Sì e no. Quando sono molto occupata oppure ho dei pazienti, dormo qui, nella stanza sul retro, ma no, ho un cottage a circa un chilometro e mezzo dalla clinica. Non è un granché, ma è asciutto e mi ripara dalla pioggia.»

«Dove sono tutti?» le domandò Ethan mentre la osservava tirare fuori una ciotola dal frigorifero.

«Li ho mandati a casa mia. Lì possono dormire, mangiare e in generale stare fuori dai piedi. Sam mi ha detto di riferirle che tornerà fra poco. Perché non torna da Rachel? Scaldo la zuppa e gliela porto fra pochi minuti.»

«Grazie, Maren. Lo apprezzo molto.»

La donna sorrise e lo scacciò con un gesto della mano. Ethan girò le spalle e si diresse verso il corridoio. Stava per raggiungere la porta di Rachel, quando udì uno schianto.

Spiccò una corsa e irruppe nella stanza. In piedi accanto al letto, Rachel aveva rovesciato l'asta della flebo e stava strattonando il tubo collegato al polso; prima che Ethan potesse reagire, lo staccò dal catetere e il sangue fuoriuscì spargendosi sul pavimento e sul camice.

Rachel lo ignorò mentre si strofinava e si colpiva le braccia, il petto e le gambe con ansia febbrile schizzando sangue in tutte le direzioni.

Ethan scavalcò con un salto il letto e l'afferrò tirandola a sé. Le prese il polso tentando di arrestare il flusso di sangue, ma lei si dibatteva senza tregua. Non era nemmeno cosciente della presenza del marito.

«Rachel! Smettila. Piccola, basta!»

«Toglili!» urlò lei. «Toglimeli di dosso!»

Ethan la strinse di più, tenendole ferme le braccia e tentando di afferrare il fermaglio della flebo per arrestare il sangue. Finalmente riuscì a domarla, tenendole il corpo bloccato contro il suo, ma Rachel continuava a sussultare e gridare in preda al dolore.

«Maren!» urlò Ethan. «Venga qui subito!»

Urlando terrorizzata, Rachel si inarcò, chinandosi contro di lui con forza sorprendente.

«Rachel, tesoro, sono qui con te. Va tutto bene, te lo giuro.»

«Sono dappertutto» gridò lei piangendo. «Cacciali via!»

«Che cosa devo cacciare? Non c'è niente qui.»

Maren entrò di corsa e le bastò solo un'occhiata per entrare in azione.

«Sul letto» ordinò. «Bisogna riagganciare la flebo.»

Ethan trascinò la moglie sul letto e la tenne giù mentre lei scalciava e resisteva senza sosta. Aveva lo sguardo impazzito per la paura, le pupille fisse e dilatate. Pallida come un cencio, il sudore le inzuppava i capelli e il volto.

«Allucinazioni» disse Maren in tono cupo. Riagganciò abilmente la flebo e tirò fuori un flacone di medicinale dalla tasca. Con mano ferma riempì una siringa, poi si chinò per iniettarla nella flebo.

Quando ebbe finito, mise una mano sulla fronte di Rachel e le asciugò delicatamente il sudore scostandole i capelli dal volto. «Ascoltami, Rachel. Non è reale. Qualsiasi cosa tu veda non è reale. Guardami.»

Gli occhi allucinati di Rachel si concentrarono su Maren, la bocca spalancata in un urlo silenzioso.

«Proprio così. Adesso ascoltami. Sei al sicuro. È un'allucinazione. Ethan è qui. Io sono qui. Non permetteremo che ti accada niente. Fra un minuto ti sentirai meglio, te lo prometto.»

Con gli occhi pieni di lacrime e il corpo scosso da violenti singhiozzi, Rachel crollò. Ethan non sapeva come fosse riuscita a tenere duro per tutto quel tempo.

Non appena Maren indietreggiò, l'uomo prese la moglie fra le braccia, tenendola stretta mentre piangeva. Le accarezzò i capelli, la schiena, ogni parte del corpo che riusciva a toccare.

Qualcosa dentro di lui si spezzò. Avrebbe voluto prendere a pugni il muro e piangere con lei, per lei, per tutto quello che aveva sopportato.

Cosa le avevano fatto quei bastardi? Rachel aveva perso quasi del tutto la memoria e stava soffrendo per la crisi d'astinenza. E se le droghe le avessero distrutto il cervello in modo permanente?

Scosse la testa. No, non avrebbe mai accettato di perdere sua moglie. Sarebbe tornata da lui. E, quando Rachel avrebbe ricordato il passato, sarebbe riuscito a convincerla che si era sbagliato e che l'amava.

Chiedere il divorzio era stato il peggior errore della sua vita, qualcosa che avrebbe rimpianto fino al giorno della sua morte.

Chiuse gli occhi, il corpo scosso da un tremito violento quasi quanto quello di Rachel.

«Mi dispiace così tanto, piccola» le sussurrò con voce rotta dall'emozione. «Mi dispiace così tanto di averti delusa.»

Per parecchi, lunghi minuti rimase in ginocchio sul letto, stringendola tra le braccia finché non si rese conto che si era calmata. Quando si scostò, la testa di Rachel ciondolò di lato. Ethan le prese il viso fra le mani e la adagiò sul cuscino.

«Il pavimento e il camice di Rachel sono zuppi di sangue» disse Maren a bassa voce. «Cambieremo le lenzuola più tardi. Lasciamola riposare. Ripulirò il pavimento e, quando si sveglierà, le farò avere un camice pulito.»

«Posso rimanere con lei?» domandò Ethan, sebbene non avesse alcuna intenzione di lasciarla, nemmeno per un minuto.

«Certamente. Mi toglierò di torno in un secondo. Ho lasciato la zuppa sul tavolo, ma probabilmente Rachel sarà incosciente per qualche ora. Quando si sveglierà, si accerti che mangi. Questa notte resterò in ufficio per tenere sotto controllo Cole e Dolphin. Steele mi ha mandato a fare in culo e se n'è andato» aggiunse con uno scintillio divertito negli occhi.

«Non la prenda sul personale. Gli piacciono tutti più o meno allo stesso modo.»

Maren si strinse nelle spalle. «Non mi interessa piacergli. Io faccio quello che posso. Il resto sta a lui.»

Cinque minuti dopo, Maren terminò di lavare il sangue dal pavimento e poi uscì tranquillamente dalla stanza lasciando Ethan solo con Rachel.

L'uomo si rilassò sul cuscino quel tanto che la posizione scomoda gli consentiva. Non si era mai sentito così estenuato in vita sua e nemmeno così dannatamente impotente e arrabbiato.

Tutto ciò che poteva fare era stare a guardare mentre Rachel tentava di rimettere insieme i frammenti di sé stessa.

«Ti amo.»

Le parole sfiorarono la fronte di Rachel come un soffio silenzioso, scompigliandole una ciocca di capelli.

«Questa volta non smetterò di lottare per noi.»

11

«*Hola*» disse Rio mentre irrompeva nel cottage di Maren. I suoi occhi scuri ispezionarono l'interno dove Sam e gli altri erano sdraiati un po' ovunque, sul pavimento e sui mobili.

Sam si alzò per salutare il suo caposquadra, tendendogli un braccio. Rio lo afferrò e lo strinse con decisione.

«Come stanno Cole e Dolphin?» chiese. Evidentemente Steele era assente dalle preoccupazioni di Rio.

«Dolphin ha le costole sfondate, Cole è ferito alla gamba e Steele si è beccato un proiettile in quest'ultimo scontro.»

«Cristo. Che razza di ecatombe.»

«Ti sei procurato l'elicottero? Dove sono i tuoi uomini?»

Rio sorrise facendo balenare una dentatura bianchissima. «Sono con l'elicottero. L'ho nascosto a pochi chilometri da qui, poi sono tornato indietro a piedi. Un buon modo per conoscere il territorio e scoprire con che cosa dobbiamo confrontarci.»

«Sei tornato fra la tua gente, *amigo*?» disse ironicamente Steele mentre raggiungeva Sam e Rio.

«Vaffanculo» rispose quest'ultimo. Il suo sguardo scrutò il braccio fasciato e legato del compagno, poi gli rivolse un sorriso beffardo. «Ti sei fatto la bua?»

Sam scosse la testa. Fra Rio e Steele correva una continua

tensione. Il primo detestava la tendenza dell'altro a generalizzare e considerare tutti i popoli latini come un unico calderone. Rio era brasiliano e Sam non ne conosceva nemmeno il vero nome. 'Rio' era l'abbreviazione della sua città natale.

Steele sorrise, ma sembrò più una smorfia. Fece schioccare i denti mentre fissava negli occhi l'altro caposquadra. «Io almeno ero là, e non in Asia a compiere una missione da femminuccia. Sbaglio o dovresti essere ancora laggiù?»

«Ti sto salvando il culo. E non è una novità» ribatté Rio tranquillamente.

Prima che la cosa potesse degenerare, Sam si mise fra i due. «Vorrei scambiare due parole con voi, fuori.»

Lanciò un'occhiata a Garrett e Donovan che sollevarono le sopracciglia in una muta domanda, ma Sam scosse la testa e fece segno a Rio e Steele di seguirlo fuori dal cottage. Si trattava di qualcosa in cui non voleva coinvolgere i suoi fratelli.

«Che c'è?» domandò Steele con impazienza. Si sistemò il braccio e soltanto uno scintillio dei suoi occhi rivelò il dolore che doveva sentire.

«Ho intenzione di mandarti a casa insieme agli altri feriti» disse Sam a Steele.

L'uomo strinse le labbra. «Mi stai buttando fuori dalla missione?»

«Amico, ti hanno sparato» disse Rio. «Succede spesso.»

Sam sollevò una mano. Poi si rivolse a Rio. «Quello che ti sto per chiedere non risulterà sul libro paga. Verrai pagato come sempre, ma non si tratta di una missione ufficiale e non sei costretto ad accettarla.»

Sia Rio che Steele tacquero mentre fissavano Sam.

«Okay» disse il primo. «Di cosa stiamo parlando?»

«Vorrei che tu e la tua squadra tornaste in Colombia, sotto massima copertura e sorveglianza. È probabile che l'accampamento venga spostato, dal momento che ne conosciamo la posizione. Quello che vi chiedo è che ogni movimento sia strettamente monitorato. Ci vorrà pazienza. Voglio dei rapporti, ma non voglio che vi muoviate. Non ancora.»

Rio annuì. «Okay, possiamo farcela. Qual è la parte scabrosa? Ti comporti come se parlassimo di alto tradimento o roba simile.»

La mascella di Sam si contrasse mentre tentava di controllare la rabbia. «Questa non è una missione, Rio. Non si tratta di affari. È una faccenda personale. Io voglio quei bastardi. Voglio che paghino per ciò che hanno fatto alla mia famiglia. Ho bisogno di informazioni, e non m'importa cosa dovremo fare per averle.»

Steele e Rio rimasero immobili e Sam capì che finalmente avevano compreso dove voleva arrivare.

«Voglio sapere perché non hanno eliminato Rachel. Il perché di questa montatura. Perché ci hanno fatto credere che fosse morta tenendola in vita per tutto questo tempo.»

«Capisco» disse Rio con calma. «Raccoglierò le informazioni di cui hai bisogno.»

«Non da solo, Rio. Con me. Non posso chiederti di fare una cosa simile senza di me, e non lo farò. Ora tornerò a casa con la mia famiglia. Hanno bisogno di me in questo momento, ma quando avrò sistemato tutto ci vedremo in Colombia e cominceremo.»

«Non lo farai senza di me» si intromise Steele.

Sam scosse la testa. «No. Tu tornerai a casa con la tua squadra. Ne sei responsabile e Cole e Dolphin hanno bisogno di riposo. Conosci le regole. Noi lavoriamo in squadra. Viviamo in squadra. La squadra è tutto.»

Steele imprecò sottovoce. «Non mi piace, Sam. Sei troppo coinvolto in questa storia. Se non vuoi che venga, va bene. Ma lascia che vada la squadra di Rio.»

Sam scosse lentamente la testa. «Non posso chiedere a qualcun altro di fare quello che voglio.»

«Non sono d'accordo» disse Rio. «Se è questo che vuoi,

noi lo faremo: io e la mia squadra raduneremo quelle canaglie e le faremo parlare. Ma penso che tu dovresti andare a casa con gli altri. La tua famiglia ha bisogno di te, adesso.»

«Mi prenderò cura della mia famiglia» disse Sam con calma «e poi ti raggiungerò lì. Voglio il loro sangue. Non posso chiedere a te, o a chiunque altro, di fare il lavoro sporco al posto mio.»

«Stronzate» sbuffò Steele. «Pensaci, Sam, usa il tuo maledetto cervello. Sei emotivamente coinvolto quanto Ethan. Prendi questa merda in modo personale. Qualcuno si è preso gioco della tua famiglia e tu vuoi vendetta. Pensi davvero che Garrett se ne starà tranquillamente a casa mentre tu torni di corsa nella giungla? Pensi che Ethan dirà semplicemente 'okay' mentre tu vai a vendicare sua moglie? Quello che devi fare è andare a casa e portare i tuoi fratelli con te. Lo sai anche tu che è la cosa giusta, altrimenti non saresti strisciato fuori dalla loro portata d'orecchio tentando di fargliela sotto il naso.»

«Che tu non ci chieda di fare qualcosa è una cazzata» interruppe Rio. «Siamo oltre queste stronzate. Questo non è l'esercito degli Stati Uniti. Io riporterò la mia squadra in Colombia. Steele può riportare indietro la sua e tu la tua famiglia a casa. Avranno bisogno di te. Troverò io le tue risposte.»

Sam esitò, diviso fra il desiderio di vendetta e la consapevolezza che Rio e Steele avevano ragione. Ethan aveva bisogno di lui. Le settimane a venire si preannunciavano difficili per la sua famiglia. Ma nello stesso tempo, era fondamentale avere delle risposte. Doveva capire perché Rachel era stata catturata e per quale motivo avevano mentito alla sua famiglia. Doveva scoprire le ragioni di quell'inganno, apparentemente incomprensibile.

«Lascia fare a noi» disse Steele con franchezza. «So quanto sia difficile per te rinunciare ad avere il controllo della situazione, ma questa è una missione da cui devi tenerti alla larga. Farò preparare i miei uomini, e il resto della mia squadra fornirà sostegno sul territorio a Rio e ai suoi.»

Rio sollevò un sopracciglio. «Wow. Il potente Steele farà la parte della spalla.» Si strinse il petto e barcollò all'indietro.

Steele lo inchiodò con tutta la forza del suo sguardo più truce.

«E vi chiedete perché mi faccia tanti problemi a lasciare tutto nelle vostre mani, ragazzi?» borbottò Sam. Si passò una mano fra i capelli. «Sentite, apprezzo la vostra preoccupazione, ma ditemi una cosa. Se si trattasse della vostra famiglia, accettereste che fosse qualcun altro a vendicarsi al posto vostro?»

Rio sbuffò. «No. Non lo accetterei.»

Steele espresse il suo accordo con un cenno del capo.

«Okay, allora è deciso.» Sam tagliò corto e lanciò un'occhiata al cottage dove i suoi fratelli stavano riposando. «Per ovvie ragioni tutto questo deve rimanere fra di noi.»

«Sei tu il capo» disse Rio.

Sam si passò una mano stanca sul viso. «Voi due andate a riposarvi un po'. Io voglio vedere come stanno Ethan e Rachel.»

«Entri?» domandò Steele a Rio mentre si girava verso la casa.

«No, andrò all'elicottero. Tornerò a visitarvi fra qualche ora.»

Steele alzò le spalle. «Fai come ti pare.»

Una mano si chiuse sulla spalla di Ethan e lo scosse delicatamente per svegliarlo. Rachel giaceva rannicchiata fra le sue braccia. L'uomo girò la testa e vide Sam che lo sovrastava.

«Che diavolo è successo?» domandò Sam in un sussurro.

Ethan impiegò un minuto per capire che Sam stava guardando il camice di Rachel macchiato di sangue. Poi si staccò con molta attenzione da Rachel e uscì goffamente dal letto.

Aveva i muscoli indolenziti e un torcicollo mostruoso per aver dormito in quella posizione tanto innaturale.

«Hai dormito molto?» domandò Sam.

«No. Rachel sta piuttosto male.»

Sam poggiò una mano sulla spalla del fratello. «La porteremo a casa e starà meglio. È una combattente. Come altro sarebbe potuta sopravvivere in quest'ultimo anno?»

«Non avrebbe dovuto farlo. Io avrei dovuto pensare a lei.»

«Stronzate.»

Ethan rimase in silenzio. Soltanto lui sapeva fino a che punto aveva fallito, quando si trattava di Rachel. Non avrebbe mai voluto che Sam lo scoprisse. Non avrebbe tollerato la delusione nei suoi occhi. Il loro padre aveva instillato il senso dell'onore in ognuno dei figli. 'Comportati bene con la tua compagna.' Il lungo matrimonio dei genitori era la dimostrazione che Frank Kelly era un uomo fedele alla propria parola.

Ethan non si era limitato a comportarsi male con Rachel, ma non se n'era assunto la responsabilità e le aveva scaricato addosso il biasimo per la sua stessa infelicità.

«Non puoi vivere nel passato» disse Sam con voce appena udibile. «Rachel ha bisogno di te. Supera il tuo senso di colpa e sii forte per lei. Ti aspettano giorni duri.»

Ethan annuì, sebbene dubitasse che il fratello riuscisse a vederlo nel buio. Sam aveva ragione. Per un motivo imperscrutabile, gli era stata concessa una seconda, preziosa opportunità. No, non la meritava, e non aveva intenzione di voltarle le spalle.

«Maren ritiene che Rachel non dovrebbe ancora tornare a casa e, dopo quello che è successo poco fa, sono d'accordo con lei.»

Lo sguardo di Sam si spostò di nuovo sui vestiti di Ethan. «Che cazzo è successo?»

Ethan gli raccontò delle allucinazioni di Rachel e gli riferì il discorso di Maren sulla necessità di controllare le crisi d'astinenza di sua moglie e sulla preoccupazione per il fatto che tornasse a una vita e a una famiglia che non riusciva a ricordare.

«È preoccupata per lo stress che le procurerebbe. Lei pensa che la cosa migliore sarebbe che tu e gli altri andaste avanti per preparare il terreno e rendere il suo ritorno meno traumatico possibile.»

«Non mi piace l'idea di lasciarvi qui» borbottò Sam.

«Resterò io.»

Ethan e Sam alzarono gli occhi e videro Garrett, in piedi sulla soglia.

Sam scosse la testa.

«Non tocca a te prendere tutte le decisioni» disse Garrett con calma. «Io resterò con Ethan e Rachel, mentre tu riporti indietro gli altri. Cole, Dolphin e Steele hanno bisogno di cure mediche che qui non possono ricevere. Tu e Donovan informate il resto della famiglia e, quando Rachel si sarà ripresa, io ed Ethan la riporteremo a casa.»

Ethan annuì. «Credo che sia la soluzione migliore. Se telefonassi io a mamma e papà, penserebbero che sto delirando. E hanno bisogno di tempo per assimilare la notizia prima che Rachel torni a casa. Non voglio che ne sia sopraffatta. Per lei sarà ancora più difficile di quanto non sia adesso.»

Sam si accigliò. «Non mi piace l'idea di lasciarvi tutti e due qua.»

«Io ed Ethan possiamo farcela» disse Garrett.

Sam sbuffò. «Okay, faremo così. Se Maren dà il suo consenso per il trasporto degli uomini feriti, partiremo in mattinata. Ma voglio un rapporto ogni tre ore. Manderò l'elicottero a prendervi non appena Rachel sarà in grado di viaggiare.»

«E per quanto riguarda Maren?» domandò Garrett. «Non credo sia opportuno fare i bagagli e andarcene lasciandola senza protezione.»

«Non è mai rimasta senza protezione da quando ha lasciato l'Africa» disse Sam. «È sorvegliata. Solo che non lo sa.»

Ethan annuì. E d'un tratto l'idea di tornare a casa non portò con sé il sollievo che avrebbe dovuto.

«C'è qualche problema, Ethan?»

L'uomo guardò Garrett. I suoi fratelli percepivano sempre i suoi stati d'animo, qualsiasi cambiamento, anche se impercettibile. A volte gli sembrava di vivere sotto un microscopio.

Le sue mani tremarono, tradendolo mentre cercava di mostrarsi calmo ed equilibrato. Come poteva pensare di essere di sostegno a Rachel, se un nonnulla poteva farlo cadere gambe all'aria?

Le parole gli rimasero bloccate in gola, rifiutandosi di scivolare sulla lingua. Ethan aveva visto e sperimentato il peggio che il mondo aveva da offrire, e lo aveva fatto stoicamente e senza timore.

Chiuse gli occhi. «Ho paura.»

«Ne hai tutto il diritto» disse Sam in tono calmo.

Ethan scosse la testa. «No. È ora che mi rimbocchi le maniche. Che mi comporti da uomo e sia il marito che Rachel merita di avere. Forse in passato non ho avuto paura, ma sono stato un maledetto codardo.»

I suoi fratelli si scambiarono un'occhiata e Garrett si strinse nelle spalle. No, loro non sapevano di cosa stava parlando. Il suo matrimonio con Rachel era stato un groviglio di segreti. Segreti che lei non avrebbe mai rivelato. Non si sarebbe mai rivolta alla sua famiglia per i loro problemi. Ethan lo sapeva e ne aveva approfittato.

«Ho paura che non ricorderà mai. E poi ho paura che lo farà» disse sottovoce.

Seguì un silenzio palpabile, sgradevole. Ethan abbassò lo sguardo. Aveva detto troppo. Ormai era difficile restare zitto e forse, in qualche modo, stava cercando l'assoluzione per i peccati commessi in passato. Ma soltanto Rachel poteva concedergliela. Era con lei che doveva fare ammenda.

Garrett si schiarì la gola. «Fratello, la cosa migliore che

puoi fare è portarla a casa e circondarla di tutto l'amore e il sostegno che puoi darle. Tutti noi ti aiuteremo. Non sarai solo.»

Sam si protese in avanti, con espressione intensa. «L'importante è averla ritrovata. Non conta nient'altro.»

«Hai ragione. Lo so. Ma ho l'impressione che domani mi sveglierò e mi ritroverò a casa, nel nostro letto, da solo, per scoprire che tutto questo è stato soltanto un sogno.»

«So che non è stato un anno facile per te, ma ti è stata regalata una seconda opportunità per la quale molti sarebbero disposti a uccidere. Non sprecare il tempo creando problemi che non esistono. Goditi ogni momento, perché sai meglio di chiunque altro quanto velocemente ti possano essere strappati via.»

Ethan sollevò lo sguardo sul fratello. «Già, lo so. E non lascerò che accada di nuovo. Non la perderò, non per la seconda volta.»

12

Il mattino dopo, un'ora prima dell'alba, la clinica di Maren era in fermento. Cole e Dolphin erano poggiati al muro nella sala d'attesa mentre aspettavano l'elicottero che li avrebbe portati in Messico. Maren aveva dato a Cole un paio di stampelle, ma lui le aveva prontamente scartate accompagnandole con due parole scelte per l'occasione.

Sam, Donovan e Garrett incontrarono Ethan nella stanza di Rachel. La donna stava riposando tranquillamente per la prima volta da ore, quindi parlarono a voce bassa per non disturbarla.

«Su una cosa ha ragione Maren. È meglio anticipare il ritorno di Rachel per dare alla famiglia il tempo di abituarsi all'idea. Sarà già abbastanza scioccante così» mormorò Donovan.

«Cazzo, a volte la nostra famiglia è riuscita a intimidire perfino me» brontolò Garrett.

Ethan si infilò le mani in tasca. «Bisogna essere cauti con mamma e papà. Amavano Rachel come una figlia. So che ne saranno felici, ma non riesco a immaginare che genere di shock gli procurerà sapere che è viva.»

«Lascia che ce ne occupiamo noi» disse Sam. «Tu prenditi

cura di Rachel e portala a casa al più presto.» Gli diede una pacca sulla schiena. «Questa è la notizia più bella che la nostra famiglia abbia ricevuto da moltissimo tempo. Immagina che Natale grandioso trascorreremo quest'anno.»

Per un attimo Ethan non riuscì nemmeno a parlare. *Natale.* Rachel adorava le feste. Lei e sua madre facevano ammattire tutti, ogni anno, con le decorazioni, i regali, le stucchevoli tradizioni familiari. Non si era reso conto di quanto lo divertisse quel periodo dell'anno fino al Natale scorso, il primo senza Rachel.

Aveva trascorso la vigilia a casa da solo, con una bottiglia di pessimo liquore. Al buio, niente luci o vecchie musiche natalizie, soltanto il ricordo del sorriso di Rachel e del modo in cui strappava malamente la carta dei regali la mattina di Natale.

Avrebbe fatto qualsiasi cosa per trascorrere un altro Natale insieme a lei, e adesso il suo desiderio era stato esaudito.

«Che dio ci aiuti» disse Donovan in tono divertito. «Fra mamma e Rachel, nessuno ne uscirà con il cervello sano.»

Garrett alzò gli occhi al cielo. «O senza uno di quegli stupidi cappelli da Babbo Natale.»

«Questo mi ricorda che tocca a te fare la parte di Babbo Natale» gli rispose Sam.

Di fronte alla faccia terrorizzata di Garrett scoppiarono tutti a ridere. Dio, era così bello ridere di nuovo. Non avere la sensazione che non sarebbe accaduto mai più niente di bello.

Ethan sorrise osservando i fratelli. Gli erano mancati. Nell'ultimo anno senza Rachel si era isolato anche dalla sua famiglia, e quello sarebbe stato un ritorno per lui quanto per sua moglie.

«Gli permetterò di vestirmi da Rudolph, se servirà a farle sorridere» disse Garrett dopo un rapido sguardo a Rachel che continuava a dormire profondamente.

«Sono d'accordo» borbottò Donovan.

Mentre guardava Garrett ed Ethan, Sam si fece serio. «Dobbiamo andare. Voi due rimanete in contatto e state attenti. Io e Donovan comunicheremo la notizia a mamma e papà e prepareremo tutto per il ritorno di Rachel.»

Ethan guardò intensamente il fratello e poi lanciò un'occhiata a Donovan e Garrett.

«Grazie.»

«Forza, Van. Andiamo prima che Ethan faccia di nuovo il sentimentale» disse Sam.

Ethan gli diede un pugno nello stomaco mentre gli passava accanto e Sam si piegò in due con una smorfia esagerata.

«Mammoletta» borbottò Garrett.

Ethan lo guardò. «Ti dispiace rimanere qua fuori in caso Rachel dovesse svegliarsi? Voglio accompagnarli fuori.»

«No di certo. Vai. Dagli un bacio da parte mia, già che ci sei.»

Ethan sorrise e scosse la testa. Poi gli mostrò il medio mentre usciva dietro ai fratelli.

Rachel si mosse e aprì gli occhi assonnati. Poi ricordò... gli scarafaggi che le avevano strisciato sul corpo e si guardò con ansia le braccia e la pancia. Ma non vide altro che un camice sporco di sangue.

Aggrottò la fronte mentre lottava per ricordare ciò che era accaduto durante il suo attacco isterico. E poi, quando guardò al di là del letto, scorse Garrett disteso su una poltrona accanto alla finestra.

Quando lui vide che era sveglia, si alzò immediatamente e si avvicinò al letto. Aveva un sorriso dolce e la sua voce era bassa e carezzevole.

«Ehi, fiorellino. Come stai?»

Rachel tentò di sorridere, ma si sentiva più vicina al pianto.

Garrett si sedette sul bordo del letto, come aveva fatto Ethan la notte precedente. «Ehi, andiamo, non fare così.»

«Sto perdendo la ragione.»

Lo disse quasi singhiozzando, e si detestò per questo.

Lui le sfiorò la guancia e le scostò delicatamente i capelli dal viso. «Non stai perdendo la ragione, Rachel. La stai recuperando. È differente. Hai passato un periodo molto duro. La maggior parte della gente non sarebbe sopravvissuta, ma tu ci sei riuscita. Non ti sminuire.»

Le lacrime le riempirono gli occhi, e Garrett ne asciugò delicatamente una con il pollice.

«Dov'è Ethan?»

«Tornerà presto. Vuoi che vada a chiamarlo?»

Lei scosse la testa. Voleva Ethan, ma detestava il modo in cui sembrava aggrapparsi a lui. Poteva sicuramente sopravvivere qualche istante da sola. Ma d'altra parte non era sola. Garrett era lì ed era stato suo amico. Lo sapeva bene.

«Tu mi hai accompagnata all'altare il giorno del mio matrimonio» sussurrò.

Lui le sorrise. «Certo. È stato un terno al lotto, sul serio. Papà desiderava moltissimo avere l'onore di farlo.»

Rachel inclinò la testa da un lato. «E allora perché non l'ha fatto?»

«Perché tu l'hai chiesto a me» le rispose con semplicità.

«Ethan mi ha detto che io non avevo famiglia, che facevo parte della vostra prima che ci sposassimo.» Suonò più come una domanda, che come l'asserzione che intendeva fare.

«È vero. Mia madre è stata la tua insegnante. Sei sempre stata una delle sue studentesse preferite. Quando morirono i tuoi genitori, lei ti accolse in casa Kelly.»

«Quindi io ed Ethan ci conoscevamo? Voglio dire, prima che ci mettessimo insieme?» In quel momento Rachel si accigliò. 'Mettersi insieme' sembrava così... impersonale.

Garrett sorrise. «Sono più che sicuro che ti abbia sempre notata, ma fu soltanto quando tornò a casa in licenza e scoprì che il nostro fratellino Joe ti aveva chiesto di uscire che si decise a mettersi d'impegno.»

Rachel corrugò la fronte mentre tentava di concentrarsi. Per quanto si sforzasse, non riusciva a evocare un'immagine mentale di Joe o Nathan. «Ethan mi ha detto che Nathan e Joe sono gemelli, ma non riesco a ricordare nessuno dei due.»

«Forse quando li vedrai ti tornerà tutto alla memoria e se non succederà, non c'è nessuna fretta» le disse con naturalezza.

«Perché non mi ricordo di loro? O di Sam, o Donovan?» Scosse la testa, confusa. «Non ricordo nemmeno i tuoi genitori, e sembra che io e tua madre fossimo molto intime.»

«Datti tempo, fiorellino. Adesso hai tutto il tempo del mondo. Devi preoccuparti soltanto di riposare e lasciare che noi ci prendiamo cura di te.»

«Loro non sono...» Lasciò cadere il resto della frase.

«Non sono cosa?»

«Sam non è arrabbiato perché non riesco a ricordarmi di lui? E Donovan?»

Garrett le prese la mano, lasciando che le dita di lei si adagiassero sulle sue, molto più grandi. «Nessuno è arrabbiato con te. Tutti noi ti vogliamo bene. Anche Sam e Donovan. Ti vogliono a casa, dove sarai al sicuro.»

«Io voglio tornare a casa. Mi è così difficile credere di averne una. Lo sognavo. Pensavo di aver inventato i miei ricordi, ma adesso so che le cose sono accadute davvero.»

«Che genere di cose?» domandò Garrett.

Lei contrasse le labbra, concentrandosi sulle immagini nebulose che le danzavano nella mente. «C'è un lago e un molo. Io sono scalza e indosso dei pantaloncini. Tu sei di fronte a me ed Ethan è dietro. Io corro verso di te, pensando che mi salverai da Ethan, ma tu mi prendi in braccio e mi getti nell'acqua.»

Un caldo sorriso addolcì la severità dei tratti di Garrett. Rachel lo guardò affascinata.

«Tu non sorridi molto.»

Lui le rivolse un'occhiata sorpresa.

«Questo lo so,» continuò Rachel «e so anche che tu sorridi per merito mio. Me lo ricordo. Mi ricordo che ti faccio ridere e che tutti ti prendono in giro perché sei così burbero.»

Garrett fece una risatina. «Sì, sono burbero, ed è vero, tu riesci sempre a farmi ridere. Sì, ti ho buttata in acqua quando avrei dovuto salvarti da Ethan. Ma dopo me l'hai fatta pagare.»

«Oh.» Rachel si sollevò sul letto, eccitata. Informazioni. Dettagli. Li desiderava quasi quanto il suo corpo desiderava la droga.

«Hai convinto con le moine Sam, Donovan, Joe e Nathan a coalizzarsi contro di me e a gettarmi nel lago. Fu necessaria la collaborazione di tutti e quattro, ma tu ottenesti la tua vendetta. Me ne sono portati dentro due» aggiunse con compiacimento.

La donna sorrise, meravigliata: sembrava davvero che lei avesse una famiglia, che tutti quanti fossero una famiglia.

E poi si accigliò di nuovo. «Perché Sam mi fa tanta paura? Eppure sembra che io avessi un bel rapporto con lui.»

«Perché ancora non riesci a ricordarlo. Tu hai paura di ciò che non conosci. Ti senti a tuo agio con me ed Ethan perché ti ricordi di noi. Quando ti tornerà la memoria, ricorderai quanto ti sentivi a tuo agio con tutti noi.»

Rachel annuì, aggrappandosi a quella spiegazione, traendo conforto dall'idea che non sarebbe rimasta per sempre così spaventata. E poi un pensiero la turbò. E se fosse sempre stata così timida?

Garrett rise, e lei si rese conto di aver dato voce alla propria domanda.

«Sei sempre stata tranquilla e riservata, soprattutto con le persone che non conosci, ma non ti definirei timida. Ti sei adattata alla nostra famiglia come se ci fossi nata, e non ti sei mai fatta fregare da nessuno. Nessuno potrebbe sopravvivere per un lungo periodo nella nostra famiglia se fosse timido. Noi siamo chiassosi, rumorosi...»

«Ma proteggiamo ciò che ci appartiene» disse Rachel, come se ripetesse le parole di qualcun altro.

«Il mantra dei Kelly. Lo vedi, ricordi più di quanto non pensi.»

«Non prendete per il culo i Kelly» disse, poi sgranò gli occhi, si tappò la bocca con la mano e fissò Garrett con espressione allibita.

Lui rise. «Ci hai preso, fiorellino. Non avrei potuto dirlo meglio.»

Ethan era proprio fuori dalla porta, intento ad ascoltare Garrett e Rachel che parlavano. Poi sentì la risata del fratello seguita, con suo grande stupore, da quella di Rachel. Quel suono lo colpì dritto al cuore togliendogli il fiato. Non esisteva un suono più bello della sua risata, ma non era stato lui a suscitarla. Era stato Garrett, come sempre.

Desiderò liberarsi dell'amarezza, dell'insicurezza, della gelosia, e di tutti quei sentimenti che in passato avevano procurato sofferenza sia a lui che a Rachel. Non poteva, non *voleva* che tornassero nelle loro vite. Aveva giurato sulla tomba di Rachel che, se mai avesse avuto un'altra possibilità, non avrebbe mai più ceduto alla gelosia.

«Perché ho del sangue addosso?» domandò Rachel quando la risata si smorzò.

«Solo un incidente con la flebo» rispose Garrett. «Vuoi che ti prenda un vestito pulito?»

Ci fu una breve esitazione ed Ethan entrò nella stanza, assicurandosi che il suo viso non riflettesse le sue cupe elucubrazioni.

Quando Rachel lo guardò illuminandosi, Ethan si dimenticò di tutto. Garrett si alzò dal letto e si girò verso il fratello.

«Se vuoi, vado a prenderle qualcosa da mettersi.»

«Sì, grazie. Dai un'occhiata insieme a Maren. Ha detto che aveva un camice pulito da farle indossare quando si sarebbe svegliata.»

Garrett annuì e fece per uscire passandogli accanto, ma Ethan lo fermò.

«Grazie.»

Garrett non replicò, si limitò ad annuire e passare oltre come se niente fosse. Come se la risata di Rachel non avesse quasi messo Ethan in ginocchio.

Andò a prendere il posto di Garrett sul letto. «Mio fratello si è preso cura di te?» chiese alla moglie mentre si accomodava.

Lei sorrise e annuì. «Ha detto che saresti tornato subito.»

«Non sarei voluto andar via, ma dovevo salutare Sam e Donovan.»

«Salutare? Sono partiti?»

Ethan annuì. «Ci hanno preceduti. Cole e Dolphin avevano bisogno di cure mediche e Sam e Donovan daranno la notizia a mamma e papà. Non appena Maren dà il suo consenso a farti viaggiare, torneremo a casa anche noi.»

«Voglio andare a casa» disse lei sottovoce. «Non mi piace qui.»

«Lo so, piccola, lo voglio anch'io. Non puoi nemmeno immaginare quanto desideri riportarti nella nostra casa, dove potrò abbracciarti e prendermi cura di te.»

Lei lo fissò con gli occhi castani spalancati. C'era una certa ansia nel suo sguardo e lei si leccò le labbra come se stesse combattendo contro quello che voleva dire.

«C'è qualcosa che non va?»

Rachel fece un rapido cenno di diniego. E poi le parole, dolcissime, come una fresca brezza invernale che soffiava su un lago. «Puoi abbracciarmi adesso.»

Ethan fu lì lì per crollare.

«Ah, piccola.»

Si girò e si sdraiò accanto alla moglie, finché lei non fu incastrata contro il suo petto. Poi la circondò con le braccia, infilandone uno sotto la testa mentre l'attirava più vicina.

Il cuore di lei batteva contro il suo petto, trepidante come quello di un uccellino. Rachel emise un sospiro appagato che arrivò a toccare il profondo dell'anima di Ethan.

La vita non era mai stata così bella. Non sarebbe mai stata così dolce e lui non avrebbe mai desiderato nient'altro.

Un attimo dopo entrò Garrett, ma quando li vide lasciò cadere il camice in fondo al letto e batté rapidamente in ritirata.

Rachel poteva cambiarsi più tardi. Per il momento Ethan era restio a turbare la meraviglia di avere la propria moglie accoccolata fra le braccia.

13

Marlene aveva appena servito la cena quando udì aprirsi la porta d'ingresso e le parole più dolci del mondo le riempirono le orecchie.

«Ma', siamo a casa! Dove sei?»

Marlene si voltò proprio mentre Joe e Nathan giravano l'angolo, sorridenti, i sacchi appesi alle spalle. Li lasciarono cadere sul pavimento mentre lei li guardava a bocca aperta per lo stupore.

«Nathan! Joe!»

Sbatté la pentola sul tavolo e corse da loro per abbracciarli. Joe la sollevò fra le braccia e la fece girare, posandola poi fra quelle di Nathan.

«I miei ragazzi, oh dio, che cosa ci fate a casa?»

«Ehi, papà» disse Nathan quando Frank si alzò.

L'uomo strinse entrambi i ragazzi in un abbraccio affettuoso. Quando si allontanò aveva gli occhi lucidi.

«Che diavolo ci fate a casa? Perché non avete chiamato?»

«Non eravamo certi di ottenere la licenza» disse Joe. «Abbiamo cercato di essere a casa per...»

«Speravamo di tornare per il sedici» completò Nathan sottovoce.

«È stato bello da parte vostra» disse Marlene. «Sono sicura che Ethan l'avrebbe apprezzato.»

«Dov'è Ethan? Tornando ci siamo fermati a casa sua, ma non c'era nessuno.»

Marlene scambiò un'occhiata con Frank.

Ai loro figli non sfuggì.

«Mamma, che succede?» domandò Nathan.

In quel momento, per la prima volta, Joe e Nathan notarono Rusty, che era seduta a tavola e aveva tutta l'aria di voler sprofondare nel pavimento.

«Ragazzi, voglio presentarvi Rusty. Starà con noi per un po'.»

Come si era aspettata, entrambi corrugarono la fronte e guardarono immediatamente il padre. Frank quasi non batté ciglio.

«Ragazzi, salutate Rusty» disse loro in tono burbero.

«Ciao, Rusty» disse Nathan. Joe si limitò a un cenno del capo e poi lanciò uno sguardo interrogativo a sua madre.

«Sedetevi, sedetevi» li incalzò. «Siete arrivati giusto in tempo per mangiare qualcosa. Immagino che stiate morendo di fame.»

«Anche se non fosse vero, non sarebbe un problema» disse Joe con un sorriso. «È da così tanto tempo che non gustiamo i tuoi manicaretti, che non ci rinunceremmo per niente al mondo.»

Marlene riuscì a radunare tutti intorno al tavolo e servì abbondanti porzioni. Diede una pacca rassicurante sulla mano di Rusty mentre le passava il piatto. Prima o poi avrebbe incontrato tutti i suoi ragazzi, ed era meglio che avvenisse per gradi, invece che tutto in una volta. Marlene sapeva che i suoi figli erano delle pesti, e perfino lei ne veniva travolta quando arrivavano a casa tutti insieme.

«Allora, che cosa dicevi di Ethan?» disse Joe, quando la situazione si fu calmata.

«È in missione con i vostri fratelli» rispose Frank. «Tutto qua.»

Marlene strinse le labbra, ma non disse una parola.

«Ah ah, okay, e perché ti sta per scoppiare una vena, mamma?» domandò Nathan.

La donna sospirò e lanciò un'occhiataccia al figlio minore. Non poteva ingannarne nessuno più di quanto loro non potessero ingannare lei.

«Non so di preciso...» ammise. «Ma ho qualche sospetto. Il sedici mattina tuo padre ha telefonato a Ethan e lo ha trovato in uno stato terribile. Dopodiché sappiamo soltanto che Sam, Donovan e Garrett sono andati in missione segreta. Insieme a Ethan.»

Joe si accigliò. «Tutti quanti?»

Frank corrugò le sopracciglia. «Sai, non ci avevo pensato... Non escono mai in missione tutti insieme. Su questo Sam è irremovibile.»

Marlene annuì con energia. «Lo vedi, non sono pazza. Sta succedendo qualcosa. E non mi piace per niente.»

Joe si girò verso Nathan. «Hai detto che Van ti ha mandato un'email qualche giorno fa. Ti ha scritto qualcosa?»

Nathan scosse la testa. «Le solite stronzate.»

«Siete tutti una manica di spie, o roba del genere?» sbottò Rusty.

Joe e Nathan si voltarono di scatto, come se avessero dimenticato la sua presenza. Niente di più facile, visto che non aveva emesso un suono per tutto il tempo.

L'angolo della bocca di Joe si sollevò. «No, non spie. Forze armate.»

Rusty lo guardò con sospetto. «Spie dell'esercito?»

Nathan rise. «Se te lo dicessimo, poi dovremmo ucciderti.»

Rusty alzò gli occhi al cielo e tornò a interessarsi del suo piatto, borbottando qualcosa a bassa voce.

«Da quanto tempo sono via?» domandò Joe.

Frank ci rifletté un attimo, corrugando la fronte. «Qualche giorno. Sono partiti circa una settimana dopo il sedici.»

«Cavolo, allora quando Van ha mandato l'email dicendo che non stavano facendo niente ed era tutto tranquillo, dovevano essere in piena fase di progettazione.»

«Probabilmente non volevano farvi preoccupare» disse Marlene, in tono rassicurante.

«È questo il punto» saltò su Joe. «Non si sono mai preoccupati di questo, finora. Perché avrebbero dovuto cominciare proprio adesso, guarda caso quando Ethan decide di strisciare fuori dal suo buco?»

«Non mi piace» borbottò Joe. «La prima regola di Sam è mai partecipare alla stessa missione tutti insieme.»

Marlene rivolse uno sguardo preoccupato a Frank.

Lui le prese la mano. «Non preoccuparti, tesoro. Lo sai che i ragazzi sono capaci di cavarsela da soli.» Ma alla moglie non sfuggì il turbamento nei suoi occhi.

Sospirò e rivolse la sua attenzione ai figli che non vedeva da quasi un anno. Non voleva che la preoccupazione per gli altri gettasse un'ombra sul ritorno a casa dei gemelli.

«Mangiate» ordinò. «Siete tutti e due troppo magri. L'esercito non vi nutre?»

Le sorrisero entrambi. «Neanche lontanamente bene quanto te, ma'» disse Nathan.

«Oh, sono così felice di vedervi» disse lei. «Resterete finché non torneranno i vostri fratelli, giusto?»

Joe sollevò un sopracciglio in direzione di Rusty. «C'è spazio?»

Marlene sbuffò. «Spazio? Dimentichi che siete cresciuti qua dentro in sei? Prima o poi anche Rusty si abituerà al caos.»

Vide che Joe e Nathan si scambiavano uno sguardo d'intesa. Per il momento avrebbero taciuto, ma quando Rusty fosse stata fuori portata d'orecchio, avrebbero fatto mille domande.

«La nostra gita è finita» disse Joe.

Marlene sussultò. «Davvero? Pensavo che mancassero ancora tre mesi. Oh, è meraviglioso!»

«Ci siamo ritirati dal programma in anticipo.»

«Quanto resterete a casa?» domandò Frank.

«Dieci giorni. Poi torneremo a Fort Campbell» rispose Nathan.

Marlene batté le mani. Gli occhi le si riempirono di lacrime. «È fantastico. Sarà così bello avervi di nuovo vicino a casa.»

«Aiutate vostra madre a sparecchiare e poi andremo in salotto a berci una birra» disse Frank, alzandosi.

I gemelli accennarono un sorriso, poi si alzarono e portarono i piatti nel lavandino. Marlene li osservò con il petto gonfio d'orgoglio. Ne provava per tutti i suoi figli. Nell'ultimo anno sembrava che si fossero dispersi al vento in tutte le direzioni. Dopo la morte di Rachel, non era stato più lo stesso.

Le si strinse il cuore e si rimproverò per aver permesso alla tristezza di rovinare il suo tempo in compagnia di Nathan e Joe. Erano a casa, adesso, e lei aveva tutte le intenzioni di godere di ogni minuto. E di scacciare dalla mente le preoccupazioni per i figli più grandi.

Rusty rimase vicino a Marlene mentre Frank e i gemelli andavano in salotto. Non serviva un genio per capire quanto fosse intimidita dai due, ma se non altro loro l'avevano pressappoco ignorata. Non era l'atteggiamento più educato, ma Marlene non poteva biasimarli. E l'alternativa avrebbe messo la ragazza in serio imbarazzo.

«Coraggio, cara. Tanto li dovrai affrontare tutti.» Le fece segno di seguirla in salotto, dove la televisione era già accesa e, come sempre, gli uomini stavano parlando di sport.

Nathan e Joe fecero cenno alla madre di sedersi fra di loro sul divano e quando Marlene si accomodò le passarono entrambi un braccio intorno alla vita. Le stamparono un bacio sdolcinato sulla guancia e lei rispose con un buffetto affettuoso per ognuno.

Rusty prese posto su una poltrona accanto a quella reclinabile di Frank e tentò di confondersi con la tappezzeria.

Il quadro era rumoroso e caotico, proprio come piaceva a Marlene. La donna sospirò, appagata, accarezzando affettuosamente le gambe dei suoi ragazzi. Non importava che si stessero avvicinando alla trentina, erano sempre i suoi bambini.

Il rumore della porta d'ingresso che si spalancava la fece raddrizzare sul divano. La udì anche Frank, perché schiacciò immediatamente il pulsante *Muto* sul telecomando.

«Mamma, papà? Ci siete?»

«Sam» disse Marlene in un soffio.

Alzò gli occhi e vide Sam che entrava di gran carriera in salotto, seguito da Donovan. Erano entrambi sporchi e trasandati. Mimetiche, stivali, camicie luride e stracciate, e sembrava che entrambi non facessero un bagno da almeno un paio di giorni. Non erano mai arrivati a casa in *quel* modo.

Un gemito sommesso le sfuggì dalle labbra. Ethan e Garrett non erano con loro.

14

Sam si bloccò sulla soglia del salotto, stupefatto nel vedere i fratelli minori seduti sul divano accanto alla mamma.

«Nathan? Joe? Che cavolo ci fate a casa? È successo qualcosa?»

«È quello che vorremmo chiedere a te» disse Nathan, alzandosi. Joe lo imitò ed entrambi guardarono i fratelli maggiori con circospezione.

«Van» disse Joe, accennando con la testa a Donovan.

«Che sta succedendo?» sbraitò Frank. «Ve ne state lì come un branco di estranei e state spaventando a morte vostra madre.»

Donovan sorrise e attraversò a grandi passi la stanza. Si fermò davanti a Nathan e poi lo atterrò con un movimento subitaneo. Nathan cadde con un tonfo sul pavimento, proprio mentre scoppiava a ridere.

«Accidenti, Van, togliti.»

Joe circondò Donovan con le braccia robuste e lo sollevò da terra. Sebbene avesse dalla sua l'elemento sorpresa, essere il più esile dei Kelly lo poneva sempre in svantaggio.

Alla fine Sam riuscì a scuotersi dalla sorpresa di vedere Nathan e Joe. Alzò le mani e urlò ai suoi fratelli di darsi una calmata.

Nathan e Joe lo guardarono sorpresi. I suoi genitori con preoccupazione.

Sam attraversò la stanza e strinse entrambi i fratelli minori in un rude abbraccio. «Cavolo, è bello avervi a casa.»

«Dove sono Ethan e Garrett?» domandò Joe in tono serio, mentre si ritraeva.

D'un tratto a Sam venne in mente ciò che tutti dovevano aver pensato quando lui e Van avevano fatto irruzione in casa, arruffati, stravolti e senza gli altri due fratelli.

Lui e Donovan si scambiarono una rapida occhiata.

«Dimmelo» chiese Marlene.

Sam sollevò una mano in un gesto rassicurante. «Stanno bene, mamma, te lo giuro.»

«Vuoi dirci che cosa succede, figliolo?» disse suo padre.

Donovan prese in mano la situazione. «Penso che dovreste sedervi tutti. Ethan e Garrett stanno bene, ma c'è una cosa che dobbiamo dirvi.»

«È una bella notizia, mamma» si affrettò a dire Sam quando la vide sofferente.

Mentre si sedevano, la loro preoccupazione si trasformò in perplessità. Fu allora che Sam notò la ragazzina rannicchiata in una poltrona accanto a suo padre. Sollevò un sopracciglio in direzione di Frank.

«Ce ne occuperemo più tardi» disse il padre con impazienza. «Adesso dicci che cos'hai in testa prima che tua madre esploda.»

Sam si passò una mano fra i capelli. Non c'era un modo semplice per spiegare tutto ciò che era accaduto. Poteva girarci intorno, oppure dirlo senza troppi preamboli.

«Rachel è viva» sbottò Donovan, prima che Sam potesse aprire bocca.

Un silenzio di tomba cadde nella sala. Nessuno si mosse.

Nessuno parlò. Il viso di Marlene si paralizzò per lo shock. Frank parve dubitare di aver udito bene, mentre le facce di Nathan e Joe si incupirono per la collera.

Natahan si alzò di scatto dal divano. «Che cazzo dici, Van?»

«Nathan, siediti» disse Sam.

Gli occhi del ragazzo si sgranarono di fronte al tono autoritario del fratello.

«Sam, che sta succedendo?» domandò sua madre con voce tremante.

«Farai meglio ad avere un motivo dannatamente buono per arrivare a casa e buttare addosso a tua madre una cosa del genere» ringhiò Frank.

Sam sospirò e si sedette sui gradini che davano sul salotto. «Il sedici Ethan ha ricevuto da qualcuno la prova inconfutabile che Rachel era viva.»

«E ti basta per arrivare qui e dare a tua madre una falsa speranza?» domandò Frank.

«Papà, ascoltalo» lo interruppe Donovan.

«È venuto da noi con delle foto. Di Rachel.»

«Oh, Sam, chi ha potuto fargli una cosa del genere?» gridò Marlene. «A tutti noi?»

Sam guardò sua madre. «Mamma, è viva. L'ho vista, l'ho abbracciata. E anche Donovan. Adesso Ethan è insieme a lei, con Garrett.»

Marlene boccheggiò. Frank impallidì. Nathan e Joe guardarono il fratello a bocca aperta.

«Ma come?» riuscì finalmente a dire Marlene. «Mio dio, Sam, dov'è stata per un anno? È fuggita? Lo ha lasciato?»

Sam prese un respiro profondo, sapendo che quello che doveva dire non sarebbe stato facile da sentire per la sua famiglia. «La missione che abbiamo compiuto, che tutti noi abbiamo compiuto, era salvarla. È stata tenuta prigioniera in Sudamerica durante l'ultimo anno.»

«Oh, mio dio!»

L'intera stanza esplose in un coro di esclamazioni e domande di chiarimenti. Nathan e Joe si alzarono mentre Marlene si copriva il volto con le mani. Frank strinse con forza i braccioli della poltrona. Soltanto la ragazzina osservava gli eventi con disinteresse.

«Che significa prigioniera?» domandò Nathan. «Che cazzo sta succedendo, Sam?»

Per una volta, Marlene non lo minacciò di lavargli la bocca con il sapone. Sam non sapeva nemmeno se avesse udito il fratello. Il suo viso era contratto per lo shock.

«Sta bene, Sam?» gli chiese sua madre.

«No, ma presto starà meglio» disse Donovan, rassicurandola. «Ci vorrà un po' di tempo.»

«È molto fragile» disse Sam in tono serio. «Ecco perché siamo venuti prima a darvi la notizia, così la situazione si calmerà per quando Ethan la riporterà a casa.»

«Si calmerà?» domandò Marlene. «*Si calmerà?* Come posso calmarmi? Mi dici che la mia figlia adorata è viva dopo che l'ho pianta per un anno e pretendi che io stia calma? Quando tornerà, Sam, e come sta?»

«È questo il punto, mamma. Dobbiamo rimanere calmi. Rachel non può sopportare l'eccitazione. Lei è... è in crisi d'astinenza. Le hanno somministrato della droga durante la prigionia. Non sappiamo tutto quello che ha dovuto passare. È sull'orlo del crollo, quindi non dobbiamo assolutamente sopraffarla quando arriverà a casa.»

«C'è un'altra cosa che dovreste sapere» disse Donovan sommessamente.

Tutti gli sguardi si puntarono su di lui.

«Non riesce a ricordare gran parte della sua vita.»

«Cosa?» ansimò Marlene. Le lacrime le inondarono gli occhi e le rigarono le guance. «La mia bambina non si ricorda di noi?»

«Ricorda Ethan. E Garrett. Non molto altro. Io la spavento a morte e Donovan potrebbe essere un perfetto estraneo» disse tristemente Sam.

«Dio abbia pietà di lei» disse Frank, scosso. «Povera bambina.» Guardò Sam, con gli occhi pieni di rabbia. «Perché? Perché le hanno fatto questo?»

«Non lo so, papà. Ma ho intenzione di scoprirlo.»

«Porca puttana» disse Joe. «Questa è roba pesante.» Poi guardò Sam. «Un cartello della droga?»

Il fratello annuì.

Nathan imprecò. «Che cazzo è successo? Ha visto qualcosa, laggiù, che non avrebbe dovuto vedere? E se anche fosse, perché tutta questa messinscena? Perché non l'hanno semplicemente ammazzata e fatta finita?»

«Nathan!» esclamò sua madre in un sussurro scioccato.

«Ha fatto una domanda ragionevole» disse Sam. «Non sta dicendo che avrebbero dovuto ucciderla, ma sembra dannatamente strano e orribile che ci abbiano rispedito il suo anello dicendoci che aveva preso un aereo sul quale non aveva mai messo piede.»

«Siete sicuri che sia Rachel?» domandò Joe.

Sia Sam che Donovan annuirono.

«Grazie a dio. Grazie a dio» disse Marlene con voce strozzata. «È un miracolo. È viva.» Per la prima volta, i suoi occhi scintillarono di gioia quando finalmente assimilò l'idea che Rachel era viva. «Che regalo meraviglioso. Ethan dev'essere fuori di sé.»

Donovan sospirò. «Non sarà facile per nessuno di loro due. Avranno bisogno di tutto il nostro aiuto. La cosa migliore che possiamo fare è non soffocarli e lasciare che trovino da soli la loro strada per rincontrarsi.»

«Quando torneranno a casa?» domandò Marlene. «Devo andare a casa loro, pulire e preparare tutto. Devo fare un po' di spesa. Rachel avrà bisogno di vestiti nuovi.»

Sam alzò una mano. «Una cosa alla volta, mamma» le disse dolcemente. «Ci vorrà qualche giorno. La stanno curando e la dottoressa vuole che aspetti un po' prima di mettersi in viaggio. Hai ragione, avrà bisogno di vestiti nuovi. È dimagrita. Tornare a casa e trovare un mucchio di abiti che non le vanno potrebbe turbarla, quindi sarebbe bello che le comprassi qualcosa.»

Marlene si illuminò. «Io e Rusty andremo a fare spese per lei. Vero, Rusty?»

Si girò verso la poltrona dove la ragazza sedeva fino a qualche istante prima, ma la trovò vuota. Marlene sbatté le palpebre, sorpresa. Nessuno l'aveva vista uscire.

«Chi è Rusty?» domandò Donovan.

«Una persona che resterà con noi per un po'» rispose Marlene in tono quasi bellicoso.

Sam scambiò uno sguardo afflitto con i fratelli. Il tono difensivo di sua madre poteva significare un'unica cosa. Aveva raccolto un altro randagio. Solo che questa volta si trattava di un essere umano.

«Mamma...» cominciò Joe.

«Non chiamarmi 'mamma' con quel tono, giovanotto» lo riprese con fermezza. «Rusty è un'ospite, qui, e voi la tratterete come una della famiglia, capito?»

Poi la sua espressione si addolcì. «Ha bisogno di noi, ragazzi. Poverina. Non potete neanche immaginare che razza di vita ha avuto.»

Sam sbuffò per la frustrazione. L'ultima cosa che gli serviva in quel momento era un'adolescente ribelle che era riuscita a raggirare la loro tenera madre fino a farsi accogliere in casa.

Dopodiché, Marlene si alzò e batté le mani. I fratelli si guardarono e gemettero. Nessuna meraviglia che tutti fossero stati attratti dalla vita militare. La madre rivaleggiava con qualsiasi sergente istruttore avessero incontrato.

«Abbiamo parecchio da fare e poco tempo per portarlo a termine» disse la donna con decisione. Inchiodò Nathan e Joe con lo sguardo. «Voglio che voi due andiate a casa di Ethan e sistemiate bene il giardino. Io e Frank ci occuperemo dell'interno, poi andrò a comprare tutto ciò di cui Rachel avrà bisogno.»

Sam la guardò con indulgenza. «E io e Donovan?»

Lo sguardo di Marlene si ammorbidì, si avvicinò al figlio e lo fece alzare di fronte a sé. Poi lo chiuse in un abbraccio stretto. «Voglio che tu e Donovan andiate a casa, vi diate una ripulita e dormiate per almeno ventiquattr'ore filate. Avete un aspetto orribile.»

Sam le restituì l'abbraccio e soltanto allora permise all'emozione di trapelare. La sua famiglia aveva subìto diversi colpi nell'ultimo anno, e dovevano affrontare ancora problemi difficili ma, per la prima volta dopo tanto tempo, sarebbero stati di nuovo tutti insieme.

«Per quanto mi piacerebbe obbedirti, Io e Van abbiamo ancora parecchie cose da finire. La nostra missione non è terminata, dobbiamo occuparci dei feriti.»

«Possiamo fare qualcosa, Sam?» domandò Nathan.

Certo, l'aiuto dei suoi fratelli sarebbe stato il benvenuto, ma non aveva intenzione di strapparli alla madre il primo giorno che erano a casa.

Come se leggesse i pensieri del figlio, Marlene si lasciò sfuggire uno sbuffo e si allontanò. «Se hai bisogno di loro, sono tuoi, Sam. Prima metti a posto i tuoi affari, prima potrò avere tutta la mia famiglia riunita sotto lo stesso tetto.»

«Fantastico essere dati via così facilmente» ironizzò Joe. «Mi sembra di stare ancora nel maledetto esercito.»

«Be', se ti offri di aiutarci sul serio, io e Van potremmo utilizzarti di sicuro. Io devo ricevere un rapporto ogni tre ore da Garrett, e Rio è ancora sul posto. Cole e Dolphin sono a Fort Campbell, ma mi aspetto che al massimo fra ventiquattr'ore mi chiedano di tirarli fuori da lì in fretta. Steele, Renshaw e Baker fremono per tornare in azione, e sarei propenso a lasciarli andare perché Rio non ha alcun tipo di rinforzo.»

«Io e Nathan...»

«Non dirlo nemmeno» lo interruppe Donovan. «Voi due testoni non appartenete alla nostra squadra. Appartenete allo Zio Sam, e lui s'incazza parecchio quando le sue reclute spuntano in qualche Paese straniero per una missione privata.»

«La cosa migliore che potete fare è tornare a casa e aiutarci con le comunicazioni mentre io e Van dormiamo un po'. Non so nemmeno dirti quando è stata l'ultima volta che abbiamo chiuso occhio.»

«Vi aspetto tutti domani a pranzo» disse con decisione Marlene.

«Pollo fritto?» domandò speranzoso Donovan.

Marlene gli diede un buffetto sulla guancia, poi lo abbracciò come aveva fatto con Sam. «Qualsiasi cosa, per te. Adesso va' a casa e riposa un po'.»

15

«Rachel. Rachel, tesoro, svegliati.»

Rachel si destò dal vuoto profondo del sonno e si passò una mano stanca sulle palpebre. Poi strizzò gli occhi mentre la vivida luce del sole le trafiggeva la vista.

L'aereo si fermò e il ronzio dei reattori si spense. Accanto a lei, Ethan le accarezzò dolcemente la guancia con un dito.

Fu allora che si rese conto che erano già atterrati.

Si raddrizzò sul sedile, poi ondeggiò quando si mosse troppo in fretta. Ethan la prese per le braccia e la tenne in equilibrio. Di fronte a loro, Garrett si slacciò la cintura e andò ad aprire il portellone.

«Sei pronta?» le chiese il marito.

«Dove siamo?»

«Appena atterrati all'aeroporto di Henry County. Siamo a circa quaranta minuti da casa.»

Rachel lasciò che lui la guidasse verso l'uscita. Garrett era là pronto a prenderla per mano mentre scendeva. I sandali che le aveva prestato la dottoressa Scofield le scivolavano dal piede mentre lottava per mantenere l'appoggio. Gli abiti, come le scarpe, erano troppo grandi, ma era pulita e a suo agio, molto più di quanto poteva dire di essere stata da moltissimo tempo.

Sam era a qualche metro di distanza. Rachel quasi non lo riconobbe, con i jeans sbiaditi e la maglietta bianca che indossava. Senza la tenuta mimetica appariva molto più alla mano. Perfino la sua espressione era più gentile, meno minacciosa. Non era poi così spaventoso.

Rimase fermo, a braccia conserte, osservandoli mentre scendevano dall'aereo. Si appoggiò con noncuranza al SUV parcheggiato, ma quando vide Rachel sorrise.

Decisa a sfoderare, per quanto possibile, un sorriso coraggioso, lei raddrizzò le spalle e si liberò dalla presa di Ethan e Garrett. Ogni passo che la allontanava dal loro sostegno le sembrò una passeggiata nel vuoto, ma insistette finché non arrivò a pochi metri da Sam.

«Ciao, Sam» gli disse a voce bassa, ma tranquilla.

Il sorriso di Sam si allargò e lui aprì le braccia, ma non le si avvicinò. Toccava a lei accettare quel gesto. Con un respiro profondo, Rachel entrò nel suo abbraccio e Sam la strinse a sé.

«Ciao, tesoro» le disse nell'orecchio. «Benvenuta a casa.»

Le lacrime le bruciarono gli occhi e affondò il viso nel suo collo. Aveva lo stesso odore di Ethan. Intenso e persistente.

Lui le baciò i capelli e la tenne stretta finché lei non si scostò. Con un gesto tenero, Sam le sistemò una ciocca di capelli dietro l'orecchio.

«Come ti senti?» le chiese.

«Non so» gli rispose con sincerità. «Un po'... un po' spaventata.»

La mano di Ethan le scivolò sopra le spalle e, istintivamente, Rachel si rifugiò nel riparo offerto dal suo braccio. Il marito la baciò sulla tempia. «Non c'è bisogno di aver paura, piccola. Adesso sei a casa, con le persone che ti vogliono bene.»

«Andiamo, il pick-up ci sta aspettando» disse Sam.

Rachel rimase a guardare mentre lui e Garrett prendevano i pochi bagagli che i due fratelli si erano portati, poi si diressero verso un suv parcheggiato parecchi metri più in là. Ethan le diede una rapida stretta, poi la incoraggiò ad andare avanti.

Lei camminava quasi meccanicamente, incapace di elaborare la bizzarra sensazione che tutto fosse normale, o almeno avrebbe dovuto esserlo. Dopo mesi e mesi di paura e prigionia, era libera. Di nuovo nel mondo normale. Aveva ricominciato la sua vita come se non avesse trascorso l'ultimo anno in prigionia. Come se le persone che l'amavano non fossero andate avanti senza di lei.

Garrett si sistemò sul sedile davanti mentre Ethan aiutava la moglie a salire dietro e poi scivolava accanto a lei. Sam si mise alla guida e si allontanò dalla piccola pista d'atterraggio.

Era difficile definirlo 'aeroporto'. Si trattava di una minuscola pista in mezzo a ettari di terreno agricolo. C'erano soltanto due hangar, uno più grande e l'altro più piccolo, che non erano altro che capannoni di lamiera.

Mentre si allontanavano, il pick-up sollevò una nuvola di polvere dietro di sé. Alcuni istanti dopo, Sam entrò su un'autostrada asfaltata e accelerò. Rachel guardava incuriosita fuori dal finestrino sperando che qualcosa, qualsiasi cosa, le diventasse improvvisamente chiara.

Dopo parecchi chilometri, si arrese. Era un posto come tutti gli altri. Poteva trovarsi ovunque.

Rachel si appoggiò alla curva del braccio di Ethan e lui la strinse immediatamente.

«Stai bene?» le mormorò.

Lei annuì. Non si era liberata completamente degli effetti dell'astinenza. Gli ultimi giorni erano stati strazianti, un'esperienza che sperava di non ripetere mai più. Provava ancora un vuoto doloroso, senza fine, ma ormai era più tollerabile. E lei si rifiutava di arrendersi. Non voleva essere l'unica debole in mezzo a quei guerrieri forti.

Ethan non si era mai staccato da lei, e nemmeno Garrett.

Avevano fatto a turno per tenerla quando lei urlava e piangeva, quando li supplicava di darle sollievo. Nell'ora più disperata, aveva pregato Ethan di darle della droga.

Era rimasto con lei sotto la doccia, completamente vestito, quando si era convinta di essere coperta di ragni. Rabbrividiva ancora al pensiero delle orribili creature che le guizzavano sul corpo a migliaia.

Dopo interminabili giorni sempre uguali, il peggio era passato. Rachel era esausta e sapeva che Ethan e Garrett non se la passavano meglio di lei.

«Dove stiamo andando, esattamente?» domandò. Era una domanda sciocca. Ethan e Garrett avevano passato in rassegna i dettagli del suo ritorno a casa moltissime volte, ma lei non riusciva a mitigare l'ansia.

Non si era resa conto di tenere le mani intrecciate tanto strettamente da avere le dita bianche, finché Ethan non gliele aprì delicatamente e allacciò le dita alle sue.

«Stiamo andando a casa. A casa nostra, piccola.»

Rachel si sforzò di evocare nella mente un'immagine della loro casa. Soltanto un breve scorcio, qualcosa che le dicesse che aveva un legame con il luogo in cui aveva vissuto con suo marito.

«Non riesco a ricordare» disse frustrata.

Garrett si girò sul sedile, le accarezzò un ginocchio e, come aveva fatto tante volte negli ultimi giorni, la confortò con poche parole azzeccate.

«Ti stai sforzando troppo, fiorellino. Rilassati e lascia che le immagini arrivino da sole. Anche se adesso non ricordi, non significa che quando entrerai a casa tua non ti tornerà tutto alla memoria. E se non succede? Be', che importanza ha? Hai tutto il tempo del mondo.»

Rachel lasciò la mano di Ethan e afferrò quella di Garrett, stringendola con tutte le sue forze. «Grazie. Ti voglio bene.»

Sussultò, assolutamente mortificata per le parole che le erano sfuggite. Accanto a lei, Ethan si irrigidì. La donna lasciò andare la mano di Garrett e si portò le dita alla bocca, inorridita da ciò che aveva detto.

Garrett la fissò, senza alcuna traccia di emozione o giudizio negli occhi. Soltanto paziente comprensione e affetto reciproco. Perché non aveva detto quelle parole a Ethan? Perché Garrett?

Rivolse lo sguardo a Ethan, ogni tratto del suo viso gli chiedeva scusa. Avrebbe voluto urlare, ma sarebbe stato troppo imbarazzante.

Negli occhi di Ethan non c'era rabbia, solo tensione, come se stesse tenendo a bada una reazione sconosciuta. Un suono proveniente da davanti la fece voltare. Era Sam. Rideva.

L'uomo la guardò dallo specchietto retrovisore con le labbra dischiuse in un gran sorriso. «Più passa il tempo e più vedo la Rachel che conosciamo e amiamo. Sei sempre stata la donna più espansiva e affettuosa che abbia mai conosciuto.»

Ethan ridacchiò e sembrò rilassarsi accanto a lei. Ma Rachel era troppo presa dal rimorso per percepire che quel momento orribile era passato. Chiuse gli occhi e si allontanò, negandosi per la prima volta il conforto dell'abbraccio del marito.

«Rachel.»

La voce profonda di Garrett le sfiorò le orecchie come acqua tiepida.

Lentamente sollevò lo sguardo finché non incontrò il suo.

«Anch'io ti voglio bene, fiorellino. Tutti noi te ne vogliamo.»

Lei fece un sorriso tremulo e annuì. La mano di Ethan scivolò di nuovo sulla sua, stringendola leggermente. Raccogliendo il coraggio, Rachel lo sbirciò, quasi timorosa di ciò che avrebbe potuto vedere nei suoi occhi.

Quasi ansimò per lo shock dell'emozione che vi scoprì. Violenta, ardente. Rachel non riusciva a respirare.

Lui le toccò la guancia, le fece scivolare un dito dietro l'orecchio e poi sulla nuca, tirandola con cautela in avanti finché le labbra di lei non furono a un sospiro dalle sue.

«Ti amo» le sussurrò.

«Io...»

Le parole le morirono in gola e, prima che potesse riprovarci, le labbra di Ethan le toccarono la guancia. Non chiedevano niente, ed erano talmente tenere, quasi come se lui temesse che la minima pressione l'avrebbe fatta chiudere.

Il magone nella gola di Rachel aumentò, così come la sua paura. Perché la sola idea di pronunciare quelle parole che un attimo prima erano uscite così naturalmente le instillava una paura tanto viscerale?

Si staccò da Ethan, agitandosi sul sedile mentre ansimava cercando di respirare. Ethan le toccò la spalla, incerto e titubante, ma lei si allontanò con un sussulto. Stava per vomitare.

«Sam, ferma la macchina» urlò Ethan.

La prese per un braccio mentre Sam sterzava per uscire dalla strada. Pochi secondi dopo, il suo sportello si spalancò e lei si lanciò in avanti. Sam l'afferrò mentre le cedevano le ginocchia e crollava per terra.

«Respira profondamente» mormorò lui. «Fai con calma.»

Rachel tremava dalla testa ai piedi. Sentiva contemporaneamente freddo e caldo. Un sudore fitto le inzuppò i vestiti, eppure continuò a rabbrividire. Immagini rapide, sgradevoli e inesorabili, le martellavano la mente.

Il volto di Ethan, duro e teso per la collera. Urla. Domande. Accuse. Rachel si coprì le orecchie e scosse la testa, tentando di tenere lontano l'orrore.

«Rachel.»

La voce di Ethan, così lontana.

«Rachel, che c'è che non va?»

Garrett, stavolta, più vicino.

«Lui mi odia» sussurrò lei mentre le lacrime le scivolavano sulle guance.

Due paia di braccia la circondarono. Delle mani le scostarono i capelli e asciugarono le lacrime dal suo viso.

«Nessuno ti odia, piccola.»

Ethan sembrava così impetuoso, come se volesse scacciare con le proprie forze tutti i suoi demoni.

Lentamente, l'oscurità si diradò. Le voci smisero di assediarla e il freddo si dissipò, lasciando calore.

Rachel si accasciò, con la testa ciondolante. Dita forti le massaggiarono il collo mentre altre le sostenevano le spalle.

«Lascia che ti riportiamo in macchina» disse Garrett.

Prima che potesse rispondere, Ethan la prese in braccio e la cullò. Aveva il petto ansante e Rachel aprì gli occhi e vide lo stesso dolore riflesso sul suo viso. Sembrava... torturato.

«Sono stanca» sussurrò mentre appoggiava la testa sul collo del marito.

«Allora dormi, piccola. Ti sveglierò quando saremo a casa.»

Ethan si infilò sul sedile posteriore e vi fece sdraiare la moglie. Si tirò indietro, chiuse lo sportello e girò intorno alla macchina. Salì, sollevò la testa di Rachel e se la mise in grembo.

Lo sbattere degli sportelli anteriori indicò che Sam e Garrett erano saliti, poi arrivò il ruggito del motore e il ronzio sommesso sotto la sua schiena mentre Sam riportava il pickup sulla strada.

Sto veramente perdendo la ragione. Forse l'ho già persa. Forse non la ritroverò mai.

Rachel chiuse gli occhi mentre altre lacrime spuntavano e le scendevano silenziosamente sulle guance.

Ethan la osservava impotente, mentre le scie argentee e umide tracciavano un sentiero sulla sua pelle bianca. Che cosa intendeva? Stava ricordando? La sua mente era torturata dai ricordi del loro matrimonio? Stava rimettendo insieme i pezzi così presto?

Lui mi odia.

Gli veniva da vomitare. Di chi stava parlando? Pregò Dio che non fosse lui. Che non le lasciasse pensare che l'aveva odiata. Sarebbe morto prima di fargliela immaginare anche solo per un momento.

Ti voglio bene.

Le parole che tanto facilmente aveva rivolto a Garrett lo ossessionavano. Avrebbe disperatamente voluto udirle dalle sue labbra. Dirette a lui. Sarebbe voluto tornare indietro nel tempo a quando non passava un giorno senza che gli dicesse quanto lo amava.

Ma una donna non resisteva molto ad aprire il suo cuore senza ricevere niente in cambio. Se soltanto le avesse risposto: 'Anch'io ti amo, piccola.' Lo aveva fatto solo all'inizio. Con il tempo, si era limitato ad annuire o al massimo sorridere. Alla fine non aveva fatto più nemmeno questo. Si era sentito troppo colpevole. Le parole che all'inizio erano state dolci si erano trasformate in lame che scivolavano insidiose fra le sue costole colpendo gli organi vulnerabili all'interno. Si era sentito come il peggiore degli ipocriti, e così era rimasto in silenzio, finché alla fine lei aveva smesso del tutto di parlare.

Era stata la cosa peggiore. Ethan aveva vissuto ogni giorno nella speranza di udire ancora quelle parole, solo per arrabbiarsi e risentirsi quando non arrivavano. Aveva punito sua moglie per ciò che era solo opera sua.

«Ethan.»

L'uomo alzò gli occhi e vide Sam che lo studiava dallo specchietto retrovisore.

Sospirò. «Vorrei tanto sapere cosa dirti, fratello. So che non è facile per te.»

«Non si tratta di me» gli rispose con fermezza. «Si tratta di lei. Soltanto di lei. Lei è la cosa importante.»

Sam annuì. «Lo so. Ma anche tu stai soffrendo. Non sei un

robot. Non puoi semplicemente spegnerti perché non vuoi sentire il dolore.»

«Posso affrontare tutto, purché lei ritorni da me» disse Ethan con voce bassa e disperata.

A queste parole, Garrett si girò con uno sguardo pensoso. «Lei è tornata da te. Di che hai paura?»

Ethan deglutì. Non avrebbe mai rivelato ai fratelli quanta parte aveva avuto nella decisione di Rachel di prendere quell'aereo per il Sudamerica, quanto l'aveva allontanata, rifiutando lei e il suo amore.

Come poteva dirgli che ciò che temeva di più era perderla... di nuovo... dopo averla riavuta?

16

«Rusty è scomparsa!» disse Marlene, agitando febbrilmente le mani.

«Calmati, mamma» la blandì Joe.

Sua madre gli lanciò un'occhiataccia. «Non ho intenzione di calmarmi. Sono stufa dei figli che mi dicono di calmarmi.»

«Che significa 'è scomparsa'?» domandò Nathan.

Marlene alzò le mani mentre passava in rassegna tre dei suoi figli che ciondolavano in salotto. Nessuno di loro sembrava provare la minima preoccupazione per il fatto che Rusty fosse fuggita. La ragazza era rimasta silenziosa da quando avevano ricevuto la notizia del ritorno di Rachel, ma Marlene non si aspettava che scomparisse proprio il giorno in cui sua nuora doveva arrivare.

«Certe volte mi chiedo se il buonsenso non sia stato distribuito molto prima che arrivaste voi due» borbottò.

Nathan sussultò. «Ahi, mamma. Non era necessario.»

Donovan scoppiò a ridere. Ma prima che potesse uscirsene con una battuta scherzosa, Marlene lo zittì con un cipiglio ben mirato.

«Voglio che tutti voi alziate il sedere e mi aiutiate a trovarla. Adesso non me ne posso occupare. Rachel può arrivare da un momento all'altro e Rusty è scomparsa.»

«Non hai mai pensato che magari se ne volesse andare?»

Donovan disse con cautela: «Non puoi costringerla a restare, mamma. È una ragazzina problematica. Non puoi salvarli tutti.»

«Non mi interessa se vuole scomparire, non credo proprio che voglia starsene fuori da sola, nemmeno per un minuto. Deve riportare il suo posteriore a casa. Non ho idea di cosa sia successo, ma a meno che non lo senta dalle sue labbra, noi la tratteremo come un membro della famiglia bisognoso d'aiuto. Se ti dicessi che uno dei tuoi fratelli è scomparso, te ne staresti qui a blaterare? Di sicuro non avresti perso tempo per correre dietro a Rachel, se avessi saputo che era nei guai.»

Nathan si accigliò e si alzò. «No, aspetta un attimo, mamma. Non puoi paragonare quella ragazzina a Rachel. Lei vi sta usando e basta.»

Le labbra di Marlene si tesero. «Vi voglio tutti e tre fuori di casa per cercarla. Non osate tornare senza di lei. Io andrò con il pick-up insieme a vostro padre. Nel momento in cui la trovate, mi telefonate, chiaro?»

Joe sospirò e alzò gli occhi al cielo.

«Non mancarmi di rispetto in questo modo, giovanotto» scattò sua madre.

«Sì, signora» le rispose docilmente.

Con le facce scontente, tutti e tre si alzarono dal divano e uscirono.

Nathan salì sulla sua Dodge e lanciò ai fratelli uno sguardo di rassegnata comprensione mentre montavano nelle rispettive auto. Quando la mamma si metteva in testa una cosa, non c'era modo di sfuggirle. Avrebbe rivoltato come un calzino tutta la Stewart County per cercare quella Rusty.

Nathan uscì dal vialetto in retromarcia e si diresse verso ovest. Avrebbe percorso le strade provinciali che costeggiavano il lago lasciando Dover ai suoi fratelli.

Guidava un po' troppo velocemente, ma bruciava d'impazienza. Era molto più interessato alla notizia che Ethan e Rachel stessero tornando casa, e desiderava ardentemente vedere Garrett per avere un resoconto dettagliato della faccenda. Ma avrebbe dovuto aspettare, dal momento che era impegnato in una sciocca commissione per conto della sua sconsiderata madre.

Non era un pensiero giusto, supponeva, ma la sua irritazione non gliene concedeva altri più caritatevoli. Marlene aveva il cuore più tenero di chiunque altro. Troppo tenero. E quando si metteva in testa qualcosa, niente e nessuno poteva farle cambiare idea.

Per mezz'ora setacciò i sentieri tortuosi vicini alla 232, poi tornò indietro mentre procedeva verso sud costeggiando il lago. Aveva appena incrociato Leatherwood Creek quando superò la curva e vide una figura solitaria che camminava sul ciglio della strada. *Rusty.*

Rallentò e abbassò il finestrino del passeggero mentre la raggiungeva. Quando parcheggiò accanto a lei, la ragazza gli lanciò uno sguardo sospettoso e poi, quando lo riconobbe, si irrigidì.

«C'è un motivo specifico per cui passeggi da sola lungo l'autostrada quando mia madre è quasi fuori di sé per la preoccupazione?» scattò Nathan.

Lei fissò lo sguardo avanti e continuò a camminare, spalle rigide e mascella contratta.

«Non gliene importa niente di me» borbottò.

«Oh, davvero. Suppongo sia per questo che ti ha raccolta, nutrita, vestita, dato un posto dove stare, e che ci sta facendo impazzire tutti chiedendoci di accoglierti, di non dirti nemmeno mezza parola e buttandoci fuori per cercarti, quando faremmo meglio a concentrarci sul ritorno di Rachel.»

Rusty si fermò di colpo, con le labbra piegate in una smorfia. «Rachel. Ne ho piene le scatole di sentir parlare di lei. Rachel è meravigliosa. 'La mia figlia adorata.' Tutti amano

Rachel. Marlene non ha bisogno di me adesso che la sua *vera* figlia è tornata.»

Malgrado l'irritazione, mentre osservava la ragazza Nathan si addolcì. Stava soffrendo e stava cercando con tutte le sue forze di non mostrargli *quanto*.

«Sali» le disse.

Lei scosse la testa.

«Dài. Faremo un giro. Se non vuoi tornare a casa, faremo solo una passeggiata.»

Rusty esitò e le sue labbra tremarono. Nathan allungò un braccio e aprì lo sportello. La ragazza sospirò e salì sul sedile del passeggero.

«La cintura» le disse con pazienza.

Lei aggrottò la fronte, ma si sistemò la cintura intorno al corpo e agganciò la chiusura.

Nathan continuò a guidare sull'autostrada, per far capire a Rusty che non la stava riportando a casa.

«Bene, puoi dirmi perché credi che una cosa meravigliosa come il ritorno di Rachel possa cambiare i sentimenti di mia madre per te?»

«Io non sono nessuno» rispose lei imbronciata. «Solo una che le fa pena. Si sentiva triste a causa di Rachel, e immagino abbia pensato che io potessi sostituirla.»

«Questo te lo ha detto lei?»

Rusty esitò. «Ehm, no.»

«Forse l'hai sentito per caso.»

Lei scosse la testa di nuovo, accigliandosi quando capì dove Nathan voleva arrivare.

«Oppure mia madre ha fatto qualcosa che ti ha indotta a pensare che non sia sincera e che si diverta a prendere in giro ragazzine che hanno dei problemi?»

«Lo sai che non è così» borbottò Rusty.

«Mmm... okay, allora ho esaurito le ipotesi. Forse dovresti semplicemente spiegarti meglio. I ragazzi sono lenti.»

Rusty rimase in silenzio per un bel po' mentre si studiava le mani che teneva in grembo. «Ho pensato che... Ho ipotizzato che, dato che Rachel stava per tornare, lei non mi avrebbe voluta più.»

Nathan si sporse e le prese una mano, ignorando il suo sussulto di sorpresa. «Capisco perché puoi esserti sentita così. Ma una cosa che devi imparare è l'illimitata capacità di mia madre di prendersi cura degli altri. Ha insegnato a scuola per anni, ed è ancora in grado di ripetere il nome di ogni studente che è passato nella sua classe.»

Fece una risatina. «Se è per questo, immagina di essere il figlio più piccolo, con cinque fratelli più grandi. Semmai qualcuno dovesse sentirsi escluso e trascurato, quello dovrei essere io. Ma lei riusciva sempre a far sentire speciale ognuno di noi, come fossimo l'unica persona dell'universo che contava per lei. Non mi fraintendere. Mia madre non è un'ingenua, e quando si fissa su qualcosa, è come un alligatore che punta carne fresca.»

Le labbra di Rusty tremarono e lei ritrasse le mani da quelle di Nathan. «Non sono abituata a qualcuno a cui frega qualcosa di me.»

«Be', forse è ora che impari a farlo» le rispose semplicemente.

Le labbra di lei si contrassero di nuovo mentre sembrava alzare le sue difese. «Perché ti importa? Io non piaccio né a te né ai tuoi fratelli. Preferireste che me ne andassi comunque.»

«Qui non si tratta di me o dei miei fratelli, quindi non rigirare la frittata. A mia madre importa di te. Noi non ti conosciamo. Ci preoccupa che tu stia approfittando di lei? Cavolo, sì. E puoi scommettere che ti staremo alle costole e se fai un passo falso, ti salteremo addosso come un branco di leoni. Ma finché non fai cazzate, non hai niente da temere.»

«Stai dicendo che vuoi che torni a casa?» gli domandò sospettosa.

Nathan sospirò. «Piantala di distorcere le mie parole e datti una mossa, Rusty. Sei in grado di decidere da sola e assumertene la responsabilità. Se vuoi tornare, allora smettila di sprecare il tuo e il mio tempo e dillo. Ti riporterò indietro senza fare domande. Se invece non vuoi, allora va bene, ma lo dirai in faccia a mia madre invece di svignartela come una vigliacca ingrata.»

Rusty spalancò la bocca, scioccata, poi inaspettatamente sorrise e quel sorriso le trasformò completamente il viso. Al posto della persona imbronciata e sconfitta, c'era una ragazza giovane e vivace che era anche piuttosto graziosa.

«Mi piace la gente che non mente e dice le cose come stanno.»

Nathan rise. «Allora dovresti andare piuttosto d'accordo con il clan dei Kelly. Quindi, andiamo a casa o no?»

Una scintilla le luccicò negli occhi e Rusty parve... speranzosa. Perfino eccitata. Poi, improvvisamente com'era scoppiata, la fiamma della felicità si smorzò e lei lo guardò con apprensione.

«Sei sicuro? Cioè, sei sicuro che lei mi voglia?»

Nathan la fissò a lungo e ringraziò il cielo per non essersi mai sentito indesiderato in tutta la sua vita. «Sì, Rusty. Ne sono sicuro.»

17

Rachel sbirciò la casa dal finestrino del SUV mentre Sam si fermava nel vialetto circolare. Aspettò per darsi il tempo di riconoscerla, ma continuò a fissarla con indifferenza, come se fosse la casa di qualcun altro. Non la sua.

Era una bellissima costruzione e sicuramente quel posto le sarebbe piaciuto molto. Una casa costruita con tronchi di cipresso, con una veranda rustica completa di ondeggianti felci in vaso.

Ethan le aveva detto che vivevano a poca distanza dal lago.

«Da quanto tempo viviamo qui?» chiese Rachel.

«Tre anni» rispose Ethan. «Ci siamo trasferiti subito dopo la luna di miele.»

Lei inclinò la testa di lato e lo guardò con curiosità. «Dove siamo andati in luna di miele?»

Per un istante l'uomo parve sorpreso, poi sorrise, con gli occhi pieni di calore. «Siamo stati in Giamaica e abbiamo passato una settimana sulla spiaggia. Penso che tu non abbia indossato niente più di un bikini per tutto il tempo.»

Rachel sentì il sangue affluirle alle guance e chinò la testa.

«Pronta?» le chiese solennemente.

Lei prese un profondo respiro e annuì. Ethan aprì lo sportello e uscì, poi si voltò per porgerle la mano. Rachel fece scivolare le dita nelle sue e si lasciò tirare fuori dal veicolo. Sam e Garrett erano già usciti e aspettavano nel vialetto che portava all'ingresso.

Rachel non si accorse di quanto stesse tremando finché Ethan non la circondò con un braccio per tenerla in equilibrio mentre raggiungevano i suoi fratelli.

«Vuoi che rimaniamo, Ethan?» mormorò Sam.

L'uomo si fermò sui gradini del portico e serrò la stretta intorno alla vita di sua moglie. «No, staremo bene. Di' alla mamma che la chiamo più tardi.»

«Okay. Facci sapere se hai bisogno di qualcosa.» Diede una pacca sulla schiena del fratello e si avviò verso la macchina.

Garrett esitò un secondo, poi toccò Rachel sulla spalla. «Mi raccomando, fiorellino.»

La donna si liberò dalla presa di Ethan e gettò le braccia intorno alla vita di Garrett. Lui indietreggiò per la sorpresa, ma poi l'abbracciò a sua volta.

«Tornerai, vero?» gli sussurrò Rachel.

«Non sarò mai lontano» rispose lui sottovoce. «Se mai avrai bisogno di me, io ci sarò. Promesso.»

Con riluttanza, Rachel si staccò dal suo abbraccio. Garrett le sorrise, poi si rivolse al fratello. «Urla se ti serve qualcosa.»

«Staremo bene» rispose Ethan sommessamente.

Garrett scese lungo il vialetto e salì in macchina accanto a Sam. Mentre si allontanavano dalla casa fecero entrambi un cenno di saluto.

«Tutto a posto?» domandò Ethan mentre si girava verso la porta.

Rachel fissò i gradini, quasi temendo ciò che si trovava all'interno. Perché la spaventava così tanto? Perché era così vigliacca?

«Facciamolo» disse.

Ethan infilò la chiave nella toppa e aprì la porta. Mentre entravano, un soffio d'aria fredda le sfiorò il viso. Rachel si preparò a essere investita dai ricordi, ma mentre si spingeva dentro la casa, fu colpita soltanto da una sensazione di estraneità.

Le mani le scivolarono sulle braccia e si massaggiò con aria assente mentre il suo sguardo vagava in salotto. Sembrava così... tranquillo. Ordinato. Silenzioso. La calma era riflessa negli ornamenti, dal pianoforte al camino di pietra, fino ai quadri appesi alle pareti.

Come poteva appartenerle quella casa, quando ogni angolo della sua mente era dominio del caos?

«Piccola? Va tutto bene?»

Ethan le toccò un braccio, e lei si distolse dal vaglio della sala.

«Sto... sto bene.»

«C'è qualcosa che ti sembra familiare?»

Scosse la testa, pericolosamente vicina a fuggire dalla casa a gambe levate.

«Cos'è che ti disturba?» le chiese Ethan gentilmente.

Rachel girò su sé stessa. Le pareti e i mobili sembravano accerchiarla e deriderla, le dicevano che quella non era casa sua.

«Sei sicuro che questa sia casa mia?»

«Vieni qui» le disse prendendola fra le braccia. La tenne stretta, appoggiando il mento sopra la sua testa. «La tua casa è ovunque sia io. Il tuo posto è con me. Sempre. So che sarà molto pesante per te, ma ce la faremo. Promettimi soltanto che quando qualcosa ti spaventa me lo dirai, in modo che possa aggiustare le cose.»

Rachel lo strinse più forte che poté. Inalò il suo profumo e sentì il regolare, rassicurante battito del suo cuore contro la guancia. Potevano farcela. Lei poteva farcela.

Alla fine si staccò e gli prese la mano, intrecciando le dita con le sue. «Mi fai fare un giro?»

«Ne sarei felice.»

Mentre passeggiavano per le stanze, la frustrazione di Rachel crebbe. Non sentiva alcuna affinità con quella casa.

«Questa è la nostra camera da letto e dietro questa porta c'è il bagno padronale» disse Ethan mentre entravano in una stanza spaziosa.

L'arredamento rispecchiava un gusto femminile, come il letto a baldacchino, con un copriletto di pizzi e merletti. Le risultava difficile immaginare Ethan in uno scenario del genere.

«Non ti somiglia» gli disse lentamente.

Ethan sorrise. «Ho il senso estetico di un mulo.»

«Ma non somiglia nemmeno a me» aggiunse Rachel con disperazione.

«È esattamente come te. Tranquillo e ordinato. Femminile e bellissimo.»

Lei scosse la testa detestando quelle parole. Parole con cui avrebbe definito anche il salotto. Lei non era così. Camminò alla cieca verso il bagno, in cerca di una via di fuga.

La stanza era grande, con una vasca Jacuzzi e una doccia separata. La toilette era in un piccolo stanzino e allineati sulla parete c'erano due lavandini, per lui e per lei. Ma il suo sguardo rimase incatenato alla vasca.

Un ricordo lontano arrivò fluttuando in una nuvola, calmo e sonnolento. Gli spruzzi dell'acqua. Lei seduta nella vasca, con l'acqua fino al petto. Ethan. Rachel sbatté le palpebre mentre l'immagine si faceva più nitida.

Era fra le sue braccia, appoggiata al suo petto mentre l'acqua le lambiva i seni. Le mani di lui che li racchiudevano, i pollici che ne sfioravano le punte turgide. Un brivido le scorse lungo il corpo.

E poi le dita di Ethan fra i suoi capelli mentre le insaponava le lunghe ciocche. Si portò automaticamente le mani ai riccioli tagliati. Allora i suoi capelli erano stati molto più lunghi.

«Vuoi fare un bagno con me?» disse d'impulso.

Ethan sbatté le palpebre, sorpreso, e per un lungo momento non disse niente. Sembrava che si sforzasse di trovare le parole giuste da dire, la risposta più opportuna.

«Tu mi lavavi i capelli, di solito. Mi ricordo il tuo tocco.»

Negli occhi di Ethan crebbe un fuoco, riempiendo di scintille il loro blu finché non somigliarono a un cielo in tempesta.

«Sei sicura, piccola? Non voglio fare niente che ti metta a disagio.»

Lei si strinse nelle spalle, detestando l'imbarazzo di chiedere a suo marito, suo *marito*, di condividere di nuovo l'intimità con lei.

«Voglio soltanto che mi tieni stretta.»

Lui l'attirò fra le sue braccia e, con grande sorpresa di Rachel, tremò contro di lei. Si sentiva alla deriva come lei? In un certo senso, per lui doveva essere ancora più difficile. Aveva ricordi che lei non possedeva più. Poteva ricordare com'era stato fra di loro e sentire la mancanza di ciò che avevano perso.

«Siediti sul letto. Apro il rubinetto e poi ci spogliamo insieme, okay? La mamma ti ha comprato dei vestiti nuovi e li ha lasciati sul letto, così puoi scegliere qualcosa da indossare mentre l'acqua scorre.»

Rachel annuì e si ritirò in camera. Sul letto c'erano parecchie buste, si sedette e ne aprì una. Jeans, top, perfino calzini e un paio di scarpe da tennis nuove. C'era anche un reggiseno e parecchie paia di mutandine.

Abbassò lo sguardo impacciata mentre si rendeva conto che non indossava un reggiseno da più tempo di quanto riuscisse a ricordare. O delle mutandine.

Senza alcuno sforzo, l'immagine di un uomo che le strappava di dosso vestiti e biancheria le attraversò la mente in un lampo. E poi un altro uomo che si metteva fra di loro, spingendo via il suo aggressore. Lei si era rannicchiata nuda sul pavimento della capanna mentre i due discutevano, poi il suo salvatore le aveva gettato i vestiti lacerati, tranne la biancheria ormai irrecuperabile.

Non aveva più pensato a quella circostanza, né l'aveva ricordata fino a quel momento. Il suo aggressore era morto. Ma il suo salvatore? Chi era e perché si era interessato a ciò che le faceva l'altro uomo?

Con dita nervose, tirò fuori le mutandine e il reggiseno di pizzo che sembrava troppo grande per i suoi piccoli seni. Come le sarebbero stati, adesso? Perfino lei sapeva di essere troppo magra. D'un tratto, l'idea di fare il bagno con Ethan non le sembrava più così allettante.

Si strinse addosso i vestiti e aspettò con ansia crescente che Ethan uscisse. Pochi attimi dopo, lui apparve sulla soglia, il linguaggio del suo corpo indicava una tensione pari alla sua.

«Il bagno è pronto. E tu?»

Rachel si alzò e lo guardò negli occhi. «Forse dovrei entrare io, per prima. Puoi... puoi darmi qualche minuto per entrare nella vasca prima che tu venga?»

«Certamente, piccola. Prenditi tutto il tempo che ti serve.»

Le fece segno di entrare e, quando lo superò, chiuse silenziosamente la porta dietro di lei. Rachel andò ai lavandini e appoggiò gli abiti sul ripiano.

Quando alzò gli occhi, colse la prima immagine di sé nello specchio. Per un attimo ne fu spaventata. La donna che la guardava con occhi sgranati e spaventati, non le somigliava.

I capelli le pendevano flosci all'altezza del collo e delle orecchie. Le guance erano scavate, le ossa molto più sporgenti. Perfino la gola sembrava troppo piccola e le spalle eccessivamente spigolose.

Lo sguardo scese fino alla vita e ai fianchi stretti. Da ragazzino. Sembrava che non ci fosse alcuna morbidezza in lei. Che cosa avrebbe potuto vedervi Ethan? Aveva sempre avuto quell'aspetto?

Pietrificata dall'estranea nello specchio, si spogliò. Ben presto fu nuda e osservò con distacco i suoi seni. Sebbene piccoli, apparivano ancora grandi per la sua corporatura. Troppo pieni.

Cercò altre imperfezioni, girandosi di lato per studiarsi di profilo. Il sedere c'era, pallido, senza pretese, né troppo grande né troppo piccolo. Solo un sedere.

Sollevò le braccia e si passò le dita sulla pelle sottostante, fresca di rasatura. Maren le aveva offerto un rasoio per depilarsi gambe e ascelle, ma si era rifiutata di lasciarla da sola mentre lo usava.

Le sfuggì una risata sommessa. Regola numero uno quando si ha a che fare con i pazzi: mai lasciarli da soli con oggetti taglienti.

Non c'era niente in lei che ispirasse lussuria in un uomo, ma nemmeno qualcosa che lo facesse correre a gambe levate in cima a una montagna. Sentendosi leggermente meglio, andò alla vasca ed entrò nell'acqua fumante.

Le scivolò sulla pelle come seta e Rachel emise un profondo sospiro di piacere mentre si immergeva. Un piacere così elementare, ma in quel momento non l'avrebbe scambiato con nient'altro al mondo.

Si sdraiò, lasciando che l'acqua le arrivasse al mento. Chiuse gli occhi e permise alla pace di avvolgerla nel suo dolce abbraccio.

Un attimo dopo udì la porta che si apriva. Automaticamente, si tirò su e piegò le ginocchia in un debole sforzo di nascondere il suo corpo.

Ethan si avvicinò e si sedette sul bordo della vasca, ancora completamente vestito.

«Dimmi cosa vuoi che faccia, piccola. Posso entrare tenendomi addosso i boxer, se ti fa sentire più a tuo agio, oppure posso lasciarti sola, se è quello che desideri.»

Lei fece una risata tremula. «Se mi dovrai vedere nuda, allora ti vedrò nudo anch'io.»

Ethan si chinò e le mise un dito sotto il mento. «Puoi vedermi in qualsiasi modo vuoi, quando vuoi.»

Dopodiché si alzò e si sfilò lentamente la maglietta. Il petto e le braccia erano un fascio di muscoli guizzanti e Rachel guardava affascinata gli avvallamenti e le curve che attraversavano la sua pelle tesa. Non c'era un grammo di carne superflua in lui. Aveva il corpo di un guerriero.

Le mani di Ethan arrivarono in vita e si agganciarono ai jeans. La chiusura lampo si aprì e lentamente il denim scese lungo i suoi fianchi.

Incapace di rimanere ancora a fissarlo così avidamente, Rachel abbassò gli occhi, sconcertata dal calore che sentiva sulle guance. Quello era suo marito. Perché guardarlo la imbarazzava così tanto? Voleva disperatamente rientrare in contatto con ogni sfumatura della sua relazione con lui. Voleva riprendersi l'intimità a cui lui sembrava alludere. La confidenza del loro amore.

Quando i jeans raggiunsero il pavimento, Ethan scavalcò il bordo della vasca e spinse delicatamente la moglie in avanti in modo da potersi accomodare alle sue spalle.

Mentre lui si abbassava, il suo pene le scivolò lungo la schiena e Rachel si mantenne rigida e immobile. Avrebbe tenuto duro. Lo avrebbe fatto.

Finalmente, Ethan si sistemò e circondò la moglie con le braccia tirandola delicatamente indietro contro il suo petto. I peli del suo inguine, ammorbiditi dall'acqua, le sfiorarono le natiche, ma Rachel si rilassò ugualmente e lasciò che lui l'abbracciasse.

Appoggiò la testa sulla sua clavicola ed Ethan le baciò la tempia. Con grande sorpresa, Rachel sentì un brivido improvviso scorrerle sul corpo quasi nello stesso momento in cui avvertì qualcosa di umido sulla pelle. Lacrime. Le lacrime di Ethan.

Fece per girarsi, ma lui la strinse più forte.

«Resta» le disse con voce strozzata. «Lascia che ti abbracci, piccola. Lascia che ti abbracci e basta.»

Lei si rilassò e appoggiò la testa nella curva del suo collo. Il tremito continuò a scuotere il corpo di Ethan e un sommesso ansimare risuonò nelle orecchie di Rachel.

Suo marito la teneva stretta, mentre un'ondata d'emozione tendeva quei muscoli che aveva ammirato. Invece di essere rassicurata dalla consapevolezza che qualcuno l'amava tanto profondamente, Rachel si sentì vulnerabile. Spaventata. E forse un po' immeritevole.

Dopo un po' Ethan parve riprendersi. Il suo abbraccio si allentò e lui raccolse un po' d'acqua con le mani per bagnarle i capelli. Poi le versò lo shampoo sulla testa e affondò le dita nella chioma, massaggiandola.

Rachel gemette e chiuse gli occhi in estasi.

«Ti piace?» le mormorò nell'orecchio.

Rachel ebbe voglia di piangere. Tutta quella tenerezza le era estranea. Non riusciva a ricordarla e non poter richiamare alla mente quella sensazione l'addolorava ancora di più.

«Perché non riesco a ricordare?» gli chiese con voce strozzata. «Io vorrei farlo. Davvero.»

Le mani di Ethan si fermarono per un attimo, poi continuò con delicate, affettuose carezze a massaggiarle i capelli. «Lo farai, Rachel. Lo farai.»

Dopo un po', le mani scesero sulle sue spalle, impastando i muscoli tesi. Si spostarono più giù arrivandole sul petto e poi immergendosi nell'acqua. Rachel trattenne il respiro, ma lui non le prese i seni. Le sue dita scivolarono sulle morbide rotondità e scesero velocemente sull'addome, dove si fermarono, accontentandosi di appoggiarsi sulla sua vita.

«Scivola un po' più giù, così posso sciacquarti.»

Rachel si abbandonò sul suo corpo. Lui sollevò una mano per sostenerle il mento e tenerle il viso fuori dall'acqua mentre la testa si reclinava all'indietro. Poi le sciacquò con cura i capelli.

Quando ebbe finito, le baciò la fronte mentre lei alzava lo sguardo su di lui, poi la sollevò di nuovo prendendola sotto le ascelle. Le sue dita le sfiorarono i seni ancora una volta ma, come prima, non vi indugiarono.

«Rachel.»

Il suo nome uscì, quasi come una preghiera, in un lungo, sommesso sospiro che le parve quasi doloroso.

Lei si immobilizzò, in attesa di ciò che le avrebbe chiesto.

«Ricordi qualcosa della tua prigionia?»

Rachel si irrigidì e le si mozzò il respiro. Le mani di Ethan scivolarono sulle sue spalle, accarezzandola in modo rassicurante.

La donna annuì lentamente. «Qualcosa. Non tutto. Quella cosa... la droga che mi hanno dato rende tutto confuso.»

«Cosa ricordi? Puoi parlarmene?»

Lei scosse la testa. «No. Non voglio pensarci.»

Le mani di Ethan le strinsero le spalle. «Ti hanno fatto del male?»

Rachel crollò su di lui, afflosciandosi come un palloncino sgonfio. L'acqua si stava raffreddando e un brivido le percorse la pelle. Ethan imprecò sottovoce e con il piede cercò a tentoni il tappo di scarico.

«Usciamo, parleremo in camera da letto. Riposeremo un po' e sarà bello tenerti abbracciata.»

Si tirò su appoggiandosi di lato. L'acqua sgocciolò dal suo corpo spargendosi tutt'intorno. Uscì dalla vasca e prese un asciugamano. Questa volta Rachel lo fissò sfacciatamente mentre lui si asciugava.

Quando ebbe finito, prese un altro asciugamano e lo stese di lato. Poi la prese per mano e l'aiutò ad alzarsi. Quando Rachel uscì dalla vasca Ethan l'avvolse con il telo da bagno e l'attirò contro il proprio corpo nudo.

La asciugò dalla testa ai piedi e le avvolse i capelli nell'asciugamano.

«So di averti detto di prendere un vestito, ma che ne dici di indossare una delle mie camicie e vestirti dopo, quando ci alziamo? Oppure possiamo rimanere a letto fino a domani.»

Lei gli rivolse un sorriso tremulo. «Mi sembra una buona idea. Sono così stanca.»

Ethan le baciò le labbra sorridenti e si allontanò. «Resta lì. Vado a vestirmi e a prenderti una camicia.»

Tornò un attimo dopo indossando un paio di pantaloncini sportivi e portando una camicia per lei. Gliela infilò e l'indumento le ricadde fino alle ginocchia. Rachel si guardò, poi sollevò gli occhi su di lui.

«A me non è mai stata così bene» le disse Ethan con un sorriso. Poi le porse la mano. «Pronta?»

Lei fece scivolare le dita nelle sue e annuì.

18

Un letto normale. Appariva caldo, soffice e invitante e lei voleva soltanto tuffarsi nel cumulo delle coperte. I piaceri più semplici, quelli che si danno per scontati nella vita di tutti i giorni, adesso erano i più dolci. Un bagno caldo. Un letto comodo. Tutte cose che le erano state negate per un anno.

«Dici che riuscirò a trovarti sotto tutte quelle coperte?» scherzò Ethan mentre saliva sul letto.

«Credo che potrei rimanere qui dentro per una settimana» rispose Rachel in tono malinconico.

«Potresti convincermi» le disse accomodandosi accanto a lei.

Si sdraiò su un fianco e appoggiò la testa sul palmo della mano mentre incastrava il gomito fra i cuscini. Lei lo fissò, studiando la sua espressione, lo scintillio dei suoi occhi.

«I tuoi sono più scuri di quelli di Sam» rifletté. «Somigli moltissimo a Garrett. Pensi che sia per questo che mi ricordo di lui?»

Ethan rimase perplesso, sorpreso per le domande che gli rivolgeva.

Rachel corrugò la fronte mentre evocava l'immagine del viso di Donovan. «Donovan ha gli occhi verdi, mentre voialtri li avete blu.»

Ethan sorrise e le toccò una guancia. «Rallenta, piccola. Fammi stare al passo.»

Lei si rifugiò ancora più profondamente nelle coperte e soffocò uno sbadiglio mentre osservava il marito. Le piaceva il contrasto fra il bianco delle lenzuola e la sua pelle abbronzata. Era bello da guardare e lo divorava con gli occhi.

Lo aveva sempre guardato con tanta adorazione? Perché non riusciva a ricordare? Una scintilla d'emozione. Qualsiasi cosa.

L'oscurità si insinuò di nuovo, insidiosa e indesiderata. La paura si impossessò di lei. Paura dell'ignoto, ma c'era anche il timore di ricordare. Perché? Quali oscuri segreti nascondeva quella casa apparentemente perfetta?

«La maggior parte di noi ha gli occhi blu. Papà li ha blu e la mamma castani. Van è venuto fuori con gli occhi verdi, mentre Nathan e Joe li hanno castani come lei.»

«Pensavo che il marrone fosse sempre dominante sul blu» disse lei, riflettendo.

«Stai chiedendo a un ottuso soldato semplice di spiegarti la genetica?»

«Non sei ottuso» ribatté Rachel con veemenza.

Ethan sorrise e le sfiorò le labbra con il pollice. «Risoluta come sempre quando si tratta di difendere le persone che ami. Comunque, mio nonno materno aveva gli occhi blu, quindi mia madre ne porta il gene, o come altro si chiama. Caspita, non facevo questi stupidi conteggi dei geni da quando andavo al liceo. E, sì, io somiglio moltissimo a Garrett, ma tu e mio fratello eravate... amici. Forse è per questo che lo ricordi.»

«Non ricordo affatto gli altri tuoi fratelli. O tua madre.» Sospirò. «Come posso affrontarli, quando per me saranno degli estranei?»

Ethan si spostò sul letto finché i loro nasi furono a distanza di un sospiro.

«Non si tratta di loro. Ma di te. Non si arrabbieranno. Saranno tristi? Forse, ma solo perché ti amano e sono addolorati per ciò che ti è accaduto. Vogliono che tu sia felice. Vogliono che ti riprenda la tua vita, la tua salute e i tuoi ricordi.»

«Ethan?» disse Rachel, con un singhiozzo.

Lui le sistemò una ciocca di capelli dietro l'orecchio con un gesto affettuoso. «Sì, piccola?»

Lei si leccò le labbra. «Non ricordo granché di ciò che è accaduto. Cioè, ricordo dei frammenti, come quando uno degli uomini tentò di...» Serrò le labbra per un istante, ma poi scacciò la vergogna e la reticenza. Non aveva niente di cui vergognarsi. Niente. Avevano cercato di portarle via tutto. Lei non aveva fatto niente per provocare le loro azioni.

Le dita di Ethan rimasero immobili sulla sua guancia, ma lei avvertì, più che vedere, il sussulto che scosse il suo corpo robusto.

«Di fare cosa?» le chiese a voce bassa.

«Di farmi del male» gli rispose senza specificare. «Ma un altro uomo lo fermò. Non so perché, ma lui me lo tolse di dosso e mi restituì i vestiti.»

Il volto di Ethan era una rigida, immobile maschera di pietra. Soltanto gli occhi tradivano la violenta emozione che gli ardeva dentro.

«Ci ha mai riprovato?»

«Non penso di essere stata violentata» sussurrò Rachel. Gli rivolse uno sguardo interrogativo. «Lo saprei, non è vero? Come potrei dimenticare una cosa così orribile? Ricordo tutto il resto, cioè, quello che hanno fatto.»

«Che cosa hanno fatto?» le domandò Ethan con dolcezza. Rachel sentì la sua mano tremare e i suoi occhi erano così intensi, così concentrati su di lei che si sentì... amata.

Corrugò la fronte mentre alcuni ricordi emergevano dalle ombre.

«Mi dicevano che non sarei mai tornata a casa. Che servivo a uno scopo. Ero una polizza d'assicurazione. Che cosa intendevano, Ethan? Non capisco.»

L'uomo ansimò per la collera e le sue dita si fermarono sulla guancia della moglie. «Non lo so. Ma ho intenzione di scoprirlo. Lo giuro.»

«Una volta, quando tentai di fuggire, mi misero dentro quella... gabbia. Era una scatola al centro dell'accampamento. La chiamavano la scatola bollente. C'era solo un buco in cima per far passare l'aria, ma per il resto era buia e caldissima. Era come stare in un forno.»

Rabbrividì involontariamente ed Ethan la prese fra le braccia stringendosela al petto. Rachel sentì il suo cuore martellare e percepì la collera levarsi come un'onda dentro di lui.

«Dopo cominciarono con la droga. La odiavo. Mi spaventavano a morte, ma poi ho cominciato ad averne bisogno e mi sentivo bene solo quando mi davano un'altra dose. Li detestavo per questo, per avermi resa dipendente dalla droga per la mia salute mentale, quando per tutto il tempo non facevo che perderla un pezzo dopo l'altro.»

«No, piccola, non è vero» protestò Ethan.

«La usavano per controllarmi, dopo» disse lei interrompendolo, rievocando l'odio e il bisogno incessante che perfino in quel momento sentiva insidiare il suo corpo. «Mi rifiutavano la droga, sapendo che cosa mi avrebbero causato. Mi tenevano in un perenne stato d'astinenza, finché non arrivai a odiare me stessa quanto odiavo loro.»

«Dio.»

Il corpo di Ethan tremò. Le sue spalle sussultarono e Rachel pensò che sarebbe scoppiato a piangere, ma aveva paura di guardarlo, temeva per il suo stesso flebile equilibrio emotivo. Se Ethan crollava, lei sarebbe semplicemente andata in pezzi.

«Supereremo tutto questo, Rachel» le disse con passione. «Ci sei quasi riuscita.»

Lei non riuscì a dirgli che in quel preciso istante desiderava l'ago più di quanto non desiderasse vivere. Non poteva dirgli che avrebbe venduto l'anima per un solo minuto di dolce oblio. Così si abbandonò fra le sue braccia senza dire niente e pregò che la smania incessante in qualche modo se ne andasse se avesse dormito.

Ethan afferrò di scatto il telefono quando suonò, sperando che non disturbasse Rachel. Era raggomitolata sul divano, con una coperta tirata fino al mento, e dormiva serenamente. Forse il sonno più sereno che avesse avuto in tre giorni, da quando erano tornati a casa.

«Pronto?» disse sottovoce mentre andava in cucina.

«Sai, se solo accendessi quel maledetto cellulare, potresti mettere la vibrazione e non preoccuparti che qualcuno svegli tua moglie» gli brontolò Sam nell'orecchio.

«E secondo te perché dovrei rendere facile a tutti voi mettersi in contatto con me?» ironizzò Ethan.

«Come sta?» gli chiese il fratello, ignorando la sua battuta.

Ethan si fece serio e gettò un'occhiata a Rachel.

«Meglio. È stata dura. Non dorme bene. Fra gli strascichi della crisi d'astinenza e i suoi incubi, nessuno di noi due riesce a riposare.»

«Mi sembri distrutto» disse Sam, la preoccupazione che trapelava dalla sua voce.

«Niente che non possa gestire.»

«La mamma sta diventando nervosa. Faccio di tutto per tenerla alla larga.»

Ethan sospirò. «So che è difficile per tutti. Niente mi darebbe più piacere di farvela rivedere. Cazzo, spero che una volta riunita alla famiglia ricorderà qualcuno o qualcosa, ma adesso è talmente fragile, Sam. Impegna tutte le sue forze solo per rimanere stabile.»

«L'hai portata dal medico?»

«Sì, è stata quasi la prima cosa che ho fatto. Mi hanno dato il nome di un analista di Clarksville, lo chiamerò non appena Rachel si sentirà pronta. Sembra abbastanza desiderosa di parlare con me, ma finora si è rifiutata di andare da chiunque altro.»

«Cosa dice il medico delle sue condizioni fisiche?»

«La stessa cosa che ha detto Maren. È estremamente fragile. Denutrita. Le sue riserve sono praticamente esaurite. Le ha prescritto una cura vitaminica e io le preparo tre pasti nutrienti al giorno e una merenda tra l'uno e l'altro.»

«E la crisi d'astinenza?»

Ethan si passò una mano fra i capelli e sbuffò. «Ogni tanto si contorce ancora come un lombrico. So che la divora più di quanto non ammetta lei stessa. È talmente stoica che non riesco a capire se se ne vergogna e non vuole che io me ne accorga, oppure se sta cercando in qualche modo di proteggermi dalla brutalità di ciò che sta passando.»

«Brutta situazione» borbottò Sam.

«Non me ne parlare. Dovrei essere io a proteggere lei.»

Ethan si girò quando sentì che bussavano alla porta.

«Merda, devo andare Sam. È arrivato qualcuno.»

Sam esitò. «Probabilmente è Garrett. Dovevi saperlo che sarebbe passato a vedere come state.»

«Già. Ci sentiamo più tardi, Sam.»

Ethan attaccò e andò alla porta. In effetti c'era Garrett, con le mani infilate in tasca. Guardò Ethan e fece un passo avanti. «Posso entrare?»

Il fratello aprì di più la porta. «Certo. Ma fai piano. Rachel sta dormendo sul divano.»

«Come vanno le cose?» gli chiese Garrett, mentre lo seguiva in casa.

Ethan alzò le spalle. «Tiriamo avanti.»

«Hai l'aria stanca. Perché non hai chiesto aiuto a nessuno di noi?»

La domanda venne posta gentilmente, ma Ethan la prese come un'accusa. Cazzo, forse se lo meritava, ma come avrebbe dovuto spiegare a qualcuno come si sentiva? L'aveva persa. Per un anno intero aveva vissuto con la consapevolezza che Rachel era morta. E adesso, per miracolo, l'aveva riavuta.

Garrett si avvicinò al divano del salotto e guardò Rachel. La sua espressione si intenerì, le toccò delicatamente una guancia, e poi osservò il fratello.

«Penso che dovresti andare a trovare mamma e papà. Che diavolo, non so nemmeno se qualcuno ti ha detto che Nathan e Joe sono a casa. Sono maledettamente ansiosi di vederti.»

«Me l'ha detto Sam» rispose Ethan a bassa voce. «Ma non ho intenzione di lasciarla. So che tutti vogliono vederla. Credimi, lo capisco, ma io devo fare ciò che è meglio per lei e mi preoccupa subissarla con la famiglia in questo momento.»

«Non ti stavo suggerendo di portarla con te. Sono d'accordo, non dovresti imporle situazioni emotivamente impegnative. Ma penso che tu dovresti andare. La mamma è molto preoccupata per te. E anche papà.»

«Non posso lasciarla» ripeté Ethan, incredulo.

«Rimarrò io con lei. Sta dormendo. Hai bisogno di uscire, fratello. Di prendere un po' d'aria fresca. Di respirare. Non puoi continuare così, altrimenti andrai in pezzi e allora che bene farai a Rachel?»

Cristo. Ethan deglutì. Garrett aveva tutte le ragioni del mondo ma, dannazione, lui non voleva lasciare sua moglie. Nemmeno per un attimo. Come poteva spiegare il panico assoluto che provava solo all'idea? E se fosse andato dai suoi e poi avesse scoperto che tutto questo non era altro che una grottesca fantasia?

Garrett si avvicinò e mise una mano sulla spalla del fratello. «Ascolta, per come la vedo io hai due possibilità. Puoi mettere il culo sul pick-up e andare a trovare mamma e papà per un paio d'ore. Oppure posso chiamare Sam, Van, Nathan e Joe, farli venire qui e trascinarti fuori con la forza. In ogni caso, tu uscirai da questa casa per un po'.»

Ethan strinse le mani a pugno. Mai prima di allora aveva desiderato colpire qualcuno quanto desiderava colpire Garrett in quel momento. E suo fratello lo sapeva, ma rimase lì, con le braccia lungo i fianchi, senza fare alcuno sforzo per difendersi.

«Adesso hai bisogno della tua famiglia» gli disse dolcemente. «E Rachel ha bisogno di te.»

Ethan chiuse gli occhi. «Va bene. Andrò. Giurami che mi chiamerai se lei avrà bisogno di me. Qualche volta, quando si sveglia, dimentica... dimentica dove si trova. Devi rimanerle vicino, così non si spaventerà.»

Garrett lo interruppe prima che potesse continuare. «Vai. Posso cavarmela. Veglierò su di lei per te.»

Ethan prese un respiro e poi andò a cercare le chiavi. Quando le trovò, si avvicinò al divano, dove Rachel non si era quasi mossa. Per un attimo osservò il lieve alzarsi e abbassarsi del suo petto. Una ruga le segnava la fronte e appariva preoccupata perfino nel sonno. Ethan si chinò e cancellò la ruga con un bacio.

«Dormi bene, piccola» sussurrò. «Tornerò.»

19

Ethan scese dal pick-up, sbatté lo sportello e inspirò profondamente prima di dirigersi verso la porta della casa dei suoi genitori. Per quanto desiderasse vedere Nathan e Joe, stare lontano da Rachel, anche per pochi minuti, lo innervosiva.

La porta si spalancò non appena salì i gradini e sua madre si precipitò fuori a salutarlo, con le braccia aperte. Sebbene Ethan la sovrastasse, fu lei ad abbracciarlo e stringerlo.

Le lacrime le bruciarono le palpebre e Marlene fece un profondo respiro per trattenerle.

«Ethan, grazie a dio tu e Rachel siete tornati» disse sua madre. La donna si protese verso l'alto, gli prese il viso fra le mani e lo baciò, mentre si asciugava le lacrime.

Poi gli afferrò la mano e lo tirò verso la porta.

«Nathan e Joe ci sono?» domandò Ethan, entrando.

Marlene scosse la testa. «No, sono fuori ad aiutare Sam e Donovan. Entra, siediti e lascia che ti guardi.»

Lo parcheggiò su una sedia al tavolo della cucina e rimase in piedi a fissarlo, con tutto il suo amore materno che le brillava negli occhi.

«Hai un aspetto orribile» lo rimproverò. Poi si lasciò cadere su una sedia di fronte al figlio e gli afferrò le mani. «Come sta?»

Ethan inghiottì il magone. «Sta bene. Quando l'ho lasciata stava dormendo. C'è Garrett con lei.»

«Come sta veramente?» insistette Marlene.

Suo figlio chiuse gli occhi. «È fragile, ma'. Quei bastardi... quei bastardi l'hanno tenuta prigioniera per un anno. Un anno. Un anno in cui avrebbe avuto bisogno di me, in cui ha passato dio solo sa cosa.»

Soffocò un singhiozzo, vergognandosi di scoppiare a piangere di fronte a sua madre, per l'amor di dio!

Marlene si alzò ed Ethan si ritrovò di nuovo fra le sue braccia che gli stringevano le spalle. L'uomo si rannicchiò contro di lei, come faceva da bambino, soffocando il dolore nella sua camicia.

«Saresti dovuto venire prima» gli disse sua madre con dolcezza. «Tutto questo è troppo perché tu possa superarlo da solo, figliolo. Siamo in tanti a volerti aiutare, ma tu devi permetterci di farlo.»

«Lei ha bisogno di me» rispose Ethan con voce roca. «L'ho già delusa. Non lo farò ancora.»

«La deludi prendendoti un momento per vedere tua madre, che è preoccupata a morte per te, mentre Garrett veglia su di lei?»

«Ti ha chiamata.»

«Sì, ha detto che stavi per arrivare. Ed era ora. Pensavi che ti avremmo assalito, oppure che non avremmo capito se ancora non potevi portare Rachel da noi? Siamo molto preoccupati per entrambi, Ethan. Desidero così tanto vederla che mi sento male. Vorrei stringerla fra le braccia ancora una volta. Ma posso aspettare.»

«Ethan, sei a casa.»

Ethan sollevò lo sguardo per distoglierlo precipitosamente quando suo padre entrò in cucina. Il suo sfogo emotivo era stato già abbastanza imbarazzante di fronte a sua madre, ma piangere davanti a suo padre era più di quanto potesse sopportare.

Quel pensiero svanì nel momento in cui Frank lo prese e lo stritolò nel suo abbraccio nerboruto. Suo padre pianse apertamente, con il corpo che tremava in modo convulso e violenti singhiozzi che gli uscivano dal petto.

«Grazie a dio, grazie a dio sei a casa. Io e tua madre eravamo così preoccupati. E poi Sam e Van sono tornati da soli. Non saprai mai com'è stato vederli entrare dalla porta così sporchi e smunti, senza te e Garrett. È stato orribile come il giorno in cui ci hanno detto che Rachel era morta.»

«Mi dispiace» disse Ethan mentre accarezzava la nuca di suo padre. «Non ho mai voluto spaventarvi. Ma non potevamo dirvelo. Almeno finché non eravamo sicuri. Non avrei mai alimentato le vostre speranze in quel modo.»

«Allora è davvero lei? È tornata?» gli chiese suo padre con voce roca.

«È tornata» rispose Ethan, permettendo alla gioia di quella affermazione di invadergli il petto.

Marlene si portò le mani tremanti al viso e i suoi occhi si riempirono nuovamente di lacrime.

«Portala da noi presto, Ethan. Per cena. Proprio come ai vecchi tempi. Non le faremo pressioni, te lo giuro. Ma lasciacela vedere. Tutti noi la amiamo tantissimo.»

Ethan si asciugò gli occhi con il dorso della mano, poi prese quella di sua madre. «Lo farò, mamma. Domenica, okay? Domenica a cena, proprio come ai vecchi tempi. La famiglia sarà di nuovo tutta riunita.»

«Dio sia lodato» sospirò Marlene. «Oh, Ethan, è un miracolo. Ti è stato concesso un dono preziosissimo.»

Lui le sorrise, sfiorandole la guancia umida con le dita. «Lo so. Questa volta non lo rovinerò.»

A queste parole sua madre corrugò la fronte, ma Ethan

si girò verso il padre prima che lei potesse chiedere spiegazioni.

«Mi dispiace davvero di avervi spaventati. È successo tutto troppo in fretta. Se si trattava di Rachel, dovevamo arrivare lì rapidamente e se non era lei non volevamo farvi rivivere da capo la perdita.»

«Va bene, figliolo. L'importante è che i miei ragazzi e mia figlia siano di nuovo nella loro casa. Non potrei chiedere di più.»

«Lascia che ti prepari qualcosa da mangiare» disse Marlene mentre si affaccendava intorno al bancone verso il frigorifero. «Puoi portare gli avanzi a casa, per Rachel.»

Ethan tergiversò, guardando l'orologio. Era via già da mezz'ora.

«Starà bene insieme a Garrett» disse sua madre in tono tranquillo e comprensivo. «Hai bisogno di una pausa, Ethan. Permettimi di nutrirti. Probabilmente non hai mangiato niente di quello che ti ho mandato da quando sei a casa.»

«Quando mai ho rifiutato la tua cucina, mamma?»

Marlene sorrise quando lui fece altrettanto.

«Così va meglio. Siediti, adesso. Parla con tuo padre mentre preparo la cena. Se ha bisogno di te, Garrett telefonerà, e potrai essere a casa in meno di cinque minuti.»

Il sogno era lo stesso. Ethan era arrabbiato, i suoi lineamenti contratti in una nube cupa. La disperazione la travolse a ondate e un senso di impotenza la invase. Più potente della paura verso i suoi aguzzini. No, quello era il passato. Adesso affrontava qualcosa di peggio.

Era un incubo? Un'immagine terribile alimentata dalle sue paure e insicurezze, oppure stava ricordando qualcosa in più della sua vita con Ethan?

Rachel si agitò, preda dei suoi sogni. Un gemito sofferente le sfuggì più volte e tutto ciò che riusciva a pensare era: Lui non ti ama. Non è reale.

«Rachel. Rachel. Svegliati fiorellino. Stai sognando. Torna da me.»

Lei si ritrasse dalla cantilena sommessa e i suoi occhi si aprirono palpitando. Sbatté rapidamente le palpebre mentre metteva a fuoco il viso di Garrett.

Il sollievo la fece vacillare e il fatto che si sentisse sollevata perché non c'era Ethan inginocchiato accanto al divano le diede la nausea.

Afferrò la mano di Garrett e la strinse, con il cuore che minacciava di uscirle dal petto.

«Ehi, ti senti bene?»

Rachel annuì ma continuò a stringergli la mano mentre si sedeva a fatica.

Garrett l'aiutò e poi scivolò sul divano accanto a lei, mettendole un braccio intorno alle spalle.

«Ethan è andato a trovare la mamma, ma tornerà presto. Posso chiamarlo se hai bisogno di lui.»

Lei scosse la testa. «No. Sto bene. Davvero.»

«Posso portarti qualcosa? Hai fame?»

«Acqua.»

Garrett si alzò e, lanciandole uno sguardo preoccupato, andò in cucina. Dopo pochi secondi tornò con un bicchiere d'acqua. Lei lo prese e bevve avidamente.

Qualche attimo dopo, la tetraggine dei suoi sogni si affievolì e lei riuscì a respirare più agevolmente. Tenne il bicchiere con entrambe le mani e ne appoggiò il fondo sulle ginocchia mentre fissava il vuoto davanti a sé, tentando di raccogliere i suoi pensieri frammentari.

«Rachel? Sei sicura di star bene? Sembrava un sogno davvero brutto.»

Le labbra di lei si sollevarono in un mezzo sorriso. Poi lo guardò, attenuando un po' della preoccupazione negli occhi di lui.

«Parlami di Ethan» disse a bassa voce.

Garrett corrugò le sopracciglia, perplesso.

«Di me ed Ethan» si corresse. «Eravamo felici? Lui... lui mi amava?»

Garrett inspirò profondamente, poi si appoggiò ai cuscini del divano. Tese un braccio verso di lei. «Vieni qui.»

Lei obbedì volentieri, cercando il suo conforto, desiderando la verità ma sperando anche che le placasse la mente.

Quando si fu accomodata nella curva del suo braccio, Garrett le spinse delicatamente la testa finché non l'appoggiò sulla sua spalla.

«Ethan è un testardo figlio di puttana. Su questo non c'è mai stato alcun dubbio. È un testone, con tutti noi. Compresa te. Ma lui ti amava, anzi ti ama. Non dubitarne mai. Tu eri fatta apposta per lui. Non c'è altro modo di dirlo. Tu eri calma mentre lui aveva la tendenza a lasciarsi irritare dalle situazioni. Tu lo hai sempre aiutato a controllarsi.»

«Il mio incubo riguardava noi» ammise Rachel. «Ethan era arrabbiato. Molto arrabbiato. Non so per cosa. Ma io ero così... intimorita. Spaventata. Non che mi picchiasse, ma mi diceva che non mi amava, che non mi voleva. Perché ho fatto un sogno del genere?»

Garrett la tenne più stretta e la baciò sulla testa. «Sei spaventata, fiorellino. Per te siamo un branco di estranei. D'un tratto ti hanno rigettata in un mondo che non ricordi. Posso soltanto immaginare quanto debba essere agghiacciante. Mi meraviglierei se non avessi incubi su tutti noi.»

Rachel sospirò, il petto alleggerito per il sollievo. Garrett era così razionale.

«Ma c'è una cosa che devi sapere» continuò lui. «Quando ti ha perso, Ethan era devastato. Non è passato un giorno senza che ti piangesse. Era maledettamente certo che non avrebbe mai smesso di amarti. Anche lui è spaventato, Rachel. Spaventato a morte di dire o fare la cosa sbagliata, di ferirti o, che dio non voglia, perderti di nuovo.»

«Non sono l'unica a soffrire» mormorò lei.

«No» confermò lui.

«Grazie» gli rispose semplicemente. «Lo ricorderò. Sono felice che Ethan sia andato a trovare sua madre. Dev'essere preoccupata per lui.»

«Tutti noi lo siamo. Sia per te che per lui.»

Le mani di Rachel tremarono e lei le strinse più forte intorno al bicchiere per mantenere il controllo.

«Mi porteresti da lui?» domandò a Garrett.

Lui esitò. «Non sono sicuro che sia una buona idea. Non ci metterà molto. Posso chiamarlo e dirgli di tornare. È soltanto a cinque minuti da qui.»

Rachel lo guardò perplessa. Si accigliò mentre lo osservava attentamente. «Perché no?»

«Non vogliamo sovraccaricarti troppo presto. Ethan ha una famiglia numerosa. Siamo in tanti» le rispose con tatto. «Potrebbe essere troppo, per te.»

«Io sto bene» insistette lei. «Voglio... voglio vederli. Forse ricorderò qualcosa. E poi non voglio tenere Ethan lontano dalla sua famiglia perché teme che io vada fuori di testa. Posso soltanto immaginare quanto possiate esservi preoccupati per lui.»

«E per te, fiorellino» aggiunse gentilmente lui. «Siamo preoccupati soprattutto per te.»

«Mi porteresti da lui?»

Garrett inspirò profondamente, gonfiando il petto, poi esalò un lungo sospiro.

«Okay. Ti ci porto. Ethan potrebbe prendermi a calci nel culo per questo.»

Lei lo guardò dubbiosa. «Ma sei il doppio di lui.»

L'uomo sorrise apertamente. «Ma Ethan è più cattivo.»

Rachel si portò la mano alla bocca ridendo di cuore. Poi sgranò gli occhi, sorpresa dal suo stesso suono.

«Ah, fiorellino, che bella musica per le mie orecchie. Andiamo. Mamma e papà saranno felicissimi di vederti. Se siamo fortunati il resto della tribù sarà ancora a casa mia, così non li dovrai subire tutti in una volta.»

20

Non furono così fortunati.

Quando parcheggiò nel vialetto, Garrett sospirò nel vedere il giardino dei suoi trasformato in un parcheggio di macchine usate. Non solo Nathan e Joe erano tornati, ma sembrava che avessero portato con loro anche Sam e Donovan.

Diede un'occhiata a Rachel che sedeva pallida e silenziosa sul sedile del passeggero. Teneva le mani strette in grembo e osservava la porta d'ingresso come se si aspettasse di vederla esplodere. E, maledizione, forse lo avrebbe fatto.

Dopo essersi fermato dietro il pick-up di Ethan, Garrett spense il motore e allungò un braccio per prendere il pugno di Rachel. Con delicatezza, le aprì le dita una per una finché non riuscì ad accarezzarle la mano in tutta la sua lunghezza per rassicurarla. Non fu nemmeno sicuro che lei se ne accorgesse.

«Posso fare marcia indietro e riportarti a casa» le propose.

Finalmente lei lo guardò, gli occhi intenti e tormentati. «No. Posso farcela. Forse ricorderò qualcosa.»

Garrett fu costretto ad ammirare il suo coraggio. La sua famiglia in una giornata buona bastava a far scappare lui, urlando come una femminuccia. Affrontarli quando erano dei perfetti estranei? Che coraggio.

Raddrizzò le spalle e inspirò profondamente in modo volutamente drammatico. «Pronta?»

Un sorriso aleggiò sulle labbra di Rachel. «Pronta.»

Garrett aprì lo sportello e girò intorno alla macchina mentre Rachel ne usciva. Le porse la mano e lei la prese con fiducia.

Quando si avvicinarono alla porta, l'uomo si fermò e le strinse le dita. «Ricordati soltanto che ti vogliono bene.»

Lei sorrise coraggiosamente e Garrett aprì la porta.

Quando entrò nell'ingresso venne investito da una folata d'aria fresca. In lontananza udì la televisione e un leggero vociare. Erano tutti in salotto.

Per quanto assaporasse l'idea di presentare Rachel in famiglia, sapeva che sarebbe toccato a Ethan decidere. Suo fratello si sarebbe incazzato. Ma d'altronde non era stato lui a dover fare i conti con l'espressione implorante di Rachel. Garrett non era mai stato capace di dirle di no, un difetto che era certo di condividere con Ethan.

Si fermò nel tinello, a poca distanza dai gradini che portavano in salotto. Rachel andò a sbattere contro di lui e Garrett la sentì tremare. Le strinse la mano ancora una volta, ma la tenne con decisione dietro di sé mentre ricominciava a camminare.

In cima ai gradini, si fermò di nuovo e si schiarì leggermente la gola.

Tutti gli occhi si girarono verso di lui. Ethan fu il primo a reagire. Si alzò in piedi, con il volto minaccioso. Sua madre inarcò un sopracciglio, poi gli lanciò un'occhiataccia. Garrett riconobbe quello sguardo. Stava per arrivare una ramanzina. Fu sul punto di sorridere. Con un solo sguardo, quella donna aveva il potere di farlo sentire ancora un bambino di cinque anni.

Nathan e Joe alzarono gli occhi con un interesse meno pronunciato. Sam si accigliò e Donovan si limitò a guardarlo. Ma era pur sempre Van. Calmo e non critico.

«Dovevi stare insieme a Rachel» esplose Ethan. «Perdio.»

«Ethan» lo riprese sua madre. «Modera le parole.»

Per tutta risposta, anche perché al momento desiderava sopravvivere tutto intero, tirò fuori Rachel da dietro le sue spalle. Era rigida come una tavola e aveva gli occhi sbarrati.

Nella stanza scoppiò il caos. Garrett sollevò una mano per zittirli prima che Rachel scappasse via.

«Silenzio!» urlò al di sopra del frastuono.

Ethan si avvicinò impetuosamente, senza staccare gli occhi da Rachel. La sua preoccupazione era evidente perché non aveva nemmeno minacciato Garrett di prenderlo a calci nel culo. Non lo aveva nemmeno guardato.

«Rachel, piccola» disse Ethan dolcemente. «Stai bene? Mi dispiace di non esserci stato quando ti sei svegliata. Non sarei dovuto andare via.»

Dietro Ethan, Nathan e Joe si alzarono, gli sguardi inchiodati su Rachel con un'espressione di assoluta incredulità. Garrett non poteva biasimarli. Finché lui stesso non l'aveva vista di persona, aveva dubitato della sua esistenza. Cose del genere accadevano soltanto nei film. Lei era morta, o così avevano pensato, e adesso era tornata.

Sua madre si portò le mani alla bocca mentre le lacrime le scendevano incontrollate sulle guance. Perfino il suo anziano, massiccio padre appariva pallido e scosso.

Come al solito, quando la famiglia era tutta riunita, Rusty si sedette in disparte, sorvolando con sguardo disinteressato tutto quel parapiglia. Per un attimo si fermò su Rachel e i suoi occhi si strinsero prima che guardasse rapidamente altrove. Garrett si accigliò. L'ultima cosa di cui Rachel aveva bisogno era una solitaria dissidente. Soprattutto una che non faceva parte della famiglia. Quando Rusty lo guardò, Garrett le lanciò un'occhiata arcigna, lasciando che la disapprovazione trapelasse con tutta la sua forza dalla sua espressione. Rusty impallidì e abbassò lo sguardo sulle mani, rifiutandosi di rialzare la testa.

«Volevo venire qui» disse Rachel con voce bassa e tremante. «Ho chiesto a Garrett di portarmi. Non arrabbiarti con lui.»

Ethan le toccò una guancia. «Non sono arrabbiato. Soltanto preoccupato per te.»

Lei gli rivolse un sorriso tremulo. Garrett si allontanò lentamente, lasciandola insieme a Ethan. Scoccò ai suoi genitori uno sguardo d'ammonimento, e sua madre gli diede un'occhiataccia come per dire che non era un'idiota.

Rachel sbirciò intorno a Ethan ed esaminò nervosamente gli occupanti della stanza. Riconobbe Donovan e Sam, ovviamente. La coppia anziana dovevano essere i genitori di Ethan, quindi gli altri due uomini erano per forza Nathan e Joe. C'era una ragazzina seduta discosta dagli altri e Rachel frugò nella memoria in cerca di qualsiasi accenno a un membro femminile della famiglia Kelly. Ma trovò il vuoto.

La delusione la invase. Non li riconosceva. Le lacrime le orlarono le palpebre, ma si morse le labbra per trattenerle. Era dannatamente stufa di essere così piagnucolosa.

«Rachel?»

La madre di Ethan attraversò la stanza e si fermò accanto al figlio. Rachel inghiottì il magone. Vide la speranza negli occhi della donna. L'amore. E lei non riusciva a ricordare niente. Nemmeno a evocare un ricordo d'amore e tenerezza.

«Piccola mia» disse la madre di Ethan, e racchiuse dolcemente Rachel nel suo abbraccio.

Lei ingoiò una serie di respiri ma aveva voglia di scoppiare a piangere e singhiozzare come una bambina. Esisteva qualcosa di più bello dell'amore di una madre? Quella non era sua madre. Lei era orfana, ma se doveva credere a Ethan e Garrett, Marlene Kelly era stata una madre per lei come per i suoi stessi figli.

«Grazie a dio sei a casa con noi» le mormorò la donna fra i capelli.

Si tirò indietro e le baciò la guancia. Marlene le accarezzò i capelli e le rivolse uno sguardo pieno di lacrime.

«L'hai monopolizzata abbastanza, Marlene. Lasciala respirare un minuto, così anch'io potrò abbracciare mia figlia.»

La voce tonante fece sussultare Rachel, ma si rilassò immediatamente quando vide Frank Kelly avvicinarsi al fianco di Marlene. Rivolse a quell'uomo robusto un sorriso esitante e con sua grande sorpresa il viso di lui si raggrinzì e grosse lacrime scesero lungo le sue guance rugose.

Rachel lo guardò scioccata mentre le tendeva le braccia. Non le si avvicinò come aveva fatto Marlene, forse temeva che lei lo rifiutasse o che fosse spaventata.

Per quanto lei si sentisse nervosa, voleva *confortarlo.*

Dopo una breve esitazione, entrò nel suo abbraccio e lo strinse alla vita. L'ammonimento che aveva dato a Marlene di lasciarla respirare la fece sorridere. Frank la stava stringendo talmente forte che riusciva a malapena a riempirsi i polmoni.

Rachel chiuse gli occhi e inalò il suo profumo. Dopobarba *Old Spice*. La fece pensare ai nonni. Cuoio, e soprattutto profumo di conforto. Di casa.

«Ehi, non te l'accaparrare.»

Rachel aprì gli occhi e vide un viso sorridente vicino alla spalla di Frank.

«Tu quale sei?» gli domandò.

Il ragazzo fece un gran sorriso. «Joe. Quello bello.»

Incapace di resistere, anche Rachel sorrise proprio mentre Frank la lasciava. Joe la prese fra le braccia e la sollevò.

«Ehi, piantala, cretino» sbraitò Ethan.

Joe lo ignorò e la fece volteggiare. Mentre Rachel lo guardava negli occhi, un ricordo vorticante come la piroetta che le stava facendo fare Joe le balenò in mente. Solo un rapido scorcio. Ma si trattava di Joe. Era in piedi davanti a lei, nervoso. Era più giovane. Con lo stesso taglio di capelli corto, ma era in uniforme. Pantaloni mimetici. Stivali.

Corrugò le sopracciglia mentre cercava di tenersi. Joe la rimise giù delicatamente e lei sbatté le palpebre mentre lui la guardava preoccupato.

«Ehi, va tutto bene? Mi dispiace, non volevo farti agitare.»

«Tu mi hai chiesto di uscire con te» sbottò lei.

Joe lanciò un'occhiata nervosa a Ethan, poi le sorrise. «Uhm, sì, non di recente.»

Si fece avanti Sam e Rachel cercò di non trasalire.

«Ti ricordi di lui, Rachel?» le domandò.

Lei si portò una mano alla fronte e la premette sopra l'occhio destro, improvvisamente conscia della leggera pulsazione. La mano di Ethan scivolò sulle sue spalle e le massaggiò in un silenzioso messaggio di conforto. Le ricordava la sua presenza. Rachel si appoggiò a lui, stanca ma senza paura. Magari non ricordava quelle persone, ma non poteva negare l'amore espresso dai loro occhi.

Guardò di nuovo Joe, esaminando le immagini vaghe in cerca di qualcosa che avesse senso.

«Tu eri in piedi davanti a me. Indossavi l'uniforme. Ed eri nervoso.»

Joe sorrise. «Cavolo, sì. Stavo chiedendo a una donna fantastica di uscire con me.»

Lei inclinò la testa. «E io ho accettato?»

Joe assunse un'espressione esageratamente mortificata. «No. Mi hai scaricato come se niente fosse.» Si strinse il cuore e barcollò all'indietro. «Mi sono ripreso. Alla fine.»

Rachel rise di fronte alle sue pagliacciate. Poi il suo sguardo si posò sull'uomo che a quel punto ipotizzò dovesse essere Nathan. Lui rimase indietro, con le labbra incurvate da un leggero sorriso.

«Non vi somigliate» disse Rachel.

«Grazie a dio» borbottò Nathan.

«Già, io ho preso tutta la bellezza. Lui... be', non ha preso granché» disse Joe.

Nathan alzò gli occhi al cielo e spinse da parte il fratello. «C'è un abbraccio per me?»

Rachel andò da lui volentieri, senza più traccia di disagio. Il corpo di Nathan fu scosso dall'emozione e lei si rese conto che nonostante lo scambio di frecciatine, lui e Joe erano commossi quanto il resto della famiglia.

Quando Nathan la lasciò andare, Rachel fece un passo indietro mettendo fra sé e il resto della famiglia una distanza sufficiente per poter studiare i loro volti.

«Ho davvero una famiglia» disse, con stupore.

Un lampo di dolore balenò negli occhi di Ethan. Rachel non intendeva ferirlo. Perché le sue parole lo avevano fatto?

«Sì, fiorellino» disse Garrett. «Hai una famiglia. Hai tutti noi. Difetti compresi.»

Ethan le si riavvicinò. La sua mano scivolò su un lato del collo di Rachel, poi fin sotto la mascella. Con il pollice le accarezzò insistentemente la guancia, e lei sollevò il mento per poterlo guardare negli occhi.

«Stai bene, piccola?»

Tutti gli altri sembrarono scomparire. Il viso di Ethan si avvicinò al suo, con esitazione. Ancora non l'aveva baciata. Non come un marito. Era stato così pieno di tatto, con lei. Comprensivo.

Rachel si leccò le labbra nello stesso momento in cui si rese conto di desiderare che la baciasse. Là. Poi il suo sguardo si spostò e intravide la famiglia al completo, in piedi. Che li osservava.

Abbassò di scatto la testa e indietreggiò. La mano di Ethan ricadde giù. Ma lei allungò la sua per prenderla, volendo mantenere almeno una parvenza di contatto con lui.

Ethan le sorrise e intrecciò le dita alle sue, poi la trasse a sé.

«Hai fame?» chiese Marlene.

Ethan ridacchiò. «La risposta di mamma a ogni problema. Cibo.»

La donna mugugnò, ma le brillarono gli occhi. «Non rifiuterai mica un pasto caldo.»

«Non sono un'idiota.»

Donovan si fece avanti. «Ehi, se lei non ha fame, io ne ho.»

Rachel si girò seguendo la sua voce. Lui le sorrise e le rivolse un cenno del capo, ma si mantenne distante, come se sapesse quanto si sentiva sopraffatta dagli eventi.

«Tu sei quello silenzioso, vero?»

Donovan sgranò gli occhi, ma le sue guance si colorirono leggermente.

«Se mi stai chiedendo se sono un detestabile sbruffone come tutti i miei fratelli, la risposta è no.»

«Ho ballato con te, il giorno del mio matrimonio» gli disse lei, mentre la musica le danzava nella testa, come avevano fatto loro due. «Io ti ho preso in giro e ti ho detto che eri stato l'unico dei fratelli che non mi aveva pestato i piedi.»

Un sorriso illuminò il viso di Donovan. «Ho sempre detto che erano un branco di rozzi mammut.»

Il salotto risuonò di risate e Rachel si rese conto che quello era un suono che in passato aveva udito spesso. Osservò un volto dopo l'altro, con il cuore gonfio e dolente di fronte all'inconfutabile verità. Era a casa. Aveva una famiglia. Era amata.

21

C'era voluto un po' perché Rachel si abituasse non solo a dormire nel fantastico lusso offerto da un letto, ma anche a farlo con Ethan al suo fianco. Non che avesse avuto difficoltà a effettuare il cambiamento. Anzi, di solito gli stava così incollata fino a notte fonda che era sorpresa dal fatto che lui non la spingesse via. Ma Ethan sembrava contento quanto lei di dormire così unito a lei.

Ciò a cui si era dovuta abituare maggiormente era non vivere con la paura che, quando si svegliava, suo marito non ci fosse più. Ethan non usciva mai dal letto prima di lei e faceva sempre in modo di essere lì ad abbracciarla quando si svegliava.

Ogni tanto, di mattina, rimanevano a letto, pigramente stretti l'uno all'altra, e lui le accarezzava il braccio lentamente mentre il sole si alzava riempiendo di luce la stanza.

Quella mattina non fece eccezione. Rachel si era svegliata prima di Ethan e se ne stava sdraiata mentre lo guardava dormire. In quella condizione appariva quasi vulnerabile, e il contrasto le sembrò affascinante. Era così forte e robusto, così protettivo con lei, eppure in quel momento avrebbe voluto accarezzarlo per alleviare la preoccupazione che spesso gli vedeva negli occhi.

Si chiese come avrebbe reagito se lo avesse baciato. Sebbene fosse affettuoso con lei e la toccasse spesso, non aveva fatto alcun tentativo di baciarla. Di baciarla davvero. C'erano stati dei baci leggeri sulla fronte. Un bacetto sulle labbra. Talvolta le sfiorava le guance. Ma non l'aveva mai baciata come un amante.

Una parte di Rachel era curiosa di ricordare la passione che una volta esisteva fra loro, ma l'altra parte ne era spaventata a morte. E se lui non avesse reagito nel modo giusto? E se lei non fosse riuscita a ricordare i suoi sentimenti per lui? E ancora peggio: se non avesse sentito niente quando avessero provato a fare l'amore?

Rachel aggrottò la fronte. No, quello era impossibile. Era troppo sensibile alla sua presenza fisica.

Si rannicchiò più vicina al marito, finché la sua bocca non rimase a un centimetro da quella di lui. Il suo polso accelerò e lei si rimproverò per essere tanto nervosa. Era solo un bacio. Si erano baciati mille volte prima di allora.

Si umettò le labbra e le premette con delicatezza su quelle di lui. Il bacio fu leggerissimo, eppure le diede un fremito vertiginoso. Si tirò indietro rapidamente, preoccupata di averlo svegliato. Ma Ethan non si era mosso.

Incoraggiata dalla sensazione di calore che le aveva attraversato il corpo, Rachel si protese di nuovo verso di lui. Questa volta gli baciò soltanto l'angolo della bocca, e le piacque la ruvidezza della sua barba mattutina contro la guancia.

Con maggiore coraggio e sicurezza, fece scivolare la bocca sulla sua e lo baciò ancora. Le labbra di lui si schiusero e lei ansimò per la sorpresa. Rachel si tirò indietro e vide che Ethan la osservava attraverso le palpebre socchiuse.

«Buongiorno» mormorò.

Le guance di Rachel si infiammarono. Si sentiva come un'adolescente ribelle che rubava il suo primo bacio.

«Buon... buongiorno.»

Ethan sorrise e le passò un dito lungo il naso. «Mi piace il tuo modo di dire buongiorno.»

Rachel si imbarazzò e nascose la testa.

«Ehi» le disse lui dolcemente. «Mi è piaciuto. Sai quante notti ho sognato di essere svegliato in questo modo? Tu fra le mie braccia e le tue labbra sulle mie.»

Lei gli sorrise timidamente. «Mi sento così sciocca. Ci siamo baciati tantissime volte, ma per me questa è come la prima volta.»

Ethan le fece scivolare la mano dietro il collo e le tenne la testa nel palmo. «Allora rendiamola perfetta.» Abbassò la bocca e la premette, calda e dolce, su quella di lei.

Il cuore di Rachel palpitò e traboccò come se qualcuno le avesse liberato un vaso di farfalle nel petto.

Suo marito era meravigliosamente tenero. Così rispettoso da farle riempire gli occhi di lacrime. Le baciò le labbra, poi cominciò da un angolo della bocca e percorse con i baci la distanza che lo separava dall'altro.

La sua lingua scivolò sensualmente prima sul suo labbro superiore, poi su quello inferiore, poi si insinuò gentilmente in mezzo, per farla arrendere alle sue avances. Con un singhiozzo, Rachel acconsentì e le loro lingue si incontrarono, unendosi, assaporandosi l'un l'altra, esplorando. Avanzando e ritraendosi.

Eseguirono un delicato balletto, con le lingue impegnate in un duello più lento all'inizio e poi sempre più rapido. I loro respiri si fecero ansimanti. Condivisero ogni soffio d'aria, lo assaporarono prima di chiederne ancora.

Aveva davvero pensato che non lo avrebbe corrisposto? Rachel si struggeva per lui. Voleva soltanto perdersi in Ethan, rannicchiarsi così stretta a lui che non sarebbe mai più rimasta senza la sua forza, il suo *amore*.

Quel pensiero la scosse profondamente. Come poteva amarla, quando lei aveva dimenticato tutto il suo passato?

Come poteva amarla quando per un anno aveva pensato che fosse morta? E lei, come poteva sperare di amarlo quando tutto ciò che le restava della loro vita insieme non erano altro che frammenti indefiniti?

Perché non riusciva a ricordare?

Ethan si tirò indietro e spostò la mano dalla nuca alla schiena di Rachel.

«A cosa stai pensando?»

Lei sorrise esitante, le labbra gonfie per i baci. «Mi piacerebbe riuscire a ricordare. Voglio ricordare com'era. È sempre stato così? Così dolce? O anche meglio?»

«Sono certo che andrà meglio ogni giorno che passeremo insieme» rispose lui. «Penso che fra vent'anni ci guarderemo indietro e rideremo all'idea di aver creduto che non potesse andare meglio, o che in un certo senso avessimo raggiunto un punto morto. Non è così che dovrebbe essere?»

Rachel si rannicchiò di nuovo fra le braccia del marito e appoggiò la guancia sul suo petto ampio. «Spero che tu abbia ragione.»

«Stavolta sì» mormorò lui.

Rachel si tirò indietro, disorientata da quella risposta, ma lui la baciò ancora facendole dimenticare ogni cosa tranne il calore delle sue labbra.

«Ho un'idea su cosa fare oggi» le disse Ethan quando si staccò da lei.

Rachel sollevò un sopracciglio interrogativo.

«Pensavo che potremmo andare da Sam e nuotare vicino al molo. In molte occasioni hai ricordato di esserci stata, e magari andare in un luogo dove ricordi di essere stata felice potrebbe aiutarti.»

Rachel ribollì per l'eccitazione. Frammenti di ricordi vaghi le bombardarono la mente, accalcandosi finché non ne fu oppressa.

«Mi piacerebbe tanto. Quando possiamo andarci?»

Di fronte all'entusiasmo della moglie Ethan sorrise. «Quando vogliamo.»

«A Sam non dispiacerà?» gli domandò ansiosamente lei.

Ethan rise. «Tu, mia cara moglie, potresti rigirarti su un dito tutti i miei fratelli. Magari non li ricordi, ma questo non cambia niente. Non gli dispiacerà affatto se andiamo a trovarli.»

Rachel corrugò la fronte. «Oh, è vero. Avevo dimenticato che mi avevi detto che anche Garrett e Donovan vivono lì.»

«Non sono affatto preoccupato. Sarà bello. Tu starai bene.»

Le strinse la mano per sottolineare il suo pensiero e lei si protese per dargli un rapido bacio, felice di riuscire a essere spontaneamente affettuosa con lui, senza imbarazzi. Era un inizio.

Rachel guardò con impazienza fuori dal finestrino quando parcheggiarono nel vialetto ghiaioso di Sam. La casa era bella e il terreno intorno molto vasto. A destra c'era un edificio separato, più grande della casa. Rachel vi si concentrò intensamente, ma non riuscì a riconoscerlo.

«Cosa c'è là?» domandò, indicando l'edificio.

Era bizzarro perché non somigliava a una casa. Nemmeno lontanamente. Era una costruzione squadrata in pietra grigia dotata di quelle che sembravano porte d'acciaio. Le ricordava un rifugio antiaereo, o almeno l'idea che lei aveva di quegli edifici.

«È l'attuale sede del KGI. Sam ne sta progettando una molto più grande. Si è fatto l'idea che tutta la famiglia Kelly vivrà confinata in un complesso che fa anche da quartier generale. In ogni caso, non fargli domande in proposito. Te ne parlerà fino a farti scoppiare la testa.»

Rachel rise. «Davvero? Tutta la famiglia?»

Ethan sospirò. «Sì. Non mi fraintendere, ha delle ottime ragioni. Il KGI si è fatto dei nemici, e non è finita qui. La situazione potrà soltanto peggiorare. Immagina di avere a disposizione parecchi ettari di terreno, così per i trasporti o i rifornimenti non dovrà fare affidamento su nessuna fonte esterna. Se e quando la cosa sarà operativa, ci sarà una pista d'atterraggio privata, una piazzola per l'elicottero e un campo d'addestramento per le squadre.»

Gli occhi di Rachel si spalancarono. «Lo sapevo... cioè, ho visto i soldati che erano con voi quando siete venuti a prendermi, ma... Non so cosa ho pensato. Appartengono tutti al KGI?»

Ethan annuì. «E ce ne sono altri. Non credo che tu abbia visto Rio e la sua squadra. Sam sta cercando di aggiungere altre squadre, ma ci vogliono tempo e addestramento. È molto selettivo e pretende che le reclute vengano addestrate da Steele o Rio. Perché ciò avvenga, gli servono più uomini e più risorse.»

Ora che Ethan aveva spento il motore, stava facendo più caldo, così Rachel aprì lo sportello per far entrare un po' d'aria fresca. Eppure era curiosa riguardo al KGI e al perché Ethan non lavorasse insieme a loro. Che cosa aveva fatto quando aveva lasciato i SEAL? E, per quello che contava, perché ne era uscito?

«Sembra che tutto questo richieda moltissimo denaro» disse dubbiosa quando Ethan girò intorno alla macchina per andare a prenderla.

L'angolo della bocca di lui si sollevò. «Sam ha fatto un sacco di soldi da quando ha lasciato l'esercito. Ha lavorato come un mulo per questo, e ha investito tutto nel KGI. Garrett e Donovan sono soci alla pari e anche loro rinvestono tutti i loro introiti nell'azienda, ecco perché vivono ancora tutti e tre nella stessa casa.»

Le prese la mano e la fece uscire sotto il sole caldo. Rachel aveva giurato che, se mai ne avesse avuto l'opportunità, non avrebbe mai vissuto in un luogo caldo. Era una promessa che aveva fatto durante la lunga, insostenibile prigionia nella scatola bollente. Ma adesso era diverso, non stava cuocendo in un buco nero. Era al sole, con i raggi dorati che si diffondevano a perdita d'occhio. Era libera.

Per un attimo rimase lì, nella sua stretta, mentre girava il viso verso il sole e chiudeva gli occhi. La libertà non le era mai parsa così dolce come in quel momento.

Quando riaprì gli occhi, abbassò lo sguardo sui suoi vestiti: un top-bikini, i pantaloncini con i laccetti e le infradito. Era poco di più di quello che aveva indossato durante la prigionia, ma questa era la sua vita e si sentì sollevata. Quante volte doveva aver indossato quei vestiti per andare a nuotare al molo di Sam?

Se richiudeva gli occhi, sapeva di poter rievocare il gioco che aveva ricordato: Garrett che la gettava nel lago, lei che riemergeva con la bocca piena d'acqua e strillava per l'indignazione e, infine, scoppiava in una risata disarmante.

Ethan che si tuffava dietro di lei. Loro due che facevano una gara di nuoto dal molo fino al centro del lago, dove la corrente era più forte. I numerosi barbecue sulla vecchia pedana doghettata, mentre osservavano il sole al tramonto dopo le lunghe giornate estive.

«Rachel, ti senti bene?»

La voce di Ethan filtrò attraverso i ricordi nebulosi e, per un attimo, lei fu infastidita da quell'intrusione. Poi sorrise e lo guardò.

«Stavo ricordando. Questo posto mi rende felice. Ci sono parecchi bei ricordi, qui. È bello riuscire ad afferrarne qualcuno, sapere che sono reali e non fantasie che ho evocato in uno stato d'allucinazione.»

Ethan l'attirò a sé, mettendole una mano dietro la nuca mentre lei sollevava il viso per farsi baciare. Non fu cauto come era stato all'inizio. Non da quando lei lo aveva baciato nel letto, quella mattina. Forse aveva aspettato che fosse lei a fare la prima mossa.

«Sono felice che tu abbia dei bei ricordi. Che ne dici se ne creiamo di nuovi? Potrei perfino permetterti di buttarmi nel lago.»

Rachel sorrise e lo aggirò con un balzo, scendendo istintivamente lungo il vialetto lastricato che girava intorno alla casa conducendo sul retro. Avrebbe voluto chiedere a Ethan perché aveva lasciato i SEAL e perché non lavorava con il KGI, ma temeva di poter rovinare l'atmosfera spensierata di quel momento.

Quando girò l'angolo e saltò sulla pedana di legno, si fermò di colpo di fronte alla meravigliosa vista che le si parò davanti. Nessuna meraviglia che avesse amato tanto quel posto. L'acqua scintillava come un tappeto di diamanti coperti dal velo della luce solare. Blu intenso frangiato di bianco in cima alle piccole onde leggere. Era invitante e, d'un tratto, non poté più aspettare per entrarvi.

Lanciò un'occhiata a Ethan e si morse il labbro per trattenere un sorriso malizioso. Si sfilò gli infradito e scattò di corsa sulla passerella che portava al molo.

«Chi arriva ultimo è un babbeo!»

Non riusciva a ricordare la profondità esatta dell'acqua rispetto al molo, sapeva soltanto che vi era stata gettata più volte di quante potesse contarne, quindi saltò con i piedi in avanti e atterrò con un grande spruzzo diversi metri più in là.

Il freddo la colse di sorpresa e la fece ridere. Riemerse boccheggiando e strillando per il gelo.

«Ti sta bene» le gridò Ethan dal molo.

Lei alzò gli occhi e lo vide togliersi le scarpe da tennis. Rabbrividì leggermente e cominciò a tornare indietro. Lui si tolse la camicia e Rachel colse uno scorcio del suo petto delineato in controluce.

Era magnifico.

Poi Ethan eseguì un tuffo perfetto accanto a lei. Appena un'increspatura scompose la superficie. L'uomo riemerse e si scosse le gocce d'acqua dai capelli. I denti bianchi scintillarono in un ampio sorriso. Si immerse di nuovo e subito dopo Rachel si sentì sollevare in aria.

Scoppiò a ridere mentre lui la teneva a galla fuori dall'acqua.

«Come diavolo riesci a farlo?»

Ethan la lasciò cadere con uno spruzzo e quando riemerse l'abbracciò.

«Sono un SEAL, non ricordi? Facciamo l'impossibile e lo facciamo nell'acqua.»

Rachel alzò gli occhi al cielo e poi le tornò in mente la domanda. Inclinando la testa da un lato per far uscire l'acqua dall'orecchio, lo sbirciò da sotto le ciglia. «Perché hai lasciato i SEAL? Credo che tu non me l'abbia mai detto. Cioè, sono sicura che tu l'abbia fatto» si affrettò ad aggiungere. «Ma non riesco a ricordarlo.»

Gli occhi di Ethan si incupirono per un istante. «Tu avevi bisogno di me. Dovevo stare qui.»

«Perché non sei andato a lavorare con il KGI? È per questo che hai lasciato i SEAL, per poter lavorare con i tuoi fratelli?»

Ethan scosse la testa, poi si immerse sott'acqua. Rachel osservò i mulinelli che segnalavano la sua presenza sotto la superficie e li seguì fino a una buona distanza dal molo.

In qualche modo si era imbattuta in un territorio inospitale. O Ethan rimpiangeva la decisione di aver lasciato i SEAL, oppure c'era un'altra ragione che lei non conosceva. Ora più che mai la mancanza di memoria la faceva sentire frustrata. Come avrebbe potuto crearsi un futuro quando il passato rimaneva silenzioso?

Decisa a non lasciarsi rovinare la giornata da cose che trascendevano il suo controllo, nuotò dietro a Ethan, scontrandosi con lui a metà strada in un groviglio di gambe e braccia.

Ridendo, lo colpì sulla spalla. «L'hai fatto apposta!»

«Vi state divertendo?»

Rachel guardò verso il molo e vide Sam sul bordo che li osservava con espressione divertita. In quel momento non riusciva a ricordare perché fosse così guardinga nei suoi confronti, e lasciò che il buonumore prendesse il sopravvento.

«Vieni dentro» gli disse con un cenno della mano. «L'acqua non è *troppo* fredda.»

«So esattamente quanto sia dannatamente fr...»

Venne interrotto a metà della frase, quando si lanciò nell'acqua. Rachel lo guardò sorpresa mentre Garrett, sul bordo del molo da dove aveva spinto il fratello, si piegava in due dalle risate.

Sam tornò a galla sputacchiando e si girò urlando verso Garrett. «Figlio di puttana! Te la farò pagare. Regola Kelly numero due: non t'incavolare, vendicati.»

Garrett si limitò a ridere ancora più forte. Donovan arrivò lentamente alle spalle del fratello e rivolse a entrambi uno sguardo incuriosito.

«Amico, è meglio indossare un costume da bagno. Avere i jeans fradici è una rottura.»

«Oh, vaffanculo, Van» sbraitò Sam.

Rachel non riuscì più a controllarsi e prese a ridere di gusto. Rise così forte da doversi tenere i fianchi mentre la testa le finiva sott'acqua.

Ethan la riacciuffò e la tenne per il braccio mentre lei rideva e tossiva per l'acqua ingurgitata.

Garrett rivolse un sorriso a Sam. «Ecco. Questo valeva la nuotata inattesa.»

Suo fratello ricambiò il sorriso. «Già, che vuoi che ti dica. Ma la prossima volta falla ridere *tu* buttandoti in acqua.»

Questo Rachel riusciva a ricordarlo. Tanti scherzi e risate. Momenti piacevoli d'estate. Tutti quanti che nuotavano fino a sera. Bevevano una birra sul molo con i piedi ciondolanti nell'acqua. Osservando le orate che deponevano le uova in tarda primavera.

Lì la felicità non le sembrava così lontana e irraggiungibile. Era ovunque. Sentiva la speranza viva dentro di sé. Avrebbe voluto che quella giornata non finisse mai.

«Non deve farlo per forza» mormorò Ethan.

Rachel si rese conto di aver espresso il suo ultimo pensiero ad alta voce.

«Possiamo farlo tutte le volte che vorrai. Vedrai, Rachel. Possiamo riprenderci la nostra vita. Ci vuole soltanto un po' di tempo.»

Lei intrecciò le braccia intorno al suo collo, dimenticando momentaneamente i suoi fratelli che discutevano e scherzavano chiassosamente in lontananza.

«Lo pensi davvero, Ethan? Ogni tanto temo che non potremo mai riavere il nostro passato. Altre volte, come oggi, sento che tutto si sistemerà. Detesto non ricordare. Lo odio.»

Ethan la guardò con tale serietà da farla tacere. «Il passato... è passato, Rachel. Tutto quello che possiamo fare è andare avanti. Il passato non conta. Contano solo il presente e il futuro. Il passato lo ricorderai. Ne riavrai sempre di più, ogni giorno che passa, ma quello che è importante per noi è il domani.»

Lei sorrise e lo strinse a sé, spingendo entrambi sotto la superficie dell'acqua. Ethan rise e per un attimo si impegnò in un corpo a corpo mentre lottava per mantenere entrambi a galla.

«Stai cercando di annegarmi, donna?»

«Non si può annegare un SEAL» lo canzonò lei. «Quanto sarebbe imbarazzante?»

«Oddio, sì» borbottò lui. «Sparami, impiccami, fammi morire per un'infezione da giradito, ma non farmi morire nell'acqua. Mi spediranno all'inferno per principio.»

«Volete qualcosa da mangiare, voi due?» urlò Garrett dal molo.

Ethan lo scacciò con un gesto. «Andatevene, sto per baciare mia moglie.»
Poi abbassò la testa e lo fece davvero.

22

«Sei sicura che te la senti? Possiamo sempre saltarlo e rimanere a casa, stasera.»

Rachel guardò il riflesso di Ethan nello specchio, poi mise giù la spazzola.

«No, voglio andarci» disse con tranquillità. Capiva la preoccupazione di Ethan. La trovava perfino tenera, ma la sua frustrazione cresceva ogni giorno di più.

Lui la guardò dubbioso, ma non discusse.

«Okay, ma devi promettermi che se diventa troppo pesante me lo dirai immediatamente.»

Lei annuì e sorrise. «Lo farò. Ma, Ethan, non posso continuare a nascondermi in questa casa.»

Sentiva che quelle quattro mura iniziavano a opprimerla e ciò che non poteva dirgli era che se non fosse uscita sarebbe diventata pazza, come gli altri probabilmente pensavano che fosse.

Marlene aveva organizzato una festa per il suo ritorno a casa sebbene, dai borbottii di Ethan, Rachel immaginava che l'evento avesse trasceso una semplice riunione familiare. Nelle sue riflessioni più morbose, pensava che sarebbe stata una festa per il ritorno dalla morte.

La sconcertava ancora il fatto che tutti l'avessero considerata morta durante l'anno in cui era scomparsa. Per molti aspetti, presupponeva che fosse la cosa meno dolorosa che avessero potuto pensare. Avevano pianto e avevano voltato pagina. Sapere che lei era viva e prigioniera li avrebbe fatti soffrire molto di più. Come aveva sofferto lei.

Le tremarono le dita mentre cercava di riprendere la spazzola.

Le smanie la colpivano nei momenti più strani. A volte poteva andare avanti per giorni e dimenticare il veleno che le avevano iniettato nelle vene con regolarità. Altre volte lo desiderava più dell'aria stessa. Ma non lo aveva mai detto a Ethan. Come avrebbe potuto?

Era già abbastanza preoccupato per conto suo.

Due mani forti le scivolarono sulle spalle e le strinsero. Lei alzò gli occhi e lo vide in piedi dietro di sé, allo specchio.

C'era un tale calore in quel tocco. Un conforto che le era necessario quanto lo era stata la droga.

Sospirò e si appoggiò a lui, guardandolo. Le dita di Ethan le risalirono il collo e arrivarono alla mascella. Poi Ethan si sporse e la baciò sulla fronte. Soltanto un unico, breve, bacio delicato.

Quando lui si tirò indietro, Rachel emise un verso di delusione, ed Ethan corrugò la fronte.

«C'è qualcosa che non va?»

Rachel si alzò e si girò, inclinando il collo in modo da poterlo guardare.

«Voglio che mi baci, Ethan. Un bacio *vero*. Lo desidero così tanto che mi sento soffocare. Voglio sentirmi come una vera moglie, non come un'impostora di cui non ti fidi. Non mi hai più baciata da stamattina, quando ti ho baciato io.»

Mentre parlava gli mise le mani sul petto e gli diede una spinta decisa per enfatizzare le sue parole. Lui le prese le mani e se le tenne sul cuore.

«Dio, Rachel, lo voglio anch'io. Così tanto da star male. Ma ho paura, accidenti. Ho paura di dire o fare la cosa sbagliata. Ho paura di spaventarti solo perché desidero toccarti più dell'aria che respiro.»

Rachel tremò, ma non di paura. Una strana sensazione le corse lungo la schiena, diffondendo una vampata di calore che le fece tendere i muscoli e inturgidire i capezzoli. Fu allora che si rese conto che ciò che sentiva era desiderio, e per poco non scoppiò a ridere.

Aveva dimenticato come fosse provare un tale piacere, sperimentare l'attesa del tocco di suo marito. Era passato molto tempo da quando il suo cuore accelerava per un semplice sguardo. Le mancava. Dio, se le mancava.

Gli stimoli del desiderio erano cominciati la mattina in cui lo aveva svegliato con un bacio. Aveva provato l'inconfondibile spasimo di desiderio, ma questo, questo era talmente intenso che pensava sarebbe impazzita se non lo avesse soddisfatto.

«Baciami» lo implorò con un filo di voce.

Con un gemito, lui la schiacciò contro di sé. Le sue mani – aveva mani bellissime e forti – risalirono le braccia di lei fino al collo, poi le presero il viso.

Allora Ethan abbassò la bocca sulla sua. Appena prima che le loro labbra si toccassero, Rachel lo sentì inspirare rapidamente e trattenere il respiro.

La calda sorpresa della sua bocca fu la sensazione più piacevole che avesse provato nei suoi ricordi frammentari e incompleti. Era sempre stato così? Aveva vissuto per quell'intimità quando erano sposati, oppure l'aveva data per scontata come fa la maggior parte delle coppie sposate?

Mai più. Avrebbe assaporato e tenuto stretto ogni momento. Sapeva in prima persona con quanta velocità le cose potessero cambiare, con quanta facilità una vita potesse essere distrutta.

Desiderosa di essere parte attiva nel bacio, Rachel strusciò la lingua contro quella di Ethan e sospirò quando lui esplorò teneramente la sua bocca in risposta.

Delicato e gentile, approfondì il suo bacio, affondando le dita fra i capelli di Rachel, attorcigliandoli mentre la tirava ancora più vicina a sé.

Tremò contro di lei, con il petto palpitante per l'emozione trattenuta. Rachel si sentì profondamente colpita dal fatto che quell'uomo fosse così preso, emozionato quanto lei e bramoso del suo tocco.

Allungò una mano e gli accarezzò esitante un lato del collo e poi la mascella ben rasata. Voleva toccarlo tutto, imparare di nuovo i contorni del suo corpo. Voleva vedere e toccare, esplorare e reclamare ciò che era suo.

Stava per dirgli che in fondo non voleva andare dai suoi genitori.

Con un sospiro aspro, Ethan si tirò indietro e poi si riavvicinò, baciandola velocemente, sull'angolo delle labbra e poi sulla mascella.

«Dimmi cosa vuoi, Rachel. Te lo darò, lo giuro. Qualsiasi cosa.»

Ci volle tutto il suo coraggio per dire cosa desiderava di più. Fino a quel momento lui aveva fatto tutti i sacrifici possibili. Era stato comprensivo, paziente. Lo meritava eccome. Meritava il suo coraggio.

«Faresti l'amore con me? Stanotte?»

Gli occhi di lui si incendiarono trasformandosi in una scintillante sfumatura di blu. Aprì la bocca, ma la richiuse immediatamente. Le sue narici si dilatarono per lo sforzo di respirare e quando finalmente parlò, lo fece con voce roca.

«Farò l'amore con te, piccola. Farò tutto quello che vuoi.»

Lei gli passò una mano sulla guancia, il desiderio di toccarlo era come una cosa viva.

«Mi desideri? Voglio dire, come una moglie?»

Le parole uscirono a precipizio e Rachel balbettò sull'ultima. Non si rese conto di trattenere il respiro finché non le uscì in un'esplosione spasmodica.

Ethan le prese la mano e le premette la bocca sul palmo. Il bacio le provocò un brivido.

«Io ti desidero da star male. Non c'è un momento in cui non ti desideri. Ma voglio che tu ti senta sicura e protetta. Non farei mai niente per spaventarti, ma temo di farlo involontariamente. Non posso sopportare il pensiero di rovinare tutto e farti del male.»

Il viso di Ethan si contrasse per il dolore e il cuore di Rachel s'impennò, palpitando con tanta violenza che le fu difficile respirare.

«Ethan.»

Fu tutto ciò che riuscì a dire. Le doleva la gola.

Salì sulla punta dei piedi e lo baciò. Forte, con tutta la passione che aveva avuto paura di mostrare. Risalì in superficie ribollendo, acuta, finché lei non pensò che sarebbe potuta esplodere.

Non ci fu alcuna finezza, di sicuro nessuna destrezza di una consumata capacità di seduzione. Le sue mani si piantarono goffamente sul viso di Ethan e infine si unirono intorno al suo collo mentre le dita giocherellavano con i corti capelli sulla nuca.

Quando i suoi polmoni affamati chiesero ossigeno, Rachel si allontanò, entrambi stavano ansimando e inghiottendo grandi boccate d'aria.

«Non mi farai del male, Ethan. Io *mi sento* al sicuro con te. Nel momento in cui sei comparso nella mia capanna, ho saputo di essere salva. Ti ho sognato. Eri tutto ciò che ricordavo della mia vita precedente. Mi sono aggrappata a te quando tutto il resto era crollato.»

Ethan abbassò la testa fino ad appoggiare la fronte sulla sua. Le loro labbra erano così vicine che lei riusciva a sentire ogni suo respiro.

«Mi dispiace di non essere arrivato prima» le disse con dolore.

Rachel sorrise e sollevò il mento quel tanto da sfiorargli le labbra con le sue.

«Sei venuto. Questo è l'importante.»

Lui sospirò e si tirò indietro. «Sei sicura di voler andare dalla mamma? Posso sempre disdire.»

Rachel scosse la testa. «No, ha organizzato questa festa da giorni. Non voglio deluderla. Nathan e Joe restano a casa per stasera e lei sembra così eccitata all'idea di averci tutti insieme nello stesso momento. Ne deduco che sia una specie di avvenimento.»

Ethan sorrise. «Natale a parte, e anche lì non è sempre possibile, è difficile riunirci tutti. Siamo stati tutti nelle forze armate e andare in licenza nello stesso periodo è praticamente impossibile. È diventato un po' più facile quando Sam e Garrett hanno formato il KGI. Soltanto Nathan e Joe sono rimasti arruolati.»

«Forse possiamo stare tutti insieme questo Natale» disse Rachel. Poi si rese conto che aspettava con impazienza gli alberi di Natale, la musica delle feste e le grandi riunioni familiari. L'idea la riempì di un tale desiderio che capì che doveva trattarsi di qualcosa che doveva aver amato molto.

Con riluttanza, Rachel si voltò per controllarsi i capelli ancora una volta. Non c'era molto da fare, data la lunghezza, ma aveva usato un ferro arricciacapelli per sollevare un po' le punte e adesso la sua sembrava una pettinatura voluta, invece di un lavoro da macellaio effettuato dai suoi aguzzini.

«Sei bellissima» disse Ethan.

Lei gli rivolse un sorriso smagliante. «Sai sempre cosa dire e quando dirla. Ammetto di essere un po' triste. Mi basta guardare le fotografie per sapere che i miei capelli erano molto più lunghi e che adesso sono molto più magra di prima.»

«I capelli ricresceranno e se la mamma fa a modo suo, riprenderai peso in men che non si dica.»

A queste parole Rachel dovette sorridere. Marlene aveva preso il proprio ruolo molto sul serio. Non passava giorno senza che mandasse qualcuno con del cibo o richiedesse la presenza di Rachel ed Ethan per pranzo a casa sua.

«Okay, andiamo prima che perda tutto il mio coraggio.»

Ethan le strinse la mano. «Sarai meravigliosa.»

La festa era una vera rottura, ma Rusty non si era aspettata che i Kelly se ne uscissero con una festa degna di questo nome. Sedeva in un angolo e osservava gli eventi con malcelata noia.

Quello che sarebbe servito era bella musica e alcol decente, non quella birra da femminucce che alcuni uomini stavano bevendo. Avrebbe dato il suo braccio destro per una sigaretta, in quel momento. Aveva seriamente considerato di fregarne un pacchetto, ma se Marlene l'avesse scoperto le sarebbe venuto un colpo e, nonostante la sua fissazione per le regole, a Rusty piaceva la signora Kelly. E non voleva mandare a puttane la prima casa decente che avesse avuto.

Quindi era seduta lì, vestita e pettinata come una brava ragazza.

«Sei un membro della famiglia?»

Rusty si voltò di scatto e si accigliò di fronte all'uomo che era spuntato al suo fianco.

«Cosa te ne frega?»

Lui sollevò un sopracciglio e i suoi occhi brillarono divertiti. «Volevo solo fare qualche domanda sul ritorno di Rachel, ma volevo chiedere a un membro della famiglia.»

Rusty sentì una strana sensazione al centro dello stomaco. Con sua grande sorpresa l'idea che facesse parte della famiglia, o potesse essere considerata tale, le fece scorrere un'ondata di piacere nelle vene.

«Lo sono quanto loro» rispose con disinvoltura. «Dopotutto vivo qui.» Indicò con un gesto alcuni dei fratelli Kelly riuniti nella stanza. «Nessuno di loro ci vive più.»
«Ah, bene, allora sei proprio la persona con cui volevo parlare. Ti dispiace se mi siedo?»

23

Rachel afferrò il bicchiere e rimase con un sorriso fisso stampato in faccia. Non sapeva nemmeno che bevanda ci fosse nel bicchiere, né l'aveva assaggiata.

Chi erano tutte quelle persone? Conosceva i Kelly, o almeno i parenti stretti di Ethan, dei suoi fratelli e dei suoi genitori. Ma la sala era stracolma di gente che non aveva mai visto in vita sua.

Sorrise. Certo che li aveva visti. Solo che non li ricordava. Era difficile sorridere e fingere quando così tante persone le parlavano come se la conoscessero da sempre. Parecchi citavano perfino occasioni specifiche di cui lei non aveva alcun ricordo.

Ma annuiva al momento opportuno e sorrideva finché non le facevano male i denti. Dopo la sesta persona che l'aveva avvicinata, perse qualsiasi traccia di nomi e volti.

Ethan le era rimasto accanto per tutta la serata, ma lei sentiva il bisogno di fuggire solo per qualche minuto, così si girò e si incollò un sorriso rassicurante sulle labbra.

«Devo andare in bagno. Torno fra qualche minuto, okay?»

Ethan annuì e lei si allontanò, facendosi strada nella stanza affollata. Invece di andare in bagno, sgattaiolò in cucina, sperando che Marlene fosse occupata in qualcos'altro.

***

Si fece il segno della croce, sollevata quando vide che la via era libera.

Aprì la porta scorrevole che portava al giardino sul retro e uscì nell'aria della notte. I suoi polmoni si riempirono della fragranza di dozzine di fiori diversi, tutti piantati dentro vasche di mattoni che delineavano il vialetto.

Marlene le aveva detto che loro due avevano passato ore a progettare il giardino perfetto e poi avevano rivolto la loro attenzione alla casa sua e di Ethan.

Non volendo allontanarsi troppo, in caso qualcuno venisse a cercarla, si sedette su una panchina di legno che guardava sulla fontanella per gli uccelli e si concentrò sul suo respiro. Dopo qualche minuto, la tensione che le stringeva il petto si allentò e cominciò a rilassarsi.

Distese le dita e poggiò i palmi sulla superficie levigata della panchina. L'aveva costruita Frank. Quel ricordo le saltò in mente all'improvviso e lei sorrise, accogliendo l'informazione come una vecchia amica. Frugò nella memoria per scovare altri ricordi, e alcune piccole notizie filtrarono in sporadici segnali intermittenti.

Frank possedeva un negozio di hardware. Questa era un'informazione recente. Ma era anche bravo nei lavori manuali e amava gli attrezzi. Quando ormai Marlene non sperava più che le costruisse la panchina che voleva, era andata al Walmart al di là del lago, a Paris, e aveva comprato una semplice panchetta da giardino.

Frank aveva protestato immediatamente e dopo tre giorni si era presentato con una solida panchina fatta interamente da lui. Marlene aveva detto compiaciuta a Rachel che aveva messo via lo scontrino e non aveva mai tirato fuori la panchetta dal garage. Se non altro suo marito era prevedibile.

Rachel sorrise di quel ricordo e lo tenne stretto, assaporando quei frammenti d'informazione che le dicevano da dove veniva e qual era la sua casa.

Era così presa dai suoi ricordi che non si accorse di non essere più sola finché qualcuno, alla sua sinistra, non si schiarì la gola.

Spaventata, si raddrizzò girando la testa di scatto per affrontare la compagnia.

Un uomo uscì dall'ombra e lei esaminò la sua uniforme e la pistola che aveva al fianco.

«Mi dispiace averti spaventata.»

La sua parlata morbida e strascicata era più marcata rispetto a quella di Ethan o degli altri Kelly. Aveva un accento del profondo Sud. Sembrava anche piuttosto giovane, forse era sui venticinque anni.

Non lo aveva incontrato, ma ipotizzò fosse il vicesceriffo al quale i Kelly erano tanto affezionati.

«Tu sei Sean?»

Poi si rese conto del suo errore. Se era Sean, senza dubbio lo aveva già conosciuto. Non sapeva fino a che punto Marlene avesse informato gli altri. Per quanto ne sapeva, tutti erano al corrente che era matta da legare e non ricordava niente della sua vita precedente.

L'uomo sorrise e avanzò nell'alone luminoso della luce esterna. Nei suoi occhi c'era una gentilezza che la sorprese, data la sua professione. Aveva i capelli biondo scuro tagliati corti, molto simili al taglio militaresco dei Kelly. Ma lui portava un pizzetto che gli incorniciava la bocca e lo faceva apparire più grande della sua età.

«Sono io» rispose lui. «Ne hai avuto abbastanza della bolgia là dentro?»

Rachel sospirò e decise di non mentire. «È un po' pesante.»

Sean indicò lo spazio accanto a lei. «Posso sedermi?»

Come risposta, Rachel si spostò all'altro capo della panca e lui si sedette.

«Non sono una persona che ama la folla, ma Marlene mi avrebbe inchiodato la pelle al muro se avessi mancato una delle sue riunioni. Sono un po' un figlio adottivo dei Kelly, come te. Certo, lei non mi ha partorito, ma non ha mai smesso di organizzarmi la vita, facendomi continuamente da mamma e includendomi in ogni riunione familiare ufficiale.»

Rachel rise. «È un tipo notevole, vero?»

«È la migliore» disse lui con sincerità. «Ma mi sento più a mio agio con la gente che conosco al lavoro. Non devo fingere di essere socievole quando arresto qualcuno e non mi devo preoccupare di fare pettegolezzi inutili e convenevoli.»

La smorfia sul suo viso la fece ridere di nuovo. «Oh, poverino. Deve essere un inferno per te.»

«Diciamo solo che sono stato felice di vedere che non ero l'unico a cercare di nascondermi. Adesso, se me lo chiedono, posso incolpare te della mia assenza.»

«Oh, simpatico» rispose lei seccamente.

Lui rise. «Allora, come stai? Hai avuto problemi con le pratiche burocratiche? Posso esserti utile in qualche modo?»

Lei storse la bocca in una smorfia triste. «È molto più facile rimanere morti che tornare dalla morte. Ethan ha cercato di fare tutto con discrezione. L'ultima cosa che vogliamo è che venga divulgata la storia di un caso umano. La patente non è stata difficile da ottenere, ma l'autorizzazione della previdenza sociale è stata una faccenda più complessa.»

Sean le diede una pacca affettuosa su un ginocchio. «Metterete tutto a posto. Nel frattempo, se c'è qualcosa che posso fare, basta che tu me lo dica. Ti conosco da quando ero al liceo. Ti sei diplomata due anni prima di me.»

Lei si sentì in imbarazzo. «Mi dispiace, non me lo ricordo.»

«Ehi, non preoccuparti. La memoria tornerà. E quando accadrà, ricorderai che mi devi cinque dollari.»

Sconcertata, Rachel inclinò la testa da un lato.

Un bagliore birichino brillò negli occhi verdi di lui. «Hai perso una scommessa. Hai scommesso che il Tennessee avrebbe battuto la Louisiana. Come se potesse mai succedere.»

«Ah, Louisiana, allora? Mi sembrava che avessi un accento un po' diverso.»

«Nato e cresciuto.»

Si fece silenzioso e si girò bruscamente, con un cipiglio al posto del sorriso.

«Rusty, sei tu?»

Rachel si girò in cerca della ragazzina che Marlene aveva portato a casa. Rusty non aveva avuto molto da dirle, da quando era tornata a casa, ma Nathan aveva accennato al fatto che si sentisse leggermente minacciata dal suo ritorno.

Rachel sperava soltanto che ci fosse qualcosa che potesse dire o fare per placare le paure della ragazza. Marlene era stata brutale riguardo alla situazione di Rusty.

La ragazzina entrò nel patio dal vialetto che portava davanti alla casa.

«Sì, sbirro, sono io.»

«Chi era quello con cui stavi parlando?» chiese Sean.

La sua voce era passata da un tono scherzoso e cordiale a uno assolutamente professionale. Per l'acciaio che trapelava dalle sue parole avrebbe potuto benissimo essere alle prese con un sospetto.

«Non avevo capito che dovevo chiedere il permesso per fare conversazione, da queste parti» scattò Rusty. «Piantala, rompiballe. Non sto bevendo, né fumando, né approfittando in nessun modo dell'ospitalità di Marlene.»

Sean imprecò sottovoce e le sue dita si chiusero. Aprì la bocca per parlare, ma Rusty scomparve di nuovo in casa.

«Giuro che quella ragazza mi fa diventare matto» borbottò Sean. «È così aggressiva. Mi piacerebbe insegnarle un po' di rispetto e buone maniere, già che ci sono. Se mai la sorprenderò a rivolgersi a Frank o Marlene in questo modo, me la rovescerò sulle ginocchia io stesso. Qualcuno avrebbe dovuto farlo molto tempo fa.»

«È un'età difficile» disse Rachel, sorpresa dal bisogno di difendere Rusty. «Da quello che ha detto Marlene, è stata dura per lei. Oltretutto non l'ho mai sentita rivolgersi a Frank o Marlene in tono meno che rispettoso. Con tutti gli altri, però...»

«Già, non me lo dire. Credo di non piacerle perché sono un poliziotto, e ho l'impressione che abbia già avuto a che fare con la polizia, una volta o due. Marlene mi ha detto che ha dei precedenti ma mi ha proibito – proprio da mamma – di perseguirla. Non vuole che sia influenzato dal passato di Rusty. Per l'amor di dio.»

Rachel sorrise del disgusto nella voce di Sean. E poi si accorse che erano rimasti fuori molto a lungo.

«Forse dovrei rientrare. Ho detto a Ethan che stavo andando in bagno.»

«Ah, ecco la squadra di ricerca» ironizzò Sean mentre Garrett usciva in giardino.

«Va tutto bene, fiorellino?» domandò mentre si avvicinava.

«Sì. Stavo solo parlando con Sean e prendendo un po' d'aria fresca.»

Garrett si infilò le mani in tasca. «Cioè ti stavi nascondendo qui fuori con questa femminuccia che è qui per lo stesso motivo.»

Sean fece un versaccio. «Già, la stessa identica ragione per cui tu sei corso fuori come una dannata ragazzina.»

Garrett sorrise. «Troppa gente. La mamma abbocca a tutte queste stronzate, ma giuro che tutti noi diventiamo matti.»

«Allora, si è già resa conto che abbiamo disertato la festa?» domandò Rachel. L'ultima cosa che voleva era ferire i sentimenti di Marlene.

«Non c'è da preoccuparsi. Mamma è abituata a doverci radunare. Di solito ci dà dieci minuti circa per ottenere uno sguardo folle dai nostri occhi, poi esce tutta mielosa, ma con un luccichio negli occhi che nessuno è così ingenuo da ignorare.»

«E a quel punto ci trascina dentro prendendoci per le orecchie» terminò Sean.

«Sam dovrebbe fare la sua comparsa, fra poco» disse Garrett. «Deve aver incontrato un imprevisto lungo la strada. Abbiamo lasciato Ethan sul suo personale campo di battaglia delle domande. Non lo invidio.»

«Oh» disse Rachel. «Forse dovrei tornare dentro. Non intendevo lasciarlo inchiodato a rispondere a domande su di me per tutta la serata.»

Garrett scosse la testa. «Non ti preoccupare. Se lo merita per la volta in cui ha fatto lo stesso con me e zia Edna il giorno del Ringraziamento. Quella donna mi ha riempito di chiacchiere per quasi un'ora mentre Ethan scappava. Tutti gli altri erano fuori dalla finestra e mi sfottevano ridendo.»

Rachel scoppiò a ridere. Riusciva a figurarsi la scena e più la immaginava più rideva a crepapelle.

«Allora è qui che siete, stronzi» mugugnò Sam mentre si chiudeva la porta del patio alle spalle. «Anche se non credo che siamo abbastanza lontani da casa per stare tranquilli. Mamma lascerà correre finché non si preoccuperà. Nel momento in cui si accorgerà che ce ne siamo andati, siamo finiti.»

Rachel si avvicinò un po' di più a Sean e poi si rese conto di ciò che aveva fatto. Perché diavolo Sam continuava a intimidirla? Tutto sommato sarebbe dovuto essere Garrett a spaventarla a morte. Sam non era nemmeno lontanamente robusto o minaccioso come il fratello, ma qualcosa di simile al panico si impadroniva di lei ogni volta che lui le si avvicinava. Forse perché era stato il primo a entrare nella sua capanna quella notte, e lei era convintissima che fosse lì per ucciderla.

Non importava quanto sembrasse sciocco adesso, non riusciva a sbarazzarsi del ricordo di lui che la sovrastava, enorme e minaccioso, con una pistola in mano.

Tuttavia, Sam sembrava cosciente della sua paura e si faceva scrupolo di essere cauto quando le stava intorno. Perfino in quel momento, i suoi occhi si addolcirono e non parve ferito dal suo manifesto disagio.

Come se si rendesse conto della rigidità di Rachel, Sean le appoggiò con disinvoltura una mano sul ginocchio e lo strinse leggermente senza mai distogliere lo sguardo da Garrett e Sam.

«È difficile sfuggire alla mamma nella sua stessa casa» disse Garrett rassegnato. «Ci darà la caccia.»

Sam ridacchiò. «È una vergogna per degli uomini adulti essere ridotti a un branco di femminucce dalla loro mamma.»

La porta del patio si spalancò ed Ethan mise fuori la testa, con espressione cupa.

«Ehi, ragazzi, avete visto Rachel?»

«La sto guardando» disse Sam.

Ethan uscì e il sollievo si stampò sul suo viso. Si fermò accanto a Garrett e guardò alternatamente Rachel e Sean e poi gli altri.

«Stai bene?» le chiese.

Lei sorrise, non volendo che si preoccupasse. «Sì. Sono uscita a prendere un po' d'aria senza rendermi conto che fuggire dalle riunioni di Marlene fosse un'onorata tradizione familiare.»

Ethan si rilassò e infilò i pollici nei passanti della cintura. «Già, è diventata una cosa che compete con i giochi di guerra. Quello che sopravvive più a lungo senza essere trascinato dentro da mamma, vince.»

Mentre la fissava, Rachel capì che stava pensando alla loro conversazione di poco prima, a quando si erano baciati e a quello che lei gli aveva chiesto di fare. Il suo sguardo caldo ed elettrizzante si posò sulla pelle di lei.

Rachel rabbrividì, ma non sentiva affatto freddo. L'aria estiva era umida e calda al punto da essere fastidiosa, ma tutto ciò che lei avvertiva era il calore del suo sguardo e la promessa implicita nei suoi occhi.

«Pensi che tua madre si offenderà se ce ne andiamo?»

La sua voce risuonò roca e Rachel inghiottì le farfalle che le danzavano nello stomaco e si impennavano verso l'alto come se cercassero una via di fuga.

«Se ve ne andate adesso non se ne accorgerà finché non sarà troppo tardi» disse Garrett con un sorrisetto.

«Buona idea» disse Sean.

Ethan scosse la testa e porse la mano a Rachel. «Hanno ragione. Possiamo sgattaiolare intorno alla casa e, se nessuno ci ferma, possiamo scomparire prima che qualcuno dia l'allarme. E lo faranno. Proprio così. Sono sicuro che Garrett non abbia dimenticato l'incidente di zia Edna.»

«Se non fosse per il fatto che Rachel vuole andar via, avrei già spifferato tutto» disse Garrett disgustato.

Ethan fece alzare Rachel accanto a sé e le diede un buffetto sul mento. «Suggerisco di andare ora, prima che cambi idea.»

Lei si girò e si chinò per baciare Sean sulla guancia. «È stato molto bello rivederti. Grazie per avermi tenuto compagnia.»

Il ragazzo parve sorpreso e compiaciuto del suo gesto. Poi Rachel si girò verso Garrett e lo abbracciò. Decisa a non comportarsi da sciocca, si avvicinò goffamente a Sam.

«Buonanotte, Sam» gli disse quasi formalmente.

Lui aprì le braccia e si limitò ad aspettare. Con un rapido respiro, Rachel si fece avanti e lo abbracciò. Sam lasciò che fosse lei a toccarlo e le restituì l'abbraccio con molta delicatezza. Rachel si allontanò e gli rivolse un sorriso sincero.

Chiunque fosse così attento ai suoi sentimenti, non poteva essere un cattivo soggetto.

Sam le sorrise e le accarezzò una guancia. «Ci vediamo, Rachel.»

Con un gesto di saluto, Rachel seguì Ethan in giardino e sul vialetto che portava al cortile anteriore. Mentre camminavano verso la macchina, lui le passò un braccio intorno alle spalle e la strinse a sé.

Il battito del cuore di Rachel avrebbe potuto spaccare un mattone di cemento. Non vedeva l'ora di fare l'amore con E-than. Era dannatamente nervosa, forse più di quanto lo fosse mai stata all'idea di stare con lui, ma non aveva intenzione di lasciare che questo la ostacolasse.

Era proprio ora di reclamare suo marito e il suo matrimonio.

24

Ethan strinse il volante mentre si fermava davanti alla casa. Per un lungo momento, guardò dritto davanti a sé, poi si accorse che stava trattenendo il respiro come un adolescente al suo primo appuntamento. In un certo senso lo era. Il suo primo appuntamento. Con sua moglie. Oddio. Non riusciva ancora ad abituarsi all'idea di aver riavuto Rachel. Che gli fosse stata concessa una seconda opportunità.

Con il cuore che gli martellava nelle orecchie, spense il motore e si girò a guardare Rachel. Sembrava nervosa quanto lui. Il suo petto si svuotò leggermente, di fronte alla piega coraggiosa delle labbra di lei.

«Rachel. Piccola? Vuoi ancora fare l'amore con me?»

I suoi palmi si inumidirono e scivolarono sullo sterzo. Prima di chiederglielo, non aveva idea di quanto temesse che lei potesse tirarsi indietro. Avrebbe capito. Avrebbe aspettato per sempre, se fosse stato necessario, ma desiderava riuscire a toccarla di nuovo più di quanto avesse mai desiderato qualsiasi altra cosa.

Rachel si voltò e i suoi occhi scintillarono dolcemente nel fioco bagliore proiettato dalle luci del portico. C'erano molte emozioni riflesse in quegli occhi. Paura, esitazione, speranza, desiderio. Determinazione.

«Vieni dentro con me, Ethan.»

La sua voce roca gli provocò i brividi. Il suo inguine si tese e lui si spostò per alleviare quella tensione. Rachel gli prese la mano, tremando.

Ethan intrecciò le dita con le sue, stringendole in modo rassicurante. Alla fine si portò la mano di lei alle labbra e ne baciò ogni nocca.

«Andiamo» mormorò.

Entrambi aprirono gli sportelli e si precipitarono nel portico. Quando lui armeggiò goffamente con il pomello della porta, Rachel si appoggiò all'entrata e si sciolse in una risata.

Sorpreso da quel suono gioioso, Ethan si fermò con la porta socchiusa. Gli occhi di Rachel scintillavano d'allegria e lei ansimava, tenendosi lo stomaco.

«Che coppia, noi due. Ci comportiamo così a un appuntamento? Nervosi e così desiderosi di andare a letto che inciampiamo l'uno nell'altra lungo la strada?»

Ethan sorrise, poi gli sfuggì un ghigno seguito da una risata. La tensione svanì e lui si appoggiò alla porta asciugandosi gli occhi.

«Immagino che sembriamo un po' disperati. Be', io lo sono. Lascia che sia l'uomo ad accollarsi tutte le ansie quando si parla di sesso.»

Rachel sorrise di nuovo e si scostò i capelli dal viso. «Bene, sono felice che tu sia un ragazzo normale. Sarebbe difficile sedurti se non avessi mai avuto in testa il sesso.»

Incapace di resistere ancora, Ethan l'attirò fra le sue braccia e incastrò la testa di lei sotto il suo mento. Rachel sembrava così... perfetta. Se solo se ne fosse accorto prima.

Ethan chiuse gli occhi e scacciò quei ricordi. Non quella sera, non quando tutto poteva essere di nuovo perfetto.

Con una spallata, aprì la porta e trascinò Rachel dietro di sé. Sapendo che il buio le dava fastidio, pigiò immediatamente l'interruttore, inondando il soggiorno di luce.

La toccò di nuovo, più per rassicurare sé stesso che lei. Con la punta delle dita le sfiorò gli zigomi e poi il mento.

«Aspetta qui, vengo a prenderti fra qualche minuto. Voglio che tutto sia perfetto per te.»

Lei inclinò la testa da un lato e lo guardò, confusa.

Ethan sorrise e si sporse per baciarla sul naso. «Assecondami. Fammi cimentare con il romanticismo e tutte le cose che si pensa piacciano alle donne.»

La fiducia che le vide negli occhi scuri lo fece sentire vile. Gli fece venire voglia di essere migliore. Meritevole. Di non deluderla, maledizione.

Si voltò e corse in camera da letto. Si fermò al centro della stanza e girò in tondo più volte, osservando, senza essere sicuro di ciò che volesse o dove potesse trovarlo.

Candele. Rachel amava le candele. Ne aveva sempre molte sparse per casa.

Dove diavolo erano, adesso? Lui non aveva buttato via niente, ma la mamma era arrivata e aveva inscatolato un sacco di cose. Non voleva assolutamente andare a frugare in garage mentre Rachel lo stava aspettando.

La cabina armadio.

Spalancò l'anta e accese la luce. In fondo erano impilate parecchie scatole. Sperando che in una ci fossero le candele, prese quella in cima e l'aprì. Sbuffò, deluso, quando vi trovò solo un assortimento di cianfrusaglie, quindi aprì la seconda. Un leggero aroma floreale aleggiò non appena ne sollevò il coperchio. Dentro erano stipate parecchie candele di varie dimensioni. Perfetto.

Ne afferrò quante poteva portarne, poi tornò in camera e le sistemò in modo strategico in tutto lo spazio. Soddisfatto dell'operazione, tornò in cucina a prendere i fiammiferi.

Dopo un paio di minuti, la stanza era illuminata dal delicato bagliore di una dozzina di candele. Non era un allestimento perfetto, ma poteva funzionare.

Adesso doveva prendere Rachel.

Passandosi una mano sui capelli e poi sul davanti della camicia, fece un lungo respiro per calmare il cuore martellante e tornò in salotto, dove lei era in piedi alla finestra, intenta a osservare la notte.

Le arrivò da dietro e le fece scivolare le mani sulle braccia e sulle spalle. I suoi capelli ondeggiarono catturando la luce. Lui la guardò per un attimo, poi si chinò e le scostò i capelli con la bocca, strusciandole il naso sul collo.

Il suo sospiro di piacere gli provocò un'ondata di soddisfazione. Ethan amava la morbidezza del suo collo e i setosi capelli corti sulla sua nuca. E il suo profumo. Così delicato e femminile. Inalò profondamente e le baciò la zona appena dietro l'orecchio, godendo del suo sussulto.

«Vieni in camera con me?»

Lei si girò e gli mise le braccia intorno al collo, sollevandosi in punta di piedi per avvicinare la bocca a quella di lui.

«Sono così nervosa» ammise. «Voglio che tu lo sappia. Non ho paura. So che non mi farai del male. Non so nemmeno perché sono così ansiosa. Lo voglio tanto, ma il mio cuore sta palpitando come un pazzo.»

Lui le accarezzò la guancia, tracciandole il contorno della mascella e delle labbra.

«Anch'io sono nervoso, piccola. Saremo nervosi insieme. Conta questo. Lo vogliamo tanto entrambi. Dobbiamo soltanto rilassarci e prenderla con calma. Insieme.»

«Oh, così mi piace» sussurrò lei. «Insieme. Fai l'amore con me, Ethan.»

Ethan la prese per mano e la portò verso la camera da letto. Quando la fece entrare, lei si fermò e girò su sé stessa, con gli occhi sgranati di fronte alle candele guizzanti.

Lui le strofinò il naso sull'orecchio. «La prendo come un'approvazione.»

Rachel sospirò e si crogiolò nel suo tocco. «Non dovevi fare tutto questo.»
«Ma volevo farlo. Voglio che sia perfetto.»
Rachel si girò e gli passò una mano sul petto e sulle spalle. Amava i contorni solidi del suo corpo, gli avvallamenti, le sommità. Perfetto. Come avrebbe potuto essere altrimenti? Era questo ciò che aveva aspettato.
«Lo sarà, Ethan.»
Lui abbassò la testa. Rachel sollevò la sua di lato. Le loro bocche erano a distanza di un centimetro. Il primo tocco delle sue labbra le provocò un brivido lungo la schiena.
Dolce. Squisitamente tenero. Intrecciò le mani dietro il collo di lui e lo avvicinò a sé. Fu lei ad approfondire il bacio, a chiedere di più.
Si sentiva deliziosamente lasciva e, per la prima volta da più tempo di quanto potesse ricordare, si sentì bella e desiderabile.
Le mani di Ethan le scesero lungo la schiena, poi più giù finché non le afferrarono le natiche. Ethan le strinse leggermente, massaggiandole.
Rachel amava il suo sapore. Era difficile definirlo, forte e maschile. Tracciò una scia di baci lungo la sua mascella poi abbassò la testa per assaggiare il suo collo.
Quando trovò il lobo dell'orecchio, Ethan si lasciò sfuggire un lungo sibilo. Con un sorriso, Rachel lo succhiò fra i denti e lo stuzzicò con la lingua.
«Ti rendi conto che dovrei essere io a sedurre te?» brontolò lui.
Rachel rise e si lasciò semplicemente travolgere dalla gioia del momento.
«Che ne dici se ci seduciamo a vicenda?»
Lui le catturò nuovamente le labbra. «Posso farcela.»
I loro baci divennero più bollenti, da togliere il fiato, meno scherzosi. Rachel sentì nella pancia il desiderio che si av-

volgeva in spire sempre più strette, diffondendosi in ondate lungo il corpo.

«Prima regola della seduzione. Almeno uno di noi deve essere nudo. Preferibilmente tu» mormorò Ethan.

Un'apprensione nervosa sostituì parte dell'eccitazione. Era una cosa sciocca. L'aveva già vista nuda. Molte volte. Avevano già fatto l'amore. Ma per lei era come rivivere la prima volta.

«Ehi» le disse dolcemente Ethan. Si scostò e le mise un dito sotto il mento, costringendola a guardarlo. «Lo faremo con tutta la calma che desideri. Se potessi fare l'amore con te completamente vestita, lo farei, ma penso che sappiamo tutti e due che non è possibile.»

Rachel ridacchiò e si sentì meno imbarazzata.

«Non prendiamocela troppo comoda, o saremo entrambi vecchi e decrepiti prima che riusciamo a fare l'amore.»

«Mmm, ho intenzione di farlo con te finché non mi metteranno nella tomba. Ecco perché hanno inventato quella pillolina blu.»

Rachel si appoggiò a lui e lo abbracciò con passione mentre le sfuggiva un'altra risata.

«Facciamo un patto. Ci spogliamo insieme. L'ultimo che resta nudo è un babbeo.»

Mentre pronunciava l'ultima parola, Rachel si allontanò di scatto e cominciò a svestirsi immediatamente.

«Oh, cavolo, no» esclamò lui. «Forse non ti ricordi in quale razza di famiglia competitiva sei entrata.»

«Mentre tu parli, io mi sto spogliando» lo provocò lei.

Una scintilla maligna brillò negli occhi di Ethan. «Non riesco a vedere come io possa perdere in entrambi i casi.»

Con assoluta sorpresa di Rachel, Ethan si svestì prima che lei riuscisse a togliersi i jeans.

Tutto il fiato le uscì dai polmoni mentre fissava, pietrificata, il profilo snello del suo corpo muscoloso. Fianchi stretti, spalle ampie, petto solido. Sull'inguine, un nido di peli neri circondava la sua erezione prominente.

Rimase a bocca aperta e lo fissò con sfrontata passione.

«Cavolo, Rachel, mi hai già visto altre volte» borbottò lui.

Lei deglutì e lo guardò. Con sua grande sorpresa colse nei suoi occhi un'ombra d'imbarazzo. Sorrise.

«Come diavolo hai fatto a svestirti così in fretta? Ho cominciato prima io, per la miseria.»

Ethan sorrise, rilassando le spalle. «Dimentichi che sono stato in marina. Devi essere capace di imbrogliare dannatamente in fretta.»

«Piuttosto tu non sei costretto a indossare tutte le cavolate che portiamo noi donne» brontolò lei.

«Sarò felicissimo di aiutarti» le disse con aria innocente.

Lei indicò il reggiseno e le mutandine che aveva addosso. «Accomodati.»

Ethan le si avvicinò e lei fissò ancora una volta il suo membro. Aveva una voglia matta di toccarlo, poi si rese conto che nessuno glielo impediva.

Quando si premette contro di lei, Rachel allungò una mano e ne accarezzò la circonferenza con le dita.

Ethan gemette. «Sei sleale.»

Affascinata dalla doppia sensazione di morbido e duro, lo accarezzò, meravigliandosi quando lo sentì diventare ancora più duro nella sua stretta.

«Ti piace così?» gli domandò.

«Cavolo, sì.»

«Sono ancora vestita» gli ricordò.

«Non per molto.»

La fece indietreggiare verso il letto, le sue mani scivolarono fino ai fianchi. Con i pollici agganciò l'elastico delle mutandine e tirò.

Una mano scivolò in fondo alla schiena e poi scese più giù, dove le mutandine avevano coperto il punto appena sopra la fessura delle natiche. L'accarezzò e poi fece scivolare le dita lungo la fessura, e lei rabbrividì di piacere.

Evidentemente conosceva tutti i suoi punti sensibili. In verità, Rachel moriva dalla voglia di riscoprirli insieme a lui. Era molto strano fare l'amore con un uomo che conosceva tutte le sue zone erogene, mentre lei stessa non le ricordava.

«Mi piace il tuo sedere. Sarei un uomo felice se non lo coprissi mai.»

Questa frase la fece arrossire, ma un'ondata di caldo piacere le scorse nelle vene di fronte alla sua approvazione.

«Potrei organizzarmi per metterlo in mostra per te ogni giorno» propose.

«Mmm... d'accordo.»

Le mutandine scivolarono lungo le gambe di Rachel fermandosi ai suoi piedi. La bocca di Ethan trovò il suo collo e lei si piegò di lato per favorirgli l'accesso. Mentre tracciava una scia di baci fino alla spalla, con le mani raggiunse le spalline del reggiseno e le tirò giù.

Calda e appassionata, la bocca di Ethan si dedicò alla zona più bassa, appena sopra il rigonfiamento dei seni. Le dita dell'uomo armeggiarono con il gancetto del reggiseno e finalmente lo aprirono, esponendo i seni nudi alla sua bocca.

Rachel inspirò e trattenne il respiro quando le labbra di lui indugiarono incerte sul suo capezzolo. La donna si protese in avanti, desiderando un contatto più intimo. I suoi capezzoli si inturgidirono e divennero due punte rigide e sensibili.

E poi la bocca di Ethan si chiuse intorno a una sommità tesa.

Le cedettero le ginocchia e Rachel afferrò disperatamente le spalle di Ethan nel tentativo di rimanere in equilibrio. Lui succhiò con forza e bagnò il bocciolo con la lingua.

Il piacere le attraversò fulmineo l'inguine. Le pelvi si contrassero in modo intollerabile e il suo clitoride si gonfiò e pulsò. Voleva che Ethan la toccasse là, per alleviare l'insostenibile pressione che cresceva a ogni colpo della sua lingua.

Per un attimo perse la cognizione dello spazio e del tempo. Emozioni, sensazioni, cose di cui era stata vuota da lungo tempo le precipitarono addosso da ogni direzione. Era spaventata ed eccitata in egual misura. Per troppo tempo non aveva provato altro che paura e ripugnanza. Quanto era più forte la sensazione di essere amata e coccolata?

E poi Ethan la prese dolcemente fra le braccia, quasi come se sapesse quanto velocemente avesse perso il controllo. Fu come un'àncora in una violenta tempesta. La sua roccia. La sua protezione. Si abbandonò contro di lui, tenendosi aggrappata con quella che poteva giudicare soltanto disperazione.

Ethan la prese in braccio. I piedi di Rachel lasciarono il pavimento e lui la portò all'indietro finché il materasso non le toccò i polpacci. Poi la mise giù con estrema delicatezza. Gli occhi fissi nei suoi. La sua espressione era un esempio di intensa concentrazione. E determinazione.

La schiena di Rachel incontrò la morbidezza vellutata delle lenzuola. Quando per un attimo Ethan la lasciò, la donna rabbrividì. Si sentì immediatamente orfana del suo calore.

Ma lui tornò, strisciando sul letto. Incombette su di lei, lo sguardo così intenso da scaldarla fino alla punta dei piedi.

«Mi chiedo se tu sappia quanto sei bella» mormorò Ethan mentre si metteva a cavalcioni su di lei.

Lacrime improvvise inondarono gli occhi di Rachel, e lei gli sorrise. Allungò una mano per toccargli il viso, le dita tremanti per la forza dell'emozione.

«In questo momento mi *sento* bella.»

Lui le prese la mano e si premette il palmo sulle labbra. «Allora voglio che non passi mai un giorno senza che tu ti senta bella come adesso. Lo considererò come mio compito ricordartelo in ogni occasione.»

Il cuore di Rachel si sciolse.

Ethan le prese le mani e le adagiò lentamente sul materasso, in alto, appena sopra la testa, finché non la guardò sdraiata sotto di sé, completamente vulnerabile.

Quel pensiero avrebbe dovuto spaventarla. Era logico. Ma Rachel non si era mai sentita più al sicuro. Sorrise e si inarcò in modo invitante.

Con un gemito di sofferenza, Ethan la baciò avidamente, perdendo parte del suo rigido controllo. Non si limitò a baciarla, saccheggiò la sua bocca.

Un bacio appassionato. Profondo. Così mozzafiato da non farla riprendere. La lingua di Ethan scivolò sulla sua, assaporando, esplorando finché l'unico sapore che lei riuscì a sentire fu il suo. Tutto ciò che riuscì a sentire fu Ethan.

Il suo corpo si abbassò su di lei, la sua durezza si fuse con le sue morbide curve. L'erezione pungolava impaziente la giuntura delle cosce di Rachel, ma lui non si spinse oltre. Lei accolse la sua durezza, la deliziosa sensazione di lui che scivolava sulla sua carne più tenera, così erotica, così immensamente piacevole.

Rachel aprì le gambe e il membro di Ethan sobbalzò, incontrando il suo clitoride gonfio e pulsante. Lei gemette sommessamente e si contorse sotto di lui. Ethan ingoiò i suoi gemiti. Li divorò come divorò lei, con la sua bocca avida.

L'ultimo anno scomparve dalla mente di Rachel. C'era soltanto il presente. Solo l'indescrivibile sensazione di ritrovarsi fra le braccia di suo marito. Ethan si mosse su di lei, grande e insistente. Rachel si sentì piccola sotto il suo peso, ma protetta e amata.

La racchiuse completamente. La toccò ovunque. Le sue mani scivolarono giù dalla vita verso i fianchi. Le dita si chiusero sotto le natiche ed Ethan le strinse mentre incastrava le cosce fra quelle di lei per divaricarle.

Poi fece scivolare una mano fra di loro e spinse delicatamente un dito fra le pieghe di Rachel. Con la punta sfiorò il clitoride e lei reagì immediatamente, inarcandosi. Un mugolio le sfuggì dalla bocca.

Ethan si puntellò su una mano mentre con l'altra esplorava i delicati tessuti femminili. Infilò dentro un dito per sentire se era pronta.

Fu quasi abbastanza per mandarla fuori controllo. Rachel si contrasse intorno al suo dito, il corpo così teso che temeva sarebbe esploso.

Con il pollice, Ethan le massaggiò il nocciolo rigido nascosto fra le pieghe, mentre le faceva scivolare dentro un altro dito.

«Ethan, ti prego.»

Non sembrava lei. Quella donna bisognosa, irrazionale non era lei, vero? Desiderava implorare. Voleva obbligarlo a spingersi dentro di lei. Lo voleva più di quanto immaginava di aver voluto qualsiasi altra cosa.

Come se percepisse quanto fosse già oltre, Ethan si spostò nuovamente sopra di lei e con la mano collocò il membro sulla sua apertura. Si prese il tempo per accarezzarla ancora con le dita, prima di sollevare la mano e intrecciarla alla sua.

«Dimmi se ti faccio male» disse con voce aspra. «Ti voglio con me fino in fondo, piccola. Se ti spaventa una cosa qualsiasi, dimmelo. Mi fermerò.»

Per tutta risposta, Rachel sollevò i fianchi desiderando che entrasse dentro di lei.

Ethan chiuse gli occhi, come se lottasse per mantenere il controllo, e si spinse in avanti a poco a poco. Rachel ansimò sentendo lui che si faceva strada, e il proprio corpo che si tendeva per accoglierlo. Era una sensazione magnifica, travolgente.

Quando lui affondò, Rachel spalancò gli occhi e il fiato le si mozzò in gola.

Ethan si fermò e la guardò preoccupato.

«Tutto bene?»

Rachel annuì, troppo eccitata per articolare una risposta coerente. Gli piantò le unghie nelle spalle mentre lo esortava silenziosamente a continuare.

Finalmente Ethan si mosse. Con una spinta violenta, penetrò in profondità. La bocca di Rachel si spalancò in un'esclamazione silenziosa. La vista le si offuscò. Rabbrividì in modo incontrollato e si aggrappò a lui disperatamente. Non avrebbe resistito a lungo. Era troppo. Dopo troppo tempo.

«Ti prego» implorò.

Si inarcò, si contorse, si agitò. Ethan la raccolse fra le braccia e cominciò a spingere, forte e rapido. Oh, dio, sì. Finalmente.

Era stato tenero. Voleva essere tenero, ma in quel momento lei lo voleva forte. Duro. Appassionato. Per ricordarle tutto ciò che aveva perso.

Il suo protettore. Il suo guerriero.

Rachel gettò indietro la testa, serrò gli occhi e si aggrappò alle spalle del marito con tanta forza che fu certa che gli avrebbe lasciato i segni.

La frizione era così meravigliosamente straziante, quasi insostenibile. Ethan era gonfio e duro. Così duro. La riempì ripetutamente, il corpo che si faceva strada dentro di lei.

La tensione crebbe. Entrambi ansimavano e stringevano.

«Vieni insieme a me» mormorò Ethan. «Stai con me. Amami.»

Quelle parole gentili furono un balsamo per l'anima di Rachel. Chiuse gli occhi, lo strinse a sé e si lasciò andare, semplicemente.

I fianchi di Ethan spingevano con energia contro i suoi. L'uomo si tese e l'afferrò con la stessa forza con cui Rachel si aggrappava a lui. I loro corpi erano talmente attaccati da non lasciare un centimetro di spazio vuoto. Le loro membra erano intrecciate mentre i fianchi ondeggiavano a un ritmo frenetico.

Ethan affondò il viso nel collo della moglie e sussurrò il suo nome.

«Rachel.»

Rachel volò. La sola parola che potesse descrivere la sua sensazione. Si librò in alto. Euforica, leggerissima. Riusciva quasi a sentire il fruscio del vento sul viso. Guardò verso il sole e sentì il calore sulla pelle, dopo tanto tempo passato al buio.

E poi scese fluttuando, ed Ethan era lì per prenderla. Si adagiò pigramente, trovando fra le braccia di lui la propria casa. Casa. Finalmente casa.

Le labbra di Ethan trovarono le sue. La baciò a lungo e dolcemente. Lacrime calde le scesero lungo le guance, mescolandosi alle loro lingue.

«Va tutto bene?» le domandò Ethan.

Lei lo baciò ancora, troppo sopraffatta per parlare. Non era certa di avere le parole per descrivere quello che stava provando. Quindi non disse niente e annuì.

«Ti amo, piccola. Non dubitarne mai.»

Lei gli toccò il viso, accarezzando la mascella decisa. «Non lo farò.»

Con delicatezza, Ethan si ritrasse dal suo corpo e rotolò su un fianco. Strinse Rachel a sé, tanto vicina che riusciva a sentire il battito del suo cuore.

«Grazie» mormorò lei.

Lui si irrigidì leggermente per la sorpresa. Quando la guardò, i suoi occhi esprimevano perplessità. «Per cosa?»

«Per avermi fatto sentire di nuovo l'amore.»

Ethan appoggiò la fronte sulla sua e le affondò le dita fra i capelli.

«Non proverai mai più niente di diverso» le promise.

25

Il sogno era cupo e brutto e la spaventò. Ethan non era più il suo consolatore, o il guerriero che aveva immaginato per così tanto tempo. Era furioso con lei.

Rachel era disperata perché sapeva che qualsiasi cosa fossero stati l'uno per l'altra ormai era scomparsa da tempo, sepolta sotto le macerie di una fiducia infranta.

Nel sogno affrontava Ethan, terrorizzata, sapendo che era la fine. La fine del loro matrimonio, del loro amore. Non era abbastanza forte per fronteggiarlo, ma lui non le dava scelta. Voleva che lei sapesse. Perché era così irremovibile?

Gli occhi che aveva amato tanto non erano colmi di calore e sostegno. Erano duri e risoluti.

«No» sussurrò. Non voleva vederlo in quel modo. Era solo un sogno. Un incubo. Non era reale. Vero?

Sei un'imbrogliona. Il tuo matrimonio è una truffa. Lui non ti ama.

La voce sussurrava nella parte più vulnerabile della sua anima. Procedeva contorta lungo i sentieri, diffondendo disperazione lungo la sua scia.

«No. *No!*»

«Rachel. Rachel, svegliati, piccola. È solo un sogno. Torna da me.»

Mani gentili le accarezzarono il viso, asciugandole le lacrime sulle guance. Gli occhi di Rachel si aprirono e lei sbatté le palpebre per abituarsi all'oscurità.

«Ehi» disse dolcemente Ethan. «Va tutto bene. Sei al sicuro, Rachel.»

La prese fra le braccia e se la strinse al petto. Il suo cuore martellava senza tregua mentre, ancora ai margini della coscienza, lottava contro il panico.

Perché stava facendo quel sogno? Stava diventando più forte, non più debole. Il panico non sarebbe dovuto scomparire man mano che passava il tempo dal periodo della sua prigionia? E perché sognava Ethan in quel modo?

Probabilmente un analista le avrebbe dato a bere qualcosa sulle sue paure inconsce che sollevavano il loro brutto muso quando lei era più vulnerabile.

Si rannicchiò più vicina a Ethan, quasi volesse dimostrare a sé stessa che lui la amava e quel sogno non era reale. Ethan la baciò sulla testa e le strofinò la pelle gelata. Non aveva indossato niente dopo che avevano fatto l'amore e le mani di suo marito avrebbero dovuto essere un balsamo. Invece Rachel si irrigidì, timorosa.

Forse era davvero pazza.

«Piccola, parlami» mormorò Ethan. «Cosa ti ha spaventata in questo modo? Puoi raccontarmi il tuo sogno?»

Rachel richiuse gli occhi. Che cosa poteva dire? *Caspita, Ethan, ho sognato che eri un vero bastardo e che mi odiavi*. Questo lo avrebbe sicuramente fatto sentire bene.

Ma doveva dirlo a qualcuno.

L'idea di andare dall'analista di cui le aveva parlato Ethan la spaventava. La faceva sentire fuori controllo e impotente. Ma forse era arrivato il momento. Forse non poteva farcela da sola.

«Ma che cazzo?»

Sam smise di ficcarsi in bocca cucchiaiate di cereali e gettò uno sguardo sospettoso a Garrett che stava leggendo il giornale.

L'uomo sbatté il quotidiano sul bancone con tanta forza da far traboccare il latte dalla tazza del fratello.

«Datti una calmata, amico. Cos'è che ti ha fatto rodere stamattina?»

Garrett gli lanciò un'occhiataccia, le sopracciglia corrugate in un'espressione rabbiosa. Oh, sì, era incazzato. Quello andava oltre il suo solito atteggiamento da rompiballe brontolone.

L'uomo inspirò parecchie volte. Ormai preoccupato, Sam mise da parte la tazza e allungò la mano per prendere il giornale.

«Vuota il sacco, perdio.»

«Pagina tre» sibilò fremendo di rabbia.

Sam sfogliò le pagine fino a quella in questione e ne esaminò rapidamente il contenuto. Si fermò quando vide il nome dei Kelly nei titoli di testa.

«Wow.»

«Già» disse Garrett disgustato. «Leggi.»

Sam lesse l'articolo che sbandierava il miracoloso ritorno di Rachel dalla morte. Quando arrivò alla parte che parlava del ruolo svolto dal KGI, le sue dita si contrassero fino ad accartocciare i margini delle pagine.

«Dannazione.»

«Continua a leggere» disse Garrett in tono tetro.

Niente era stato lasciato al caso. Era menzionata la dipendenza di Rachel dalla droga, ma da nessuna parte si diceva che vi era stata costretta. Soltanto che stava combattendo contro gli effetti della dipendenza da cocaina ed eroina. Si insinuava perfino che la sua perdita di memoria non fosse vera, ma uno stratagemma per suscitare simpatia.

Sam non riusciva a pensare al di là della furia crescente. «Chi cazzo gli ha raccontato tutte queste stronzate?»

Garrett afferrò il giornale e poi piantò un dito su una parte dell'articolo. «Leggi!»

Le parole ondeggiarono avanti e indietro finché Sam non prese il polso del fratello per tenere fermo il quotidiano. Nell'articolo si citava come fonte un membro molto stretto della famiglia.

«È una stronzata» esplose Sam. «Assolutamente impossibile. Non c'è una sola, fottuta possibilità che uno di noi abbia venduto Rachel in questo modo.»

Si alzò rovesciando lo sgabello e camminò avanti e indietro in cucina, talmente furioso che desiderava rompere qualcosa. Guardò di nuovo il fratello che non sembrava più tranquillo di lui.

«Secondo te chi è stato?»

«Non io. Sicuramente nemmeno tu. Né mamma o papà. Ovviamente non possono essere stati né Van né Nathan, e neppure Joe. Chi resta? Nessuno conosceva queste informazioni. Come cazzo facevano a sapere tante cose sul KGI?»

«Sean le conosce» borbottò Sam.

I due fratelli si scambiarono un'occhiata e arrivarono alla medesima conclusione.

«Non può essere stato lui, in alcun modo» disse Garrett. «Vuole bene a mamma e papà. Praticamente è uno della famiglia.»

Sam fissò il fratello quando fu colto da un'improvvisa rivelazione. «Rusty.»

«Figlia di puttana» imprecò Garrett. «Io l'ammazzo. Stavolta mamma non riuscirà a salvarle il culo.»

«Mamma ne sarà addolorata» disse Sam.

«Cosa pensava di fare?»

Sam sospirò. «Rusty ha percepito Rachel come una minaccia fin dall'inizio. È giovane e incasinata e ha risentito dell'attenzione che ha ricevuto Rachel quando è tornata a casa. Immagino che questo sia il suo modo di smontarla un po'.»

«Se ne deve andare» disse freddamente Garrett. «Nessuno tradisce la famiglia in questo modo. Non m'interessa cosa dirà la mamma. Quando papà lo saprà sarà d'accordo. Rachel ne sarà sconvolta.»

«Devo chiamare Ethan. Deve saperlo e vorrà affrontare Rusty con noi.»

Garrett annuì, le labbra ancora tese per la collera.

«'Giorno» disse Donovan entrando tranquillamente in cucina.

Mentre apriva il frigo e prendeva il succo d'arancia, guardò i fratelli con sospetto.

«Se ho interrotto una scena violenta, faccio assolutamente un passo indietro. È sempre bello vedere spargimenti di sangue di primo mattino.»

«Rusty ha venduto Rachel» disse Sam bruscamente. «È sul giornale.»

Donovan si accigliò, chiuse il frigorifero e si avvicinò per prendere il giornale. Mentre leggeva, il suo cipiglio si fece più intenso.

«Figlia di puttana.»

«Già» disse Garrett.

«Che cos'hai in mano?» domandò Sam al fratello, notando per la prima volta i documenti nella mano sinistra di Donovan.

L'uomo li guardò come se li avesse dimenticati.

«Una mail che ho stampato. Un possibile lavoro. So che avevamo detto di prenderci una pausa, finché le cose con Rachel non si fossero sistemate e Cole e Dolphin non si fossero rimessi.»

«Ma?» domandò Sam. «Perché c'è un 'ma' in tutto questo.»

Donovan arrossì colpevolmente. «Avrei dovuto dirglielo che l'avremmo preso comunque.»

«Di che cazzo parli?» Il viso di Garrett diventò rosso e le sue guance si gonfiarono, come se fosse il solo modo per non esplodere. «Sono l'unico idiota che pensa ancora che ci sia una società da queste parti?»

Sam sollevò una mano prima che Garrett si incazzasse irrimediabilmente. Il senso di colpa lo divorava. Suo fratello avrebbe avuto un infarto se avesse saputo quali ordini aveva dato a Rio e che lui stesso sarebbe tornato in Sudamerica.

«Okay, parla, Van. Qual è il lavoretto e perché l'hai già accettato?»

«Si tratta di una bambina» disse Donovan con dolore. «Un caso di rapimento. I genitori sono disperati. Nessuna richiesta di riscatto. Gli sbirri hanno esaurito tutte le piste. La madre è convinta che sia il suo ex marito, una pista che i poliziotti hanno battuto, ma che è finita in un nulla di fatto. L'ex vive fuori dal Paese, quindi lei vuole qualcuno a cui la cosa non ponga dei problemi.»

Sam esalò un sospiro mentre scambiava con Garrett uno sguardo rassegnato. Se era coinvolto un bambino, Donovan era spacciato. Non l'avrebbe mai rifiutato.

«Okay, Van, devi darci dei dettagli e dirmi come cazzo entreremo in azione.»

Donovan si appoggiò al bancone e incrociò le braccia sul petto, tenendo sempre i documenti in mano. «Rio è libero. Non va in missione da un po', se non conti quella da femminucce che gli abbiamo affidato. Steele lo prende ancora per il culo.»

Sam scosse la testa. «Rio e la sua squadra non possono farlo.»

Garrett si girò. «Perché no?»

Sam lo ignorò. «Metà della squadra di Steele sarà fuori uso per un po', e penso ancora che non sia una buona idea andarcene tutti quando Ethan e Rachel avranno bisogno di tutto il sostegno possibile, soprattutto dopo la novità di stamattina.»

Donovan si accasciò sullo sgabello dall'altra parte del bancone e appoggiò i gomiti sul ripiano.

«Okay, posso prendere P.J., Renshaw e Baker. Tu e Garrett potete rimanere qui e controllare Cole e Dolphin.»

Sam guardò Garrett, che non sembrava convinto della soluzione, ma d'altra parte era Garrett. Non gli piaceva niente che non avesse progettato e a cui non avesse preso parte fin dall'inizio. E suo fratello lo stava guardando ancora in modo penetrante, il che gli diceva che non avevano finito con la questione di Rio.

«Fammi vedere la mail» brontolò Garrett.

Donovan trattenne un sorriso. E fu un bene, dal momento che non avrebbe ottenuto altro che farlo incazzare ancora di più.

Mentre leggeva, Garrett si lasciò sfuggire un'imprecazione. «Cristo, la bambina ha soltanto quattro anni e tu hai tralasciato di dire che l'ex marito della madre è stato incriminato per molestie sui minori.»

Donovan fece spallucce. «Che sia colpevole oppure no, voglio comunque andare a cercare la bambina. La madre è fuori di sé. Il suo attuale marito ha adottato la figlia e l'ha cresciuta da quando era piccola. È distrutto per il fatto che nessuno possa aiutarli. Siamo la loro ultima risorsa. Non potevo dirgli di no.»

«Sai dov'è nascosto, Van?» domandò Sam.

«Ho qualche idea. Ho fatto delle ricerche. Ho analizzato la sua situazione finanziaria, e pare se la stia spassando in qualche sporco buco in Messico. Possiamo trovarlo, prendere la bambina e tornare indietro in quarantotto ore al massimo. Non saprà mai che cosa gli è arrivato addosso.»

«Ascolta, farai meglio a chiamare Steele e a informarlo di cosa sta succedendo. Vorrà venire. Chiarisci che è in disarmo per un po'. Lo farà incazzare il fatto che tu prenda la sua squadra, ma lo supererà. Avrai bisogno di tempo per prepararti, raccogli tutte le informazioni che ti servono e raduna i tuoi uomini. Non andare alla cieca, Van. Aspetta finché non abbiamo tutte le informazioni e poi vai.»

«Sì, sì, ho capito. Se avete finito di farmi da chioccia, andrò a fare qualche telefonata mentre voi andate dai nostri genitori e strappate la pelle a Rusty. Mi dispiace soltanto che perderò lo spettacolo.»

Sam osservò il fratello che usciva dalla cucina con i fogli stretti in mano.

«Van.»

Donovan si fermò e si girò, un sopracciglio sollevato in modo interrogativo.

«Metti da parte questa storia, okay? Interromperò l'azione in un nanosecondo se penso che non ci sei con tutta la testa.»

Le labbra di Donovan si curvarono in un'espressione di sfiducia. «Io non ti dico come gestire i tuoi problemi, Sam. Piantala. Io e Steele possiamo cavarcela a occhi chiusi.»

«Va bene.»

Dopo che Donovan fu uscito, Sam si rivolse a Garrett. «Vuoi chiamare tu Ethan o lo faccio io?»

«Nessuno di noi due lo chiamerà, ancora. Almeno finché non mi avrai detto che cazzo sta succedendo con Rio» disse Garrett.

«È occupato» tagliò corto Sam.

«Ah, sì? A fare cosa?»

Sam sospirò. «Maledizione, Garrett.»

«Non raccontarmi stronzate» scattò suo fratello. «Che diavolo significa che tu e Van prendete decisioni unilaterali, qua dentro?»

«L'ho rimandato in Colombia» disse Sam seccamente. «Lo incontrerò fra un paio di giorni e andremo a cercare quei bastardi. Voglio informazioni, e non mi interessa come le otterremo.»

Gli occhi di Garrett scintillarono di rabbia. «L'hai rimandato indietro. Senza dirmelo. E tu stai per tornare là, senza di me. Che cos'altro hai intenzione di fare senza di me, Sam?»

«Dacci un taglio, Garrett. Questo è precisamente il motivo

per cui non te l'ho detto. Ti saresti incazzato e saresti voluto venire con noi.»

«Maledizione, certo che l'avrei voluto!»

Garrett si alzò e sbatté le mani sul tavolo.

«Questa non è solo la tua famiglia, Sam. Non sei il patriarca del clan. Lo capisco, vuoi proteggere tutti e prendertene la responsabilità come un buon soldato. Be', sai che c'è? Non funziona così. Siamo una squadra, ricordi? Viviamo e moriamo in squadra. Parole tue. Non mie. Oppure pensi che quelle regole valgano per tutti tranne che per te?»

«Ho preso una decisione e la seguirò.»

«Non me ne frega un cazzo di quello che hai deciso. Se pensi che ti lascerò procedere con un'arrogante missione di vendetta, sei fuori di testa.»

Anche Sam si alzò e si piantò in faccia al fratello. «Ci servono informazioni, Garrett. Dobbiamo sapere perché cazzo hanno tenuto prigioniera Rachel per un anno, trattandola come un animale!»

Garrett ringhiò e non arretrò. Rimasero faccia a faccia, trafiggendosi con lo sguardo.

«Non discuto sul fatto che ci servono informazioni. Ti riempi la bocca con questa parola, ma ci tieni all'oscuro di tutto. Pensa, Sam. Usa quella maledetta testa per un minuto. Tu vai in Sudamerica e non ci dici un cazzo. L'operazione va a puttane. Che cazzo dovrei raccontare a mamma e papà? Che cazzo dovrei fare quando non so nemmeno dove venire a cercarti? È stupido e tu lo sai, altrimenti non me l'avresti nascosto.»

«È una vendetta. È una cosa sporca. Di cui non andare orgogliosi, e io non posso chiedere a te o a chiunque altro della famiglia di fare quello che devo fare io» disse Sam fremendo di rabbia.

«Il solito, fottuto Capitan America» lo derise Garrett. «E che mi dici di Ethan? Rachel è sua moglie. Perché stai combattendo le sue battaglie?»

«Perché è mio fratello.»

Garrett lo fissò negli occhi. Non stava cedendo, ma là dove prima c'era solo rabbia, adesso c'era anche comprensione.

«Tu non andrai da solo.»

«Tu non verrai, Garrett.»

«Prova a fermarmi.»

Sam digrignò i denti per la frustrazione. «Maledizione, Garrett.»

«Io verrò, altrimenti richiamo Rio in questo istante.»

Sam si portò una mano alla testa. «Richiamarlo? Sei impazzito? Dobbiamo scoprire perché hanno mirato a Rachel. Là fuori c'è qualcuno che minaccia la mia famiglia.»

«La *nostra* famiglia» lo corresse Garrett. Piantò un dito nel petto del fratello per sottolineare la sua affermazione. «La nostra famiglia.»

L'intensità dell'espressione di Garrett sgonfiò un po' la veemenza del fratello. Sapeva che se la situazione fosse stata rovesciata, anche lui sarebbe stato incazzato e determinato quanto Garrett. Ma questo non facilitava la resa.

«Figlio di puttana» imprecò Sam. Sbraitò altre frasi colorite prima che Garrett facesse un passo indietro con un'espressione di trionfo sul volto.

«Capito.»

«Okay, okay. Non rigirare il fottuto coltello nella piaga.»

Garrett si strinse nelle spalle. «Bene. Lo chiami tu, Ethan, o lo faccio io?»

26

Ogni mattina Geron Castle riceveva direttamente in ufficio un assortimento di giornali dello Stato del Tennessee. Era sua abitudine bere due tazze di caffè mentre sfogliava le pagine alla ricerca di storie di qualche interesse 'umano'.

Da esperto politico qual era, cercava qualsiasi notizia da sfruttare e lo considerava pomposamente un modo per rimanere in contatto con i suoi elettori.

Prima diede un'occhiata alle notizie di Knoxville, Nashville e Memphis. Poi si concentrò sulle pubblicazioni minori e sbadigliò mentre leggeva le stronzate delle piccole città. Quella gente non aveva una vita. Bestiame, cavalli, caccia e pesca. Era tutto ciò per cui sembravano vivere. Era stupefacente che il tasso dei suicidi non fosse più alto in quello Stato desolato.

Si consolò con il fatto che quegli zoticoni che vivevano in mezzo al niente erano gli stessi che lo avevano portato in Senato e che sarebbero stati indirettamente responsabili del suo elevarsi del fango di Polk County per spiccare il salto verso la Casa Bianca.

Stava sorseggiando la sua seconda tazza di caffè e meditando svogliatamente sulle ferie imminenti, quando gli capitò sott'occhio l'articolo riguardante una residente di Stewart County dichiarata morta e invece miracolosamente sopravvissuta a un ipotetico incidente aereo nella giungla del Sudamerica.

Geron si strozzò con il caffè e se lo rovesciò in grembo quando lesse il nome della donna. Rachel Kelly.

Saltò in piedi, spazzolandosi i pantaloni mentre il calore bruciava le parti più delicate della sua anatomia. Si lasciò sfuggire una sfilza di imprecazioni che avrebbero indotto sua madre a lavargli la bocca con il sapone. Era una donna devota e praticante e non tollerava i comportamenti empi.

Geron aveva passato metà della sua vita a seguire i suoi dettami ed esempi. L'altra metà l'aveva passata a deviare quanto più possibile dal cammino dei giusti.

Non era orgoglioso dei suoi peccati, ma non provava nemmeno rimorso.

E adesso sembrava che i suoi peccati stessero tornando per ossessionarlo.

Gettò via la tazza, ignorando la macchia sul tappeto e la scia di liquido sulla scrivania. Afferrò di nuovo il giornale e lesse l'articolo per intero.

Era un disastro. Non solo un disastro, ma la fine della sua carriera. La fine della sua presidenza ancor prima che cominciasse.

Come poteva essere viva, quella puttanella?

Quel maledetto cartello della droga l'aveva fregato. Non sapeva quale motivo potevano aver avuto per ritirarsi dall'affare, ma non l'avrebbero fatta franca.

Afferrò il telefono e cominciò a comporre il numero, ma poi agganciò, scuotendo la testa per la propria stupidità. Il suo ufficio non era un posto sicuro per fare una telefonata tanto delicata. Non poteva usare nemmeno il cellulare.

Impazienza e panico richiedevano uguale attenzione. Gettò indietro la sedia e uscì di corsa dalla stanza, passando davanti alla sua segretaria esterrefatta, la quale probabilmente aveva visto il danno che aveva fatto ai suoi vestiti.

Poi si costrinse a calmarsi. Non gli sarebbe stato di nessun aiuto attirare attenzioni indesiderate. Rivolse un sorriso forzato alla segretaria e le comunicò che andava a casa a cambiarsi. Un contrattempo, le disse con un sorriso falso.

Con la sua macchina uscì fuori dalla città, ringraziando il cielo di non trovarsi a Washington quella mattina. Quando era là, non riceveva sempre i giornali a casa o in ufficio. Che cosa sarebbe accaduto se non avesse letto la notizia?

Si fermò alla prima stazione di servizio dotata di telefoni pubblici, parcheggiò e si accertò che nessuno fosse abbastanza vicino da sentire la sua chiamata. Poi compose il numero. Le sue istruzioni furono chiare.

Il cartello aveva mandato tutto a puttane. Non voleva testimoni. Chiunque potesse collegarlo al traffico di droga doveva morire.

E Rachel Kelly doveva tornare nella tomba.

27

Rachel attaccò il telefono con mani tremanti, poi si girò verso Ethan pregando che il suo aspetto non riflettesse la nausea che stava provando. Il suo stomaco era sottosopra e fu felice di aver rifiutato la colazione.

«La dottoressa può ricevermi subito» disse a bassa voce.

Ethan le si avvicinò e la prese fra le braccia. Rachel si avvinghiò a lui, la sua àncora, l'unica cosa nel suo mondo che in quel momento avesse un senso.

«Vuoi che venga con te?»

Rachel esitò, perché lo desiderava più di ogni altra cosa. Era spaventata a morte e non avrebbe voluto stare lontana da lui, ma non poteva rischiare che Ethan scoprisse la ragione per cui aveva finalmente acconsentito ad andare da un analista. Come avrebbe potuto raccontargli le cose orribili che aveva sognato quella notte, quando Ethan era stato così meraviglioso con lei?

«No. È necessario che lo faccia da sola.»

Le sue labbra tremavano con tanta violenza che riuscì a stento a proferire le parole senza l'impulso di vomitare. Il pensiero di raccontarsi a un estraneo, di mettere a nudo la propria anima, la terrorizzava.

Ethan si chinò e le sfiorò le labbra con le sue. Poi approfondì il bacio, frugando ed esplorando la sua bocca.

Quando si ritrasse, stavano ansimando entrambi, le labbra gonfie e formicolanti.

Ethan infilò una mano in tasca e ne trasse un cellulare che poggiò sul bancone.

«Questo è tuo. Ho registrato il mio numero e quelli di tutta la famiglia. Ci sono anche il numero di Sean, lo sceriffo, e quelli di tutti i vice. Di chiunque potrebbe esserti utile. Se cambi idea, chiamami e arriverò immediatamente.»

Rachel sorrise e si appoggiò a lui, cingendogli la vita con le braccia. Era lieta di riuscire a comportarsi affettuosamente con lui nonostante i sogni della notte precedente. Alla luce del giorno erano svaniti e l'avevano fatta sentire una sciocca.

Il telefono squillò, spaventandola. Raramente ricevevano telefonate e Rachel era certa che fosse dovuto al rispetto della loro intimità da parte della famiglia.

Esitando, allungò la mano per rispondere, ricordando che quella era anche casa sua. Sorrise mentre si portava la cornetta all'orecchio. La sua casa. Il suo telefono.

«Pronto?»

Ci fu una breve pausa e poi la voce di Sam le risuonò nell'orecchio.

«Ehi, Rachel, come stai?»

Il suo tono era gentile come sempre e, ricordando quanto fosse brusco e sboccato con i fratelli, Rachel sorrise. Per una volta il pensiero di quell'uomo imponente non la intimidì.

«Ciao, Sam. Io sto bene.»

«Fantastico, tesoro. C'è Ethan da quelle parti? Ho bisogno di parlargli solo per un minuto.»

«Certo. È proprio accanto a me.»

Si girò e porse il telefono al marito.

Lui le diede un rapido bacio e lo prese.

«Pronto?»

Rachel si allontanò per lasciargli spazio, ma anche dall'altra parte della stanza percepì l'improvvisa rabbia che emanò da lui.

«Che cazzo dici? Mi prendi in giro.»

Rachel sussultò, si voltò preoccupata e vide il volto di Ethan rabbuiato per la collera.

«Devi venire qui a prendermi. Mi serve un passaggio. Rachel prende il pick-up. Non le ho ancora procurato una macchina nuova.»

Le lanciò un'occhiata mentre parlava, sforzandosi di attenuare la sua espressione.

«Sì, dammi mezz'ora, okay? Non azzardarti ad andare senza di me.»

Attaccò il telefono e strinse il pugno. Sembrava che volesse colpire qualcosa, invece rimase fermo, cercando di regolarizzare il respiro.

«Ethan?» domandò Rachel con cautela.

Ethan rilassò lentamente la mano e la guardò. Tentò perfino di sorridere. «È tutto okay, piccola. Solo una stupida bravata di Rusty. Sam vuole andare a casa dei miei e darle una bella strigliata. È ora che mamma torni in sé. Quella ragazzina è un problema, e stavolta è andata davvero oltre.»

Rachel corrugò la fronte, intristita. «Oh, mi dispiace. Cerca di non essere troppo duro con lei e con tua madre. Rusty se l'è vista talmente brutta. Sembra molto fragile.»

Con sua grande sorpresa, Ethan sorrise, così intensamente che tutto il suo viso si illuminò. Attraversò la stanza e la prese per le spalle. «Dio, sei sempre la stessa. Così sensibile e sempre attenta ai meno fortunati.»

«Ci sto provando, Ethan. Davvero. Vorrei essere la Rachel che conoscevano tutti. Solo che prima dovrei ricordare chi ero.»

«Lo so, piccola. Lo so. È ora di andare. Voglio che tu stia attenta, e se qualcosa ti spaventa oppure semplicemente arrivi lì e cambi idea, chiamami. Arriverò immediatamente.»

Rachel si sollevò sulla punta dei piedi e lo baciò. «Lo farò. Promesso.»

Rusty sedeva sul bordo del letto con lo sguardo fisso sulle dita che avevano perso sensibilità cinque minuti prima. Aveva le nocche bianche ma non allentò la presa.

Perfino con la porta chiusa riusciva a sentire le voci concitate che arrivavano al piano di sopra dal salotto. Sam, Garrett ed Ethan erano là, insieme a Nathan e Joe, Marlene e Frank. Una regolare riunione di famiglia. Gli unici assenti erano Donovan e Rachel.

Rusty corrugò la fronte con aria infelice. Stavolta aveva fatto un casino. E la scocciatura era che non ne aveva avuto intenzione. Non le avrebbero mai creduto, però. L'avrebbero sbattuta fuori, perché nessuno avrebbe permesso che qualcosa turbasse la povera, patetica Rachel.

Avrebbe dovuto cominciare a fare i bagagli, ma d'altra parte era arrivata lì senza niente. Tutto quello che possedeva era stato acquistato da Marlene e non le sembrava giusto prenderlo.

Il nodo che sentiva nello stomaco divenne opprimente. *Stupida, stupida, stupida.* Non era la prima volta che si faceva raggirare da una faccia amichevole. Quando avrebbe imparato che nessuno era mai carino con lei senza un secondo fine? Nessuno tranne Marlene. Rusty non aveva ancora capito per quale motivo la donna fosse stata così gentile con lei.

Apprezzava i fratelli Kelly perché non fingevano. A loro lei non piaceva, non l'approvavano e non ne facevano mistero. Poteva accettare quel genere di brutalità. La verità era che nemmeno lei impazziva per nessuno di loro, anche se in qualche modo li ammirava.

Ammirava tutti i Kelly. Erano appassionatamente leali gli uni con gli altri. Avevano qualcosa che lei aveva sempre desiderato: sentirsi parte di qualcosa di grande e assoluto.

«Continua a sognare» borbottò. Dopo quel giorno sarebbe tornata per strada a cercare di indovinare da dove sarebbe arrivato il suo prossimo pasto.

Dei passi pesanti sulle scale la fecero trasalire. Si strinse le mani ancora più forte, decisa a non mostrare il loro tremito rivelatore.

Nessuno bussò. Era evidente che aveva perso i privilegi che poteva aver guadagnato in quella casa. La porta si spalancò e sulla soglia c'era Nathan, con un'espressione solenne sul viso. Be', almeno i suoi occhi non scintillavano di disprezzo. Sapeva che l'avrebbe incontrato non appena avesse affrontato la piccola brigata protettrice di Rachel.

«La mamma vuole vederti al piano di sotto, Rusty.»

Lei gli scoccò uno sguardo risentito. «Non intendi dire che i tuoi fratelli vogliono urlarmi addosso?»

Nathan si appoggiò al montante della porta e la studiò con quello sguardo inquietante e indagatore che le diceva quanto la sua analisi andasse oltre le apparenze. «Non pensi che abbiano ragione?»

La ragazza fece per rispondere con una battuta strafottente, ma chiuse la bocca. Era indifendibile, e lo sapevano entrambi. Con un sospiro rassegnato, si alzò dal suo trespolo. Era meglio farla finita.

«Portami davanti al plotone d'esecuzione» borbottò.

Nathan non le fece una lavata di capo. Peggio, rimase in silenzio. Si limitò a guardarla con quegli occhi fin troppo perspicaci. Rusty avrebbe preferito che le sbraitasse contro o che le dicesse che razza di incapace fosse.

Con un'iniezione d'acciaio nella sua spina dorsale improvvisamente gelatinosa, la ragazza scese rigidamente le scale, temendone la fine a ogni passo. Erano tutti riuniti in salotto. Una meraviglia.

Scese pestando i piedi, senza guardare nessuno. Eppure, percepì i loro sguardi di fuoco, le ondate di rabbia che emanavano. Quel che era peggio, avvertì la profonda delusione che proveniva da Marlene.

Azzardò un'occhiata verso Frank, e il cuore perse un colpo quando non scorse rabbia sul suo volto, ma soltanto tristezza.

Rinunciando a sedersi vicino a chiunque di loro, si appollaiò sul bordo del camino. Riusciva a sentirli prendere fiato per lanciarsi in un'invettiva su quanto fosse malvagia.

«Sentite» sbottò. «Non volevo farlo. So che tutti voi mi odiate. Lo capisco. Ho fatto una cazzata.»

«Modera il linguaggio, signorina» disse Marlene con il suo tono secco da madre severa che Rusty amava tanto. Forse perché sua madre non le aveva mai parlato in quel modo. Come una vera madre.

«Vorrei soltanto sapere perché l'hai fatto» le domandò Ethan.

Rusty alzò gli occhi e se ne pentì subito. Ethan era in piedi fra Sam e Garrett e tutti e tre la spaventavano a morte. Erano incazzati. Okay, questo l'aveva capito. Avevano anche il diritto di esserlo.

Sentì il magone crescerle in gola e deglutì con rabbia. Col cavolo che l'avrebbero fatta piangere. Nessuno ci era riuscito. Non quella pazza di sua madre, non quello stupido che si definiva suo patrigno. Potevano andarsene tutti dritti all'inferno.

Stranamente, Nathan le venne in aiuto.

«Basta con il terzo grado» disse ai suoi fratelli. «Lasciamo che ci dica cos'è successo. Avete già provato a incriminarla.» Poi si girò verso Rusty. «Okay, sentiamo.»

Qualcosa nella sua espressione le fece venire voglia di spiegarsi. Le fece venire voglia di combattere per il suo posto in famiglia, mentre fino a un minuto prima era più che pronta a dire 'fanculo a tutti' e ad andarsene per la sua strada. Non l'aveva mai sperimentata prima nello sguardo che le rivolgeva la gente, ma poteva giurare che quella fosse... fiducia.

Lanciò un'occhiata in direzione di Marlene e Frank. Il viso della donna era contratto in un'espressione di dolore. Merda, sembrava che stesse per piangere. Frank... le parve soltanto deluso. Rusty avrebbe preferito ficcarsi un rompighiaccio nell'occhio, piuttosto che sentirsi responsabile di quello sguardo sul suo viso.

Poi si girò di nuovo verso Ethan, Sam e Garrett e finalmente capì perché la odiavano tanto. Erano incazzati a morte perché lei aveva fatto qualcosa che feriva Rachel. *Rachel, Rachel, Rachel.* Rusty non la odiava, ma l'invidia che provava verso di lei era come un veleno che le stillava nel sangue. Avrebbe voluto per sé le stesse attenzioni che erano riservate a lei. Avrebbe voluto dei fratelli e una famiglia, che la amassero e che desiderassero proteggerla da tutte le brutture del mondo. Proprio come stavano facendo con Rachel. Rachel, che era passata attraverso l'inferno e non meritava affatto il suo livore.

«Volevo soltanto essere... una di voi» disse con voce strozzata.

Una lacrima le scivolò sulla guancia e lei la cancellò rabbiosamente con il dorso della mano, mortificata che la vedessero piangere come una bambina.

Sam sbatté le palpebre e abbassò le sue braccia lungo i fianchi.

«Ti dispiace spiegarti? Come si fa a credere che vuoi far parte della famiglia, dopo che hai attaccato così malignamente Rachel e hai spinto il KGI sotto i riflettori?»

«Non sapevo che fosse un giornalista» rispose tristemente lei. «Era alla festa, quindi ho immaginato che fosse qualcuno che conoscevate tutti o di cui vi fidavate. Era gentile e divertente e sembrava sinceramente interessato a quello che avevo da dire. Voleva parlare con un membro della famiglia ed è stato così bello, anche solo per un attimo, fingere di esserlo.»

«Oh, tesoro» sussurrò Marlene.

«Ma perché hai detto quelle cose su Rachel?» domandò Ethan. «Hai una vaga idea di come si sentirà quando leggerà l'articolo? Stamattina è dall'analista, Rusty. È lì perché è sull'orlo di una crisi di nervi. Ha degli incubi. Teme di impazzire e la sua famiglia è l'unico porto sicuro che sente di avere. Perché hai tentato di distruggere tutto?»

Rusty chinò la testa, ormai incapace di trattenere le lacrime.

«Io non la odio. Non volevo farle del male, lo giuro. Mi è sfuggito e basta. Invidio il modo in cui tutti si sono stretti intorno a lei. Avevo paura che Marlene non mi volesse più qui, adesso che lei è tornata. Ho pensato che forse ero soltanto una noiosa sostituta di Rachel.»

«Rusty.»

La voce roca di Frank le fece voltare di scatto la testa. Perfino gli altri interruppero qualsiasi cosa fossero sul punto di dire. Era evidente che rispettavano il loro padre. Lo amavano e lui aveva ancora un'influenza sui suoi figli.

«Vieni qui» ordinò mentre si raddrizzava nella sua poltrona reclinabile.

Con le gambe tremanti, Rusty si alzò dal bordo del camino e percorse i pochi metri che la separavano da lui. Oh, dio, se la condannava davanti a tutti, l'avrebbe uccisa.

Non riusciva a guardarlo. Non tollerava il giudizio nei suoi occhi.

Invece Frank le prese la mano e la tenne nella sua, grande, raggrinzita e logorata dal tempo. La strinse in modo incoraggiante e lo sguardo stupito di Rusty si sollevò per incontrare il suo.

«Non sei mai stata una sostituta di Rachel. Marlene, che dio gliene renda merito, ha deciso che fai parte del clan dei Kelly. Nel bene e nel male, questo significa che hai una famiglia. Ora, potresti non piacere a tutti. Non posso proteggerti da questo. Devi guadagnarti le tue mostrine in questa famiglia. Il rispetto e i vantaggi vanno conquistati.»

Rusty aprì la bocca per rispondere, ma non disse nulla. Non aveva alcuna risposta, alcuna difesa di fronte all'accettazione e al perdono che leggeva negli occhi di Frank. Non li meritava, ma li desiderava come non aveva mai desiderato altro in vita sua.

Udì una protesta soffocata dietro di sé, ma uno sguardo di disapprovazione da parte di Frank la ridusse immediatamente al silenzio.

«Devi delle scuse a Rachel» le disse severamente. «Devi delle scuse anche ai miei figli per aver sbandierato ai quattro venti i loro affari.»

«Sì... sì, signore.»

L'uomo annuì con approvazione. Poi il suo sguardo si ammorbidì fino a che le rughe agli angoli degli occhi si incresparono e si allargarono.

«Questa non sarà l'ultima volta che fai una cavolata. Ma fa' che non diventi un'abitudine. Da queste parti ci assumiamo la responsabilità dei nostri errori. Non ci nascondiamo. Capito?»

«Sì, signore» ripeté Rusty, stavolta con più convinzione.

28

Rachel uscì incespicando dallo studio dell'analista, inalando l'odore di vernice fresca. Tutto il piccolo, curato edificio era nuovo di zecca. Era uno studio magnifico, di quelli in cui non dispiace starsene seduti ad aspettare per un'eternità il proprio appuntamento. Solo che lei moriva dalla voglia di uscire. Sentiva che le pareti le si chiudevano intorno, tanto era impaurita.

«Rachel.»

La voce dell'analista strisciò sui suoi nervi come filo spinato. Kate... Kate Waldruff. O qualcosa di simile. Assolutamente gentile. Comprensiva. Professionale. Amichevole nella giusta misura. Rachel fece di tutto per non tapparsi le orecchie con le mani come una bambina.

Invece si fermò e si girò per affrontare l'espressione preoccupata dell'analista. Il cuore le martellava a tal punto nel petto che vi pose una mano come se potesse trattenerlo.

«Vorrei che mi permettesse almeno di chiamare qualcuno per venirla a prendere. Lei è troppo turbata.»

Rachel tentò di sorridere. «Sto bene. Davvero. Voglio solo andare a casa. Grazie per aver cercato di aiutarmi.»

Kate sospirò. «Non posso fare miracoli in una seduta, Rachel. Ci pensi. Mi richiami quando è pronta. Le troverò un posto in ogni caso.»

Rachel annuì e fuggì dall'asettico edificio, nell'accecante luce del sole. Entrò nel SUV di Ethan prima di cedere all'orribile voglia.

Si sentiva la pelle indolenzita. Migliaia di insetti avevano invaso il suo flusso sanguigno e c'era una sola cosa in grado di scacciarli, lo sapeva.

Si leccò le labbra. In quel momento avrebbe dato qualsiasi cosa per un ago. Se ne vergognava, ma la disperazione compensava gran parte della vergogna.

La seduta l'aveva aperta fino al midollo. L'aveva fatta sentire nuda e vulnerabile, *impotente*. Dio, odiava l'impotenza sopra ogni cosa. Razionalmente sapeva, *lo sapeva,* che una seduta non era una panacea. Ma in un certo senso aveva sperato che l'analista potesse ascoltare i suoi balbettii incoerenti e, come per miracolo, offrirle una soluzione facile. Allora sarebbe potuta tornare a casa e avrebbe potuto continuare la sua vita, felice per il resto dei suoi giorni.

Il bisogno le montava dentro aspro e tagliente, finché Rachel pensò che l'avrebbe fatta impazzire. Afferrò lo sterzo e fissò la piccola drogheria dall'altra parte dell'autostrada. C'era un ragazzino che faceva acrobazie con lo skateboard.

Forse lui sapeva dove poteva trovare ciò di cui aveva disperatamente bisogno? E come poteva sollevare un argomento del genere? *Ehi, ragazzino, sai dove posso procurami della droga?*

Lo sportello della macchina era aperto e i suoi piedi toccarono terra, prima che Rachel si rendesse conto di cosa stesse facendo. Rimase in piedi, protetta dal finestrino, mentre fissava con orrore il ragazzo. Appena un bambino. Qualcuno a cui sarebbe stata perfettamente in grado di chiedere di infrangere la legge.

Si premette un pugno sulla bocca per soffocare il singhiozzo che le salì dalle profondità dell'anima. Che cosa stava facendo? Era davvero uscita dalla macchina con l'intenzione di comprare della droga?

Le sarebbe piaciuto rispondersi no, assolutamente no, ma sapeva che non era così. Se il ragazzo fosse stato più vicino, se lei avesse avuto più coraggio, se non avesse temuto di rovinare ciò che restava della sua vita, sarebbe andata da lui in un batter d'occhio, sfidando ogni cosa per un temporaneo sollievo dal dolore lacerante che l'affliggeva.

Prima che potesse commettere qualcosa di incredibilmente stupido, entrò di nuovo in macchina e accese il motore. Con movimenti convulsi, inserì la marcia e uscì rombando dal parcheggio, prese l'autostrada e si diresse verso casa.

Tremava dalla testa ai piedi e le lacrime le sgorgavano dagli occhi a fiumi finché non riuscì quasi a distinguere la strada davanti a sé.

Era arrivata a questo punto? Finalmente era tornata a casa, un luogo che durante quei lunghi, strazianti giorni di prigionia si era convinta non esistesse, solo per mandare al diavolo qualsiasi possibilità di avere una vita normale?

Perché stava cercando di distruggere la sua vita? Che problema aveva? Stava facendo di tutto per pensare male del suo matrimonio, di un uomo che per lei aveva rischiato la vita. Aveva una famiglia che l'amava e la sosteneva incondizionatamente, e lei era pronta non solo a rovinare la sua vita, ma anche quella di un ragazzino che nemmeno conosceva, e a distruggere le persone che le volevano bene.

Si sentiva a pezzi.

Non aveva idea di quanti chilometri avesse percorso, sapeva solo che stava guidando troppo velocemente. Qualcosa nel suo profondo era crollato e lei si sentiva pericolosamente leggera. Il suono di un clacson la strappò alla sua pena il tempo necessario perché sterzasse violentemente, tornando nella sua corsia.

Accostò e spense il motore, consapevole di non poter guidare per un altro chilometro. Afferrò lo sterzo con due mani, poggiò il viso sui polsi e pianse.

Sean Cameron risalì la collina e rallentò quando vide il suv parcheggiato sul ciglio della strada. I lampeggianti non erano accesi, ma scorse qualcuno sul sedile del conducente. Corrugò la fronte. Somigliava molto alla macchina di Ethan, ma la persona alla guida era troppo piccola per essere lui. Sembrava una donna. O un uomo molto basso.

Mentre si avvicinava, comunicò via radio la targa e parcheggiò dietro il veicolo. Non dovette aspettare la risposta. Era senza dubbio la macchina di Ethan.

Guardandosi indietro per controllare le automobili in arrivo, uscì e si avvicinò con cautela. Nello specchietto laterale colse l'immagine di una donna china sullo sterzo. *Rachel.*

Tolse la mano dalla fondina e si precipitò in avanti. Attraverso il finestrino poteva vedere le sue spalle sussultanti, ma lei non si era nemmeno accorta della sua presenza.

Non volendo spaventarla, bussò delicatamente al finestrino. Lei reagì con violenza, tirandosi su di scatto, fissandolo con il viso sconvolto e bagnato di lacrime. Aveva le pupille dilatate. Per la paura? Sean si sentì stringere il cuore all'idea di averla inavvertitamente spaventata.

«Apri lo sportello, Rachel» disse a voce abbastanza alta perché lei lo udisse oltre il vetro.

Per un attimo pensò che si sarebbe rifiutata di aprire, poi i suoi occhi si spensero rassegnati e, esitando, lei socchiuse lo sportello.

Sean forzò la portiera con le dita e si piegò su un ginocchio. «Che c'è che non va, Rachel? Stai bene? Hai avuto un incidente?»

Non aveva scorto alcun segno di danneggiamento sul veicolo, ma non lo aveva aggirato per ispezionarlo completamente.

Un singhiozzo sommesso sfuggì dalla gola di Rachel e altre lacrime le rigarono le guance.

«Dovresti arrestarmi, Sean.»

Di tutte le cose che Sean aveva pensato potesse dire, questa non era contemplata. Oscillò all'indietro, completamente spiazzato dalla sua affermazione.

Osservò il traffico con preoccupazione. Quello non era il posto migliore per discutere di qualsivoglia reato Rachel si sentisse colpevole, ed era chiaro che non si trattava di una questione che si sarebbe potuta risolvere in pochi minuti.

Sean si alzò e le prese delicatamente il gomito. «Vieni a sederti nella mia macchina. Mi sentirei meglio se fossimo più lontani dal traffico. Poi potrai dirmi che cosa ti preoccupa.»

Sembrava così disperata che Sean si sentì frustrato. Che diavolo, nel suo lavoro aveva a che fare continuamente con donne in difficoltà. Le arrestava, portava loro cattive notizie, stilava rapporti su abusi, ma non conosceva nessuna di loro.

Rachel tenne lo sguardo fisso davanti a sé, mordendosi il labbro inferiore come se non sapesse decidere cosa doveva fare.

«Forza, tesoro» disse Sean un po' più insistente. «Parliamone, poi ti riporterò a casa.»

Rachel posò lo sguardo su di lui e i suoi occhi si riempirono di lacrime. «Non posso andare a casa, Sean.»

Merda. Che cosa doveva risponderle? E dove diavolo era Ethan?

Le sollevò un braccio, sperando che non si sarebbe ribellata. Le sganciò la cintura di sicurezza e la fece alzare dal sedile. Uscendo dalla macchina, Rachel inciampò e Sean le mise un braccio intorno alla vita per sostenerla mentre camminavano verso la sua auto.

«No, non sul sedile posteriore» disse lei quando andarono in quella direzione.

Sean fece il giro fino al sedile del passeggero, poi si precipitò fino a quello del conducente e si sedette accanto a lei.

Per un attimo tamburellò con i pollici sullo sterzo, poi affrontò l'argomento di petto.

«Perché diavolo pensi che dovrei portarti in prigione?»

Rachel si portò una mano tremante alla fronte e chiuse gli occhi. Sean riuscì a vedere il profondo dolore inciso sulla sua pelle.

«Dio, Sean. Sai cosa stavo per fare? Sono uscita dallo studio dell'analista.» Si interruppe e scoppiò a ridere, un suono stridulo, fragile. «Anzi, sono scappata dal suo studio. Tutto quello che riuscivo a pensare era quanto fosse incasinata la mia vita e quanto desiderassi un ago più di ogni altra cosa al mondo. Ho dato un'occhiata e ho visto un ragazzino che correva sullo skateboard nel parcheggio di una drogheria. Un bambino, Sean. E mi sono chiesta se lui potesse sapere come procurarmi una dose. Sono uscita dalla macchina prima di rendermi conto di cosa stessi facendo.»

Si accasciò sul sedile, tutta la sua combattività era scomparsa. C'era una tale disperazione nei suoi occhi che gli fece venire voglia di piangere come un dannato bamboccio.

«Oh, cavolo, Rachel. Avresti dovuto chiamarmi. Oppure chiamare Ethan. O chiunque altro.»

Lei girò di scatto la testa, gli occhi arrossati, i tratti del viso inaspriti dalla spossatezza e dall'autoaccusa.

«Che cosa avrei dovuto dire? Che sono la più grande incapace del mondo? Che sto facendo del mio meglio per incasinare la mia vita non appena l'ho riavuta? Hai idea di quanto mi odi?»

Sean la prese fra le braccia e le accarezzò i capelli. «Concediti una tregua. Non l'hai fatto. Hai sentito? Non l'hai fatto. Forse hai pensato di farlo, ma niente di quello che potrai mai dire mi convincerà che saresti andata avanti. E di sicuro non posso arrestare qualcuno per aver pensato di voler commettere un crimine, per l'amor di dio. Se fosse così, tutto il mondo sarebbe in prigione, incluso il sottoscritto.»

La risata sommessa di Rachel risuonò patetica, ma almeno aveva smesso di piangere.

«Sto per impazzire» disse lei, contro la sua camicia.

Sean percepì il leggero tremito del suo corpo e capì che stava soffrendo. Come avesse resistito fino ad allora per lui era un mistero.

«Non sono sicura nemmeno di avere ancora un cervello» aggiunse.

Sean la tenne ancora per un po' e le passò distrattamente la mano fra i capelli.

«Stai andando benissimo. Forse hai insistito per andare da sola questa mattina, quando avresti fatto meglio a chiedere di essere accompagnata. Sei circondata da persone che farebbero qualsiasi cosa per aiutarti. Devi essere disposta a servirtene. Noi siamo la tua famiglia. È questo che fanno le famiglie. È quello che di solito facevi tu per chiunque altro. Adesso tocca a noi ripagarti. Lo capisci? Non devi farcela da sola. Il bisogno d'aiuto non ti rende debole. Tu non lo ricordi, ma quando ho cominciato a lavorare, mi hanno sparato perché ho fatto una cosa molto stupida. Ero un novellino. Seconda settimana di lavoro, e già pensavo di sapere tutto. Mi sono infilato in una situazione senza copertura perché ero sicuro di non aver bisogno dell'aiuto di nessuno. Sono fortunato a essere ancora vivo.

«Durante la mia convalescenza tu e Marlene facevate a turno per cucinare per me. Tu pulivi la mia casa, mi facevi la spesa, ti accertavi che le mie bollette venissero pagate. E mi facevi continuamente il sermone per essere sicura che non avrei mai più fatto una cosa così stupida.

«Adesso dimmi se c'è qualcosa di diverso con quello che sta accadendo a te. Hai bisogno d'aiuto. Hai una famiglia che muore dalla voglia di coccolarti e accudirti. Non tutti sono così fortunati.»

Rachel si tirò indietro e lo guardò con un'espressione perplessa sul viso.

«Immagino di comportarmi in modo piuttosto sciocco. È solo che mi vergogno tanto. Per la maggior parte dei giorni sto bene, ma ce ne sono alcuni, come oggi, in cui il bisogno della droga è talmente forte che mi sembra di morire.»

«Quelli sono i giorni in cui hai più bisogno della tua famiglia» le disse lui dolcemente.

Rachel esalò un lungo respiro e si accasciò sul sedile.

«Ti porto a casa. Ethan manderà uno dei suoi fratelli a recuperare il pick-up. Non dovresti guidare adesso. È una fortuna che non ti sia schiantata contro un palo.»

Rachel lo abbracciò tanto stretto da togliergli il respiro.

«Grazie» bisbigliò. «Grazie davvero.»

Lui la tenne distante abbastanza a lungo per guardarla severamente. «Promettimi una cosa, Rachel. Promettimi che se mai ti ritroverai in una situazione simile, mi chiamerai immediatamente. Non voglio rispondere a una chiamata e scoprire che hai incontrato la persona sbagliata e dover essere io a comunicare a Ethan che ti ha perso di nuovo.»

Rachel rabbrividì e sgranò gli occhi, ma stavolta Sean non si pentì nemmeno per un attimo di averla spaventata.

«Te lo prometto» disse a bassa voce.

«Bene, allora, andiamo a casa.»

29

«Lascia che sia papà a farci sentire tutti delle merde» brontolò Ethan.

Sam ridacchiò e Garrett si limitò ad aggrottare la fronte.

I fratelli, insieme a Nathan e Joe, erano fuori mentre dentro casa Marlene era occupata ad asciugare le lacrime di Rusty e a stabilire le regole. Di nuovo.

«È stata una stupida bravata. Avrebbe dovuto pensarci» grugnì Garrett.

«È una ragazzina» disse Nathan per difenderla. «Una ragazzina spaventata e ansiosa che non ha mai avuto nessuno che si prendesse cura di lei. Datele tregua. Quando avevamo la sua età, tutti noi abbiamo fatto qualche stronzata.»

«Parla per te» disse Joe in tono scherzoso. «Io ero un angelo.»

Tutti risero.

«Che fine ha fatto Van?» domandò Nathan. «Volevo vederlo prima che io e Joe tornassimo a Fort Campbell.»

Sam e Garrett si scambiarono uno sguardo ed Ethan si chinò in avanti con interesse. Nathan e Joe fecero lo stesso.

«Sta esaminando una missione che ha accettato» disse Sam.

Joe inarcò un sopracciglio. «L'ha accettata lui? Mi sembra di capire che tu non approvi.»

Garrett fece un versaccio. «Sta conducendo il lavoro con una parte della squadra di Steele. Io e Sam non prenderemo parte a questa missione.»

Nathan assunse un'esagerata espressione di sorpresa. «Tu, il Signor Devo Essere Coinvolto in Tutto, non parteciperai?»

Garrett gli mostrò il medio. «Vaffanculo.»

Il cellulare di Ethan squillò e lui si frugò rapidamente in tasca. Tutti quelli che avrebbero avuto un motivo per chiamarlo erano lì con lui. Tranne Rachel.

Guardò il display e aggrottò la fronte. *Sean?* Aprì il telefono e se lo incollò all'orecchio.

«Ehi, amico.»

«Ciao, Ethan. Ascolta, sto portando Rachel a casa, ma ho bisogno che uno dei tuoi fratelli vada a prendere il tuo pick-up. È sulla banchina della 79, appena fuori città.»

Ethan fece segno ai fratelli di fare silenzio.

«Che cosa è successo? Perché Rachel è con te?»

«Sta bene, Ethan. Rilassati. Non voglio parlarne al telefono. Sto per arrivare. Saremo a casa tua fra dieci minuti circa. Volevo soltanto assicurarmi che ci fossi.»

Ethan allontanò il telefono in preda allo shock, quando la chiamata venne interrotta. Che cazzo stava succedendo? Perché Rachel non l'aveva chiamato, e perché il suo pick-up era parcheggiato sull'autostrada? Avrebbe preso Sean a calci nel culo per questo.

«Che succede?» domandò Sam.

Ethan rimise il telefono in tasca. «Sentite, uno di voi può andare a recuperare il mio pick-up? Sean ha detto che è parcheggiato sulla 79 appena fuori città. Lui sta portando a casa Rachel.»

«Merda» imprecò Garrett. «Rachel sta bene?»

«Sean ha detto di sì, ma non ha aggiunto altro. Mi serve un passaggio fino a casa. Saranno là in dieci minuti.»

«Andiamo» disse Sam nel suo solito tono di comando. «Io e Garrett ti portiamo a casa. Nathan e Joe, potete recuperare il pick-up di Ethan e riportarlo a casa sua?»

«Sì, certo. Nessun problema.» Nathan guardò il fratello. «Spero che sia tutto a posto.»

Ethan non gli stava prestando attenzione. Stava già salendo sulla macchina di Sam.

Il viaggio verso casa fu silenzioso. Ethan era in preda alla preoccupazione e non aveva alcuna voglia di parlare o fare congetture. Non avrebbe mai dovuto lasciar andare Rachel da sola, a prescindere da quello che diceva lei. Aveva avuto un incidente? L'appuntamento con l'analista era stato troppo pesante?

«Piantala di darti addosso» disse Garrett a bassa voce. «Non sai nemmeno cos'è successo, sempre che sia accaduto qualcosa.»

Ethan esalò un sospiro di frustrazione e non rispose.

Quando entrarono nel vialetto, la volante di Sean era già parcheggiata davanti casa. Nell'abitacolo non c'era nessuno e, non appena Sam accostò, Ethan saltò fuori e si precipitò alla porta d'ingresso.

«Rachel?» chiamò non appena fu dentro casa. «Piccola, dove sei?»

Irruppe in salotto e scorse Rachel sul divano, il viso pallido e tirato, gli occhi arrossati e gonfi per il pianto. Sean era seduto accanto a lei. Non appena vide l'amico entrare, si alzò e gli andò incontro.

Lo stomaco di Ethan si contrasse quando fissò lo sguardo sulla moglie. Sembrava smarrita. Oltrepassò Sean, ignorandolo, e si avvicinò a Rachel.

Sean tornò verso il divano e si chinò su di lei affinché potesse sentirlo.

«Ricorda la tua promessa. E di' tutto a Ethan. Andrà bene, te lo prometto.»

La donna annuì, ma distolse lo sguardo come se tentasse di mantenere un contegno.

Sean toccò Ethan sulla spalla, poi attraversò il salotto e fece segno a Sam e Garrett di seguirlo fuori per lasciare Rachel e il marito da soli.

Qualcosa nell'espressione della moglie trattenne Ethan dall'andare da lei e stringerla fra le braccia. C'era qualcosa di oscuro e terribile nei suoi occhi e, per la prima volta da quando era tornata, Ethan ebbe paura, una paura tangibile. Di cosa, non ne era certo.

Oh, c'erano moltissime cose di cui aveva paura. Ma poteva definirle. Aveva una paura mortale che lei ricordasse che razza di stronzo era stato, fino al punto di chiederle il divorzio rivolgendole accuse terribili e facendo di tutto per allontanarla.

Ma quella paura era diversa e lo paralizzò.

«Rachel.»

Il suo nome gli uscì come un gracidio ed Ethan si schiarì la gola, vergognandosi di non riuscire a essere più forte.

«Sean dice che farei meglio ad appoggiarmi alla mia famiglia» gli disse sorprendendolo. «Che non dovrei vergognarmi di chiedere aiuto o di dirti quando le cose... vanno male.»

Ethan si sedette accanto a lei, ancora timoroso di toccarla. Rachel aveva uno sguardo ferito. Aveva ricordato qualcosa del loro passato? Del loro matrimonio? Che razza di bastardo fosse stato?

«Ha ragione. Siamo qui per questo. Noi ti vogliamo bene.»

Rachel abbozzò un sorriso. «Gli ho detto che avrebbe dovuto arrestarmi.»

Ethan si irrigidì. «Ma che cosa dici?»

«Stavo così male dopo l'incontro con l'analista» rispose lei, con voce flebile. «Non so cosa mi aspettassi. Be', lo so, ma era stupido e poco realistico. Volevo che lei agitasse una bacchetta magica e mi mettesse a posto. Mi sono sentita così impotente e arrabbiata. Dio, quanto ero arrabbiata. Ho pensato che sarei esplosa. Poi sono uscita e l'unica cosa che desideravo era... una dose. La volevo così tanto che non riuscivo a concentrarmi su nient'altro.»

Distolse lo sguardo e abbassò gli occhi pieni di vergogna. «Ho quasi chiesto a un ragazzino se sapeva come potevo procurarmi la droga, Ethan. Un ragazzino. Mio dio, che cosa sono diventata? Io ero un'insegnante. Ed ero disposta a rovinare la vita di un ragazzino trascinandolo nella mia dipendenza. Ero disposta a rovinare la mia vita, o ciò che ne resta.»

Una rabbia improvvisa si diffuse sul suo volto, facendola arrossire mentre gli occhi si riempivano di lacrime.

«Oddio, sono patetica. Dannazione, Ethan, sono stufa di piangermi addosso. 'Quello che resta della mia vita.' Basta. Basta, basta, basta» cantilenò. «Sono stata fortunata ad avere una seconda opportunità e ho rischiato di mandarla a puttane. Non è imperdonabile? Ho un marito e una famiglia che mi amano, e sono stata sul punto di gettare tutto all'aria solo perché un'analista mi ha posto delle domande che mi hanno fatta sentire debole.»

Si alzò, agitata, le mani strette a pugno lungo i fianchi.

«Be', ho chiuso con questa storia» disse con rabbia. «Mi senti, Ethan? Ho chiuso. Questo bisogno che sento dentro mi sta uccidendo, ma non glielo permetterò. Mi senti? Non glielo permetterò. Forse sono pazza, ma non ho intenzione di deludere te o la mia famiglia. Non ho intenzione di deludere me stessa.»

Dio, era magnifica. Aveva gli occhi gonfi e arrossati, respirava con brevi ansiti irregolari ma, da quando era tornata da lui, Ethan non l'aveva mai vista così animata, così *forte*.

«Vieni qui» le sussurrò, la voce rotta dall'emozione.

Mai nella sua vita si era sentito così indegno di lei. Se avesse avuto più coraggio le avrebbe detto tutto. Le avrebbe raccontato la cruda verità implorando il suo perdono. L'avrebbe pregata di dargli la possibilità di mettere le cose a posto.

Ma tutto ciò che riuscì a fare fu prenderla fra le braccia e tenerla stretta. La sentì tremare contro di lui e si rese conto che nelle sue vene scorreva la rabbia, non la disperazione.

Era strano. Ethan sapeva come comportarsi con la Rachel fragile e piangente. Poteva stringerla, confortarla, lasciare che si appoggiasse a lui quando non aveva la forza di stare in piedi da sola. Ma con quella donna arrabbiata e risoluta non sapeva da che parte cominciare. Quindi tutto quello che poteva fare era tenerla tra le sue braccia.

«Non aver mai timore di dirmi qualsiasi cosa» le mormorò fra i capelli. «Non devi vergognarti. Io non ti giudicherò mai, Rachel. Ti amo.»

Le sue stesse parole gli riecheggiarono nelle orecchie facendolo sentire il peggiore degli ipocriti. Chiedeva a lei qualcosa che lui stesso non era disposto a darle: la verità.

Chiuse gli occhi e nascose il viso nei suoi capelli. Non gli rimaneva molto tempo. Lei avrebbe ricordato. Non era questione di se, ma di quando. Ogni giorno recuperava qualcosa, piccoli frammenti del passato, ricordi che si spingevano in superficie. Per quanto ancora poteva sperare di tenerle nascosta la verità?

«Mi dispiace, Ethan» disse Rachel.

Si tirò indietro e lo abbracciò di nuovo circondandogli il collo con le braccia.

«Ho perso la testa. Odio questo stato d'animo» sussurrò. «Per quanto ancora dovrò convivere con la dipendenza? Non è stato già abbastanza? Mi sento bene e poi, *bum*, all'improvviso la pelle comincia a formicolare e desidero placarla così tanto che darei qualsiasi cosa per farlo.»

«Ti riporterò dal medico. Troveremo una soluzione, Rachel. Te lo giuro. Se non vuoi tornare dall'analista, cercheremo qualcos'altro. Insieme possiamo farcela.»

Il sorriso di Rachel gli tolse il fiato. Per la prima volta da quando era entrato in casa e l'aveva vista così stravolta, la speranza le brillò negli occhi.

«Tu e Sean avete ragione. Insieme possiamo farcela. Starò meglio, Ethan. Voglio soltanto che le cose tornino com'erano prima» disse con nostalgia.

Com'erano prima. Dio. Se solo avesse saputo. Era l'ultima cosa che Ethan voleva. Desiderava che le cose fossero diverse. Non avrebbe mai voluto tornare alla vita di prima, prima che lei sparisse, prima che lui pensasse che era morta.

Ethan voleva un nuovo inizio per entrambi. Ma per ottenerlo, avrebbero dovuto affrontare il passato.

30

Ethan lanciò un'occhiata alla moglie per vedere come se la stava cavando. L'intera famiglia era stata riunita nel salotto dei Kelly per festeggiare l'ultima notte che Nathan e Joe trascorrevano a casa prima di partire per una missione d'addestramento. A Marlene non era sembrato vero avere una scusa per radunare tutta la sua covata.

Sebbene la serata fosse dedicata ai due gemelli, Rusty aveva rubato loro la scena rivolgendo a Rachel le sue scuse. La reazione della donna era stata difficile da valutare. Ethan non avrebbe mai voluto informare Rachel della bravata di Rusty, ma era stato impossibile nascondergliela dal momento che Frank aveva preteso delle pubbliche scuse da parte della ragazzina. Per tutto il tempo, Rachel era rimasta silenziosa e tranquilla quanto Rusty.

Il fatto era che la ragazzina era parsa sincera. Perfino in quel momento se ne stava in disparte, pallida, il giovane viso segnato da rughe di preoccupazione. Dannazione, le sue uniche preoccupazioni avrebbero dovuto essere i ragazzi e l'ora del coprifuoco, no?

Ethan sospirò e chiuse brevemente gli occhi. Era stanco morto e lo stato d'animo di Rusty non poteva rientrare nella lista delle sue priorità.

«Ehi, va tutto bene?»

Ethan aprì gli occhi e vide Donovan in piedi davanti a lui, con un'espressione accigliata sul viso.

«Sì, sto bene. Pensavo che fossi partito per una missione.»

Suo fratello annuì. «Domani mattina. Volevo salutare Nathan e Joe.»

«Sei sicuro di non aver bisogno d'aiuto?»

Ethan non voleva lasciare sola Rachel, nemmeno per un minuto, ma non gli andava a genio l'idea che Sam e Garrett restassero a casa, soprattutto perché era sicuro che lo facessero per lui.

«No, è tutto okay. È un gioco da ragazzi. Il bastardo non se ne accorgerà finché non sarà troppo tardi. Oltretutto Rachel ha bisogno di te. La tua unica preoccupazione deve essere accertarti che Rachel riceva tutte le cure necessarie.»

Ethan guardò ancora una volta la moglie che se ne stava tranquilla accanto a Marlene mentre quest'ultima abbracciava Nathan e Joe. All'improvviso Donovan gli afferrò il braccio e lo sollevò di peso.

«Che cazzo fai?»

Donovan non parlò. Si limitò a trascinare il fratello verso la porta sul retro, una scena ridicola dato che Ethan superava la mole di Donovan di almeno tredici chili e cinque centimetri.

Eppure, non si ribellò. Qualsiasi ghiribizzo lo avesse preso, Ethan immaginò che dovesse essere chiarito prima della sua partenza.

«Okay, vuota il sacco» disse Donovan in tono serio quando furono usciti.

«Su cosa?»

Il fratello sospirò e gli piantò un dito nel petto. «Su qualsiasi cosa ti stia infastidendo. Hai un aspetto schifoso. Probabilmente non dormi da giorni. E continui a fissare Rachel con uno sguardo da cane bastonato.»

«Cristo» borbottò Ethan. Di certo non si era reso conto di essere stato così maledettamente palese.

«Che diavolo sta succedendo?» domandò Donovan con calma.

Ethan si passò una mano sul viso. Non voleva affrontare quel discorso con il fratello. Non voleva affrontarlo con nessuno. Aprì la bocca per rispondere 'Niente', ma si bloccò davanti allo sguardo corrucciato di Donovan. Non erano molte le cose che facevano arrabbiare suo fratello. Quell'uomo era la quintessenza della flemma. In quel momento appariva determinato come un pitbull che aveva azzannato un culo succulento. A quell'immagine Ethan ebbe quasi la tentazione di massaggiarsi il sedere.

Si guardò intorno per accertarsi che lui e Donovan fossero soli in giardino. Il fatto che avesse deciso di vuotare il sacco con suo fratello non significava che volesse sbandierarlo ai quattro venti. Uno era già abbastanza.

«Ricordi, la situazione era difficile quando sono tornato a casa dopo l'aborto di Rachel.»

«Sì, ti sei dimesso. È stato un cambiamento enorme per te. Per tutti e due.»

Ethan sorrise di fronte alla dimostrazione di lealtà di suo fratello. Non la meritava affatto, ma lo fece sentire dannatamente bene.

«Sono stato un idiota» ammise. «Ho fatto di tutto per allontanare Rachel. Cazzo, non so nemmeno perché è rimasta con me per tutto quel tempo.»

Donovan aggrottò la fronte, perplesso. Poi i suoi occhi si spalancarono, come se finalmente avesse capito che c'erano parecchie cose di cui il resto della famiglia era all'oscuro.

«Rachel ricorda qualcosa di tutto questo?»

Ethan trasalì a quella domanda diretta. Poi scosse la testa.

Donovan sbuffò e si mise le mani in tasca. «Quanto era brutta la situazione di cui stiamo parlando, Ethan?»

«Subito prima che partisse per la sua missione umanitaria le ho detto che volevo il divorzio.»

«Cosa? Che *cosa* le hai detto?» Donovan lo fissò scioccato.

«Nel momento in cui è partita ho capito che non era quello che volevo» replicò stancamente Ethan. Come se fosse una difesa per ciò che aveva detto. «Avevo in mente di prenderla in braccio nel momento stesso in cui sarebbe tornata a casa e dirle che mi dispiaceva, chiedendole un'altra opportunità. Dio, non ne ho mai avuto la possibilità.»

«Merda, fratello. Non l'ho mai saputo. Voglio dire, che cazzo hai intenzione di fare, adesso? Cioè...» Fissò Ethan per un lungo momento, come se lottasse con ciò che stava per chiedergli. «Ti senti confuso? Cioè, vuoi farla finita?»

Per un attimo tutto ciò che Ethan riuscì a fare fu fissarlo. Era una domanda giusta, alla luce di quello che aveva appena detto a Donovan, ma il solo pensiero di porre fine alla sua relazione con Rachel gli provocò un brivido gelato lungo la schiena.

«No! Oddio, no. Temo il giorno in cui Rachel ricorderà che razza di bastardo sono stato con lei. Io... io la amo.»

«L'hai detto a qualcun altro?»

Ethan scosse la testa. «Mi vergognavo troppo. Ho distrutto tutto. Davvero tutto.»

Donovan gli posò una mano sulla spalla. La strinse e i suoi occhi brillarono di comprensione.

«Hai commesso degli errori, Ethan. Tutti noi ne facciamo. Quello che conta adesso è come andrai avanti. Ne hai parlato con lei?»

Parlare. Se solo fosse così facile. Ethan chiuse gli occhi e deglutì combattendo la rabbia impotente che gli bruciava le viscere.

«Rachel è sull'orlo del baratro, Van» disse a bassa voce. «Non posso spingerla più vicina. In questo momento l'unica certezza che ha è che io la amo. Non posso farla dubitare di questo nemmeno per un momento.»

«Merda» mormorò Donovan. «Mi dispiace. Non so cosa dire.»

«Non c'è niente da dire. Mi sono scavato la fossa con le mie mani e adesso devo soltanto sperare di non perderla dopo averla riavuta.»

«Intendi dirle qualcosa?»

Ethan scosse la testa. «No, e preferirei continuare così.»

«Troverai una soluzione.» Gli occhi di Donovan esprimevano preoccupazione e, forse, un'ombra di dubbio. Ethan si sentì colpito nello stomaco. «È evidente che la ami.»

«Non ho mai smesso di farlo» rispose Ethan. «Ma temo che quando recupererà la memoria, si renderà conto che ha smesso di amarmi molto tempo fa.»

Le labbra di Donovan si tesero in una linea ostinata. «Non ci credo. Rachel ti ama. Ci scommetterei la vita. Memoria o non memoria. Questo non è il genere d'amore che svanisce perché tu sei stato un bastardo.»

Una risata stridula proruppe dalle labbra di Ethan. «Grazie. Sono felice che uno di noi due sia così sicuro.»

«Se c'è qualcosa che posso fare...»

Ethan annuì. «Lo so, fratello. E lo apprezzo. Più di quanto puoi immaginare.»

Sollevò il pugno e Donovan strinse il suo per batterlo contro quello del fratello.

«Buona fortuna per domani» disse Ethan. «E stai attento. A Garrett verrà un colpo sapendo che vai da solo.»

Donovan rise. «È soltanto incazzato perché non è in azione. Gli farebbe bene sedersi e calmarsi i nervi. Quell'uomo lavora dannatamente troppo. Gli verrà un'ulcera prima dei quaranta, se ci arriverà.»

«Merda. Non dirlo alla mamma. Lo assillerebbe a morte.»

I due si interruppero e si guardarono, rendendosi conto di quello che avevano appena detto. Un sorriso si aprì lentamente sui loro visi ed entrambi scoppiarono a ridere.

«Oh, cavolo. Garrett ci ucciderà, ma ne varrà la pena» ridacchiò Donovan.

«Vuoi dirlo tu alla mamma, o lo faccio io?» chiese Ethan mentre le sue spalle sussultavano. Marlene in ansia per la salute dei figli era una visione spaventosa. Il minimo indizio che uno dei suoi pulcini non fosse perfettamente in forze l'avrebbe portata immediatamente in azione.

«Naaa, glielo dirò io mentre me ne vado. La distrarrà dalla lezione che sicuramente mi vorrà dare.»

Ethan gli diede una pacca sulla schiena. Era bello ritrovarsi di nuovo con i suoi fratelli, anche quando lo infastidivano a morte. Si sentiva già meglio, meno oppresso dalla paura e dall'ansia.

«Sta' attento, okay? Voglio che torni tutto intero.»

Donovan alzò gli occhi al cielo. «Okay, mamma.»

«Ethan?»

Entrambi si girarono a quella voce morbida che fluttuò dalla porta sul retro. Rachel, per metà fuori dalla soglia, li guardava con espressione circospetta. Ethan avrebbe dato tutto per riuscire a cancellare quell'incertezza dai suoi occhi.

«Ehi, dolcezza» disse Donovan con disinvoltura.

Rachel sorrise e questo cancellò le ombre, illuminandole gli occhi.

«Ciao, Donovan. Mi hanno detto che partirai domani. Spero che starai attento.»

«Come sempre. Tornerò prima che te ne accorga.»

«Hai bisogno di qualcosa, piccola?» le domandò Ethan.

Lei corrugò per un attimo la fronte e si morse il labbro inferiore, come se cercasse di ricordare perché era uscita.

Poi sollevò di nuovo lo sguardo, con gli occhi brillanti perché le era tornato in mente. «Nathan e Joe stanno per partire. Dovreste entrare per salutarli.»

I due uomini si diressero verso la porta dov'era Rachel ed Ethan non poté trattenersi dal baciarla sulle labbra. Lei sorrise sotto la sua bocca e lui approfondì il bacio più che poté. Viveva per i suoi sorrisi. Non ne godeva da troppo tempo.

Rachel gli prese la mano e insieme andarono in salotto, dove Frank stava abbracciando i gemelli.

«Ehi, eccovi qua» disse Joe alzando lo sguardo. «Pensavamo che tu e Van foste già scappati dal pollaio.»

«Se pensassi che mamma ce la farebbe fare franca...» cominciò Ethan.

Nathan rise e immediatamente avvolse il fratello in un abbraccio.

«Stai attento» lo ammonì Ethan. «Riporta il culo a casa tutto intero.»

«Sempre.»

Ethan andò da Joe mentre Van e Nathan si insultavano scherzosamente.

«Abbi cura della tua donna» disse Joe seriamente mentre si scioglieva dall'abbraccio di Ethan.

«Sempre» rispose lui, facendo eco alla promessa del fratello.

«Okay, Joe» disse Nathan. «Mettiamoci in cammino.»

I due uomini si diressero alla porta d'ingresso continuando a salutare. La famiglia li seguì, affollandosi in giardino mentre i gemelli entravano nelle loro macchine.

Ethan cinse con un braccio le spalle della moglie mentre li guardavano andar via.

«Qualcuno ha voglia di un barbecue stasera?» domandò Sam. «Vi offro Garrett come cuoco.»

«Sei simpatico, idiota» borbottò quest'ultimo.

Donovan ridacchiò. «Io ci sto. Non mi dispiacerebbe una grossa bistecca. Mi devo mantenere in forze.»

«Io procurerò la carne se tu ed Ethan andrete a prendere la birra» gli rispose Sam. «Mamma? Papà? Voi due volete venire?»

Marlene diede un buffetto sulla guancia del figlio. «Sei

gentile a chiedercelo, ma penso che mi metterò con i piedi all'aria e mi riposerò un po'. Rusty ha promesso di preparare la cena e io intendo accettare la sua offerta.»

Ethan lanciò un'occhiata alla ragazzina il cui viso si tinse di un rosso intenso. Non le faceva piacere che Marlene avesse rivelato a tutti il particolare della cena. Ragazzina tenace. Non c'era un grammo di dolcezza in lei. Almeno non dove chiunque potesse vederlo agevolmente.

L'uomo strinse il braccio intorno a Rachel e le sorrise. «Che ne dici? Vieni a prendere la birra con me e Van?»

Lei ricambiò il sorriso e passò lo sguardo da lui a tutti gli altri fratelli. «Siete sicuri di volermi con voi? Sembra una di quelle cose per soli uomini. Posso andare a casa e lasciare voi ragazzi a divertirvi.»

Sam e Garrett parvero offesi.

«Be', cavolo, Rachel, ci dai una pugnalata al cuore. Sei sempre venuta in giro con noi. Altrimenti c'è troppo testosterone» disse Sam.

Il sorriso di Rachel si allargò. «Una bistecca mi sembra un'ottima idea.» Guardò Ethan. «Ti dispiace se faccio un salto a casa a cambiarmi?»

Lui le sfiorò una guancia. «Affatto. Vuoi che venga con te?»

«No. Vai con Donovan. Non ci metterò molto.»

Ethan ripescò le chiavi dalla tasca e le tenne sospese fra le dita. Rachel le prese e quando chiuse la mano sulla sua un'ondata di calore si diffuse sul suo braccio. Lo sorprendeva che dopo tanto tempo riuscisse ancora a turbarlo con il suo semplice tocco.

Incurante dei fratelli che li osservavano, si chinò per baciarla, catturandole la bocca. Era piccola e sensuale. Perfetta. Era il sapore che aveva sognato di notte, quando era sdraiato nel loro letto, da solo e sofferente.

Rachel si ritrasse, ansimante quanto lui, con gli occhi leggermente vitrei. Fu allora che Ethan si rese conto che lei non lo guardava più come faceva prima della sua scomparsa. Allora era stata guardinga con lui, senza mai permettergli di capire cosa stesse pensando. Era una forma di autodifesa a cui l'aveva costretta lui con la sua freddezza. Adesso lo guardava con calore. Con amore. Lei non gli aveva detto di amarlo, ma Ethan non si era mai sentito tanto a proprio agio e sicuro del suo affetto come adesso.

«Prendete una stanza» disse Garrett con un sorrisetto.

Ethan gli mostrò il medio da dietro le spalle della moglie. Sam e Donovan risero mentre lui la baciava di nuovo.

«Ora è meglio che tu vada, piccola» mormorò. «Altrimenti verrò a casa con te.»

Le guance di Rachel si tinsero di rosa mentre si allontanava, ma aveva gli occhi ridenti. Dio, quanto gli era mancato tutto questo.

«Ti amo» le sussurrò, più per sé stesso che per lei.

Vedere Rachel sorridere, con gli occhi scintillanti di felicità, gli tolse il fiato.

«Non ci metterò molto» promise.

Poi si alzò in punta di piedi per porgergli un bacio.

31

L'eccitazione le annodò lo stomaco mentre risaliva nella macchina di Ethan. Vestita comodamente con un paio di pantaloncini di jeans e una maglietta, Rachel era impaziente di raggiungere la casa di Sam.

Adesso i suoi vecchi abiti le stavano meglio. Gli shorts erano ancora lenti in vita e la maglietta le pendeva sulle spalle e sul seno. Grazie ai pasti che le preparava Marlene e ai continui solleciti di Ethan a mangiare di più e meglio, stava prendendo peso. Il suo colorito era migliorato. Gli occhi erano più brillanti. Perfino i capelli avevano riacquistato la loro lucentezza.

Se solo fosse riuscita a sbarazzarsi degli effetti persistenti della droga e a recuperare completamente la memoria... Erano gli unici pezzi mancanti del puzzle.

Imboccò il ponte sul lago Kentucky. L'acqua scintillava e si estendeva per chilometri da entrambi i lati. Era una giornata tranquilla e il sole brillava ancora vivido nel cielo. Una giornata perfetta per un barbecue.

Con attenzione, rallentò quando raggiunse la cima del ponte, dove il guardrail di cemento era stato abbattuto una settimana prima dal rottame di un rimorchio di trattore. Lungo il bordo del ponte erano stati collocati dei coni arancioni, ma non c'era alcuna protezione fra la strada e lo strapiombo.

La corsia di destra era chiusa e il traffico era stato deviato su quella di sinistra. Mentre si avvicinava accelerò, desiderando soltanto allontanarsi da quel punto spaventoso.

Un urto secco la fece sbattere contro lo sterzo. La cintura di sicurezza si strinse automaticamente e la strattonò all'indietro sul sedile. Qualcuno l'aveva tamponata, colpendo il parafango sinistro. Il pick-up girò su sé stesso e si ritrovò di fronte al buco spalancato sul fianco del ponte.

Si voltò sul sedile per guardare dietro, quando fu colpita una seconda volta. Il rumore del metallo schiacciato le assalì le orecchie, mentre il pick-up faceva un balzo in avanti lanciandosi pericolosamente verso il bordo.

Rachel premette il piede sul freno con tutto il suo peso, come se la sua sola forza di volontà potesse bastare a impedirle di precipitare oltre il bordo.

Il collo le scattò in avanti quando fu colpita ancora una volta da dietro. Urlò mentre la parte anteriore del pick-up si inclinava oltre la superficie del ponte, chiuse gli occhi e si preparò all'impatto con l'acqua.

Dopo alcuni secondi, li riaprì con cautela e vide che la luce del sole filtrava ancora dal parabrezza, ma il pick-up stava pericolosamente ondeggiando.

Oh, dio. Era sospesa oltre il ponte. Qualsiasi movimento l'avrebbe fatta precipitare.

Rachel non si mosse. Aveva paura perfino di respirare, soltanto i suoi occhi si spostavano rapidamente da una parte all'altra cercando una via d'uscita dall'abitacolo. Le sue mani si chiusero sul volante, stringendolo al punto da far sbiancare le nocche. La cintura di sicurezza era ancora agganciata e non osò lasciare lo sterzo per sganciarla.

Così rimase seduta, terrorizzata, mentre il pick-up oscillava delicatamente come un'altalena al vento. Udì delle voci che le urlavano qualcosa, ma non poteva nemmeno girare la testa. Fissò lo sguardo davanti a sé e si chiese se sarebbe sopravvissuta alla caduta dal ponte.

Ethan era allenato, aveva vissuto nell'acqua durante l'anno passato nei SEAL. Rachel frugò freneticamente nella memoria in cerca di qualcosa che potesse aiutarla in quel momento. Le sfuggì una risata isterica. Uscire da un veicolo sommerso non era mai venuto fuori nei loro discorsi, ne era sicura.

Adesso le voci erano più vicine. Di certo non avrebbero tentato di tirarla fuori. Il panico le esplose nello stomaco. Lentamente e con cautela si girò quel tanto da riuscire a guardare fuori dal finestrino con la coda dell'occhio.

Due uomini, a pochi metri di distanza, le stavano urlando qualcosa. Che cosa stavano dicendo? Se il ronzio che aveva nelle orecchie si fosse placato, forse l'avrebbe saputo. Prese parecchi respiri per calmarsi e si sforzò di rilassarsi.

«Non si muova. Resti lì.»

Sì, questo lo sentì. Non c'era da preoccuparsi, non sarebbe andata da nessuna parte. Tranne, forse, di sotto.

Un attimo dopo udì l'ululato delle sirene. Il sollievo le fece sgonfiare il petto. Sicuramente avrebbero saputo come tirarla fuori.

L'ansia la stava divorando. Sentì crescere la nausea nello stomaco finché non fu certa che avrebbe vomitato. L'unica cosa che la tratteneva era la consapevolezza che, se si fosse lasciata andare, molto probabilmente sarebbe rotolata giù.

«Rachel! Rachel!»

Il sollievo la sommerse. *Sean.* Tentò di girarsi per vederlo.

«No! Non ti muovere, tesoro. Resta ferma, okay? Sappi soltanto che siamo qui. Ti tireremo fuori, okay? Ma non muoverti, per l'amor di dio.»

La preoccupazione nella voce del poliziotto non servì a rilassare i suoi nervi logori. Il calmo, imperturbabile Sean aveva una sfumatura nella voce che somigliava al panico.

Un gemito sommesso le sfuggì prima che potesse serrare le labbra. C'era un caldo opprimente nel pick-up. Il sudore le scorreva lungo il collo e fra i seni. Respirava con ansiti brevi e affrettati che le diedero le vertigini.

Il ricordo dell'odiata scatola bollente le colpì la mente con violenza. I giorni erano sbiaditi uno dentro l'altro. Si era accorta del loro trascorrere soltanto perché di notte la temperatura passava da insostenibile a leggermente sopportabile. E poi ricominciava tutto da capo.

Malgrado i suoi sforzi di restare calma, le tremavano le mani. Non poteva tornare là dentro. Non voleva. Chiuse gli occhi per combattere i ricordi, perché in quel momento sembrava tutto troppo reale. Forse aveva sognato ogni cosa. Un'allucinazione provocata dalla crisi d'astinenza e dai giorni trascorsi nel caldo asfissiante di quell'odiata prigione.

La sua mano lasciò lo sterzo e si dimenò verso il finestrino. Aria. Aveva bisogno d'aria.

Il pick-up oscillò pericolosamente e il finestrino scese lasciando entrare una folata d'aria fresca.

«Rachel, no! Maledizione, non ti muovere!»

Doveva uscire. Non voleva morire.

«Dannazione, sbrigatevi e agganciatelo!» urlò Sean.

Rachel si lasciò sfuggire un mugolio. Le si strinse la gola al punto da non riuscire a respirare. Sentiva Sean che le parlava, la sua voce bassa e confortante. Udiva il rumore intorno a sé, gli uomini che si precipitavano ad agganciare il retro del pick-up per poterlo tirare indietro.

«Okay, Rachel, ascoltami.»

Lei si girò a sufficienza per guardarlo. Era in piedi a trenta centimetri dal pick-up. Erano abbastanza vicini da potersi toccare, ma nessuno dei due azzardò alcun movimento per farlo. Sean aveva il viso tirato e preoccupato, ma le labbra avevano una piega decisa. Non l'avrebbe lasciata morire.

Rachel si sentì leggermente sollevata. No, Sean non avrebbe permesso che le accadesse qualcosa. Si fece coraggio e strinse le mani sul volante. Non era sopravvissuta a un anno all'inferno, solo per tornare a casa e permettere a un idiota di buttarla giù da un ponte.

Sean si avvicinò fino a pochi centimetri dal pick-up. Si chinò per mettersi al suo livello.

«Stiamo per tirare indietro il pick-up, okay? Devi rimanere calma. Lasciaci fare il nostro lavoro. Ti porteremo in salvo. Non ti lasceremo andare. Devi avere fiducia in me, Rachel.»

Lei annuì lentamente. Ci fu un leggero tonfo dal retro e Rachel afferrò di nuovo lo sterzo mentre il cuore impazzito le usciva quasi dal petto.

«Piano!» urlò Sean. Poi si girò verso Rachel. «Okay, tesoro, stiamo per farcela.»

La donna annuì ancora. Inghiottì il panico. Sean era lì. Non avrebbe permesso che le accadesse qualcosa. Ma lei voleva Ethan. Aveva bisogno di lui accanto.

«Ethan» sussurrò con voce roca.

«Sta arrivando, Rachel. Sarà qui a minuti, okay? Promesso.»

La lamiera del pick-up protestò scricchiolando e gemendo. La macchina balzò all'indietro proiettandole il collo in avanti. Ci fu un cigolio lamentoso e poi Rachel vide il cofano spostarsi oltre il bordo.

In quel momento si udì uno schianto fragoroso, poi un tonfo e il pick-up si inclinò in avanti. Rachel urlò e lo sportello si spalancò. Sean allungò le mani all'interno, strattonò la cintura di sicurezza, poi trascinò via la donna dal sedile.

Caddero entrambi a terra, Rachel sdraiata su di lui. Si guardò indietro appena in tempo per vedere il pick-up tuffarsi oltre il bordo del ponte. Terrorizzata, udì il tonfo dell'acqua e gli spruzzi che si sollevavano in aria per ricadere su di loro.

«Figlio di puttana» borbottò Sean sotto di lei.

Con freddezza, Rachel fissò il punto vuoto in cui fino a un

attimo prima c'era il pick-up di Ethan. Non riusciva a capacitarsene. C'era gente ovunque. Camion dei pompieri, ambulanze, volanti della polizia. Avevano isolato tutta l'area con dei nastri, e il personale di soccorso si precipitò sull'orlo del ponte guardando verso il basso con espressione sbalordita. Poi guardarono lei.

Rachel cominciò a tremare. Nonostante gli sforzi per rimanere calma, ogni muscolo del suo corpo sussultava. Era peggio della crisi d'astinenza.

Sean si alzò a sedere, tenendola stretta tra le braccia.

«Stai bene?» le chiese dolcemente.

Rachel non riuscì nemmeno a rispondere. Le battevano i denti. Si portò una mano alla bocca, ma anche le dita tremavano con violenza.

Rimasero seduti sulla dura superficie della strada, Rachel sdraiata sulle gambe di Sean mentre lui la teneva fra le braccia. Non riusciva a fare altro che fissare lo spazio vuoto sul ponte.

«Oh, mio dio» disse finalmente. «Il pick-up di Ethan.»

«Non preoccuparti del pick-up. Ethan sarà soltanto felice che tu sia viva» la consolò Sean.

«Rachel!» La donna si girò in direzione della voce di Ethan e, un attimo dopo, lui irruppe tra la folla, scuotendosi di dosso le mani che tentavano di trattenerlo.

Finalmente il suo sguardo si posò su di lei e il sollievo che Rachel vide in lui fu sbalorditivo. Arrivò di corsa e cadde in ginocchio accanto a lei e Sean. Poi la trascinò fra le sue braccia, tenendola tanto stretta da toglierle il fiato.

«Oddio, piccola. Mi hai terrorizzato. Non farmi mai più una cosa del genere. Stai bene? Sei ferita?»

Mentre parlava senza sosta la tirò indietro e le passò le mani sul corpo.

«Sto bene» gli rispose con voce roca. «Sean mi ha salvata.»

«Grazie a dio, grazie a dio» ripeté lui, cullandola fra le braccia.

«Il tuo pick-up» sbottò Rachel. «È andato. Mi dispiace.»

Ethan le prese il viso fra le mani e la guardò appassionatamente. «Non me ne frega niente. Sei tu l'unica cosa che conta.»

Garrett, Sam e Donovan arrivarono di corsa e si fermarono di colpo dove lei, Sean ed Ethan erano ancora stesi per terra. Sam si avventurò verso l'orlo del ponte dove molti altri stavano guardando verso il basso.

«Cristo» borbottò allontanandosi.

Rachel si girò verso Sean che era ancora pallido e ansimante.

«Grazie. Hai rischiato la tua vita per salvarmi quando il pick-up stava per precipitare.»

«Felice di averlo fatto, ma, Rachel, possiamo non ripetere mai più l'esperienza?»

Rachel riuscì ad abbozzare un sorriso e allungò un braccio per stringergli la mano. «Te lo prometto.»

Sam e Donovan tirarono su il poliziotto. Garrett si chinò e aiutò gentilmente Rachel ad alzarsi mentre Ethan faceva lo stesso.

«Stai bene, fiorellino?»

Lei annuì. «Grazie a Sean.»

Abbassò lo sguardo sulle mani che non volevano smettere di tremare. Si accasciò stancamente contro Ethan e lo cinse alla vita.

«Possiamo andare a casa?»

Ethan guardò Sean, le cui labbra si curvarono in un'espressione di rammarico.

«Sei in grado di rispondere a qualche domanda, Rachel? Ho bisogno di sapere cos'è successo.»

Una paura gelida si insinuò lungo la schiena della donna mentre il suo cervello tornava fulmineo al momento prima dell'impatto. Era strano come tutto le fosse chiaro nella mente. Quel breve scorcio nello specchietto retrovisore. La sensazione dell'impatto. E di quello successivo. Rachel aggrottò la fronte.

«Qualcuno ha cercato di buttarmi giù dal ponte» disse tutto d'un fiato.

Accanto a lei, Ethan si irrigidì. Il viso di Garrett si incupì e Sam e Donovan, perplessi, aggrottarono le sopracciglia.

Sean si accigliò, poi indicò l'ambulanza in attesa. «Perché non vai a sederti là e non ti fai dare un'occhiata dal paramedico? Possiamo parlare mentre ti visita.»

Rachel si guardò. Non era ferita. Poi osservò tutti i volti che la stavano fissando. Vide una profonda preoccupazione nei loro occhi. Certo, stava tremando come una foglia, ma aveva davvero un aspetto tanto terribile?

Ethan la accompagnò da un paramedico. La prima cosa che fece fu avvolgerla in una coperta, poi Ethan la sollevò e la fece sedere nell'ambulanza.

Ascoltò coscienziosamente le istruzioni dell'infermiere e rimase sconcertata quando tremò ancora più forte. «Shock» udì mormorare da qualcuno.

«Ora dimmi cos'è successo» disse Sean in tono calmo.

Lei si strinse nelle spalle. «Non lo so con certezza. Un attimo prima stavo dando un'occhiata al luogo in cui era accaduto l'ultimo incidente e poi lui mi ha tamponata.»

«Lui?»

Rachel aggrottò le sopracciglia. «Be', suppongo potesse essere anche una lei. Non l'ho visto. È solo un'ipotesi.»

«Capisco. Poi cos'è successo?»

«Mi ha colpita a sinistra, così mi sono rigirata verso la parte crollata del ponte. Poi mi ha presa in pieno e mi ha spinta più vicino. Io mi sono praticamente alzata in piedi sul freno, ma mi ha colpita una terza volta, spingendomi oltre il bordo.»

Sean scambiò un'occhiata con Ethan e i suoi fratelli. Rachel non capiva se fosse preoccupato dall'idea che qualcuno avesse tentato di buttarla giù dal ponte oppure se temesse che stava perdendo la testa.

«Non sono pazza» protestò sommessamente.

Ethan le prese le mani. «Sssh, piccola. Certo che non lo sei.»

«Ci sono testimoni, Sean?» domandò Garrett.

«Li stanno interrogando adesso. Nessuna traccia dell'altro veicolo. Niente targa, nemmeno parziale. È probabile che il tipo sia stato preso dal panico e sia fuggito. Lo troveremo. Non può essere andato lontano. La parte anteriore della sua macchina deve aver subìto un danno notevole.»

«Adesso posso portarla a casa?» domandò Ethan.

«Sì, certo. Approfondirò la questione più tardi, ma, sì, portala a casa. Mi sembra distrutta.»

«Andiamo, vi do un passaggio» disse Garrett. «Sam, devi portare Donovan a casa, così potrà partire.»

Ethan aiutò Rachel a scendere mentre il paramedico le rivolgeva un sorriso incoraggiante. Sebbene Ethan si tenesse alla larga dal buco sul fianco del ponte, Rachel sapeva cosa c'era là sotto, e non riusciva a scuotersi di dosso l'inquietante sensazione che chiunque l'avesse colpita, lo aveva fatto con un solo scopo in mente. La sua morte.

32

Ethan era sdraiato sul divano e accarezzava dolcemente il braccio di Rachel. Lei gli stava rannicchiata accanto, il corpo caldo e minuto contro il suo.

Entrambi si erano tolti le scarpe e Rachel aveva le gambe intrecciate a quelle di Ethan. Avvinti l'uno all'altra come un caprifoglio al ramo di un nocciolo, per Ethan era difficile ricordare un momento in cui si era sentito più appagato.

«Potrei rimanere così per sempre» mormorò Rachel.

Ethan si chiese se era così trasparente. Stava pensando esattamente la stessa cosa. Gli pareva strano che Rachel fosse appagata quanto lui.

Continuò ad accarezzarle il braccio, godendo semplicemente della sensazione di toccarla. Rachel si raggomitolò ancora di più nel suo abbraccio ed Ethan sorrise quando i capelli di lei gli ricaddero sul naso e sulle labbra.

«Ti senti meglio adesso?» le chiese.

«Ancora un po' agitata, ma sì, molto meglio ora che sono qui con te.»

Un'ondata di piacere attraversò il petto di Ethan. Non glielo aveva detto, ma dentro si sentiva ancora ribollire. Si meravigliava di riuscire a stare sdraiato abbracciandola tranquillamente, mentre nella sua testa stava ancora urlando *Che cazzo succede?*

Desiderava cancellare dalla mente il terribile momento in cui Sean lo aveva chiamato dicendogli che Rachel rischiava di cadere giù dal ponte. E sapere che soltanto la prontezza dell'amico nel tirarla fuori dal pick-up l'aveva salvata, aveva ancora il potere di metterlo in ginocchio.

Rachel si sollevò e lo guardò dall'alto. Nelle ultime settimane i capelli le erano cresciuti un po' e, grazie a una visita dal parrucchiere fatta insieme a Marlene, le punte erano state tagliate e scalate.

Le sue piccole mani si allargarono sul petto del marito e lei le fece scivolare fino alle sue spalle.

«Ethan?»

L'uomo la guardò, consapevole che in quel momento avrebbe potuto chiedergli qualsiasi cosa e lui le avrebbe detto sì.

«Ti dispiacerebbe proprio tanto se facessi l'amore con te?»

Ethan deglutì più volte. Una donna bellissima, che amava più di qualsiasi altra cosa, la donna che aveva sposato e perso, adesso era lì, come in un sogno, e gli stava chiedendo così dolcemente di fare l'amore con lui.

Oh, dio, sì. Sì. Sì. Sì.

«Niente mi piacerebbe di più» riuscì a dire con voce roca. Suonava meglio di 'oh, cazzo, sì' anche se era quello che il suo membro stava urlando.

Rachel sorrise e i suoi occhi divennero sensuali. La paura e l'ansia furono sostituite da un caldo bagliore licenzioso che gli provocò un brivido lungo la schiena.

Un tempo gli piaceva quando era lei a prendere l'iniziativa a letto, ma tutto era finito quando aveva cominciato ad allontanarla. Non erano state necessarie molte stroncature prima che Rachel smettesse di fare lo sforzo.

Il corpo di Ethan reagì, animandosi di fronte alla promessa di seduzione nel suo sguardo. Lasciò la mano appoggiata sul suo braccio mentre lei si sollevava di più per potersi mettere a cavalcioni su di lui.

L'espressione ferita nei suoi occhi era stata sostituita da una luce quasi giocosa. Ethan sarebbe potuto annegare in quello sguardo.

«Voglio toccarti» gli sussurrò.

«Oh, dio, piccola. Anch'io voglio che mi tocchi.»

«Vuoi spogliarti per me?»

Ora c'era timidezza nel suo sguardo e lei lo abbassò rapidamente rifiutando di incontrare gli occhi del marito. Ethan le prese le mani e se le portò alla bocca. Ne baciò ogni dito, poi si spostò con cautela da sotto di lei.

Rotolò di lato poggiando i piedi per terra per alzarsi dal divano. Poi si rigirò verso di lei e si tirò giù la chiusura lampo dei jeans. Una scintilla di curiosità e attesa attraversò gli occhi di Rachel.

Ethan era così eccitato dal suo evidente desiderio che ebbe difficoltà a far scendere i jeans sulla sua erezione. Quando la liberò, emise un udibile sospiro di sollievo.

Gli occhi di Rachel si spalancarono, apprezzando lo spettacolo, ed Ethan si irrigidì ancora di più, finché il suo membro non si allungò impennandosi verso l'ombelico. Si sfilò la camicia e la gettò da parte, poi rimase in piedi, nudo, davanti a lei, con un desiderio talmente forte che fu necessario tutto il suo autocontrollo per non buttarla sul divano e cavalcarla forte e a lungo.

Rachel sembrava incerta e nervosa.

«Dimmi cosa vuoi che faccia, piccola» la incoraggiò.

Invece di dargli indicazioni, Rachel si protese in avanti sul divano con la maglietta con cui si era cambiata che le pendeva fino alle ginocchia. Guardò Ethan una volta, poi allungò una mano esitante finché le sue dita non lo circondarono.

L'uomo emise un gemito quando le dita di Rachel si mossero sulla sua erezione, accarezzandola appena. Quando lei gli prese i testicoli nella mano, stringendoli con pressione sufficiente a farlo impazzire, la fronte di Ethan si coprì di sudore.

Non sarebbe sopravvissuto a tanto. Stava cercando di fare il bravo. Paziente e comprensivo, mentre l'istinto gli urlava di prendere quella donna e fare l'amore con lei finché non avesse dimenticato il nome di entrambi.

Poi le labbra di Rachel lo trovarono e fu *lui* a dimenticare tutto, tranne lei. Fu solo un bacio leggero. E poi una leccata scherzosa. Lei diventava più audace e lui sempre più duro.

Le dita di Ethan si chiusero a pugno. Le serrava e le apriva finché non perse ogni sensibilità intorno alle nocche.

«Hai un buon sapore» mormorò Rachel.

Ah, cavolo.

Rachel lo leccò intorno alla punta, prestando particolare attenzione alla piega posteriore e poi alla fessura in cima. Lo stava facendo impazzire.

«Rachel, oddio, piccola...»

Lei fece scivolare la lingua su tutta l'asta e poi sotto, in modo da potergli succhiare delicatamente lo scroto. Ethan si protese in avanti, desideroso di avere ancora di più da quella bocca deliziosa.

Rachel lo afferrò con la mano e la fece scorrere in alto, seguendo la scia delle labbra fino alla punta. Lo leccò ancora delicatamente e poi, senza preavviso, lo prese in bocca succhiandolo in profondità.

«Aaah!»

Ethan si immerse nella morsa vellutata della sua bocca. La lingua ruvida lo accarezzava da sotto, la frizione deliziosa e insostenibile. Quando spinse più a fondo, Rachel succhiò prima delicatamente e poi con più forza.

Le dita di Ethan si strinsero fra i capelli di lei finché afferrarono la sommità della testa. L'uomo si dondolò sulla punta dei piedi e penetrò profondamente nella sua bocca. Stava per schizzare fuori dalla propria pelle. Era una sensazione smaniosa, viva, il piacere più sublime e straziante che avesse mai sperimentato.

«Piccola, devi fermarti» gemette. «Sto per venire, non posso più trattenermi.»

Rachel si ritrasse delicatamente e si appoggiò all'indietro, guardandolo mentre si leccava le labbra soddisfatta come un gatto. Ethan fece di tutto per non schizzare il suo seme immediatamente. Allungò una mano, si prese la punta del membro fra le dita e tentò di scacciare le immagini erotiche che gli fluttuavano in mente.

«Se vieni adesso, per stanotte hai finito?» gli domandò Rachel, incuriosita.

«Piccola, da come mi guardi penso che potrei ridiventare duro in cinque minuti.»

Forse non era vero, ma accidenti se non ci credeva da quanto era eccitato.

«Allora voglio assolutamente che tu venga adesso.»

Il timbro roco della sua voce lo travolse. Il membro gli saltò fra le mani, come per dirgli di levarsi di mezzo e lasciare che la donna facesse il suo lavoro. Ed Ethan era dispostissimo a lasciarglielo fare.

La mano di lei sostituì la sua, fresca e morbida. Lo palpeggiò per un attimo, esplorandone le linee, tracciando un percorso che dalle palle risaliva su e poi scendeva di nuovo.

Ethan desiderava la sua bocca. Stava per venire e voleva farlo nella sua bocca, voleva scendere in profondità con le labbra di lei che circondavano la base e i testicoli appoggiati sul suo mento.

Non appena Rachel dischiuse le labbra per prenderlo, lui spinse, forte e profondamente.

Il dolce, ansimante suono dei sospiri di Rachel intorno al suo cazzo lo riempì di un piacere appagante.

Avrebbe dovuto procurarle lui un piacere come quello. Avrebbe dovuto farla sdraiare e baciare ogni centimetro del suo corpo. Ma, perdio, la desiderava così disperatamente. Gli era mancato tutto questo, gli era mancato l'aprirsi l'uno all'altra senza riserve. Non l'aveva mai apprezzata finché non era stato troppo tardi, e adesso era deciso a vivere ogni istante senza darla per scontata un'altra volta.

Ethan si sentì ardere dal desiderio, e il suo membro si ingrossò a tal punto che la pelle sembrava non riuscire più a contenerlo.

Rachel era in perfetta sintonia con il suo corpo. Quanto gli piaceva!

Lei aumentò la stretta e lavorò con la mano su e giù, energicamente, succhiandolo con avidità... Era proprio quello di cui aveva bisogno.

Il mondo intorno a Ethan si offuscò. Riusciva a sentire solo la sensazione della bocca calda e umida di Rachel intorno al suo cazzo.

Paradiso e inferno allo stesso tempo.

«Sto per venire, piccola» la avvertì. Cercò perfino di allontanarsi per non riversarle il seme nella bocca, ma Rachel non glielo permise e lo trattenne.

Ethan non riuscì a resistere. Con un grido aspro, cominciò a venire. Il primo, intenso fiotto gli esplose dolorosamente dal membro.

Rachel ingoiò e succhiò più a fondo, continuando a muovere la mano.

Gemendo e con il corpo scosso dai fremiti, Ethan tirò indietro la testa e chiuse gli occhi. Le strinse i capelli tra le mani e la trasse più vicino, spingendole il membro fino in fondo alla gola.

Non gli era mai diventato così duro e per così tanto tempo in tutta la sua vita.

Quando riacquistò il senno, guardò verso il basso e vide le

proprie mani affondate nei capelli di Rachel. Lasciò immediatamente la presa, preoccupato di essere stato troppo rude, ma lei rimase lì dov'era, appollaiata sul bordo del divano, mentre la sua bocca lo accompagnava delicatamente verso la fine dell'intenso orgasmo.

«Meraviglioso» disse lui senza fiato.

Rachel si allontanò, con la mano ancora chiusa sul suo membro, e sollevò lo sguardo. Gli occhi le brillavano di desiderio. Accidenti, forse non mentiva riguardo alle sue capacità di ripresa. Se avesse continuato a guardarlo con quegli occhi da tentatrice, il cazzo di Ethan avrebbe raggiunto le dimensioni di un tronco.

«Vieni qui» disse lentamente, mentre si chinava per prenderla tra le braccia. Lei si leccò rapidamente le labbra prima che la baciasse.

«Adesso tocca a me» disse Ethan con voce roca, mentre le mordicchiava le labbra gonfie.

La bocca di Rachel era rossa come una ciliegia e deliziosamente gonfia. Era deciso a restituirle il piacere che gli aveva dato. Voleva che urlasse il suo nome mentre veniva.

Allungò le mani e le fece scorrere sotto la sua maglietta, strappandogliela di dosso con impazienza. Lei fece un passo indietro e gli permise di sfilargliela dalla testa.

Ethan restò senza fiato quando Rachel rimase in piedi davanti a lui con addosso solo un paio di mutandine bianche. Come faceva a rendere uno slip di cotone così maledettamente erotico?

Il suo sguardo andò ai seni pieni, e non poté resistere al bisogno di prenderli entrambi nel palmo delle mani.

Erano perfetti. Come lei. Morbidi e lisci come seta sotto le sue dita. Fece scorrere i pollici sui capezzoli e li guardò indurirsi.

«Dimmi che mi vuoi, Rachel. Dimmi che hai bisogno di me» la implorò dolcemente.

Lei gli circondò il collo con le braccia e si strinse al suo corpo, il viso rivolto verso l'alto, gli occhi ardenti di desiderio.

«Ho bisogno di te, Ethan. Moltissimo. Amami, ti prego.»

Lui la strinse a sé e fece scivolare le mani sotto la curva del suo sedere. Adorava toccarla, adorava il modo in cui reagiva alla più innocente carezza.

Carezzò l'armoniosa rotondità del suo fondoschiena, poi le fece scorrere un dito lungo la fessura tra le natiche, ridendo quando lei rabbrividì.

«Ti piaceva quando facevo il maschio rude e ti rapivo portandoti nella mia caverna.»

Il dolce gemito di Rachel gli disse che non era assolutamente contraria all'idea.

Le mordicchiò l'orecchio, sapendo che le avrebbe provocato un altro brivido. Quando si accoccolò contro di lui, Ethan fece un largo sorriso e prese a baciarle il collo.

Poi si abbassò, sistemò il braccio sotto le sue ginocchia e la sollevò.

L'intesa tra loro era perfetta, come se lei non fosse mai andata via, come se lui non le avesse mai permesso di andare via.

La speranza palpitava nel suo petto, con una forza tale che riusciva a sentire ogni doloroso battito del cuore. *Dio, fa' che vada tutto bene.* Non poteva perderla di nuovo.

Mentre la trasportava a grandi passi verso la camera da letto, Rachel rise, spensierata e felice. Raggiunto il letto, Ethan fece una piroetta tenendola stretta fra le braccia, lieto della gioia che vedeva nei suoi occhi.

Quando entrambi furono presi dalle vertigini, la lasciò cadere sul letto, e lei si sdraiò sulla schiena, gli occhi ridenti fissi su di lui.

«Togliti le mutandine» ringhiò Ethan.

Ridacchiando, lei prese ad abbassarle con i pollici ma poi si fermò e lo guardò con aria ribelle.

«Se vuoi che resti senza, devi farlo tu.»

Lui alzò un sopracciglio e si tenne a distanza, le mani sui fianchi. «Stai diventando impertinente, schiava?»

Lei soffocò una risata mettendosi una mano davanti alla bocca.

Ethan avanzò lentamente sul letto e si posizionò sopra di lei a quattro zampe.

Piantò un palmo di fianco a Rachel e con l'altra mano scese in basso e infilò le dita sotto l'elastico dei suoi slip.

Aveva esaurito la pazienza. Tirò il delicato tessuto finché la morbida carne della sua vagina non fu esposta alla sua vista.

Le sfilò gli slip, e poi le risalì con le dita l'interno coscia finché non arrivò al monte di Venere.

Scese ad accarezzarle con il pollice le pieghe gonfie, mentre le altre dita si facevano strada oltre le morbide labbra. Rachel si inarcò e gemette, quasi un'invocazione che gli fece indurire il cazzo.

Alzandosi sulle ginocchia, le aprì le gambe con i gomiti finché la carne rosea non scintillò nella penombra. Deglutì con forza poi si abbassò perdendosi nella sua dolcezza.

«Ethan» sussurrò lei quando la sua bocca la raggiunse.

Lui la accarezzò lentamente con la lingua, strappandole lievi brividi. Il suo clitoride si contrasse e si gonfiò mentre le labbra di Ethan compivano un percorso circolare, trasformandolo in un bocciolo teso e fremente.

Non aveva dimenticato come darle piacere. Conosceva il suo corpo meglio del proprio. Non era sempre stato un bastardo egoista, e adesso lo stava dimostrando facendo tutto quello che sapeva l'avrebbe fatta godere.

Le fece scivolare un dito nella vagina e lei contrasse i muscoli. Poi lo tirò fuori, lo succhiò per assaporare i suoi umori ed esplorò la sua apertura con la lingua.

Rachel sobbalzò ansimando e chiamando il suo nome. Sollevò i fianchi, stringendo le lenzuola tra le dita. Il suo petto si gonfiava a ogni respiro, i capezzoli erano come due perle piccole e dure.

«Vieni nella mia bocca come io sono venuto nella tua» disse lui con voce roca.

Rachel aveva gli occhi ardenti e il viso arrossato per l'eccitazione. Lui abbassò di nuovo la testa e le succhiò delicatamente il clitoride. Lo tenne stretto tra le labbra e poi alla stimolazione della lingua unì quella di un dito, facendola contorcere selvaggiamente di piacere.

Rachel si inarcò, con le gambe tremanti e tutti i muscoli in tensione. Era vicinissima all'orgasmo, ed Ethan prese a stimolarle il clitoride con più intensità. Quando gridò, lui si mosse rapidamente più giù, la coprì con la bocca e succhiò più forte.

Il sapore di Rachel gli esplose sulla lingua mentre l'orgasmo la invadeva. Si stava contorcendo e agitando sotto di lui, ma Ethan le teneva fermi i fianchi con decisione, assaporando ogni goccia della sua essenza.

Setosa e dolce come un fiore di caprifoglio.

Prima che fosse completamente appagata, le aprì le gambe e la sollevò, sostituendo alle labbra il suo cazzo teso.

La penetrò facendo attenzione a non farle male. Rachel lo accolse senza difficoltà, e lui scivolò dentro di lei assorbendo la sensazione di calore e umidità intorno al suo membro.

Calore liquido. Velluto. Paradiso.

Lei alzò le gambe e gliele avvolse intorno ai fianchi, tenendolo profondamente dentro di sé. Ethan si chinò su di lei, avvolgendola come una coperta. Lei lo cullò, lo prese su di sé e lui giacque per un lungo momento solo per assaporare la loro unione.

Le mani di lei vagarono sulla sua schiena, sulle spalle, risalirono fino al collo e infine si chiusero a coppa sulla mascella. Poi Rachel premette la bocca su quella di lui.

Il suo bacio fu caldo, selvaggio e incredibilmente dolce.

Rachel possedeva un potere incredibile, ed Ethan dubitava che ne fosse mai stata cosciente. Lui le apparteneva. Totalmente.

Sollevandosi leggermente su di lei, si sistemò e trovò una posizione più comoda tra le sue cosce. Rachel si inarcò e lui andò più a fondo.

Con un gemito si ritrasse e poi affondò di nuovo, e lei lo avvolse in un abbraccio. Era avvinghiata a lui. Ethan la proteggeva. Così doveva essere.

«Ethan» sussurrò di nuovo.

Non si sarebbe mai stancato di udire il proprio nome sulle sue labbra.

Entrò dentro di lei con i sensi annebbiati. Rachel era lì. Fra le sue braccia. Al sicuro.

Più veloce. Più forte. Lei prendeva tutto ciò che lui le dava. Gli affondò le dita nelle spalle e le tremarono le gambe.

Era così tesa, così gonfia intorno a lui. Seta liquida.

«Rachel. Piccola.»

Le parole gli uscirono dalle labbra mentre ogni muscolo del suo corpo era in tensione. L'orgasmo esplose come un lampo, più veloce e più intenso di prima. Non ci fu un lungo crescendo, solo un'esplosione istantanea, così intensa che per alcuni momenti si sentì smarrito.

Quando riacquistò un minimo di coscienza, guardò verso il basso e vide Rachel che lo fissava con dolcezza. Il respiro gli si mozzò in gola. Poi lei lo disse.

«Ti amo, Ethan.»

Le lacrime gli appannarono la vista, aspre e pungenti. Non aveva parole, non sarebbe riuscito a parlare neanche se avesse voluto. Il nodo in gola minacciava di soffocarlo, riusciva a stento a respirare.

«Oh, cielo, piccola. Anch'io ti amo. Dannatamente tanto.»

Poggiò la fronte sulla sua, e strinse a sé il corpo di Rachel.

Dopo alcuni istanti, si domandò se non fosse stata la sua

immaginazione, se quelle parole non fossero solo un prodotto della sua fantasia.

«Dillo di nuovo» chiese con voce strozzata.

Gli occhi di Rachel si addolcirono, e lei gli prese il viso tra le mani.

Per un attimo percorse pigramente i contorni della sua mascella e gli rivolse uno sguardo carico di sentimento.

«Ti amo. Ti amo moltissimo, Ethan. Posso anche non ricordare tutto, ma mi sento bene. Sento che *noi* stiamo bene. Sono certa di questo.»

Una lacrima le scivolò sulla guancia. Lui non l'aveva neanche sentita scendere. Il respiro gli bruciava i polmoni mentre cercava di trattenere l'emozione. Ma fu come una diga che si rompeva. Si limitò a prenderla fra le braccia, i corpi ancora uniti, e a stringerla disperatamente.

33

Il fetore della morte ristagnava pesantemente nell'aria. Rio sollevò una mano per fermare i suoi uomini e poi fece segno di aprirsi a ventaglio e accerchiare la zona. Le sue budella gli dicevano a gran voce che la situazione era anomala. Assolutamente.

L'aria sapeva di sangue. Sangue fresco. Le sue narici si dilatarono e fremettero mentre prendeva posizione in un folto groviglio di piante. Si mimetizzò nell'ambiente, più simile a un camaleonte che a un essere umano. Con movimenti lenti e cauti puntò il mirino del fucile sull'accampamento sottostante e fece una rapida ispezione.

Mentalmente si fece il segno della croce. Gesù, Giuseppe e Maria, ma era una visione disumana, eppure in materia di morte e omicidi aveva visto tutto quello che c'era da vedere.

Quella davanti a lui non era una normale zona di guerra. Era un messaggio. Sanguinoso. I corpi erano sparsi su tutta l'area come rifiuti lasciati in giro in un campeggio.

Chiunque avesse perpetrato il massacro se n'era andato da almeno dodici ore. Rio non riuscì a rilevare alcun movimento, nessun segno di vita dal villaggio silenzioso. Ma non avrebbe corso alcun rischio con i suoi uomini, almeno finché non fosse stato sicuro che l'area era sgombra.

Osservò e aspettò con pazienza. Perfino i rapaci spazzini avevano trovato i corpi ancora freschi e, nella giungla, rovistare tra i rifiuti talvolta faceva la differenza fra vivere e morire.

Si spostò con cautela dal suo nascondiglio ed emise un sommesso richiamo ai suoi uomini per farli convergere sull'accampamento. Arrivarono in un cerchio serrato, fucili alzati e sguardi saettanti a destra e sinistra per cogliere il minimo avvertimento di una presenza.

I morti non producevano alcun suono, e tutto ciò che rimaneva in quel campo erano loro.

Rio scavalcò due corpi ai margini della radura dove cominciavano le capanne e la giungla cedeva il posto all'accampamento. Rachel Kelly era stata tenuta prigioniera per un anno in un luogo simile a quello. La rabbia gli bruciò nelle vene. Quello non era posto per una donna. Non era possibile sapere che cosa le avessero fatto quegli animali.

Notò con lugubre soddisfazione che quei vermi erano stati uccisi senza alcuna pietà. I poveri bastardi non se ne erano nemmeno accorti. Chiunque avesse effettuato l'attacco era entrato con una potenza di fuoco degna di un esercito.

Terrence penetrò al centro dell'accampamento e guardò Rio. Poi segnalò campo libero. Uno dopo l'altro i suoi uomini uscirono dalla giungla, le espressioni del viso indurite mentre esaminavano la carneficina.

«Vedo che qualcuno ha fatto il lavoro per noi» disse Terrence mentre Rio gli si avvicinava.

«Però i morti non parlano» ribatté l'altro disgustato.

Terrence annuì. «Forse è per questo che li hanno ammazzati.»

«È una coincidenza notevole che, pochi giorni dopo che i nostri amici erano qui per ricostruire l'accampamento distrutto durante il salvataggio di Rachel, qualcuno sia arrivato e abbia raso al suolo tutto quanto. E io non credo alle coincidenze.»

«Già, troppo fortuito se vuoi la mia opinione» concordò Terrence. «Chiunque sia stato, non ha voluto lasciare questioni in sospeso, questo è certo.»

Rio si accigliò. Sam non ne sarebbe stato contento. Dannazione, nemmeno *lui* lo era. Aspettava con ansia di prendere a calci in culo un cartello della droga. Servirsi delle donne in guerra era da femminucce. Sarebbe stato divertente vedere se quei vermi avrebbero fatto i duri quando non dovevano vedersela con una donna indifesa.

Si guardò intorno mentre i suoi uomini si addentravano nel campo disseminato di corpi. Che diavolo stavano nascondendo in quel posto? La 'morte' di Rachel era stata accuratamente orchestrata. Era stata strappata alla sua famiglia e tenuta prigioniera in un lurido buco simile a quello. Perché? Non aveva alcun senso, e in più qualcuno si era sobbarcato un mare di fatica per accertarsi che la domanda non avesse risposta.

«Che facciamo adesso?» domandò Terrence, guardando i corpi sparsi a destra e sinistra.

«Di sicuro non li seppelliremo» borbottò Rio. «E non diremo nemmeno un'Ave Maria. Lasciamoli bruciare all'inferno.»

Si interruppe quando un debole suono arrivò da pochi metri di distanza. Lui e Terrence sollevarono i fucili e li puntarono verso uno dei morti. Solo che quello non lo era.

«Respira ancora» disse Terrence.

Rio si precipitò su di lui e, dopo essersi accertato che non stesse cadendo in una trappola suicida, si inginocchiò accanto a un uomo gravemente ferito.

«*Hablas español*?» gli chiese.

Gli occhi dell'uomo si aprirono appena. «Inglese» mormorò. «Parlo inglese.»

Rio e Terrence si scambiarono uno sguardo. Che cazzo ci faceva un americano invischiato con un cartello della droga colombiano?

L'uomo tossì e un fiotto di sangue gli schizzò dalla bocca. Fissò lo sguardo vitreo su Rio. «Non ho molto tempo.» Ogni parola sembrava uscire con precisione lancinante. La sua respirazione era talmente gravosa che il petto si alzava e abbassava in maniera esagerata. «Ho tentato di aiutarla. L'ho protetta più che ho potuto. Ma non si può anteporre nessuno al bene della missione. Lo sai anche tu. Sei un soldato.»

«Che cazzo stai dicendo?» ringhiò Rio. «Sei una specie di fottuto agente del governo e sei rimasto a guardare mentre Rachel Kelly veniva torturata e tenuta prigioniera per un anno?»

L'uomo chiuse gli occhi e altro sangue gli sgocciolò dagli angoli della bocca. «Non avevo scelta. Ho fatto quello che ho potuto. Drogarla era la cosa più caritatevole che potessero farle. Ho mandato delle informazioni alla sua famiglia nella speranza che venissero a prenderla.»

«Già, be', l'hanno fatto» rispose Rio fra i denti. «Avete scelto la donna sbagliata per rompere il cazzo.» Il suo sguardo esaminò il villaggio distrutto e i corpi sul terreno. «Chi è stato? Non siamo stati noi.»

L'uomo scosse la testa. «Lui lo sa. Ormai deve saperlo. Non avrebbe lasciato vivo nessuno con cui aveva stretto un patto.» Chiuse gli occhi ed emise uno strano suono strozzato.

«Chi è che sa?» domandò Rio. Scosse la spalla dell'uomo per riportarlo alla coscienza. «Chi c'era dietro tutto questo?»

Gli occhi dell'uomo si riaprirono palpitando. «Lei non è al sicuro. La perseguiterà ancora.»

Poi i suoi occhi si fecero vitrei e la testa ciondolò di lato con lo sguardo fisso nella morte.

«Merda» esclamò Terrence. «Questo non ci dice assolutamente nulla.»

Rio si alzò e aggrottò la fronte. Non gli piaceva per niente quella storia. «Andiamocene di corsa da qui, così potrò fare rapporto a Sam.»

«Steele sarà deluso» disse Sam con un sorriso ironico. «Era

già incazzato perché non lo abbiamo aspettato per entrare in azione.»

«Fanculo Steele. Non gestisce lui la mia squadra. Deve prendersi cura dei suoi feriti invece di preoccuparsi di quello che facciamo noi.»

«Glielo diciamo, in modo che non parta, o lo lasciamo venire qui prima di dirgli che la missione è stata abbandonata?»

Rio sorrise mentre scambiava uno sguardo astuto con il compagno. Far incazzare Steele era forse il miglior divertimento che avessero in quel momento.

«Raduna tutti e cominciamo a muoverci. Non voglio essere qui in caso chiunque abbia insanguinato la giungla decida di tornare.»

La mano di Terrence si sollevò in aria, ma lui aveva un sorrisetto sul viso. Non era stato deciso niente a proposito di Steele, ma sapevano entrambi che l'avrebbero fatto arrivare tutto eccitato per poi fargli una doccia fredda.

Si divertivano come potevano.

34

Quell'incubo la tormentava. Stavolta era più intenso. Più reale. E Rachel non voleva riviverlo di nuovo.

Ethan era nel loro salotto. Aveva il volto tirato e inasprito per la collera. Stava urlando e lei era ferma lì, sbalordita, senza alcuna forza per combattere.

Poi lui si girò verso la libreria. La sua libreria che ospitava innumerevoli volumi di letteratura, i suoi manuali scolastici, i romanzi che amava tanto. Tirò fuori un fascio di fogli nascosti in mezzo a due libri e glieli sbatté contro.

Avevano un significato, ma quale?

Rachel si sentì tremare. Sentì la disperazione che dilagava in lei.

Si svegliò di scatto e si sedette sul letto, con il cuore che le batteva all'impazzata. Guardò in basso, vide Ethan ancora profondamente addormentato al suo fianco e gli mise una mano sul braccio per rassicurarsi.

Eppure il senso di nausea dentro di lei si inasprì. Perché faceva quei sogni? Era talmente insicura che la paura di perderlo si era infiltrata nel suo subconscio?

Oppure erano ricordi?

Quel pensiero la colpì con dolorosa intensità. Certo, ogni

giorno ricordava qualcosa in più della sua vita. Piccole cose. Frammenti che alla fine avrebbero ricomposto l'intero puzzle.

Uscì dal letto, mentre la nausea le aggrediva lo stomaco. Ethan l'amava. Lei lo amava. Non le aveva dato alcun motivo per pensarla diversamente.

Brividi di freddo le corsero lungo le gambe nude e lei si affrettò a indossare i pantaloni di una tuta e a prendere una maglietta di Ethan dal suo cassetto.

La libreria. Sicuramente le avrebbe dimostrato se era tutto un orribile incubo, oppure un ricordo sfuggente.

Oddio, forse stava davvero perdendo il senno. Poteva incolparne lo stress dovuto all'incidente. Stava sviluppando delle fissazioni paranoiche. Prima qualcuno cercava di ucciderla, poi suo marito stava nascondendo misteriosi documenti fra due libri.

Entrò nel salotto buio e guardò intimorita gli scaffali. Come diavolo poteva sapere dove fossero? Fra quali libri? Possedeva sei librerie e più libri di quanti ne potesse contare.

Accese la lampada sulla scrivania e fissò i libri. Chiuse gli occhi e cercò di ricordare il sogno. Ethan era in piedi fra due librerie e davanti a una, quindi quella al centro. Da quale lato?

Enciclopedie. A livello delle spalle di Ethan, quindi un po' più in alto per lei.

Attraversò la stanza, si alzò in punta di piedi e tirò fuori un volume. Sorpresa, lì non c'era niente. Passò alla fila inferiore, sentendosi sempre più idiota a ogni libro che estraeva.

Era pronta a lasciar perdere quando arrivò al terzultimo libro e un fascio di fogli piegati cadde sul pavimento mentre lo tirava fuori.

Ebbe un tuffo al cuore e fissò quelle carte come fossero orribili mostri sul punto di amputarle una gamba.

Con cautela, rimise a posto l'enciclopedia e fece un passo indietro, lo sguardo sempre fisso sui fogli. Accovacciandosi, li tirò su e tornò alla scrivania per poterli vedere sotto la luce della lampada.

Li aprì e all'inizio non capì di cosa si trattasse. Erano documenti legali, per quanto ne sapeva. Fu quando rilesse per tre volte la prima pagina che ne comprese il senso.

Lo shock la colpì con la forza di un treno in corsa. *Divorzio.* Ethan aveva presentato una domanda di divorzio.

Si mise una mano sullo stomaco quando la nausea le ribollì nella pancia. *Oh, dio.*

Chiuse gli occhi mentre le tornavano alla memoria i frammenti di quell'orribile giorno. La maggior parte era ancora nebulosa, ma non riusciva a togliersi dalla testa il viso infuriato di Ethan.

Lui la odiava. Voleva porre fine al loro matrimonio. Oddio, le cose di cui l'aveva accusata.

Si portò una mano alla bocca. L'aveva accusata di avere una relazione con Garrett. C'era qualcosa di vero? Oddio, non riusciva a ricordarlo!

Sprofondò nella poltrona e nascose il viso fra le mani mentre altri ricordi di quel giorno la bombardavano. Ethan aveva detto che era stanco di vivere così. Non aveva voluto che lei andasse in missione umanitaria in Sudamerica. Le aveva detto che c'erano parecchie cose da sistemare anche lì, a casa sua; perché allora voleva andarsene in qualche buco sperduto a risolvere i problemi del mondo?

Ma c'era di più. La sua infelicità non era esplosa dalla sera alla mattina, e lei ricordò la sua stessa sofferenza, la sensazione che qualunque cosa facesse non era mai quella giusta. Che non c'era speranza per il loro matrimonio. Eppure, quando Ethan aveva tirato fuori quei documenti, l'aveva distrutta.

Lui la odiava. Non l'amava più. E poi lei era morta. Ne era stato felice? Perché adesso tutta quella messinscena? Si sentiva in colpa?

La sua famiglia non lo sapeva. Quel pensiero la colpì all'improvviso. Ricordò quanto si sentiva intrappolata perché non poteva parlarne con la famiglia di Ethan; sarebbe morta prima di metterli al corrente dei suoi problemi matrimoniali. Nemmeno Ethan sarebbe andato da loro, così non avrebbero mai saputo quanto fosse orribile la situazione.

Oddio, allora era per quello che Ethan si stava comportando come se lei fosse l'amore della sua vita? Perché?

C'erano troppe cose che non sapeva, che aveva bisogno di sapere. Doveva uscire da quella casa prima di far crollare le pareti a forza di urli.

Garrett. Le era sempre venuto in aiuto. Sempre. Ma avevano tradito Ethan? No, non era possibile. Lei aveva amato Ethan. Era rimasta sconvolta quando lui aveva chiesto il divorzio, anzi lo aveva *preteso.*

Ma Garrett lo avrebbe saputo. Avrebbe avuto delle risposte. Era finito il tempo di restare in silenzio e tenersi tutto dentro. Lei non aveva nessun altro. Solo Ethan e adesso sapeva che non aveva nemmeno lui.

Ricacciò indietro un singhiozzo mentre si alzava. Garrett aveva lasciato le chiavi del suo pick-up sul tavolo della cucina. Sam era venuto a prenderlo in modo che lei ed Ethan avessero un mezzo di trasporto.

Fuori era buio pesto quando si precipitò nella macchina di Garrett. Non si era presa il disturbo di guardare l'orologio e adesso, mentre guidava verso lo stesso ponte da cui aveva rischiato di precipitare poco prima, venne presa dal panico.

Aveva i palmi madidi di sudore e il respiro talmente corto da darle le vertigini. Avvicinandosi, rallentò e fu tentata di parcheggiare. Aveva il cellulare. Il numero di Garrett era in rubrica. Poteva venire a prenderla.

Con una smorfia di disgusto premette l'acceleratore e superò velocemente il ponte. Si mantenne sulla corsia interna e non degnò di un'occhiata il nastro giallo della polizia e le barriere erette intorno al buco.

«Adesso solo tu puoi salvare te stessa» si disse. Forse se l'avesse ripetuto abbastanza le sarebbe entrato in testa.

Dieci minuti dopo entrava nel vialetto ghiaioso della casa di Sam e parcheggiava la macchina di Garrett accanto a quella del fratello. Con Donovan che era partito così tardi, o presto, probabilmente non avevano dormito molto, se l'avevano fatto, e adesso lei piombava dentro casa.

Frugò fra i brandelli dei suoi ricordi in cerca di qualcosa che le dicesse che sbagliava riguardo alla sua relazione con Garrett, ma tutto ciò che ne ricavò fu la sensazione di una profonda amicizia.

Davanti alla porta, esitò e passò parecchi, lunghi secondi a fare appello al suo coraggio. Si asciugò le mani sudate sui pantaloni della tuta e, mentalmente, si rimproverò per essere una smidollata.

Con mani tremanti bussò, poi alzò gli occhi al cielo. Premette più volte il campanello e aspettò, mentre l'ansia le scavava un buco nello stomaco.

La porta si spalancò e istintivamente Rachel fece un passo indietro mentre fissava con circospezione Sam. Lui aveva solo un paio di pantaloncini da ginnastica addosso e sul viso un cipiglio che la fece deglutire.

Il cipiglio scomparve non appena la guardò. La preoccupazione sostituì immediatamente l'irritazione e anche lui fece un passo indietro, come per non apparire più minaccioso.

«Rachel, tesoro, va tutto bene?»

Non avrebbe pianto. Non lo avrebbe fatto. Si sforzò di mantenere un contegno mentre lo guardava.

«Ho bisogno di vedere Garrett» disse titubante. Sam aprì la porta un po' di più e la prese per il braccio. «Lo chiamo. Entra e siediti. Dov'è Ethan? C'è qualche problema?»

Di nuovo la minaccia delle lacrime la fece quasi cedere. Espirò con brevi ansiti convulsi e si morse l'interno del labbro mentre lo seguiva in casa.

«Ethan è a casa» disse sottovoce. «Lui sta bene.»

Lo sguardo penetrante di Sam la sfiorò e fu evidente che non gli era sfuggito il fatto che non avesse incluso sé stessa nella risposta. La invitò a sedersi sul divano, ma non poteva. Sarebbe impazzita.

Sam uscì dalla stanza e, pochi secondi dopo, Garrett vi entrò a precipizio con i capelli scomposti e la fronte segnata dalla preoccupazione. Sam lo seguì, stavolta con addosso una maglietta e un paio di jeans.

Ormai incapace di controllare la marea emotiva, Rachel si lanciò verso Garrett e nascose il viso sul suo petto. Le lacrime filtrarono nella sua maglietta e lei continuò a piangere, mentre tutta la sofferenza che aveva tentato di nascondere si riversava fuori.

«Ehi, che c'è che non va, fiorellino?»

La circondò con le braccia e la strinse mentre le accarezzava i capelli. Dopo la prima domanda, non aggiunse altro. Si limitò ad aspettare mentre lei lo inondava di lacrime.

Quando finalmente Rachel riprese il controllo e i singhiozzi si ridussero al solo tirare su con il naso, Garrett l'allontanò delicatamente e le fece sollevare il mento in modo che potesse guardarlo.

«Cosa c'è che non va, Rachel? Ti va di sederti e dirmelo? Dove diavolo è Ethan?»

A quel nome, Rachel chiuse gli occhi e sbatté le palpebre per scacciare altre lacrime.

«Ah, merda» borbottò Sam. «Dimmi che quello zuccone non ha fatto niente di stupido.»

Rachel si lasciò guidare da Garrett sul divano e si sedette. Lui si accomodò al suo fianco, appollaiato sul bordo e girato verso di lei. La donna gli afferrò la mano, temendo di lasciarlo andare, temendo che se fosse crollata di nuovo non avrebbe mai avuto risposta alle sue domande.

«Vuoi qualcosa da bere?» le chiese Garrett.

Rachel scosse la testa e si leccò le labbra, chiedendosi come diavolo avrebbe affrontato quell'argomento con lui. Prese un respiro profondo e sollevò lo sguardo per incontrare quello di Garrett.

«Devo chiederti una cosa» gli disse con dolore. «Ho bisogno della verità.»

Lui le accarezzò la guancia e poi le sistemo una ciocca di capelli dietro l'orecchio. «Tutto quello che vuoi.»

Rachel deglutì e poi sbottò. «Abbiamo mai... io e te... abbiamo mai avuto una... relazione?»

Garrett spalancò gli occhi per lo shock. Sam diede un'esclamazione, ma lei si concentrò unicamente su Garrett. Se la sua reazione era in qualsiasi modo indicativa, Rachel si era sbagliata di grosso e adesso si sentiva come la peggiore delle idiote.

«Oddio, no» esclamò lui. «Perché diavolo mi fai una domanda del genere? Fiorellino, dimmi che non ti sei torturata pensando che hai tradito Ethan o che lo abbiamo tradito insieme. Cavolo. Non l'hai fatto, vero?»

«Lui pensava di sì» mormorò lei.

«Chi?»

«Ethan.»

Garrett rimase a bocca aperta. Lui e Sam si scambiarono uno sguardo allibito. Sam si accasciò sulla poltrona reclinabile, con uno sguardo di sghembo verso il divano.

«Okay, devi dirmi qualcosa di più, fiorellino, perché non ci sto capendo niente. Ethan pensa che io e te abbiamo avuto una relazione?»

«Lui voleva il divorzio. Ha presentato la domanda» rispose lei, addolorata.

«Porca puttana» sibilò Garrett. «Ha perso la testa? Ti ha detto tutto questo stanotte? Dopo che sei quasi precipitata da un fottuto ponte?»

Il viso di Garrett diventava ogni minuto più rosso. Sembrava che stesse per esplodere e lei si affrettò a calmare le acque.

«Mi sto spiegando malissimo. No, non stanotte. Oh, dio, Garrett. Penso che sto impazzendo.»

Sam si fece avanti, con voce dolce e tranquilla. «Fai con calma, tesoro. Torna un po' indietro e raccontaci tutto.»

Rachel si passò una mano fra i capelli. Era così stanca. Solo poche ore prima sentiva di poter conquistare il mondo. Si era sentita felice, sicura dell'amore di Ethan. Finalmente aveva pensato che la sua vita fosse di nuovo in carreggiata, e adesso era tutto sottosopra.

«Eravamo felici?» domandò. «Pensate che io ed Ethan fossimo felici? Voglio dire, prima che morissi.»

Nessuno dei due rispose e forse pensavano che fosse una domanda retorica. Rachel sospirò e andò avanti.

«Faccio questi sogni da un po' di tempo. Dei veri incubi. In tutti quanti Ethan è arrabbiato. Molto arrabbiato. Urla. Io sono frastornata e mi sento impotente. Mi chiedevo se le mie insicurezze si stessero manifestando nei sogni, perché Ethan è stato così perfetto da quando mi ha salvata. È stato tutto... perfetto. Volevo dirgli che lo amo, ma quel pensiero mi terrorizzava sempre. Qualcosa mi tratteneva sempre. Stanotte, però, finalmente gliel'ho detto, e lui ne è stato così conquistato. Poi sono andata a dormire e ho fatto di nuovo quell'orribile incubo.»

«Qual è il tuo incubo?» le chiese gentilmente Sam.

«Altre urla. Altra rabbia. La consapevolezza che lui mi odia. Mi stava sbattendo in faccia questi documenti.»

Ricordando che li aveva incastrati nell'elastico dei pantaloni, Rachel li tirò fuori e li tenne fra le mani tremanti.

«Mi sono alzata per cercarli, perché nel sogno mi sembrava che quando li avevo visti il mio mondo stesse per finire. Adesso so perché.»

«Che cosa sono?» domandò Garrett con calma.

Esitando, Rachel glieli porse e lui li prese. Sam si alzò per accendere la lampada e Rachel sbatté le palpebre all'improvvisa ondata di luce.

Garrett fissò incredulo i documenti mentre Sam li leggeva da sopra la sua spalla con un'identica espressione attonita.

Garrett guardò di nuovo Rachel. «Hanno una data anteriore alla tua partenza. Che diavolo significa?»

«Sto vivendo una menzogna, Garrett? Mi ha detto delle cose terribili prima che me ne andassi. Non ricordo tutto. Oh, dio, mi piacerebbe farlo. Ho soltanto dei frammenti, ma lui era così arrabbiato. Voleva farla finita. Mi ha accusato di avere una relazione con te.»

«Cazzo» borbottò Sam.

Garrett la stava ancora guardando a bocca aperta, come se non riuscisse ad afferrare il senso di quelle accuse.

«Cristo, no. Non abbiamo mai avuto una relazione, Rachel. Te lo giuro. Non l'ho mai nemmeno pensato. Cavolo, sei come una sorellina. E per te è esistito sempre e solo Ethan. Dal giorno in cui vi siete conosciuti, non è mai esistito nessun altro. E per lui era lo stesso, almeno credo.»

«Non so cosa fare.» Rachel detestò la sensazione di infelicità e impotenza che evocavano quelle parole. «Mi ha gettato addosso questi fogli il giorno in cui sono partita per il Sudamerica. Me ne sono andata con la consapevolezza che il mio matrimonio fosse finito. E adesso, un anno dopo, lui mi ama? Niente di tutto questo è mai successo? Come posso conciliare le due versioni del nostro matrimonio?»

Sam si sedette accanto a lei e si portò le mani alle tempie.

«È evidente che ci sono parecchie cose che non so, che tutti noi non sappiamo, su quello che stava succedendo fra te ed Ethan prima che te ne andassi ma, tesoro, quando pensava che fossi morta lui era distrutto. Quello non era un uomo che non ti amava più e che voleva porre fine al vostro matrimonio. Ti ha pianto durante tutto l'anno della tua scomparsa.

L'unico segno di vita che abbiamo avuto da lui è stato il giorno in cui ha ricevuto quei documenti in cui si diceva che eri viva. Dopodiché riportarti a casa è stato il suo unico scopo.»

Rachel sollevò le mani sentendosi disorientata. «Non so cosa fare. Adesso so che non sono mai andata da nessuno della famiglia a raccontare i nostri problemi. Vorrei non averlo fatto. Non dovrei essere qui, ora, ma dovevo sapere se in qualche modo lo avevo tradito.»

Le mani di Garrett si chiusero sulle sue. «Tu puoi sempre, *sempre,* venire da me, fiorellino. Ethan è mio fratello. Gli voglio bene. Ma anche tu sei la mia famiglia. Lui non ha un ingresso gratuito solo perché è un Kelly. Voglio che tu non ti senta mai più sola.»

Rachel gli rivolse un sorriso tremulo e poi imprecò silenziosamente quando altre lacrime le scesero lungo le guance.

Il telefono squillò, spaventandola. Sam rispose e lei riuscì a sentire la domanda preoccupata di Ethan perfino a distanza di qualche metro.

Sam la guardò.

«È qui, Ethan. Sta bene. Solo un po' turbata. No, non penso che sia una buona idea che tu venga qui per ora. La porteremo a casa più tardi, se è quello che vuole.»

Sam allontanò il telefono dall'orecchio e scosse la testa.

«Ha già riattaccato. Immagino che troverà un modo per venire qui.»

Rachel strinse più forte la mano di Garrett.

«Non sei obbligata a parlargli adesso» le disse lui. «Io e Sam possiamo buttarlo fuori e farlo tornare a casa. Sei tu che comandi qui, fiorellino. Okay? Non devi fare niente che ti dia fastidio.»

«No, io devo sapere. Non posso continuare così. Devo conciliare il presente con il passato. Tutto ciò che ho pensato del mio matrimonio da quando sono tornata a casa è una bugia.»

Chiuse gli occhi per il dolore che quelle parole le provocarono nel cuore. L'idea di essere veramente sola la spaventava. La paura che la sua relazione con Ethan fosse solo una finzione aveva il potere di ucciderla come un anno di prigionia non aveva fatto. Era forse sopravvissuta all'inferno solo per tornare a casa e morire lentamente mentre guardava appassire i suoi sogni e le sue speranze?

Garrett la prese fra le braccia e la tenne stretta. La baciò sulla testa e le mormorò parole indecifrabili vicino all'orecchio.

«Che razza di giornata» borbottò Sam.

«Tutto quello che riesco a chiedermi adesso è se per lui sia stato un sollievo credermi morta» mormorò contro il petto di Garrett.

«Sssh, fiorellino. Queste sono sciocchezze. Io c'ero quando gliel'hanno detto. C'ero al tuo funerale. L'ho visto diventare l'ombra di sé stesso nell'ultimo anno. E l'ho visto quando ti ha tenuta fra le braccia per la prima volta. Non so cosa sia successo prima, ma ti ama. Lui ti ama.»

«Mi sono chiesto spesso cosa gli fosse passato per la testa quando era tornato a casa dopo il tuo aborto e ti aveva trovata insieme a Garrett. Allora ho pensato che stesse facendo i conti con il senso di colpa per non esserti stato vicino, ma adesso mi chiedo se non fosse geloso. O forse una combinazione di entrambe le cose.»

Rachel si irrigidì e si allontanò da Garrett per fissare Sam. «Io ho perso un bambino?»

Sam chiuse gli occhi e imprecò. «Cristo, mi dispiace. Ho dimenticato che tu non hai ricordato tutto. Mi dispiace tanto, tesoro. Non volevo assolutamente ferirti.»

La mente di Rachel era spaventosamente intorpidita e vuota. Le sembrava che la vita prima della sua 'morte' fosse un completo disastro. C'era da stupirsi che avesse escluso dalla sua mente l'intera faccenda? Oh, sapeva che doveva incolpare la droga e il suo non era un caso di amnesia isterica in senso clinico, ma adesso, di fronte alla verità, qualsiasi persona sana avrebbe voluto dimenticare.

Le venne quasi da ridere. Ma lei non era sana di mente, vero? Si sentiva pericolosamente sull'orlo del baratro, proprio come quando era su quel ponte appena il giorno prima. Vacillante, sul punto di cadere, e con la nauseante consapevolezza che non c'era nient'altro che potesse fare.

«Raccontamelo» gli disse debolmente.

«Hai avuto un aborto mentre Ethan era in missione» disse Garrett in modo burbero. «Dopo stavi piuttosto male, quindi sono rimasto a casa con te quando sei uscita dall'ospedale. Ethan è tornato una settimana più tardi. Subito dopo aver rassegnato le dimissioni.»

Rachel riuscì a emettere una risata secca. Oppure era un singhiozzo isterico? Fino a che punto la sua esistenza poteva diventare più pietosa di quanto già non fosse? Aveva immaginato di avere una vita e un matrimonio perfetti. Una famiglia perfetta. Tutto perfetto. Non sarebbe potuta essere più lontana dalla verità.

«Non so cosa fare» mormorò.

Un sonoro bussare alla porta d'ingresso pose fine a ogni ulteriore discussione sulla sua vita, o meglio sulla sua non vita. Meglio così. Ne stava discutendo con le persone sbagliate.

La paura si impadronì di lei mentre guardava nervosamente Sam e Garrett. Era arrivato Ethan. Come poteva affrontarlo sapendo la verità? Non era sicura di poter tollerare di guardare l'amore che addolciva sempre i suoi lineamenti e sapere che niente di tutto quello era reale.

«Non sei obbligata a parlargli adesso» le disse gentilmente Sam. «Non entrerà a meno che io non glielo permetta. Tu puoi rimanere finché vuoi. Puoi tornare a casa. Dicci soltanto quello che desideri. Noi faremo in modo che accada.»

Rachel sorrise debolmente. «Non so perché all'inizio avessi tanta paura di te. Con me sei stato sempre e soltanto gentile.»

Lui le sorrise e le strinse una mano.

Garrett le accarezzò i capelli, Rachel si girò e vide la preoccupazione nei suoi occhi blu. «Cosa accadrà, fiorellino? Vuoi parlare con Ethan, o vuoi che lo rimandiamo a casa?»

35

Ethan era davanti alla porta di casa di suo fratello e ardeva d'impazienza. Era chiusa a chiave, altrimenti sarebbe già entrato e se Sam non si sbrigava, l'avrebbe buttata giù.

Alzò il pugno per colpirla di nuovo quando la porta si aprì e comparve Sam, con un'espressione quasi accusatoria sul viso.

«Dov'è?» domandò Ethan mentre superava il fratello con una spallata.

«In salotto» rispose lui in tono sostenuto. «Con Garrett.»

Sembrò che Sam lo studiasse mentre parlava, ma Ethan non se ne curò. Era freneticamente preoccupato per Rachel. Mentre oltrepassava il fratello, sembrò che lui fosse sul punto di dire qualcosa, ma Ethan lo ignorò ancora e si concentrò sul trovare Rachel.

Quando entrò in salotto, la vide rannicchiata sul divano accanto a Garrett. Era evidente che fosse turbata. Garrett sollevò la testa e gli lanciò un'occhiata che avrebbe fatto pisciare addosso un uomo meno coraggioso.

Cristo, che diavolo stava succedendo?

Ethan cadde in ginocchio di fronte a Rachel e le prese con forza le mani da quelle di Garrett.

«Piccola, che c'è che non va?» le chiese dolcemente. «Cos'è successo? Mi sono svegliato e tu eri scomparsa. Hai idea di quanto mi sia spaventato? Il pick-up non c'era. Tu eri scomparsa. Ho dovuto chiamare Sean e chiedergli di accompagnarmi fin qui.»

Rachel ritrasse le mani, come se non riuscisse a tollerare il suo tocco. Ethan la fissò scioccato.

Garrett si alzò e si fece indietro fino a raggiungere Sam.

«Rachel, vuoi che rimaniamo?» domandò Garrett in tono calmo.

Ethan li guardò uno dopo l'altro, più confuso che mai. Là dentro stava succedendo qualcosa di cui non aveva la più pallida idea. Un senso di nausea gli invase lo stomaco. Rachel aveva forse ricordato tutto?

La donna scosse la testa. «No. Ma grazie.»

«Se hai bisogno di qualcosa siamo nel seminterrato» disse Sam mentre usciva dal salotto insieme al fratello.

«Rachel?» la chiamò Ethan quando rimasero soli.

«Ho trovato questi» disse lei mentre gli tendeva i fogli gualciti.

Ethan capì cosa fossero senza vederli. Non riusciva nemmeno a guardare la moglie negli occhi.

«Oh, dio.»

Le mani di Rachel tremavano mentre gli porgeva i documenti. «Continuavo a fare quei sogni in cui tu eri arrabbiato e mi odiavi.»

«Sssh.» Ethan le mise un dito sulle labbra e scosse la testa. «Oddio, no. Non ti ho mai odiata, piccola. Mai.»

Lei si scostò e abbassò lo sguardo sui fogli. «Questi dicono il contrario. O almeno che non mi amavi più. Che pensavi che il nostro matrimonio fosse finito e volevi uscirne. Oddio, non hai nemmeno cercato di sbarazzartene. Li hai lasciati nello stesso posto in cui li ho visti un anno fa, prima di partire.»

Cosa poteva risponderle? Non c'era alcuna difesa per tutto il dolore che le aveva provocato.

«Li ho lasciati lì perché volevo strapparli davanti a te. Per pregarti di darmi un'altra possibilità. Una possibilità che non ho mai avuto.»

«Raccontami tutto, Ethan» lo implorò. «Ho bisogno di sapere. Più dei documenti del divorzio. Non è questa l'unica fonte dei nostri problemi. Io non ricordo tutto. Solo frammenti sparsi. Non sapevo nemmeno di aver perso un bambino finché non me l'ha detto Sam, stanotte. O che tu hai lasciato i SEAL subito dopo. Ho bisogno di capire cos'è successo.»

Ethan vacillò, lo stomaco in subbuglio. Non era preparato. Aveva vissuto con la costante consapevolezza che, alla fine, Rachel avrebbe ricordato e che lui avrebbe dovuto darle delle spiegazioni, ma non era ancora pronto. Non era pronto a correre il rischio di perderla quando l'aveva appena riavuta indietro.

Prese un respiro profondo per calmare i nervi. Era un momento importante. Era la sua vita. Non poteva, non voleva mentirle, non importava quanto la cosa lo avrebbe messo in cattiva luce.

«Quando hai scoperto di essere incinta eri eccitatissima» le disse con un sorriso, ricordando quanto fosse stata felice. «Io ero partito da parecchio tempo e temevo che non sarei stato presente al momento del parto. Garrett disse che non era un problema, ci avrebbe pensato lui. Sarei dovuto essergli grato, ma ero geloso e risentito.

«E poi tu hai abortito mentre io ero chissà dove. Non l'ho nemmeno saputo finché la mia squadra non è riemersa. Sam aveva tentato di raggiungermi. Mi sentivo in colpa perché sapevo quanto desiderassi il nostro bambino. Mi sentivo in colpa perché non c'ero quando avevi più bisogno di me, mentre affrontavi tutto da sola.»

Guardò Rachel che sedeva ancora sul divano con le braccia strette intorno alla vita sottile. I suoi occhi lo ossessionavano. Erano così pieni di dolore e confusione mentre cercava di filtrare quello che riusciva a ricordare di ciò che le stava dicendo.

«Così quando sono tornato a casa, ho trovato lì Garrett. Garrett la roccia. Garrett che era stato con te per tutto il tempo. Ero infuriato, perlopiù con me stesso, e follemente geloso. Ero anche arrabbiato e addolorato per il nostro bambino, e me la sono presa con te. Dio, se solo potessi tornare indietro.»

Si passò una mano fra i capelli e si afferrò la nuca mentre distoglieva lo sguardo dalla moglie.

«Ho rassegnato le dimissioni perché sapevo di averti deluso. Tu non mi avevi mai chiesto di farlo. Non l'avresti mai fatto. Sapevi quanto la marina significasse per me. Ma io me ne sono andato lo stesso ed è una cosa che ho odiato. Detestavo stare a casa. Detestavo non sapere che cosa avrei fatto per il resto della mia vita. Detestavo apparire come un fallito agli occhi della mia famiglia e di mia moglie.

«Ce l'avevo con te anche se sapevo che non era colpa tua. Non era stata una tua scelta. L'avevo deciso io, ma ce l'avevo a morte con te e ho cominciato a biasimarti. Ero il mio peggior nemico e stavo distruggendo il nostro matrimonio e il tuo amore, ma questo mi faceva arrabbiare ancora di più.»

Un verso di dolore sfuggì dalle labbra serrate di Rachel. Sembrava che l'avesse picchiata. Ethan avrebbe desiderato che niente di tutto ciò fosse vero. Non avrebbe mai voluto farle del male, ma non le avrebbe mentito adesso. Era come un veleno al centro della sua anima e doveva sbarazzarsene. Fino in fondo.

«Ti rifiutavo in qualsiasi occasione. Tu ci provavi. Dio, se ci provavi. Tu mi amavi e io ti ignoravo perché ero divorato dal risentimento e dalla mia personale infelicità. Non volevo sentirti dire che mi amavi, ma nel momento in cui hai smesso di dirlo, ce l'ho avuta ancora di più con te. Sono stato il peggiore degli idioti e alla fine ho deciso che la cosa migliore che potevo fare per te era renderti libera. Che nobiltà, eh?»

Ethan alzò le mani in un gesto di disgusto e si girò di nuovo. La sofferenza sul viso di Rachel gli diede la nausea. Avrebbe voluto toccarla, stringerla, ma temeva di farlo perché se lei lo avesse rifiutato, allora sarebbe stato perduto.

«Ero troppo vigliacco per alzarmi e dirti semplicemente che la mia decisione mi rendeva infelice. Tu mi avresti sostenuto. So che l'avresti fatto. Quindi ti ho resa infelice e poi ti ho sbattuto in faccia i documenti per il divorzio. Non dimenticherò mai lo sguardo sul tuo viso, Rachel. Mi ha divorato per un anno intero. Te ne sei andata pensando che ti odiassi e che volevo mettere fine al nostro matrimonio, e non sono mai riuscito a chiarire le cose fra di noi.»

Rachel si alzò tremando, appoggiandosi con le mani sul bordo del divano per aiutarsi. Aveva il volto pallido, gli occhi sgranati. Sembrava... stravolta.

Si leccò le labbra e distolse per un attimo lo sguardo come per raccogliere il coraggio. Eppure fra loro due era lei l'unica ad avere l'audacia e la forza di un guerriero.

Quando lo guardò di nuovo, l'emozione che aveva negli occhi lo colpì dritto allo stomaco. Le lacrime inondavano i suoi occhi scuri e le scendevano silenziosamente lungo le guance.

«Vuoi farla finita, Ethan? È il senso di colpa che ti fa stare con me adesso? Perché ti senti responsabile per quello che è successo e perché le ultime parole che mi hai detto riguardavano il divorzio? Tu *volevi* che trovassi quei documenti?»

Incapace di starle ancora lontano, Ethan attraversò la stanza e la prese fra le braccia.

«No, piccola. Oh, dio, no. Mai. Non volevo farla finita allora e non lo voglio adesso. Ti amo. Ho commesso degli errori. Errori che mi sono costati tutto. Nel momento in cui sei uscita dalla porta ho capito di aver commesso il più grande errore della mia vita. Ho passato tutta la settimana in cui sei stata via a pianificare le cose giuste da dirti quando saresti tornata a casa. Ero pronto a implorare, a fare qualunque cosa per farti rimanere e dimostrarti quanto ti amavo. E poi ho ricevuto la notizia della tua morte.»

Gli si spezzò la voce e non riuscì a continuare. Pronunciare quelle parole lo riportava alla realtà di quel giorno. Alla sensazione che tutto il mondo gli fosse crollato sotto i piedi. Non voleva provarla mai più.

«Mi dispiace così tanto, piccola. Di averti ferita. Di non essere riuscito a essere l'uomo di cui avevi bisogno allora o adesso. All'inizio ho conservato i documenti perché volevo strapparli di fronte a te quando saresti tornata. Ma poi, quando mi hanno detto che eri morta, li ho tenuti per ricordarmi tutto ciò che avevo perso e che la colpa era solo e soltanto mia. Quando ho scoperto che eri viva, sono stati il mio ultimo pensiero. Ho completamente dimenticato di averli lasciati lì.»

Si tirò indietro lentamente perché aveva bisogno di guardarla. Le sfiorò il viso, asciugandole le lacrime, con l'anima che soffriva per ogni goccia che le scendeva sulle guance.

«Ho bisogno di sapere che adesso stai con me perché mi ami e non perché ti senti obbligato a rimediare a un errore del passato» disse Rachel con voce strozzata. «Non posso vivere pensando che ti senti intrappolato perché la tua moglie morta è tornata dalla tomba. Non posso vivere pensando che tutto ciò che ho ricevuto e per cui ho pregato nell'ultimo anno non sia reale. Così è un inferno, non il paradiso.»

Ethan le baciò la fronte, il naso, le palpebre. Le cancellò con i baci le tracce umide delle lacrime sulle guance e alla fine le baciò gentilmente la bocca fremente.

«Il giorno in cui ho saputo che eri viva è stato il più bello della mia vita. Per qualche ragione Dio mi aveva dato una seconda possibilità. L'ha data a noi. Io non la merito, ma la desidero più della mia vita stessa. Voglio passare il resto dei miei giorni a dimostrarti che questa volta puoi fidarti di me, Rachel.»

Lei lo guardò con tale speranza e sofferenza che gli spezzò il cuore.

Ethan le afferrò entrambe le mani e se le portò al petto, appoggiandole sul cuore.

«Non mi aspetto che risolveremo tutto in un giorno o in un mese. Tu devi ricordare molte cose. E io devo riconquistare la tua fiducia. Sei disposta almeno a tornare a casa con me, così possiamo parlarne ancora? Ti prego, Rachel, vieni a casa con me. Concedimi almeno questo. So di non meritarlo, ma a questo punto ti imploro.»

Rachel esitò, fissandolo con occhi tormentati. Ethan aveva giurato che non avrebbe mai più voluto vederle sul viso una tale sofferenza, come il giorno in cui se n'era andata quando le aveva detto che voleva il divorzio. Eppure, adesso era dieci volte peggio. Rachel era infinitamente fragile e così distrutta che temeva che non gli avrebbe creduto mai più. E se l'avesse perduta? E se dopo il miracolo di riaverla, l'avesse persa?

«Ho paura» disse lei con voce roca e straziante. «E sono molto triste.»

Ritrasse le mani dal petto del marito e si allontanò. L'apparente rifiuto strinse Ethan allo stomaco. Così doveva essersi sentita lei, il giorno in cui le aveva detto che era finita. Come se il mondo le stesse crollando addosso e lei non potesse fare assolutamente niente.

Il fatto di averla ferita, di averla ferita così a lungo, lo faceva star male. Se avesse potuto proteggerla da quei ricordi, lo avrebbe fatto in un batter d'occhio, ma, dio, non poteva. Il suo tempo era scaduto.

Allungò una mano per toccarle i capelli e poi la lasciò scivolare fino alle spalle. Rachel trasalì, ma lui non si ritrasse. Non poteva. Non voleva alcuna distanza fra di loro. Non poteva accettare di perderla dopo aver riavuto indietro tutto ciò che aveva sempre desiderato.

«Rachel» mormorò. «Guardami, ti prego.»

Per un lungo momento lei esitò e poi, finalmente, si girò con gli occhi bassi. Ethan le passò il pollice sulla mascella e poi sul mento finché lei non li sollevò per guardarlo.

«Io ti amo. Ti voglio. Voglio noi due.»

Rachel deglutì e alzò una mano tremante per asciugarsi l'angolo dell'occhio. «Lo voglio anch'io, Ethan. Ma soltanto se è vero.»

«Allora vieni a casa con me.»

Lei lo fissò e alla fine acconsentì con un cenno del capo. Il petto di Ethan si rilassò per il sollievo. Almeno non si rifiutava di parlargli.

«Vado a dire a Sam e Garrett che ti porto a casa, così non si preoccuperanno.» Si portò la mano della moglie alla bocca e ne baciò il palmo aperto. «Resta qui, piccola.»

Ethan si precipitò nel seminterrato e si affacciò dalla porta. Non voleva discutere con i suoi fratelli, soprattutto con Garrett. Era già abbastanza imbarazzante che Van sapesse delle sue cazzate, ma adesso che le conoscevano anche loro, Ethan si sentiva ancora più idiota.

Sam e Garrett misero da parte le cartelle che stavano esaminando e osservarono Ethan con aperta curiosità.

«Volevo solo dirvi che sto portando Rachel a casa.»

Garrett corrugò le sopracciglia. «Lei vuole venire?»

Ethan inspirò profondamente. Non aveva alcun diritto di arrabbiarsi quando Garrett si stava soltanto prendendo cura di Rachel. Proprio come aveva sempre fatto, ma lui era stato troppo stupido e insicuro per capirlo.

«Sì, dobbiamo parlare. Le cose sono cambiate. Ho distrutto tutto.» Guardò i suoi fratelli. «Non posso perderla.»

La comprensione brillò sul volto di Sam e forse Garrett si ammorbidì un pochino. Era difficile dirlo, dato il suo cipiglio.

«Buona fortuna, fratello» disse Sam.

Ethan uscì dal seminterrato e corse su, dove Rachel lo stava aspettando. Le porse la mano e attese che lei la prendesse.

Esitando, Rachel fece scivolare le dita sul suo palmo. Per un attimo lui assaporò quel piccolo gesto di fiducia e giurò silenziosamente che non ne avrebbe abusato mai più.

Fuori era ancora buio pesto ed Ethan guardò l'orologio. Le due del mattino. Accidenti, avrebbero dovuto essere ancora a letto, abbracciati stretti.

Ethan fece entrare Rachel in macchina e poi salì anche lui. Mentre si allontanava dalla casa di Sam, scese un silenzio che non volle infrangere. Preferiva che qualsiasi conversazione avesse luogo a casa, dove poteva tenere Rachel fra le braccia.

Di notte la strada tortuosa che costeggiava il lago era nera come l'inferno. Ethan rallentò quando vide un veicolo fermo all'incrocio più avanti. Mentre lo superavano, intrecciò le dita a quelle di Rachel.

Con la coda dell'occhio colse due fari accecanti. Che diavolo era? Quell'idiota li stava abbagliando. Poi Ethan vide le luci piombare direttamente su di loro.

Premette sul freno e sterzò nel tentativo di evitare lo scontro, ma il veicolo prese in pieno il lato del conducente e mandò il pick-up di Garrett nel fosso dall'altra parte della strada.

Ethan sentì il dolore esplodergli nella testa e riconobbe il sapore del sangue prima che tutto diventasse buio.

36

L'impatto fece sbattere con violenza i denti di Rachel, che urtò contro lo sportello e urlò quando sentì un dolore lancinante al braccio.

«Ethan» disse con voce roca. «Ethan!»

Lui non si mosse. Era accasciato sullo sterzo, schiacciato dall'airbag laterale. Il sangue gli scorreva lungo la fronte e Rachel lo fissò terrorizzata vedendo che non si muoveva.

«Ethan, svegliati. Oh, mio dio, Ethan.»

Il rumore del metallo che scricchiolava la fece voltare di scatto proprio mentre il suo sportello veniva aperto.

«Oh, grazie a dio! Mio marito è ferito. Ci serve un'ambulanza.»

L'uomo si chinò, la afferrò per i capelli e la trascinò fuori dal pick-up.

Rachel urlò quando lui la attirò a sé con violenza, bloccando in quella stretta il suo braccio ferito.

«Che cosa sta facendo?» strillò, mentre lui la trascinava verso la strada.

«Sei una cagna difficile da ammazzare» le rispose seccamente.

Il cervello di Rachel andò in cortocircuito. Era tutto troppo scioccante perché potesse elaborarlo. Guardò freneticamente verso il pick-up distrutto, dove Ethan giaceva privo di coscienza.

«Lasciami andare!»

Scalciò e lottò, ignorando il dolore che le dilaniava il corpo.

L'uomo si girò e la schiaffeggiò duramente in pieno volto, gettandola a terra. Poi la tirò su con uno strattone prendendole il braccio sano e la trascinò verso un veicolo parcheggiato in attesa.

Rachel si sentiva pulsare il viso, e lottò per capire cosa stesse accadendo e perché. Quell'uomo aveva detto che era difficile ammazzarla.

L'incidente del ponte non era stato un incidente. Lei lo *sapeva*. Ma perché? Perché qualcuno la voleva morta?

Il suo assalitore la scaraventò sul sedile posteriore dell'auto, dove un secondo uomo la stava aspettando, poi si sistemò al posto di guida e partì con un ruggito lungo l'autostrada.

«Chi sei?» gli domandò mentre cercava di liberarsi dalla stretta dell'altro uomo. «Che cosa vuoi?»

Lui la ignorò e prese un telefono cellulare. Premette alcuni tasti e poi iniziò a sbraitare.

«Ce l'ho. Sì, nessun errore stavolta. Farò in modo che non parli. Mai più. No, questa volta non posso farlo sembrare un incidente. Ci ho già provato. Quella cagna non vuole morire. L'ammazzo e mi libero del corpo. Nessuno la troverà. Rimarrà uno dei tanti casi irrisolti. Castle ne sarà felice e io e Tony spariremo in Messico.»

Castle... Conosceva quel nome. Imprecò contro la sua mente rallentata. Come faceva a conoscerlo?

Avvertiva un dolore lancinante al braccio e la sua testa era sul punto di esplodere. Si portò la mano sana alla tempia e la massaggiò, sforzandosi di ricordare. Accanto a lei, il bastardo numero due la teneva d'occhio e alla fine le prese il polso e le rimise giù il braccio con uno strattone.

«Lasciatemi andare» implorò lei sottovoce. «Non dirò niente, lo giuro. La famiglia di mio marito vi può pagare. Può anche portarvi in Messico. Ma vi prego, lasciatemi andare. Questa cosa li ucciderà. Pensavano fossi morta.»

Sapeva che stava parlando a vanvera, ma era disperata. E spaventata da impazzire.

Il conducente rise. «Già, hai un talento per rimanere viva. Sono convinto che tu abbia più vite di un gatto. Saresti dovuta morire un anno fa. Saresti dovuta morire sul ponte. Speravo di farlo sembrare un incidente, ma un proiettile sarà più efficace.»

Rachel stava per vomitare. Fra il dolore e il panico, era quasi incapace di pensare.

«Perché?» disse a fatica. «Non ho mai fatto niente a nessuno.»

«Lo vuole Castle. Io non faccio domande. Lui paga il conto e io faccio quello che mi chiede.»

I due uomini risero mentre la macchina continuava a sfrecciare sulla strada tortuosa che lei aveva percorso appena un'ora prima. Si stavano avvicinando alla casa di Sam. L'avevano seguita? In quale altro modo avrebbero potuto sapere dove trovarla?

Rachel chiuse gli occhi e la disperazione si impossessò di lei. Durante l'anno di prigionia non aveva mai accettato l'idea di morire. Aveva aspettato Ethan sapendo che in qualche modo l'avrebbe trovata. Adesso non aveva più alcuna speranza del genere. Ethan non avrebbe mai potuto sapere che cosa le era accaduto. Poteva anche essere morto.

Una sensazione di calma scese su di lei, cancellando la paura. Prima aveva aspettato qualcuno che la salvasse. Adesso toccava a lei salvarsi con le sue forze.

Solo tu puoi salvare te stessa.

Le tornarono in mente le sue stesse parole. Quanto si erano dimostrate profetiche.

Radunò i ricordi delle lezioni di autodifesa di Donovan e Garrett. Le tornò in mente il modo in cui si disperavano perché era troppo debole... Aveva dato loro una bella dimostrazione quando li aveva sbattuti con il culo per terra in un accesso di collera.

I due uomini si erano messi a ridere e avevano detto che era troppo facile, così lei si era rifiutata di parlargli per una settimana. Alla fine l'avevano riconquistata con cioccolata e libri.

Aveva continuato a prendere lezioni. Con Ethan via per tanto tempo, sentiva che era importante essere in grado di difendersi da sola.

Una risata isterica le ribollì in gola e si sforzò di trattenerla recuperando la calma di poco prima.

Rassegnati, Rachel. Non sarà facile e farà un male pazzesco, ma tu non cederai senza aver prima lottato.

L'uomo alla guida era basso e tarchiato. L'idiota che aveva accanto invece era più alto di lei, ma non molto robusto. Probabilmente avrebbe avuto più possibilità di mandare al tappeto lui, ma d'altra parte era il conducente quello con la pistola.

Oh, be', se non avesse fatto niente sarebbe morta, quindi se moriva cercando di fuggire, il risultato non sarebbe cambiato. Si meravigliò per la serenità con cui accettò l'idea della propria morte. Forse perché era già morta un anno prima.

Imboccarono una strada sterrata lasciandosi il lago alle spalle e il conducente spense i fari. Si ritrovarono immersi nelle tenebre del mondo circostante. Non c'era nemmeno la luna e le nuvole nel cielo offuscavano le stelle.

Che cosa avrebbe fatto? Aveva bisogno di un piano. *Un piano?* Il suo unico piano era sopravvivere... a tutti i costi.

Il conducente lasciò anche la strada sterrata, questa volta per immettersi in un sentiero che si addentrava nel bosco. Rachel soffocò un gemito. Anche se fosse riuscita a scappare, non aveva idea di dove si trovasse.

L'auto si fermò e Rachel si preparò al dolore lancinante che sarebbe arrivato non appena si fosse mossa. E quel bastardo non si faceva scrupoli a trascinarla fuori dal veicolo...

Serrò la mascella, ma le sfuggì ugualmente un gemito quando la mano dell'uomo le circondò il braccio rotto e tirò.

«Facciamo alla svelta» borbottò l'altro. «Prima la finiamo, meglio è.»

Rachel vide il metallo opaco della bocca della pistola quando lui la tirò fuori dalla tasca. Aveva pochi secondi per agire.

Era pazza, giusto? Era ora di dimostrare fino a che punto.

Non appena il tipo alto le prese il braccio per trascinarla fra gli alberi, Rachel cacciò un urlo da fare invidia a una banshee. Gli sferrò una ginocchiata all'inguine e, ignorando il dolore al braccio, gli ficcò le dita negli occhi. L'uomo si piegò su sé stesso strillando come una ragazzina e lei fece attenzione a mantenerlo fra sé e l'altro che aveva la pistola.

Nella concitazione, urtò con il piede un grosso sasso e cadde; cercò quella pietra con le mani graffiando il terriccio finché non arrivò a stringerla fra le dita. Quando l'uomo le puntò la pistola contro, gliela scagliò addosso. Non aveva giocato a softball per otto anni per niente!

Lo colpì alla testa con precisione fatale. Lui si accasciò come un pupazzo e Rachel si rialzò a fatica senza sprecare un secondo prima di fuggire nel bosco.

Il rumore dei proiettili che colpivano gli alberi alle sue spalle la spronò a non fermarsi. Il bastardo stava usando un silenziatore, quindi non aveva idea di quanto fosse lontano. Non importava. Se la catturava, era morta.

«Ethan. Ethan!»

Ethan si svegliò all'improvviso, l'istinto gli stava gridando che c'era qualcosa di terribilmente sbagliato. Si guardò intorno e vide Sean che gli puntava una torcia in faccia. Sollevò una mano per schermarsi gli occhi dalla luce e Sean abbassò la torcia.

«Cristo, mi hai tolto dieci anni di vita. Che cazzo è successo?» domandò Sean.

Rachel.

Quel pensiero improvviso lo colpì con la forza di un treno merci. Allungò la mano e tirò la cintura di sicurezza. Sean lo bloccò, urlandogli di fermarsi.

«Dannazione, Ethan, devi aspettare l'ambulanza. Non dovresti muoverti. Potresti aver subìto un danno alla spina dorsale. Andiamo, sii collaborativo.»

«Rachel!» gridò. «L'hanno presa.»

Si divincolò da Sean e riuscì a liberarsi dalla cintura di sicurezza. Cristo, come avrebbe fatto a uscire? La fiancata del pick-up era completamente rientrata. Il finestrino era esploso e Sean vi si sporgeva da fuori reggendo la torcia. Ethan si girò verso il sedile del passeggero. Dov'era stata seduta Rachel. Lo sportello era ancora aperto ma il suo posto era vuoto.

Strisciò fino al sedile del passeggero e poi fuori dal veicolo. Sean girò intorno al pick-up in un istante, puntando ancora la sua dannata torcia sulla faccia di Ethan.

«Cos'è successo a Rachel?» gli domandò il poliziotto. «Era insieme a te?»

Ethan si rialzò, ma vacillò e dovette aggrapparsi alla spalla di Sean. *Merda. Questa non ci voleva.*

«Sì. Era con me. Quei bastardi l'hanno presa. Aveva ragione lei, maledizione. L'incidente sul ponte. Non è stato un incidente. Quei vermi ci stavano aspettando quando siamo usciti da casa di Sam. Ci sono venuti addosso e l'hanno rapita.»

«Madre di dio» mormorò Sean.

Cominciò immediatamente a urlare ordini via radio. Poi si interruppe e guardò intensamente Ethan.

«Dimmi tutto quello che ti ricordi, Ethan. Abbiamo bisogno di un punto di partenza.»

«Non lo so» rispose seccamente. «Era buio. Li ho visti parcheggiati all'incrocio con l'autostrada. Hanno acceso gli abbaglianti e ci sono venuti addosso. Il resto è nebuloso, ma ricordo Rachel che urlava mentre un tizio la tirava fuori dal pick-up per i capelli.»

«Che dio ci aiuti» borbottò Sean. «Okay, dovremo organizzare una ricerca a tappeto. Hanno un vantaggio su di noi. Ordino che vengano bloccate le autostrade e le strade secondarie. Mi metterò in contatto con il dipartimento dello sceriffo di Henry County e chiederò che le volanti escano in ricognizione.»

«Dammi un telefono, così posso chiamare Sam e Garrett.»

Sean gli lanciò il cellulare ed Ethan compose il numero del fratello. Sentiva le viscere contorcersi. La paura lo teneva per le palle. Sullo sfondo, Sean stava parlando concitatamente e la sua radio riecheggiava come un megafono. Ethan dovette riconoscerlo, quel ragazzo sapeva fare il suo mestiere, e in quel momento lui era dannatamente felice di averlo al suo fianco per ritrovare Rachel.

Chiuse gli occhi mentre aspettava che Sam rispondesse.

Sto arrivando, piccola. Resisti. Verrò da te. Te lo giuro. Basta che tieni duro. Per me. Per noi.

Ti prego, dio, non prenderla ora.

Qualcuno la voleva morta. La vita di sua moglie dipendeva da quanto lui e i suoi fratelli avrebbero capito dal giorno precedente. E che dio aiutasse quei bastardi, quando Ethan li avrebbe trovati.

Sam si passò una mano stanca sul viso. Che razza di casino. Non lo avrebbe mai sospettato. Oh, certo, sapeva che Ethan poteva essere un testone figlio di puttana, ma non avrebbe mai immaginato che il suo matrimonio con Rachel fosse così problematico.

Guardò Garrett che aveva un'espressione altrettanto sconcertata. Suo fratello alzò gli occhi e si limitò a scuotere la testa.

«Io. E Rachel.»

Scosse di nuovo la testa, come se non riuscisse a capacitarsi che qualcuno avesse pensato che aveva una relazione con la moglie di suo fratello.

«È una pazzia» disse.

Sam guardò l'orologio. Era quasi ora che Rio facesse rapporto. Non aveva senso andare a letto adesso. Fece un cenno a Garrett.

«Forza. Andiamo nella sala bellica. Tra poco Rio farà rapporto, e noi dobbiamo programmare il nostro viaggio. Probabilmente Steele è già partito. Contro il mio volere, potrei aggiungere. Non si può mai dire niente a quel figlio di puttana. Non so come abbia superato l'addestramento di base. Si rifiuta di prendere ordini.»

«L'ha superato perché è una dannata macchina» borbottò Garrett.

Si alzò per seguire Sam ed entrambi uscirono dalla porta laterale attraversando il giardino buio.

«Hai mai considerato quanto sia ridicolo portarsi il telefono satellitare da casa alla sala bellica nel cuore della notte?» domandò Garrett in tono divertito mentre Sam digitava i codici di sicurezza per la porta.

Sam abbassò lo sguardo e fece spallucce. Quando gli uomini erano in missione portavano sempre i telefoni con sé, ma lui preferiva ricevere i rapporti nella sala bellica, dove aveva a disposizione tutte le attrezzature.

Pochi secondi dopo, i tubi al neon sul soffitto inondarono di luce l'interno. Sam controllò ancora l'orologio mentre prendeva posto dietro al computer.

Donovan sarebbe atterrato in Texas entro un'altra mezz'ora e avrebbe fatto rapporto dopo aver incontrato la sua squadra. Da lì avrebbero intrapreso il breve viaggio in Messico per quella che doveva essere una liberazione lampo.

Sam sbadigliò. «Potremmo rimanere alzati anche per Van.»

Garrett annuì mentre esaminava le informazioni che aveva lasciato Donovan.

«Avrei dovuto insistere per accompagnarlo» disse Garrett.

Sam si appoggiò allo schienale della sedia e sollevò un sopracciglio. «Come hai insistito per venire con me in Sudamerica?»

«Ho ceduto il posto a Van perché sapevo che sarebbe stato in grado di gestire questa missione anche con le mani legate dietro la schiena. Il tuo viaggio in Sudamerica con Rio è un altro paio di maniche, e tu lo sai benissimo.»

Sam alzò le mani in segno di resa. Garrett stava per arrabbiarsi di nuovo... Non che ci volesse molto.

Il telefono satellitare squillò e Sam rispose immediatamente.

«Qui Sam. Procedi.»

Ci fu un'interferenza sulla linea che lo fece accigliare. Brutto momento per essere fuori posizione.

«Cattive notizie, capo» disse Rio. «Qualcuno ci ha seguiti fin qui.»

«Che significa 'ci ha seguiti'?» domandò Sam.

«Abbiamo localizzato i tuoi ragazzi, installato la sorveglianza, fatto una ricognizione parecchi chilometri verso nord per organizzare un punto d'accesso per voi. Quando siamo tornati, l'intero villaggio era stato spazzato via. È stata un'azione professionale e sanguinosa. Un messaggio, penso.»

A Sam si gelò il sangue. Era stato troppo immediato. La tempistica troppo vicina all'incidente di Rachel sul ponte.

«Figli di puttana» mormorò. «Andatevene da lì e riportate il culo a casa. Immediatamente.»

«C'è di più. Ne abbiamo trovato uno vivo. Ha detto che ha cercato di aiutare Rachel. Che l'ha protetta mentre era prigioniera.»

«Protetta un cazzo» sbraitò Sam.

«Stava lavorando sotto copertura. Non si sacrifica una missione per il bene di uno solo e stronzate del genere. È stato lui a inviare a Ethan tutte le informazioni sperando che la famiglia di Rachel organizzasse il salvataggio.»

«Mi perdonerai se non gli offro la qualifica di eroe» disse Sam con malignità.

«Non me lo sarei aspettato da te. Ti sto solo trasmettendo le nostre scoperte. E, Sam, ha detto di stare attenti perché lui la perseguiterà.»

«Lui chi?»

Rio fece un verso di disgusto. «Il bastardo ha avuto la pessima idea di morire prima che potessimo approfondire la conversazione. Volevo solo avvertirti che forse esiste ancora una minaccia per Rachel.»

«Già, adesso lo sappiamo. Porta via la tua squadra. Non voglio che vi ritroviate in mezzo a un conflitto a fuoco o a una fottuta guerra fra cartelli.»

«Sei tu il capo.»

«E, Rio... stai attento.»

Rio non rispose e la comunicazione venne interrotta.

«Che cazzo sta succedendo?» domandò Garrett. Le vene sul suo collo erano gonfie e la mascella così serrata che Sam pensò che gli si sarebbero sgretolati i denti.

Lo aggiornò brevemente sulle scoperte di Rio e poi aggiunse i suoi personali sospetti sull'incidente di Rachel.

Garrett saltò in piedi. «Dobbiamo seguire lei ed Ethan. Figlio di puttana... Rachel ha detto che è stata buttata giù dal ponte. Lei ce l'ha detto e noi l'abbiamo ignorata.»

Sam avvertì una paura crescente stringergli lo stomaco.

«Prendo le chiavi.»

Tornarono di corsa a casa. Quando entrarono, il telefono stava squillando. E Sam capì che non erano buone notizie.

37

Tenendosi il braccio rotto stretto al petto per immobilizzarlo, Rachel si concentrò per compiere un ampio cerchio attraverso il bosco. Era dalla parte sbagliata dell'autostrada. Doveva dirigersi verso il lago. Nessuno si sarebbe aspettato che andasse verso una strada senza uscita, giusto?

Le girava la testa, avrebbe voluto fermarsi e vomitare. Aveva la milza in fiamme e un dolore crudele le mordeva il braccio a ogni passo.

Cancellò ogni cosa dalla sua mente ed evocò l'immagine del lago. La freschezza dell'acqua. Le onde riposanti. La fuga. Doveva riuscire ad arrivare al lago.

Continuò a correre, inciampando in milioni di sassi e radici, ma non si fermò. *Se rallento sono spacciata.* Solo quel pensiero le diede la forza di proseguire.

Stava correndo nella direzione giusta? Avrebbe voluto fermarsi per riprendere fiato, solo un attimo, ma non osava farlo. Potevano essere subito dietro di lei.

Non erano stati sparati altri colpi, ma come poteva sapere che non la stessero seguendo furtivamente, aspettando che commettesse un errore?

Dopo un'ora di dolore lancinante, dopo aver perso una scarpa e aver martoriato il suo piede nudo, riemerse dal bosco, cadde sull'argine del fiume e infine nell'acqua sottostante.

Il freddo fu uno shock, e lei riuscì a stento a trattenere l'urlo di dolore quando il braccio rotto impattò con l'acqua. Sollevò la testa dalla corrente gorgogliante. L'acqua le era entrata nel naso e aveva bevuto.

Boccheggiò per prendere aria. Poi, al di sopra del dolce mormorio delle onde, udì delle voci. Erano vicini. *Oh, dio.*

Si lanciò verso la riva scoscesa, nuotando disperatamente per raggiungere quel riparo. Era la sua unica possibilità di rimanere nascosta e doveva pregare perché non scendessero fino al fiume.

Si rannicchiò sul suolo umido e fangoso, cercando di farsi più piccola che poteva. Le voci adesso erano vicine e Rachel udì il conducente urlare all'altro di separarsi.

Il respiro le si mozzò quando della terra le piovve addosso. Era lì. Proprio sopra di lei.

Sentì il sudore scenderle lungo il collo. Ogni muscolo del suo corpo era indolenzito. Doveva muoversi, spostarsi, fare qualcosa, *qualsiasi cosa.*

«La cagna dev'essere tornata indietro. Non poteva farcela nell'acqua» urlò l'uomo al suo compare.

Rachel però aspettò, paralizzata dalla paura, con il cuore che batteva così forte da farle temere che l'avrebbe tradita. Restò lì seduta per un'eternità, mentre il panico la sommergeva a ondate.

Proprio quando iniziò a spostarsi con cautela, ci fu un leggero rumore e della terra franò di nuovo sulla riva. Rachel la fissò terrorizzata, raggelando per l'errore che aveva rischiato di commettere. Lui la stava aspettando. Sospettava che fosse lì da qualche parte, solo non sapeva dove. Le aveva teso una trappola e lei aveva rischiato di caderci in pieno.

Chiuse gli occhi, decisa a tenere duro. Non si sarebbe mossa. Non avrebbe respirato. La sua vita dipendeva da quello.

Dopo un tempo che le parve interminabile e atroce, allungò le gambe, raddrizzandosi con estrema cautela. Il suo braccio era rigido e gonfio e faticava a muoverlo.

Non voleva tornare nel bosco. La stavano sicuramente aspettando. Ed erano in vantaggio.

Il fiume. Non doveva fare altro che immergersi di nuovo e raggiungere il lago per quella via. Fortunatamente non era troppo lontano. L'acqua era bassa, ma sapeva che in alcuni punti c'erano delle pozze profonde.

Strisciò da sotto la riva che l'aveva protetta e lentamente tornò verso l'acqua. L'istinto le urlava di correre, di buttarsi in acqua e spingersi verso valle il più in fretta possibile.

Rachel invece raccolse tutte le sue forze e scivolò silenziosamente nel fiume. Arrivò al centro, dov'era più profondo, e si immerse sapendo che sarebbe stato più facile se si fosse lasciata trasportare dalla corrente. Era esausta e talmente dolorante che non avrebbe potuto camminare ancora per molto.

Le rocce le graffiarono le ginocchia e il piede nudo. Ogni volta che vi sbatteva contro, doveva impiegare tutte le sue forze per non urlare.

In alcuni punti il fondale era così basso che l'acqua arrivava soltanto alle caviglie e Rachel camminò sul fondo ghiaioso, tanto era il timore di lasciare delle impronte se avesse raggiunto la riva fangosa.

Quanto tempo era passato da quando era fuggita? Sembravano ore, ma il cielo era ancora nero come la pece, e se guardava verso est non scorgeva ancora nessun segno dell'alba. L'acqua divenne di nuovo profonda e lei si immerse stancamente, desiderosa soltanto di galleggiare per un po'.

Superò una curva stretta e trattenne il fiato quando vide aprirsi di fronte a lei la distesa nera come l'inchiostro del lago.

L'idea di raggiungerla così, nel cuore della notte, la spaventava a morte.

Eppure, era meglio dell'alternativa. Qualsiasi cosa sarebbe stata preferibile al beccarsi un proiettile perché Castle la voleva morta. Un uomo che pungolava la sua memoria ma rimaneva avvolto nelle ombre.

Rachel avanzò stancamente, provando a nuotare a dorso. La scarica di adrenalina stava per esaurirsi e lo shock si stava attenuando. Aveva bisogno di raggiungere in fretta un posto sicuro, prima che svanisse completamente.

Rigirandosi, nuotò con un braccio tenendo l'altro vicino al corpo. Batteva i piedi con forza, ma le sembrava di essere sempre nello stesso punto.

Si concentrò, decisa a farcela, a mettere la maggior distanza possibile fra sé e i suoi inseguitori.

Completamente intorpidita, frastornata dalla spossatezza, proseguì tenendo lo sguardo fisso sul lago. In lontananza, le luci del ponte le facevano l'occhiolino, deridendola. Rachel fece una risata sarcastica. Quel maledetto ponte l'aveva quasi uccisa, e adesso la guardava da lontano, da una distanza che le sembrava impossibile coprire.

La casa di Sam si trovava prima del ponte. La sua proprietà arrivava fino al limitare dell'acqua. Avrebbe riconosciuto il suo molo al buio? Quanto distava l'abitazione dal ponte?

E quanto avrebbe dovuto nuotare ancora? Avrebbe dovuto superare due insenature? Tre? E poi, dove si trovava adesso?

Le onde le lambivano il viso e lei lottò per mantenere la testa alta. Stava resistendo appesa a un filo sottilissimo. Sarebbe stato più facile lasciare che l'acqua la inghiottisse.

Delle voci insidiose le mormoravano all'orecchio. Alcune la deridevano, le dicevano di arrendersi. Altre la incitavano. La sua famiglia aveva affrontato cose ben peggiori. Ethan e tutti i suoi fratelli erano stati colpiti da proiettili, feriti, avevano sfidato ogni difficoltà e lei non riusciva nemmeno a nuotare con un braccio rotto.

I commilitoni di Ethan si sarebbero fatti delle grosse risate.

In quel momento avrebbe voluto accanto un SEAL, magari tre. Per loro sarebbe stata una passeggiata.

Oh, dio, stava delirando.

Si rianimò quando si rese conto che mentre inseguiva quei pensieri ridicoli aveva fatto dei progressi. Se non altro, qualcosa stava lavorando in suo favore. Si stava muovendo con la corrente.

La sua priorità sarebbe stata trovare la casa di Sam. O una casa qualunque. Se avesse fallito, sarebbe andata verso il ponte, pregando di riuscire ad arrivarci.

Troppo stanca anche solo per abbozzare una nuotata, si girò sulla schiena e si lasciò portare dalla corrente.

Teneva il viso girato verso la riva ed esaminava la costa, cercando qualsiasi cosa le sembrasse familiare. Delle luci in lontananza attirarono la sua attenzione. Una casa? Più di una?

Nuotò goffamente verso la riva. Mentre si avvicinava, scorse nel buio il profilo di un molo. L'eccitazione cancellò leggermente il dolore. Non c'erano molti moli a causa dei regolamenti per le nuove costruzioni. Sam possedeva quella casa da anni.

Gli alluci strisciarono sul fondo e Rachel piantò i piedi sforzandosi di arrivare più vicino alla riva.

Due moli. Sam viveva accanto a qualcuno che ne possedeva uno?

Scosse la testa. Non le importava che fosse l'abitazione di Sam. Sperava soltanto che chiunque vivesse lì fosse in casa.

Scivolò sotto la superficie quando inciampò in un sasso. Ogni singolo movimento le provocava lacrime di dolore che le scorrevano lungo le guance. Alla fine decise di procedere strisciando nell'acqua bassa. Giunta al molo, con la mano sana avvolse l'altro braccio intorno a uno dei pali di legno.

Per parecchi minuti rimase con la fronte appoggiata sul legno e inspirò con dolorosi, corti respiri. Il braccio rotto era afflosciato lungo il suo corpo. Le faceva male al minimo movimento, e Rachel aveva voglia di urlare per il dolore e la frustrazione.

Servendosi del molo per sostenersi, avanzò rasentandone il fianco, finché non raggiunse la riva. Ogni passo richiedeva un monumentale sforzo di volontà. Dei gemiti animaleschi di dolore le sfuggivano dalle labbra, ma Rachel non se ne rese conto finché non iniziarono a rimbombare nel silenzio.

Si fermò sulla battigia e alzò lo sguardo sforzandosi di scorgere qualcosa nel buio. Non era l'abitazione di Sam e non c'era una sola luce accesa, dentro o fuori, a suggerire che ci fosse qualcuno in casa.

Mentre risaliva la pendenza, le gambe cedettero e Rachel cadde in ginocchio. La nausea salì velocemente, con prepotenza, finché non vomitò. Lottando per mantenere quel po' di controllo che le era rimasto, piantò un pugno nella terra e si costrinse a rialzarsi.

Andò alla porta sul retro e la martellò di pugni con la mano sana. Attese a lungo, ma ci fu solo silenzio. Nessuna luce si accese.

Arrancò intorno alla casa fino alla porta principale. Suonò il campanello e tirò la maniglia. A quel punto non le interessava più che ci fosse qualcuno. Le serviva soltanto un telefono e un posto sicuro per nascondersi.

Quando il catenaccio non si spostò e nessuno venne alla porta, Rachel prese a ispezionare con lo sguardo il buio che la circondava. Una cassetta della posta. Se non altro le avrebbe detto dove si trovava.

Percorse il breve vialetto più velocemente che poté e sbirciò il lato della cassetta. Il suo cuore accelerò. Se i numeri erano corretti, quelli erano i vicini di Sam. La sua casa era a poco più di mezzo chilometro.

Con rinnovato vigore, Rachel si mise quasi a correre sulla strada dissestata. Sassi e pezzi d'asfalto le bucavano la pianta del piede nudo, ma lei ignorò il fastidio. In confronto alla sofferenza che le dilaniava il braccio, il resto era trascurabile.

Quando raggiunse la cassetta della posta di Sam, quasi svenne. Appoggiò la mano sulla scatola di metallo e ansimò. Le lacrime le pungevano le palpebre e chiuse gli occhi mentre lottava per trovare la forza di andare avanti.

Sembrava che le luci fossero accese in ogni stanza. C'era qualcuno in casa? Rachel si precipitò alla porta e quasi pianse di gioia quando la trovò aperta.

«Sam! Garrett!» urlò mentre se la richiudeva alle spalle.

Ma la accolse solo il silenzio.

Passò da una stanza all'altra ma non vi trovò nessuno. Non aveva idea di quanto tempo fosse passato da quando lei ed Ethan erano stati spinti fuori strada. Probabilmente Sam e Garrett erano con lui. Oppure la stavano cercando.

La paura la travolse quando si rese conto che gli uomini che li avevano aggrediti dovevano per forza sapere dove fossero stati lei ed Ethan. Dovevano averli seguiti fino a casa di Sam e poi dovevano aver aspettato che se ne andassero. Il che significava che sarebbero potuti tornare.

Un'ondata di panico la travolse. Rachel corse da una stanza all'altra spegnendo tutte le luci finché l'intera casa non fu immersa nelle tenebre.

Un telefono. Le serviva un telefono.

Andò in cucina e strappò il cordless dal caricatore, poi scese nel seminterrato. C'erano molti posti in cui poteva nascondersi e guadagnare tempo nel caso in cui i suoi inseguitori fossero tornati.

Quando trovò l'angolo più nascosto del minuscolo ripostiglio che ospitava la caldaia, crollò sul pavimento e chiamò il 911.

38

Erano passati per tutti gli scenari possibili. Ethan, Sam e Garrett si erano coordinati con le autorità locali e nazionali, poi avevano agito autonomamente per sopperire alle mancanze. Se alla polizia era sfuggito qualcosa, i Kelly non se lo sarebbero lasciato scappare.

La chiamata arrivò un'ora prima dell'alba. Un SUV abbandonato con la fiancata sfondata parcheggiato in una strada sterrata nei pressi della 232.

Si precipitarono sul posto, ma fu evidente che il veicolo era stato abbandonato da un bel po'. Il motore era freddo, gli sportelli aperti e delle impronte conducevano verso il bosco.

Ethan imprecò e prese a pugni la fiancata della macchina. Garrett gli afferrò la mano e lo trascinò via.

«Risparmiati, fratello. Rachel ha bisogno di te.»

«È ora di andare a caccia» mormorò Sam mentre si chinava e illuminava con la torcia le impronte confuse. «Vedete questa? È più piccola delle altre. Penso che Rachel sia fuggita. Si inoltrano tutte nel bosco.»

«Cos'hai dedotto?» domandò Sean avvicinandosi dopo aver ispezionato la zona.

Sam indicò le impronte e riferì la sua teoria. Il poliziotto annuì.

«I miei uomini si divideranno per cercarla in ogni direzione.» Guardò Ethan con fermezza. «Non smetteremo finché non l'avremo trovata.»

Ethan annuì. «Grazie.»

I fratelli presero a seguire le impronte nel bosco. Di tanto in tanto perdevano la traccia, quando il terreno diventava troppo roccioso per registrare l'impronta di una scarpa. Poi la riprendevano parecchi metri dopo. A circa quattrocento metri dal SUV, trovarono una scarpa da tennis abbandonata tra il fogliame.

Una scarica di adrenalina scorse nelle vene di Ethan. «È di Rachel» disse con voce roca. Grattò via la terra dai lati e dalla suola con mani tremanti. Era indubbiamente di Rachel. Apparteneva a un paio che Marlene aveva comprato per lei.

«È andata avanti» disse Garrett.

Sam diresse il fascio di luce della torcia a illuminare le impronte di una scarpa da tennis e di un piede nudo che si addentravano nel bosco.

«Brava ragazza» mormorò Sam.

Procedettero di corsa, tenendo la torcia puntata sul terreno mentre seguivano le impronte.

Finalmente arrivarono sulla riva del fiume e si fermarono. La terra lì era dissestata, come se fosse leggermente franata.

Ethan scese lungo l'argine per esaminare l'area più vicina all'acqua. C'erano due distinte coppie di impronte e, più vicino allo strapiombo, una zona in cui l'erba era appiattita, come se qualcuno vi si fosse sdraiato.

Le impronte di Rachel si interrompevano lì, ma quelle più grandi, probabilmente di stivali, formavano un cerchio e si sovrapponevano per poi procedere parallelamente alla riva occidentale.

I suoi fratelli ispezionarono l'area dietro di lui con espressione perplessa.

«Che cosa ne pensi, Sam?» domandò Garrett.

Sam fissò Ethan e il suo silenzio fece infuriare il fratello. «Parla» gli disse aspramente. «Stiamo perdendo tempo.»

«Ci sono due possibilità» disse lentamente Sam. «Le impronte più piccole non procedono oltre. Quelle degli stivali arrivano qui e ripartono in direzione opposta. O Rachel li ha seminati in questo punto, oppure l'hanno raggiunta e lei non se n'è andata via di sua spontanea volontà.»

Ethan trattenne il respiro. Forse stava osservando il punto in cui Rachel era morta. Scosse la testa. *No, cazzo.* Si rifiutava di crederci. Se Rachel era fuggita la prima volta, poteva farlo ancora. Era furba ed era una combattente.

Garrett si girò per ispezionare il fiume.

«Può essere entrata in acqua. Ci ha ascoltato abbastanza per poter scegliere fra diverse tattiche di fuga. Cavolo, ci sedevamo in cerchio a bere birra e a raccontare storie di guerra. Non è del tutto improbabile che abbia raggiunto l'acqua e abbia proseguito a nuoto per non lasciare tracce.»

L'eccitazione fece attorcigliare lo stomaco di Ethan. Doveva crederci. L'alternativa era un pensiero insostenibile.

«Allora dividiamoci» disse Sam. «Io risalirò il fiume, voi due andate a valle. Se ha seguito la corrente dovrebbe aver raggiunto il lago. Chiamerò Sean via radio e gli farò mandare una squadra di ricerca a setacciare la riva a monte, e anche a ispezionare il lago per cercare qualsiasi segno di Rachel. Se è qui intorno la troveremo.»

Le loro radio gracchiarono e la voce di Sean riempì l'aria della notte.

«Sam, mi ricevi?»

Sam prese la radio, Ethan afferrò la propria ma trattenne l'istinto di chiedere a Sean se ci fossero delle novità.

«Sì, ti ricevo, procedi» rispose Sam.

«Abbiamo appena ricevuto una chiamata dal 911... Da casa vostra. Una donna. Terrorizzata. Balbettava qualcosa riguardo a degli uomini che starebbero cercando di ucciderla.

Non è riuscita a comunicare il suo nome prima che cadesse la linea, ma scommetto che si tratta di Rachel. Adesso sto andando da lei.»

Ethan non riuscì a trattenersi, regolò il microfono e si portò la radio alla bocca.

«Anche noi.»

Prima che i suoi fratelli potessero reagire, Ethan si girò e rifece di corsa la strada da cui erano arrivati. Gli altri lo seguirono a ruota. Irruppero nel sottobosco come un branco di elefanti, scansando rami e arbusti e continuando a correre.

Quando raggiunsero il SUV, non c'era alcun segno di Sean. Ethan non voleva aspettare. Saltò sull'auto di Sam e accese il motore. Stava già facendo inversione sul sentiero, quando i suoi fratelli saltarono sul sedile posteriore.

«Ethan, figlio di puttana, stai tentando di ammazzarci?» urlò Garrett.

Sam si allungò sul sedile anteriore ed Ethan udì il *clic* della sicura di una pistola. «Datti una calmata e portaci a casa tutti interi. Non potremo fare niente per Rachel se ci schiantiamo contro un maledetto albero.»

«Come diavolo ha fatto a tornare a casa tua?» domandò Ethan mentre s'immetteva sbandando in autostrada. «Abbiamo trovato le sue impronte sull'argine. Si fermavano lì.»

«Direi che la nostra ragazza è stata furba e ha seguito il fiume fino al lago» disse Garrett con una nota d'orgoglio nella voce.

Ethan si aggrappò allo sterzo e ignorò la testa che gli martellava. Sean gli aveva schiaffato un bendaggio raffazzonato sul sopracciglio per fermare il sangue e adesso gli sembrava che qualcuno gli avesse colpito il cranio con una mazza.

Fecero la strada in dieci minuti, probabilmente stabilendo un nuovo record di velocità. Ethan svoltò nel vialetto quasi su due ruote e frenò con una sgommata che fece schizzare ghiaia ovunque.

Sam aprì lo sportello e uscì barcollando. «Merda. La casa è completamente al buio. Quando siamo usciti dopo la chiamata di Sean per il tuo incidente, avevamo fretta e, maledizione, quasi tutte le luci erano accese.»

Garrett sbatté una Glock contro lo stomaco di Ethan e ne afferrò un'altra mentre si precipitavano verso la porta d'ingresso.

«Cerchiamo di essere furbi» li ammonì Sam. «Nessuno entri come un idiota per farsi sparare. Per quanto ne sappiamo questa può essere una trappola. Potrebbero aver costretto Rachel a fare la chiamata, se l'hanno presa e lei non è entrata in acqua come pensiamo.»

«Basta chiacchiere, andiamo» fremette Ethan. «Ho capito. Entriamo e perquisiamo la casa.»

«Io faccio il giro da dietro» disse Garrett. «Aspettate quindici secondi ed entriamo insieme. Rimanete all'erta e in silenzio finché non sappiamo con che cazzo abbiamo a che fare.»

Sam si mise un dito sulle labbra e poi fece segno a Ethan di muoversi mentre Garrett spariva verso il retro.

Dopo quella che parve un'attesa interminabile, Sam alzò tre dita, poi due e infine un dito solo. Ethan afferrò la maniglia e la tirò silenziosamente. Entrò con la pistola sollevata, gli occhi che scrutavano l'interno buio. Sam gli scivolò accanto e andò verso sinistra, lasciando a lui la destra.

Metodicamente si fecero strada fino al piano superiore. Dopo che anche l'ultima camera da letto fu ispezionata, si riunirono in salotto e si diressero furtivamente verso il seminterrato.

Il cuore di Ethan stava per schizzargli fuori dal petto. Riusciva a sentirne ogni battito. Ogni respiro risuonava come un'esplosione nella stanza silenziosa.

Che cazzo stava succedendo?

Ethan guardò i fratelli che si trovavano ai due punti opposti del seminterrato.

Niente. Rachel non c'era. Non c'era nessuno.

Un rumore sommesso arrivò da un angolo. Leggero, quasi come un animaletto che passava sfiorando qualcosa.

Gli uomini si misero in ascolto. Sam si portò un dito sulle labbra e sollevò la pistola insieme agli altri. Fece segno ai fratelli di raggiungerlo.

Avanzarono furtivamente, pistole in pugno, verso quel rumore. Ethan era il più vicino all'interruttore. Aspettò che Garrett si spostasse accanto a lui e poi lo premette.

La luce inondò la stanza. Con grande sconcerto di Ethan, Rachel era rannicchiata in un angolo dietro la caldaia, bagnata, scalza e infangata. La donna sollevò un braccio per proteggersi dalla luce improvvisa e si affrettò a raggomitolarsi ancora di più nel suo nascondiglio.

Ethan vacillò per il sollievo. Gli cedettero le ginocchia e fu sul punto di lasciarsi andare. Si infilò la pistola nella cintura e si precipitò verso Rachel. Garrett lo batté sul tempo e cadde in ginocchio davanti a lei.

«Rachel» chiamò Ethan con voce roca.

Si fermò dietro il fratello e la fissò scioccato. Oh, dio, non ne poteva più. Per quanto tempo ancora avrebbe vissuto con la paura di perderla?

«Ethan?» chiese Rachel debolmente. «È qui? Pensavo... Non sapevo se dopo l'incidente fosse ferito in modo grave.»

«È qui, fiorellino» la rassicurò Garrett.

Si spostò di lato in modo che Ethan potesse mettersi accanto a lui. L'uomo la fissò, troppo scosso per dire qualcosa. Sapeva che se avesse tentato, sarebbe scoppiato a piangere come un bambino.

Rachel lo osservò con circospezione, poi spostò lo sguardo di lato. Ethan deglutì. Nei suoi occhi c'era diffidenza. Rachel stava ricordando quanto era accaduto prima dell'incidente. Prima che il terrore s'impossessasse di lei. Sentì un nodo stringergli la gola.

«Stai bene?» le chiese Garrett. Poi si accorse che stava gridando e abbassò la voce. «Che diavolo è successo, fiorellino?»

Rachel si spostò e un gemito le sfuggì dalle labbra. Tentò di sollevare il braccio che teneva stretto al petto e fu allora che Ethan vide quanto era gonfio.

«Oh, merda.»

«Il braccio...» disse lei a scatti «si è rotto quando quella macchina ci è venuta addosso.»

«Oh, cazzo!» esclamò Sam. «Rachel, come diavolo sei riuscita a scappare con un braccio rotto? Hai corso nel bosco e seguito il fiume fino al lago... O almeno credo, non è così?»

Rachel sorrise, ma era evidente che stava resistendo attaccata a un filo sottilissimo. Aveva il respiro corto e irregolare ed era pallida e scioccata.

«Quelle mosse di autodifesa che mi hanno insegnato Garrett e Donovan quando Ethan era lontano...»

«Mi stai prendendo in giro!» disse Garrett. «Cavolo, e pensare che ti prendevamo in giro perché eri una femminuccia.»

«Così impari» gli rispose fiaccamente. «Ho fatto tutto bene. Proprio come mi hai insegnato.»

Ormai stava farfugliando e i suoi occhi si chiusero, poi li riaprì come se stesse lottando per rimanere cosciente.

Garrett le toccò i capelli. «Sei stata bravissima, fiorellino. Bravissima.»

Alle spalle di Ethan, Sam stava chiamando un'ambulanza per lei.

«Piccola, vorrei che rimanessi sveglia ancora per un po'. Pensi di farcela?» le chiese Ethan in tono gentile.

Voleva toccarla. Dio, voleva abbracciarla, ma aveva paura di spostarla, di farle ancora più male, ma soprattutto aveva paura di essere rifiutato.

Rachel annuì lentamente. «Sono stanca. Mi fa male.»

Garrett le accarezzò i capelli e guardò Ethan con un vivido lampo di comprensione negli occhi.

«Lo so che ti fa male, piccola. Ma resisti ancora un po', okay? Mi sai dire se senti dolore da qualche altra parte?»

Rachel si toccò il viso. «Mi fa male la mascella, dove quell'idiota mi ha colpito. Gli ho dato una ginocchiata nelle palle.»

Sam scoppiò a ridere, ma il suono uscì debole e tremante, come se stesse combattendo la stessa emozione, così violenta sul viso di Garrett e così straziante nell'anima di Ethan.

«Per il resto sto bene. Penso. Difficile da dire. Il braccio mi fa malissimo.»

Ormai stava sussurrando e la testa le ricadde di lato.

«Dobbiamo farti uscire da qui» disse Garrett. «Ti farà male, fiorellino. Darei qualsiasi cosa per non farlo, ma non abbiamo scelta. Sam ha chiamato un'ambulanza, ma sarà più facile se non dovranno trasportare la barella per le scale.»

«Va bene» farfugliò lei. «Sono così felice che siate qui. Avevo tanta paura.»

Ethan chiuse gli occhi e chinò la testa. Garrett gli appoggiò una mano sulla spalla e gliela strinse per incoraggiarlo.

«Tu cerca di metterti dietro di lei, per quanto lo spazio sia poco» disse Garrett sottovoce. «Io le prendo le gambe. La solleviamo e la portiamo al piano di sopra.»

«Vado a prendere cuscini e coperte» disse Sam.

Gli sguardi di Ethan e Rachel si incontrarono e rimasero incatenati per un lungo momento. Al di là del dolore fisico, Ethan vide incertezza, nervosismo e profonda tristezza. Avrebbe dato qualsiasi cosa per non essere la causa di quell'improvvisa esitazione nei suoi confronti. Anche se la capiva.

«Cercherò di non farti male» le disse mentre le faceva scivolare le mani sotto le braccia.

Per quanto lui e Garrett fossero cauti, sentì il suo grido di dolore fin nell'anima. La strinse contro il suo petto e Garrett le sistemò con attenzione il braccio lungo il corpo.

Ethan salì lentamente le scale, stando attento a non farla

sbattere contro la parete. Sam era andato avanti, accese la luce e stese una coperta sul divano.

Ethan ve l'adagiò con attenzione. Sam le rimboccò la coperta e si sedettero ad aspettare.

Il telefono di Sam squillò facendo sobbalzare Rachel, che emise un lamento sommesso.

Sam si portò il telefono all'orecchio. «Qui Sam.»

Ethan osservò attentamente mentre il sopracciglio del fratello si sollevava.

«Sì, l'abbiamo trovata. Stiamo aspettando l'ambulanza. È ferita, ma penso che si riprenderà.»

Un'altra pausa.

«No, va bene. Vai dove c'è bisogno di te. Inchioda al muro quei bastardi per me. Noi saremo in ospedale ad aspettare il rapporto completo. Vieni quando puoi, okay?»

Sam si rimise il telefono in tasca.

«Di cosa si tratta?» domandò Garrett.

«Era Sean. Hanno arrestato due uomini nei pressi del SUV. Pensa che possa trattarsi dei nostri amici. Adesso li sta portando dentro per interrogarli.»

Ethan dovette fare uno sforzo estremo, ma ce la mise tutta per non reagire perché non voleva disturbare Rachel.

«Voglio quei bastardi» disse a bassa voce.

«Dite a Sean... uno era un tipo alto e magro. Capelli scuri. Baffi. L'altro... guidava... era quello con la pistola. Basso e tarchiato. Mi ha sparato.»

«Figlio di puttana» borbottò Garrett.

Rachel stava perdendo conoscenza. Le sue palpebre si chiusero lentamente ma poi riaprì gli occhi di scatto.

Garrett si sedette sul lato opposto del divano e disse a voce troppo alta: «C'è qualcos'altro che ci puoi dire, fiorellino?»

Lei si mosse leggermente contro Ethan mentre combatteva per rimanere vigile. Lui le appoggiò la guancia sulla testa cercando di instillarle la propria forza.

Rachel aprì la bocca, come per parlare, ma aggrottò la fronte per il dolore. Con un sospiro appena percettibile, perse la sua battaglia e scivolò nell'incoscienza.

39

Ethan camminava avanti e indietro fuori dalla stanza d'ospedale di Rachel. Gli altri membri della famiglia si erano radunati in corridoio e tutti lo guardavano con occhi colmi di preoccupazione.

Sam e Garrett erano appoggiati alla parete più vicina alla porta, mentre Marlene e Frank erano in piedi contro la parete opposta. Gli occhi della donna erano rossi e gonfi. Rusty era a pochi metri di distanza, con le mani in tasca. Sembrava a disagio, ma il suo solito cipiglio bellicoso era sparito.

«Quanto ci vuole?» sbottò Ethan mentre guardava ancora una volta la porta chiusa. «Perché non mi fanno entrare?»

Sua madre gli mise una mano sul braccio e lo strinse in modo rassicurante. «Hanno bisogno di sistemarla senza che gli stiamo con il fiato sul collo. Soprattutto tu. Probabilmente hai spaventato a morte le infermiere.»

Ethan si girò e ricominciò a camminare lungo il corridoio. Stava per impazzire. Dopo ore al pronto soccorso, finalmente Rachel era stata trasferita in una stanza privata. Si era svegliata soltanto a tratti e le poche volte in cui aveva ripreso conoscenza, era parsa confusa e tremante.

Il braccio era stato sistemato e ingessato, le altre ferite e abrasioni erano state curate. Il medico gli aveva assicurato che si sarebbe ripresa completamente. Ma Ethan aveva bisogno di vederla. Stava per uscire di senno.

La porta si aprì e tutti si diressero verso l'infermiera che usciva dalla stanza. La donna alzò una mano con espressione rammaricata.

«Adesso sta riposando. Le ho dato qualcosa per il dolore. Cercate di non farla sovreccitare. Se poteste limitare il numero dei visitatori, sarebbe d'aiuto.»

Ethan deglutì e annuì. Non gli interessava chi sarebbe entrato oltre a lui, finché poteva vedere sua moglie. Spinse da parte l'infermiera e si lanciò nella stanza.

Quando la vide sdraiata nel letto, sentì una morsa al cuore. Il braccio ingessato era appoggiato con cura sopra la vita e lei era rannicchiata tra le lenzuola come se stesse ancora cercando di proteggersi.

Un livido le scuriva la guancia ed Ethan chiuse gli occhi per frenare l'ondata di rabbia assassina che si levò dentro di lui.

Mentre si avvicinava cautamente, notò le ombre scure sotto i suoi occhi. Le ciglia poggiavano sulle guance, rendendo ancor più delicato il suo aspetto già fragile. L'infermiera le aveva lavato i capelli che adesso sfioravano dolcemente il cuscino e le incorniciavano il viso con le loro onde.

Il tessuto della camicia da notte dell'ospedale era leggerissimo, quasi trasparente, ed Ethan si ripromise che alla prima occasione le avrebbe portato qualcosa di più comodo da indossare.

Allungò una mano per toccarla, ma tremava talmente tanto che la ritrasse, sforzandosi di controllare l'ondata di emozione che lo colse immediatamente.

Rachel aveva subìto troppo. L'aveva perduta? Alla fine l'aveva perduta? Era sopravvissuta a difficoltà insormontabili, non una volta ma due, eppure scoprire la verità sul loro matrimonio sembrava averla ferita più di ogni altra cosa.

Ethan si chinò e le baciò la fronte. I capelli sulle tempie, sottili come quelli dei neonati, parevano seta sotto la sua bocca. La pelle era così morbida, così lucida. Inspirò il suo profumo e lo trattenne, per assaporare il fatto che lei stava bene. Era viva.

«Ti amo» le sussurrò. «Ho bisogno che tu ci creda, piccola. Ne ho bisogno più di qualsiasi altra cosa.»

«Ethan.»

Alzò lo sguardo e vide Garrett a pochi metri da lui, con un'espressione afflitta in viso. Sam era alle sue spalle.

«Senti, fratello, so che ci sono molte cose che evidentemente non conosco sulla vostra situazione. Non mi sto impicciando degli affari tuoi.»

Ethan lo fissò senza capire, aspettando che arrivasse la mazzata.

«Lei ti ama. Non ho dubbi che sia così. Ti ha sempre amato. Quello che è successo l'altra notte... le ha fatto mancare il terreno sotto i piedi. Ma ti ama. Aggrappati a questo, okay? Le cose si sistemeranno. Devi crederci.»

Ethan trasse un lungo respiro. «Grazie, Garrett. Dopo le accuse che ho lanciato...»

Garrett si avvicinò e gli afferrò la spalla. «Tutto dimenticato.»

Ethan l'abbracciò per ringraziarlo. Garrett gli restituì la stretta e poi lo picchiò dolorosamente sulla schiena.

«Okay, ragazze, basta così» disse Sam in tono tranquillo. «Mamma e papà stanno qui fuori come due chiocce. Vorranno vedere Rachel, e io e Garrett dobbiamo parlare con te.»

Ethan gli rivolse uno sguardo penetrante. «Parlare di cosa?»

«Lascia che chiami la mamma per vegliare su Rachel. Non voglio lasciarla sola.»

A Ethan non piacque l'inquietudine nella voce del fratello. Andava oltre la preoccupazione per le condizioni di Rachel. Annuì e aspetto nervosamente che Sam uscisse dalla stanza.

Tornò pochi secondi dopo, e Marlene si affacciò nella stanza lanciando ai figli uno sguardo preoccupato. Poi i suoi occhi si posarono su Rachel e si riempirono di lacrime.

«Piccola mia» mormorò.

Frank entrò dopo di lei e le poggiò le mani sulle spalle per darle conforto.

Marlene si portò un pugno davanti alla bocca. «Volevo soltanto vederla. Non resterò, ma dovevo vedere che stava bene.»

Sam le toccò il braccio. «Starà bene, mamma. Io e Garrett dobbiamo parlare con Ethan, tu e papà potete rimanere con lei per un minuto?»

«Certamente» disse Frank bruscamente. «Voi ragazzi andate dove dovete. Se si sveglia, vi chiameremo.»

Mentre Ethan si dirigeva verso la porta insieme ai fratelli, sua madre lo raggiunse e lo abbracciò. «Rimarremo fin quando avrai bisogno di noi, figliolo. Se ti serve qualsiasi cosa, fammelo sapere, okay?»

Ethan le diede un bacio sulla guancia. «Lo farò, mamma. Non ti preoccupare.»

Ethan seguì Sam e Garrett nel corridoio e notò un agente in uniforme a guardia della porta. Cercò gli occhi di Sam per avere una spiegazione, ma suo fratello gli fece segno di seguirlo più giù nel corridoio.

A metà strada si fermarono di fronte a una coppia di finestre e Sam e Garrett si misero ai suoi fianchi quasi a volerlo proteggere, come a loro piaceva fare. Sembrava che avesse di nuovo dodici anni.

«Rachel aveva ragione. Qualcuno ha cercato di buttarla giù dal ponte» disse Sam brutalmente.

Ethan annuì. Lo aveva già immaginato. «Ma cos'è che te lo fa dire? Oltre all'evidenza?»

«Subito dopo che tu e Rachel siete usciti di casa, Rio ha fatto rapporto.» Gli occhi di Sam scintillarono per un attimo prima che andasse avanti. «L'ho mandato nuovamente in

Colombia per fare una ricognizione. Io e Garrett dovevamo raggiungerlo e andare a cercare quei figli di puttana che hanno tenuto prigioniera Rachel. Il mio piano era di farli parlare a qualunque costo.»

Ethan serrò la mascella per soffocare un impeto di rabbia. «Perché me lo stai dicendo soltanto adesso?»

«È ovvio» scattò Garrett. «Rachel aveva bisogno di te qui, non lontano a cercare vendetta.»

Ethan riuscì a stento a controllare la collera. Non era quello il momento per dire a Garrett che cosa pensava della sua affermazione che non sarebbe dovuto essere lui a esigere vendetta per la propria moglie.

«Rio ha localizzato il loro accampamento, ha fatto qualche ricognizione, ha trovato un posto dove far stare Steele e poi me e Garrett, ma quando è tornato il villaggio era distrutto. Lo stesso giorno in cui Rachel è stata buttata giù dal ponte.»

«Cazzo» mormorò Ethan. Chiuse gli occhi e si massaggiò il collo dolorante. «Che diavolo è successo laggiù, Sam? Rachel deve aver visto qualcosa che non avrebbe dovuto vedere. È l'unica spiegazione sensata.»

«Ma allora perché cazzo l'hanno tenuta in vita?» domandò Garrett.

Era una domanda che si erano posti più volte e a cui non avevano ancora trovato risposta. Su una squadra di otto volontari, Rachel era l'unica sopravvissuta. Tutti gli altri erano morti sull'aereo che li stava riportando negli Sati Uniti. E qualcuno aveva fatto in modo che Ethan credesse che sua moglie era tra loro.

«Dobbiamo indagare sulla missione dell'organizzazione umanitaria. Dev'esserci sfuggito qualcosa. Era una piccola organizzazione e la maggior parte dei suoi volontari sono morti nell'incidente aereo. Dopo hanno cessato le operazioni. Ogni cosa che abbiamo controllato è stata verificata. Niente di sospetto.»

Garrett annuì e guardò Sam per capire la sua opinione.
«Finché non scopriamo che costa sta succedendo, questa famiglia è in isolamento» disse Sam in tono serio. «Nessuno è al sicuro. Richiamerò Rio con la sua squadra e Steele.»
I fratelli si guardarono a vicenda mentre realizzavano nello stesso istante...
«Donovan. Dannazione» disse Sam. «Ho dimenticato il rapporto.»
«Avevi un buon motivo» disse Garrett. «Donovan sa cavarsela da solo. Non possiamo richiamarlo adesso. Tornerà a casa fra un giorno e noi possiamo chiedere a P.J., Baker e Renshaw di venire a darci una mano.»
Ethan deglutì mentre la realtà prendeva corpo. Era stata dichiarata una guerra. Prima di tutto alla sua famiglia, e adesso loro stavano rispondendo.
«Faremo tutto il necessario per tenere la famiglia al sicuro» disse Sam a bassa voce. «So che vuoi partecipare, Ethan, ma Rachel ha bisogno di te e la tua priorità deve essere lei e aggiustare le cose fra di voi. Ti terremo al corrente, te lo giuro.»
Ethan sapeva che Sam aveva ragione. Avrebbe voluto andare a caccia di quei bastardi di persona e vendicare Rachel. Ma sua moglie aveva bisogno di lui come lui ne aveva di lei.
«Okay» disse a bassa voce.
Sam gli mise la mano sulla spalla e la strinse. «Voglio andare da Sean per vedere che cos'ha da dirmi. Poi contatterò Van e lo informerò su cosa sta succedendo. Garrett porterà mamma, papà e Rusty a casa, e Sean fornirà i vice per la loro protezione. Voglio che nessuno della famiglia resti solo. Tu torna da Rachel. Verrò a controllare più tardi.»
Ethan annuì e, senza aspettare che se ne andassero, si girò e tornò di corsa nel corridoio. Squadrò il poliziotto fuori dalla porta ed entrò nella stanza di Rachel.
Sua madre alzò lo sguardo dal letto e si precipitò da lui.

«Si è già svegliata?» le domandò.

Marlene scosse la testa. «L'infermiera è tornata per controllare i suoi segni vitali. Le hanno somministrato degli analgesici prima di trasferirla qui, quindi è possibile che dormirà ancora per un po'.»

Frank si avvicinò e mise un braccio intorno alle spalle di Ethan. «Stai bene, figliolo?»

Ethan annuì. «Garrett vi porterà a casa così potrete riposare un po'. Io resterò con Rachel.»

Sua madre aggrottò la fronte. «Andrò a casa per prepararti qualcosa da mangiare, ma non ho intenzione di restarci. Devo stare qui per te e Rachel. Se c'è qualcuno che ha bisogno di riposo, quello sei tu.»

Ethan lanciò un'occhiata a suo padre. «Mamma, ascoltami. Ho bisogno che tu vada a casa e che ci resti. Sean vi assegnerà i suoi vice perché vi proteggano. La cosa migliore che puoi fare per me adesso è rimanere al sicuro. Finché non eliminiamo chi sta minacciando Rachel, e questa famiglia, nessuno andrà da nessuna parte. Io starò bene e ti chiamerò per aggiornarti. Te lo prometto.»

Le labbra di sua madre si contrassero e lei era pronta a discutere, ma suo padre la circondò con un braccio e la strinse. «Ha ragione, Marlene. La cosa migliore che possiamo fare è andare a casa e restare fuori dai piedi, così avranno meno cose di cui preoccuparsi.»

Marlene sospirò, ma annuì. Poi mise una mano sulla guancia del figlio. «Dille che le vogliamo bene e che torneremo a trovarla appena ce lo permetterai.»

Ethan sorrise e la baciò su una guancia. «Grazie, mamma. Ti voglio bene.»

Sollevato, Ethan chiuse la porta dietro le spalle dei suoi genitori che se ne andavano. Finalmente era solo. Aveva bisogno di tempo per stare con Rachel. Aveva bisogno di rimettere in ordine le idee.

Tirò una sedia vicino al letto della moglie e si sedette, protendendosi in avanti per guardarla dormire. Le prese la mano e chiuse le dita intorno alle sue. Le accarezzò il palmo con il pollice e si accontentò della sensazione della sua pelle, calda sulla propria.

Da quando Rachel era tornata, Ethan aveva vissuto nel timore di affrontarla, una volta che lei avesse saputo la verità. Per quanto fosse stato pazzo di felicità per averla riavuta indietro, ogni giorno era trascorso nell'incertezza. Adesso doveva affrontare il compito più difficile della sua vita. Indurla di nuovo a credere in *loro*.

Rachel si muoveva nervosamente, con le sopracciglia aggrottate. Ethan sollevò la testa, sperando di vedere un qualsiasi segno che stesse riacquistando conoscenza.

A poco a poco la sua angoscia si attenuò e si riappoggiò allo schienale, mentre il sonno di lei sembrava più sereno.

E così aspettò. E nell'attesa ripercorse con la mente i momenti più felici della loro vita insieme. Si concentrò su quelli, rifiutandosi di soffermarsi sui brutti ricordi.

Dovette addormentarsi, perché fu svegliato da qualcuno che gli scuoteva la spalla. Guardò attraverso gli occhi annebbiati e vide Sam in piedi accanto a lui.

Ethan diede un'occhiata a Rachel e vide che stava riposando serenamente, poi tornò a guardare suo fratello.

«Quanto ho dormito?» gli chiese con voce impastata.

«Poche ore. Siamo appena tornati dall'ufficio di Sean.» Si interruppe e guardò Rachel. «Perché non scendiamo nella stanza delle infermiere a prendere una tazza di caffè? Hai l'aria di uno a cui servirebbe una buona dose di caffeina.»

Ethan esitò per un attimo, poi si alzò, sciogliendo le dita da quelle di Rachel. «Sì, certo, solo per un minuto. Voglio essere qui quando si sveglia.»

Seguì Sam fuori dalla stanza e fece un cenno alla guardia che era ancora seduta accanto alla porta.

«Lascerò la porta socchiusa. Se la sente, mi chiami, sono in fondo al corridoio.»

La guardia gli fece il saluto militare ed Ethan si girò per seguire Sam verso la sala caffè.

Il rumore lieve di una porta che si apriva fece tornare Rachel cosciente. Attraverso le palpebre socchiuse vide l'infermiere tirare fuori una siringa dalla tasca del camice.

Le si fermò il respiro e tenne gli occhi socchiusi per non fargli capire che era sveglia. Un senso di disagio le corse lungo la schiena, ma non capiva il perché.

Mentre lui si avvicinava al letto, si guardò nervosamente alle spalle e la linea netta del suo profilo riportò a galla il ricordo di un altro tempo e di un altro luogo.

Castle. Il senatore Castle. Candidato alla presidenza per il suo partito alle prossime elezioni. Erano passati due anni. Era lui?

Il panico le fece accelerare il pensiero e Rachel lottò per mettere insieme i pezzi. Quell'uomo, gli altri due e Castle. Ricordò la paura della scoperta. Di aver tentato di indietreggiare. Ricordò il volto di quell'uomo, adesso accanto a lei nella sua stanza d'ospedale, che si girava e la guardava.

Il suo sguardo era stato duro come la roccia, e lei aveva visto in quegli occhi la sua morte. Aveva sentito Castle ordinare la sua morte.

Ma l'avevano tenuta in vita.

Perché?

Il respiro le si gonfiò nel petto minacciando di esplodere dalla gola. Ci volle tutta la sua forza per rimanere sdraiata in silenzio mentre raccoglieva il coraggio.

Le sue dita sussultarono impercettibilmente. L'uomo scoprì la siringa, prese la flebo e aprì la bocchetta. Qualsiasi cosa ci fosse in quella siringa, significava la sua morte.

L'ago scivolò nella bocchetta.

Rachel balzò fuori dal letto. Sbatté il gesso sulla flebo e

rapidamente vi avvolse il tubicino intorno. Poi tirò più forte che poté.

Il catetere venne dolorosamente strappato dalla sua mano, liberandosi dal cerotto, e lei urlò a pieni polmoni. Rotolò lontano dall'uomo arrampicandosi freneticamente oltre la sponda del letto.

Atterrò pesantemente sul pavimento e alzando gli occhi vide lo shock e la furia in quelli dell'uomo. Poi lui si voltò e fuggì dalla stanza.

Ethan riempì rapidamente una tazza di caffè e la porse a Sam, poi ne prese un'altra per sé. Era impaziente di sapere se Sam aveva saputo qualcosa da Sean, ma aveva anche fretta di tornare da Rachel.

«Torniamo indietro, mi puoi aggiornare strada facendo» disse al fratello.

Sam annuì. «Poi dovrai riposarti, Ethan. In queste condizioni non sarai di nessun aiuto a Rachel. Io e Garrett possiamo fare i turni per rimanere con lei mentre tu dormi un po'.»

Ethan fece un verso di dissenso e bevve una sorsata di caffè caldo.

Uscirono dalla piccola sala d'attesa e imboccarono il lungo corridoio verso la stanza di Rachel.

Avevano fatto appena pochi passi quando un urlo stridulo lacerò l'aria. Ethan lasciò cadere il caffè e si mise a correre.

La guardia fuori dalla porta di Rachel saltò in piedi proprio mentre un uomo vestito da infermiere schizzava fuori dalla stanza e andava a sbattere dritto contro di lui.

Caddero entrambi e rotolarono. L'aggressore gli sferrò un pugno e si rialzò proprio mentre Ethan gli saltava addosso e cadeva con lui sul pavimento.

«Ce l'ho» disse aspramente Sam mentre allontanava Ethan. «Vai da Rachel.»

Soltanto la paura per ciò che poteva essere accaduto impedì a Ethan di uccidere quell'uomo all'istante nel corridoio. Indietreggiò e corse verso la stanza.

Il letto era vuoto ed Ethan guardò freneticamente a destra e a sinistra, finché non la vide sul pavimento, rannicchiata in un angolo, con il braccio ingessato stretto al petto.

Aveva i capelli arruffati, lo sguardo vitreo per la paura. Ethan non era certo che sapesse dove si trovava.

«Rachel» le disse dolcemente.

Si inginocchiò sul pavimento accanto a lei e la prese delicatamente fra le braccia. La donna sussultò e poi cominciò a tremare.

«Piccola, stai bene? Ti ha fatto del male? Devi dirmi cos'è successo.»

Non ricevette risposta. La porta si spalancò e un fiume di personale medico irruppe nella stanza.

Rachel si irrigidì fra le sue braccia e, appena le infermiere si avvicinarono, si nascose dietro di lui.

Ethan sollevò una mano per allontanare tutti e scoccò loro il suo sguardo più minaccioso.

«Che nessuno la tocchi finché non vi siete identificati» ringhiò.

Sam entrò dalla porta e guardò Ethan e Rachel.

«Lo hanno arrestato. Sean sta arrivando. Rachel sta bene?»

«Sgombra la stanza» ordinò Ethan. «Nessuno si avvicini a lei finché non avremo capito che diavolo sta succedendo qui.»

«Signore, dobbiamo esaminarla. Dobbiamo riattaccarle la flebo» protestò una delle infermiere.

Ethan aprì la bocca ma Sam si mise fra lui e l'infermiera e alzò una mano.

«Uno dei vostri infermieri ha appena tentato di uccidere Rachel. Nessuno la toccherà finché non sarà autorizzato dalla sicurezza. La *nostra* sicurezza.»

L'infermiera impallidì e indietreggiò.

«La flebo» disse Rachel con voce appena udibile.

Ethan abbassò lo sguardo e le sfiorò la guancia. «Cos'ha la flebo, piccola?»

«La siringa. È ancora infilata nella bocchetta. Lui ha tentato di iniettare qualcosa dentro.»

Sam si avvicinò al tubo che pendeva dall'asta e lo sollevò. Una siringa ciondolava dalla bocchetta, l'ago inserito, lo stantuffo ancora tirato indietro.

Lui ed Ethan si scambiarono uno sguardo inorridito. Qualsiasi cosa ci fosse in quella siringa era stata dannatamente vicina a scorrere nelle vene di Rachel.

«Avete dei guanti?» domandò Sam.

L'infermiera che aveva discusso con Ethan indicò una scatola sulla parete. Sam ne afferrò uno e poi fece segno alle infermiere di andarsene. Mentre loro si dirigevano verso la porta, l'agente che era stato di guardia entrò.

«La sicurezza dell'ospedale sta avanzando dal corridoio. Ho detto loro di stare alla larga, ma non ne sono felici. Sean arriverà fra cinque minuti.»

Sam annuì. «Tienili fuori finché Sean non arriva. Può gestirli lui.»

Si infilò il guanto e, con cautela, estrasse l'ago dalla bocchetta.

«Direi che non è il caso di pungermi con questo» mormorò.

Rachel rabbrividì contro il petto di Ethan e le sue dita si chiusero sulla camicia di lui.

«Non voglio rimanere qui.»

«Lo so, piccola. Ti porterò a casa.»

Si aspettò che rifiutasse, che gli dicesse che voleva che fosse qualcun altro a portarla via, ma lei rimase silenziosa e immobile contro di lui.

Ethan guardò Sam che stava ancora fissando la siringa.

«Voglio portarla da mamma e papà. Dirò alla mamma di chiamare il dottor Campbell per vedere se può venire da noi e visitare Rachel. Non voglio che stia qui finché non sapremo di chi diavolo possiamo fidarci.»

«Io resto finché non arriva Sean. Più tardi vorrà venire per sentire la storia da Rachel. Passerò questo a lui, così lo faranno analizzare dal laboratorio.»

«Castle» mormorò Rachel. «È Castle.»

Ethan la guardò perplesso. «Di che parli, piccola?»

«Il senatore Castle» disse con voce più chiara. Si allontanò da Ethan e lo fissò con occhi sgranati e spaventati. «Non mi lascerà mai vivere, sapendo quello che so.»

40

Non riusciva a togliersi la scena dalla testa. Ripercorreva continuamente la conversazione, chiara come lo era stata il giorno in cui l'aveva udita.

Era confusa. Spaventata a morte. Ma di una cosa era certa. La conversazione che aveva sentito per caso un anno prima era il motivo di tutto l'inferno che aveva subìto da allora.

Le faceva male la testa. Il braccio le doleva così tanto che aveva voglia di morire. Sean e molti altri poliziotti erano accorsi in ospedale, mentre Ethan e Sam l'avevano immediatamente portata a casa della madre.

Il risultato era che il salotto di Marlene era stato trasformato in un avamposto di personale medico e polizia.

Un'altra ondata di dolore nauseante le attraversò il corpo, ma era troppo spaventata per accettare qualsiasi medicinale, dopo quello che era successo in ospedale. Probabilmente la sua paura era infondata, ma troppo violenta. La sua mente non poteva dirsi razionale in quel momento.

«Rachel, devi permettermi di somministrarti un analgesico» le disse gentilmente l'anziano medico.

Lei sbatté le palpebre per metterlo a fuoco. Il dolore le stava facendo perdere la lucidità.

L'anziano dottore aveva un viso gentile, segnato dall'età. Probabilmente lo aveva incontrato milioni di volte, dato che era un amico di famiglia dei Kelly.

Ma che fosse gentile non voleva dire che non potesse cercare di ucciderla.

Si era seduto sul divano accanto a lei, appollaiato sul bordo mentre esaminava il gesso, le prendeva il polso, controllava i tagli e le abrasioni che erano già stati curati in ospedale. Aveva bendato la piccola ferita provocata dal catetere strappato, e adesso le stava porgendo delle pillole bianche. Pillole che potevano essere qualsiasi cosa.

Rachel chiuse gli occhi. Non potevano dire che fosse paranoica se c'erano effettivamente delle persone che la perseguitavano, giusto? E adesso sapeva il perché. Era in pericolo. La sua famiglia era in pericolo.

Cercò Ethan e quando lo vide a pochi metri da sé, la sua ansia aumentò. Nel bel mezzo dell'inferno, ricordò la straziante scoperta dei documenti del divorzio: la sua rabbia, le accuse, e la consapevolezza che il suo matrimonio era finito.

A cosa stava pensando? C'erano tante cose irrisolte fra di loro, ma in un certo senso adesso non sembravano così importanti. La amava? Voleva davvero che le cose fra di loro cambiassero?

Avrebbe voluto delle risposte, ma era troppo esausta per esaminare attentamente i suoi sentimenti e le sue emozioni. Troppo stanca per tentare di indovinare cosa potesse provare Ethan.

Alzò la testa e colse il suo sguardo. I suoi occhi erano una tempesta violenta. Trasalì di fronte al dolore che vi vide. Incapace di mantenere il contatto, distolse lo sguardo. Era un rifiuto. Lo sapeva e detestava il fatto di non poter fare niente di più che restare seduta e impotente. Strinse gli occhi e pregò di non crollare davanti a tutti.

«Rachel?»

La voce del medico la scosse dai suoi pensieri, si girò e lo vide porgerle quelle pillole sul palmo della mano.

Il panico la assalì.

Garrett fu immediatamente al suo fianco. Ethan fece per avvicinarsi, ma poi esitò.

«Me le lasci, dottore» disse Garrett. «Farò in modo che le prenda.»

Rachel lo guardò con gratitudine. Aveva capito.

Il medico si alzò con riluttanza e porse le pillole a Garrett. «Se avete bisogno di me, fatemi chiamare da Marlene. Arriverò a qualsiasi ora.»

Ethan gli strinse la mano e il medico si avviò alla porta. «Grazie per essere venuto così in fretta.»

Il fermento intorno a sé la opprimeva. Ovunque guardasse, c'erano persone. Nessuno le prestava attenzione tranne Ethan e Garrett. Erano tutti impegnatissimi a elaborare informazioni.

Rachel si appoggiò ai cuscini e si sostenne il gesso sul petto. Non si era mai sentita così stanca e demoralizzata in vita sua. Soltanto la paura le impediva di soccombere al profondo bisogno di sonno.

«Puoi parlare con noi, adesso?» le chiese Garrett.

Dietro di lui, Sean e Sam si avvicinarono. Sean fece segno all'agente di restare indietro. Sam rimase in piedi da un lato e, per la prima volta, Rachel gli rivolse un aperto gesto di invito. Lo guardò e gli porse la mano.

Gli occhi di lui si sgranarono per la sorpresa, poi si avvicinò e si sedette sul divano accanto a lei. Ethan fece lo stesso dall'altra parte.

Sam le prese le dita e le strinse. «Sai che non lasceremo che ti accada niente, vero?»

Sembrava un'affermazione assurda alla luce di tutto quello che le *era* accaduto, ma lei trasse conforto da quella promessa così sincera. Lei gli credeva. Ora che conoscevano, o avrebbero conosciuto, la minaccia, avrebbero fatto tutto il necessario per proteggerla.

«Puoi dirci che cosa è successo, Rachel?» domandò Sean.

Lei ritrasse le mani da quelle di Sam, se le portò alle tempie e le massaggiò mentre cercava di riordinare la valanga di informazioni che le si riversavano nella mente.

«L'ho riconosciuto» disse semplicemente. «Quando è entrato nella mia stanza d'ospedale. L'avevo visto un anno fa in Sudamerica. Stava parlando con il senatore Castle e altri due uomini.»

Nessuno parve sorpreso dalla sua dichiarazione. Forse avevano già trovato una connessione fra la messinscena della sua morte e gli avvenimenti più recenti.

«Ricordi di cosa stessero parlando?» domandò Garrett.

Lei annuì. «Droga. Il senatore aveva delineato una specie di baratto. Lui avrebbe portato la sua campagna 'Tempi duri per la droga' nel cuore della Colombia, e il cartello della droga gli avrebbe 'fatto ottenere' alcune vittorie importanti in previsione della sua corsa alla presidenza. In cambio lui avrebbe aperto loro le vie della droga negli Stati Uniti. Il cartello avrebbe anche soddisfatto alcuni dei suoi avversari. Era una situazione vantaggiosa per tutti. Castle faceva bella figura e il cartello otteneva una penetrazione senza restrizioni in America e il monopolio del traffico di droga.»

«E tu hai sentito tutto questo.»

«Sì. Ero uscita dalla tenda dove stavamo somministrando delle iniezioni per andare a prendere una delle bambine che si era allontanata. Castle e l'altro uomo erano dietro la capanna della famiglia della bambina. L'ho riconosciuto. Ricordo che sono rimasta scioccata nel vederlo lì. Era stato un sostenitore dell'organizzazione con cui ero partita e adesso so il perché. Era una copertura perfetta per lui.

«Quando ho capito di cosa stavano parlando mi sono nascosta dietro una cisterna dell'acqua, ma era troppo tardi. L'uomo che entrò nella mia stanza in ospedale mi vide prima che io potessi scappare. Castle ordinò al cartello di sbarazzarsi di me. Di farlo sembrare un tragico incidente.»

«Cristo» borbottò Ethan.

«Ma non ti hanno uccisa» disse Garrett. «Perché?»

Rachel deglutì e distolse lo sguardo mentre i ricordi dolorosi della prigionia le tornavano in mente.

«Io ero un asso nella manica per loro. E per il cartello. Avevano inscenato la mia morte per soddisfare Castle, ma mi hanno tenuta in vita, così se Castle avesse rinnegato lo scambio loro avrebbero potuto tirarmi fuori e dire: 'Ehi, ti ricordi di lei? Guarda che cosa abbiamo.' Era il ricatto perfetto.»

«Per la miseria» sussurrò Garrett. «Un piano perfetto.»

Gli angoli della bocca di Rachel si sollevarono in un sorrisetto. «Non avevano tenuto conto del KGI.»

Ethan le mise una mano dietro il collo e le strinse dolcemente la nuca. Lei fece per girare la testa e guardarlo. Ethan sostenne il suo sguardo e stavolta lei non si ritrasse. C'erano tante cose che voleva chiedere, tante cose che aveva bisogno di sapere, ma non era il momento. Non era del tutto sicura che ci sarebbe mai stato un momento. L'idea che il loro matrimonio potesse essere davvero finito le provocava un dolore che le medicine non potevano curare.

Alla fine si girò verso gli altri.

«E adesso?» domandò, includendo tutti gli uomini che aveva di fronte nel suo sguardo interrogativo.

«Adesso che so tutta la storia, posso usarla contro gli idioti che sono in carcere» disse Sean. «È probabile che alcuni di loro preferiranno cantare piuttosto che affondare per Castle. Avremo bisogno della loro testimonianza. Un avvocato difensore farebbe Rachel a pezzi sul banco dei testimoni.»

La presa di Ethan sul suo collo si strinse. «Non voglio che debba subire anche questo.»

Sean sorrise. «È inevitabile che avrà un ruolo nel suo processo. Toccherà al procuratore distrettuale stabilire quanto sarà importante questo ruolo. Se potrà mettere insieme il caso senza la sua testimonianza, puoi stare certo che lo farà.»

«Per prima cosa devi far parlare quei vermi» puntualizzò Garrett.

«Lascia che me ne occupi io. E comunque, è probabile che tra un paio d'ore me lo tolgano dalle mani. Avrò i federali e quelli della polizia di Stato talmente attaccati al culo che mi ci vorrà un clistere per eliminarli.»

Delle risatine alleggerirono l'atmosfera tesa.

Ethan si chinò per prendere le pillole da Garrett. Poi si girò verso Rachel con espressione guardinga.

«Hai bisogno di prenderle, piccola. Stai soffrendo.»

Lei esitò per un attimo e poi finalmente annuì. Pochi secondi dopo, Garrett le mise in mano un bicchiere d'acqua ed Ethan le fece scivolare le pillole fra le labbra.

Rachel le mandò giù e poi si accasciò sul divano. Voleva che Ethan l'abbracciasse. Voleva tornare indietro di due giorni, al momento in cui non aveva trovato quei dannati documenti e ricordato che il loro matrimonio era finito.

Osservò ciò che le accadeva intorno con pigra curiosità finché il medicinale, finalmente, fece effetto e le cose divennero un po' confuse. Sean se ne andò, ma i Kelly rimasero. Sembrava che facessero a turno per lanciarle sguardi preoccupati.

Quella era la sua casa. La sua famiglia.

Rachel voleva combattere. Non voleva deluderli.

«Dormi, piccola» le mormorò Ethan vicino all'orecchio. «Veglierò su di te.»

La serena promessa fu un balsamo per la sua anima logorata. C'era convinzione nella sua voce. C'era amore.

Era sufficiente? Esaminò il suo viso in cerca di qualcosa a cui potesse aggrapparsi. Si era sempre considerata una persona con una profonda fiducia nel bene. Perfino ottimista.

Adesso lottava per trovare un po' di quella fede. Paura e preoccupazione la schiacciavano.

Si fidava ciecamente dei Kelly, di Sean e del dipartimento di polizia. Loro avrebbero sbrogliato la storia e messo insieme i pezzi del puzzle. Con il tempo sarebbe stata al sicuro. Poteva continuare la sua vita.

Ma sarebbe mai stata la stessa? Avrebbe affrontato il futuro senza l'unico uomo con cui aveva sempre saputo di voler invecchiare? Come poteva superare così tante difficoltà per poi tornare a casa e vedere la sua vita disintegrarsi sotto i suoi occhi?

41

Rachel si svegliò disorientata e senza sapere esattamente dove si trovasse. Per un attimo, il panico prese il sopravvento, ma poi sentì un calore rassicurante intorno al corpo e si rilassò.

Sbatté le palpebre per abituarsi alla luce tenue della stanza. Era una delle camere da letto di Marlene. La vecchia stanza di Ethan. Fuori era quasi buio. Aveva dormito per tutto il giorno?

Le faceva male la spalla per la posizione scomoda dovuta al gesso e tentò di girarsi, ma trovò dietro di sé un corpo forte.

Ethan.

Trattenne il fiato quando si trovò faccia a faccia con l'uomo che aveva fatto l'amore con lei così dolcemente. Era stato solo la notte precedente?

Si fissarono, senza che nessuno dei due tentasse di parlare. Alla fine la posizione sbilenca del collo la costrinse a girarsi. Accidenti al gesso. Accidenti al fatto che non poteva fare un movimento per cui valesse la pena.

Era accoccolata con la schiena contro Ethan e il suo braccio le circondava la vita, tenendola vicina al suo petto. Lentamente, lui lo spostò. Il letto sobbalzò e, con sua grande delusione, Ethan si alzò in piedi.

Rachel provò di nuovo a girarsi, ma fallì l'impresa quando vide che lui si era spostato sull'altro lato del letto.

Ethan tornò a sdraiarsi sul materasso. Questa volta si guardarono in faccia e lei vide l'orribile incertezza nei suoi occhi.

Chissà per quale motivo la confortò. Poteva accettare l'insicurezza – dio solo sapeva quanta ne avesse lei. Quello che non poteva accettare era vedere che non c'erano speranze.

Finalmente Ethan ruppe il silenzio. «Come ti senti? Ti fa male il braccio? Ho altri analgesici per te.»

Rachel si guardò il braccio. Le faceva male ma non voleva stordirsi di nuovo con le medicine. C'erano troppe cose da affrontare.

«Sean ha scoperto tutto?»

Poteva cominciare da lì, evitando l'argomento del loro matrimonio ancora per un po'. La sola idea di tornarci sopra le stringeva il petto al punto che non riusciva a respirare.

«Un bel po'» disse Ethan. «Mentre parliamo, l'FBI sta arrestando il senatore Castle.»

Rachel rimase a bocca aperta e sgranò gli occhi. «Solo sulla base di quello che ho detto?»

Ethan sorrise. «No, piccola. Non sei la più credibile dei testimoni per via dei tuoi vuoti di memoria. Gli uomini che Sam ha messo dentro hanno voltato le spalle al senatore. Lo stanno arrestando per concorso in tentato omicidio. Il *tuo* omicidio. Traffico di droga, associazione a delinquere con il cartello, il suo ruolo nella tua scomparsa... che dovrà arrivare più tardi, mentre costruiscono il caso contro di lui.»

«Tutti e tre gli assassini vogliono patteggiare, quindi stanno vuotando il sacco. La cosa importante è che Castle andrà in prigione.»

«Quindi è finita» mormorò lei. «Dopo un anno, finalmente è finita.»

Ethan le scostò con il pollice una ciocca di capelli che le era caduta sulla fronte.

«Sì, piccola. È finita.»

Rachel deglutì a fatica, raccolse il coraggio e lo guardò dritto negli occhi. «E noi, invece? Siamo finiti?»

Lo sguardo di lui sembrò tormentato. Aveva delle profonde ombre scure sotto gli occhi. La benda che aveva sulla testa era stata tolta e sembrava che ci fossero dei punti nel taglio all'attaccatura dei capelli.

Le sfiorò una guancia e le dita gli tremarono contro la sua pelle. Il respiro era irregolare e Rachel si rese conto di quanto facesse fatica a mantenere il controllo.

«Io sono stato il motore trainante nella nostra relazione per troppo tempo. Io respingo, tu dai. Io distruggo, tu soffri. Ho deciso da solo la direzione del nostro matrimonio un anno fa, quando ti ho dato quei documenti e ti ho vista andare in pezzi. È ora che tu decida cosa è meglio per te.»

Ethan deglutì, inspirò profondamente e i suoi occhi divennero lucidi per le lacrime non versate.

«Ti amo, Rachel. Adesso più che mai. Voglio un'altra possibilità, dio, la voglio così tanto. Farei qualsiasi cosa per averla, ma non voglio costringerti a una decisione sbagliata. Voglio che stiamo insieme. Voglio che ridiamo e ci amiamo per i prossimi cinquant'anni. Voglio un matrimonio come quello dei miei genitori. Voglio svegliarmi ogni giorno con te fra le braccia. Non voglio che ci perdiamo.»

«E i SEAL? Non eri felice di lasciarli.»

«No» ammise lui. «Non lo ero. Ho lasciato perché pensavo che fosse ciò che dovevo fare.»

«Puoi tornare indietro?»

Lui sorrise e tracciò una linea intorno alla sua bocca. «Sam vuole che lavori per il KGI. Me lo chiede da quando ho rassegnato le dimissioni, ma ero troppo ostinato e troppo occupato a essere incazzato con il mondo. Io e te dobbiamo parlare di quello che significa, ma l'idea mi piace. I miei fratelli sono una spina nel fianco, ma non c'è nessun altro a cui affiderei la mia vita. O la tua.»

Rachel rimase sdraiata per un attimo, immaginando quale avrebbe potuto essere il loro futuro. I loro problemi non si sarebbero risolti nel giro di una notte. Sarebbero stati necessari molto lavoro e tantissima pazienza. Lei non aveva ancora recuperato al cento percento. Forse non l'avrebbe fatto mai.

«Potrei tornare da quell'analista» sbottò. «Non era poi così male.»

«Abbiamo tutto il tempo del mondo per aggiustare le cose fra di noi» le disse gentilmente Ethan.

Sentendolo parlare in quel modo, parte della sua ansia si dissolse. La tensione così radicata nelle sue spalle si allentò e Rachel si rilassò sui cuscini.

Avevano tempo. Nessuno li obbligava a sistemare tutto l'indomani o il giorno successivo. Potevano vivere giorno per giorno. Insieme.

Non aveva mai immaginato la sua vita senza Ethan. Non voleva perderlo. Entrambi avevano commesso degli errori e meritavano una seconda opportunità. Ethan aveva ragione. Dio aveva concesso a loro, al loro matrimonio, un'altra possibilità. Era un regalo meraviglioso che non aveva intenzione di sciupare.

Sentendosi in pace con la sua decisione, si raggomitolò ancora di più nell'abbraccio di Ethan. Girò il viso sul suo collo e mormorò: «Ti amo.»

Lui si irrigidì, e Rachel percepì la tensione che Ethan emanava da ogni muscolo del suo corpo. Poi venne scosso da un grande brivido e le premette le labbra sui capelli.

«Anch'io ti amo, piccola. Oh, dio, ti amo. Pensavo di averti persa. Pensavo che stavolta non saresti tornata da me.»

Ethan tremò contro di lei e Rachel chiuse gli occhi per trattenere le lacrime che le pungevano le palpebre.

«Possiamo venirne a capo, Rachel. Dammi solo una possibilità. Stavolta ti renderò felice.»

Lei si tirò indietro e fissò quel viso irrigidito dall'emozione, con gli occhi rossi, le guance devastate dalle lacrime. Toccò la sua pelle umida e il suo cuore traboccò d'amore.

«Voglio che siamo entrambi felici questa volta» mormorò.

Ethan si chinò. Le sue labbra incontrarono quelle di Rachel in un impeto caldo e dolce. Fu un bacio di ricerca. Quello di due amanti che ritrovano il sentiero che li riporta l'uno all'altra, dopo un lungo, tortuoso cammino separati.

Rachel riuscì a vedere le due strade convergere in una sola. Sebbene non potesse prevedere i dossi e le curve che inevitabilmente li aspettavano, di una cosa era sicura: avrebbero compiuto il viaggio insieme.

42

«Muoio dalla voglia di togliermi questo gesso» si lamentò Rachel. «Mi sta facendo impazzire.»

Ethan sorrise mentre versava due tazze di caffè. Alzò gli occhi e vide sua moglie seduta al tavolo della cucina che dava sul giardino, con il giornale aperto davanti. Ma non era quello ad attirare la sua attenzione. Rachel aveva raddrizzato il gancio di metallo di una gruccia e stava cercando di inserirla nel gesso per placare il suo prurito.

Sua moglie.

Non si sarebbe mai stancato di usare quella parola. O di sentirla. O di pensarci.

«Ti farai un buco nel braccio con quello» le disse con leggerezza mentre le metteva davanti il caffè. «E probabilmente ti avvelenerai. O prenderai il tetano. È arrugginito?»

Rachel lo fulminò con lo sguardo per un attimo, poi rise e gettò da parte il gancio.

«Fa prurito e non riesco a farlo smettere.»

Ethan si sporse in avanti e la baciò, assaporando quel breve contatto. Sembrava così normale e così fuori moda, il genere di bacio che si scambiano le coppie quando stanno insieme da molto tempo. Ethan amava quella sensazione di conforto con lei, anche se non avevano ancora superato tutti i problemi. Ci stavano provando, e quello era l'importante.

«Mancano ancora poche ore al tuo appuntamento e, se tutto va bene e le radiografie sono buone, ti toglieranno il gesso.»

Rachel sorseggiò il caffè e sprofondò nella poltrona con un sospiro. «Non vedo l'ora.»

Mise giù la tazza e spinse il giornale verso di lui. «Hai visto i titoli? Sembra che non sentiremo parlare del nostro amico Castle per un bel po' di tempo.»

Ethan fece una smorfia e accartocciò il margine del giornale nel pugno mentre esaminava l'articolo. Avrebbe voluto che quel bastardo morisse per ciò che aveva fatto ma, come era prevedibile, il senatore aveva patteggiato. Non che ci avesse guadagnato molto. Sarebbe rimasto in prigione ancora a lungo.

Ethan fantasticò su Castle in prigione insieme a detenuti che mettevano i politici sullo stesso piano dei molestatori di bambini e agivano di conseguenza.

Rachel continuò a bere il suo caffè, con lo sguardo fisso sul panorama che aveva supervisionato durante le ultime settimane. Ethan aveva lavorato instancabilmente per rivoluzionare il giardino. Fra Rachel e sua madre, era certo di aver lavorato meno sotto le armi.

Gli occhi di Rachel scintillarono divertiti ed Ethan si chiese cosa stesse pensando. Non aveva ancora recuperato completamente la memoria, ma migliorava giorno dopo giorno. Più riconquistava la salute, sbarazzandosi degli effetti della droga da cui era stata dipendente così a lungo, più sembrava ricordare.

«Allora, chi ha fatto Babbo Natale l'anno scorso?» gli chiese.

Lui sbatté le palpebre per la domanda bizzarra. «Cosa?»

«Natale. Il vecchietto con i regali, hai presente?»

Ethan si accigliò e tentò di scacciare l'ombra che gli pesava sul cuore. «Lo scorso Natale non è stato bello, piccola. Dubito che lo sia stato per chiunque. L'ho passato da solo. Qui.»

Rachel si intristì e allungò la mano sana per stringere la sua. «Mi dispiace. Sono stata insensibile.»

Ethan sorrise. «No, tu hai dimenticato cosa è successo e questa è una buona cosa. Noi pensavamo di averti persa, ma non era così. Perché mi chiedevi di Babbo Natale?»

Rachel riacquistò il sorriso e i suoi occhi luccicarono come diamanti. «Be', se nessuno ha fatto Babbo Natale l'anno scorso, significa che tocca a Garrett.»

Ethan gettò la testa all'indietro e rise. «Veramente glielo abbiamo già ricordato. Non credo che ne sia entusiasta, ma per te e la mamma lo farà.»

«Potremmo fare di Rusty la sua aiutante. Fra tutti e due faranno una magnifica interpretazione del *Grinch che rubò il Natale*.»

Ethan sussultò. «Ahi. Probabilmente non è una buona idea mettere insieme quei due e aspettarsi dell'allegria. Oltretutto stai ipotizzando che Rusty sarà ancora qui, per Natale.»

Rachel assunse un'espressione pensosa. «Oh, penso che sarà qui. Lei ama Marlene e Frank. È con voialtri che ancora non c'è grande simpatia.»

«Già, be', la cosa è reciproca» disse Ethan. «Quella ragazza è una spina nel fianco.»

«Proprio come dovrebbero essere le ragazzine» disse dolcemente Rachel.

Ethan gemette. «Sei peggio della mamma.»

«Dalle una possibilità, Ethan. È giovane e disorientata e ha avuto una vita difficile. Tutti noi meritiamo una seconda possibilità.»

Lo aveva battuto. Ragazzi, gliel'aveva fatta. Lui più di tutti avrebbe dovuto conoscere il valore di una seconda possibilità. Preso dall'emozione e dalla gratitudine proprio per la *sua* seconda possibilità, Ethan tirò a sé Rachel perché gli sedesse in grembo.

Lei si accoccolò sul suo petto e appoggiò il gesso sul tavolo.

«Ti amo» gli disse mentre gli baciava il collo.

«Ti amo anch'io, piccola. Noi siamo la quintessenza della seconda possibilità, lo sai?»

Rachel girò la testa per guardarlo negli occhi. Il suo labbro inferiore aveva un broncio invitante e lui non riuscì a resistere alla tentazione di mordicchiarlo.

«Qualche volta le seconde possibilità sono le migliori in assoluto» mormorò Rachel. «Perché questa volta la useremo bene.»

Il catalogo Leggereditore

Il bacio di mezzanotte di Lara Adrian
Dark Love di Kresley Cole
Le avventure di una Kitty Addicted di Eliselle
Lasciami volare di Alyson Noël
L'amore ritrovato di Nora Roberts
Il bacio cremisi di Lara Adrian
La principessa di Beverly Hills di Jackie Collins
Oltre le apparenze di Kathryn Fox
Dark Pleasure di Kresley Cole
Orgoglio e perdono di Susan Donovan
La dodicesima vittima di Iris Johansen
Il bacio perduto di Lara Adrian
Il peso del silenzio di Heather Gudenkauf
La sposa in bianco di Nora Roberts
Muori per me di Karen Rose
Magia nel vento e *Oceani di fuoco* di Christine Feehan
Blood Dreams di Kay Hooper
La finestra sul bosco di Karen Robards
Ménage proibito di Lora Leigh
Il bacio del risveglio di Lara Adrian
Dark Passion di Kresley Cole
I love you, goodbye di Cynthia Rogerson
Legami pericolosi di Kate Brady
Letto di rose di Nora Roberts
La ragazza del libro dei fuochi di Jane Borodale
Intime promesse di Sherry Thomas
Il buongiorno del mattino di Diana Peterfreund
Passione contro il tempo di Suzanne Brockmann
Brivido eterno di Larissa Ione
Oogy di Larry Levin
Il profumo dell'oscurità di Emma Holly
Un'ombra dal passato di Nora Roberts
Lezioni di seduzione di Emma Wildes
Highlander: amori nel tempo di Karen Marie Moning
Passione Vintage di Isabel Wolff
Il bacio svelato di Lara Adrian
La confessione di Julie Garwood
Una scommessa per amore di Jennifer Crusie
Dark Night di Kresley Cole
L'anello di ferro di Ornella Albanese
Un cuore nelle tenebre di Roberta Ciuffi
Le streghe di East End di Melissa de la Cruz
Tentazioni deliziose di Sherry Thomas
La regina dei diamanti di Linda Howard

La concubina russa di Kate Furnivall
Desiderio eterno di Larissa Ione
Il bacio del demone di Eve Silver
Grida per me di Karen Rose
La cacciatrice di anime di Darinda Jones
Il bacio eterno di Lara Adrian
Il sapore della felicità di Nora Roberts
Corinna. La regina dei mari di Kathleen McGregor
La meraviglia delle piccole cose di Dawn French
L'ultima volta che ho visto Parigi di Lynn Sheene
Torna da me di Karen Marie Moning
Melodia al crepuscolo di Christine Feehan
Il richiamo dell'oscurità di Emma Holly
Dark Forever di Kresley Cole
Innamorarsi a Manhattan di Kate Parker
Proposta indecente di Emma Wildes
Venti d'amore e di guerra di Paola Picasso
Dark Desire di Kresley Cole
Il fuoco della tentazione di Lora Leigh
Il segreto del libro proibito di Karen Marie Moning
Il bacio oscuro di Lara Adrian
Passione eterna di Larissa Ione
Dark Dream di Kresley Cole
Il gioco della seduzione di Suzan Elizabeth Phillips
Un amore per sempre di Nora Roberts
Le ombre del demone di Eve Silver
Il mistero del talismano perduto di Karen Marie Moning
Istinto animale di Lora Leigh
Amanti pericolosi di Lisa Marie Rice
Una donna indimenticabile di J.R. Ward
Temptation di Jennifer Crusie
La cacciatrice di anime. Il fascino del male di Darynda Jones
Uccidi per me di Karen Rose
La notte degli Angeli caduti di Heather Killough-Walden
Il bacio di fuoco di Lara Adrian
La pittrice di anime di Isabel Wolff
L'inganno dell'oscurità di Emma Holly
Roma 40 d.C. Destino d'amore di Adele Vieri Castellano
Highlander. L'ultimo dei Templari di Karen Marie Moning
Estasi eterna di Larissa Ione
I ricordi della casa sul lago di Rosie Thomas
Segreto inconfessabile di Shayla Black
Dark Whisper di Kresley Cole e Gena Showalter
La musica delle parole di Emily St. John Mandel
Un segno nelle tenebre di Roberta Ciuffi
La sposa spagnola di Kathleen McGregor
La maledizione della luna nera di Karen Marie Moning
Heaven, Texas, un posto nel tuo cuore di Susan Elizabeth Phillips
Il giardino dei nuovi inizi di Nora Roberts

La notte del vento e delle rose di Anna Bulgaris
Ladra di cioccolato di Laura Florand
Il bacio immortale di Lara Adrian
Peccato eterno di Larissa Ione
Danzando sui vetri rotti di Ka Hancock
Il patto di Julie Garwood
Il signore della vendetta di Lara Adrian
L'oscuro mosaico di Ornella Albanese
Il messaggero dell'angelo di Heather Killough-Walden
Il bacio dell'Highlander di Karen Marie Moning
Il bacio rubato di Lara Adrian
Segreti pericolosi di Lisa Marie Rice
Dark Prince di Kresley Cole
Piacere malizioso di Lora Leigh
Il bacio ribelle di Lara Adrian
Colpevole di amare di J.R. Ward
Il profumo dell'amore ritrovato di Eliselle
Roma 42 d.C. Cuore nemico di Adele Vieri Castellano
Dark Demon di Kresley Cole
Alla ricerca dell'ultima verità di Karen Marie Moning
E se fosse lui quello giusto? di Susan Elizabeth Phillips
Desiderio inconfessabile di Shayla Black
Un oscuro risveglio di Gena Showalter
Pazza di te di Jennifer Crusie
Easy di Tammara Webber
La signora della tentazione di Lara Adrian
Dimmi che ti dispiace di Dawn French
Poison Princess di Kresley Cole
La casa dei grandi incontri di Nora Roberts
A fior di pelle di Lauren Dane
L'angelo della morte di Heather Killough-Walden
Cuore pirata di Kathleen McGregor
La magia del cioccolato di Laura Florand
Un cuore d'oro di J.R. Ward
La fiamma della passione di Jessica Andersen
Sottomessa di Lora Leigh
Tuo per sempre di Lisa Kleypas
Amore eterno di Larissa Ione
Il bacio rivale di Lara Adrian
Roma 39 d.C. Marco Quinto Rufo di Adele Vieri Castellano
Dark Warrior di Kresley Cole
Una dolce scoperta di Nora Roberts
La rivelazione dell'antica carta di Karen Marie Moning
Il bacio della strega di Melissa de la Cruz
Un solo piacere di Lora Leigh
Un piccolo sogno di Susan Elizabeth Phillips
Segreti di una notte d'estate di Lisa Kleypas
Accadde in autunno di Lisa Kleypas
Un amore su misura di Sugar Jamison

Una passione pericolosa di Lisa Marie Rice
Un dono prezioso di Nora Roberts
Estasi infinita di Maya Banks
Appuntamento con l'amore di Jules Stanbridge
Il gioco dell'inganno di Adele Vieri Castellano
Le coincidenze dell'amore di Colleen Hoover
Il mistero del lago di Nora Roberts
Due vite in gioco di Nora Roberts
Il lago dei desideri di Susan Elizabeth Phillips
Beautiful Bastard di Christina Lauren
La sfida del cuore di J.R. Ward
Passione inconfessabile di Shayla Black
Un regalo d'amore di Lisa Kleypas
Una promessa d'amore di Mary Balogh
You & Me di Valentina F.
Il frutto proibito di S.C. Stephens
Piacere colpevole di Lora Leigh
Peccati d'inverno di Lisa Kleypas
Lothaire di Kresley Cole
L'ora della verità di Maya Banks

In libreria

Kresley Cole

Lothaire

576 pagine
12,00 euro

Guidato dalla sua insaziabile sete di vendetta, Lothaire, il vampiro più spietato del Lore, trama per conquistare la corona dell'Orda in cambio dell'anima della sua nuova e incantevole prigioniera, Elizabeth Peirce. Ma ben presto la giovane umana comincia a tentarlo facendogli perdere la ragione...
La vita di Elizabeth è stata un vero inferno, anche prima che una creatura malvagia come lui la rapisse sottraendola al braccio della morte. Anche se Lothaire ha in mente di sacrificarla, il vampiro sembra desiderare il suo tocco, la circonda di lusso e di piacere sensuale. Per cercare di salvare la sua anima, Elizabeth decide di arrendersi con il proprio corpo, e nel frattempo giura a sé stessa di non cedere anche con il proprio cuore. Ma è più difficile di quanto pensi, perché tutto dipende dalla scelta di Lothaire: nel giro di poco tempo dovrà decidere se portare a compimento la sua vendetta millenaria e soccombere alle miserie del suo passato, oppure rischiare tutto pur di avere un futuro d'amore con Elizabeth.

L'ultimo, emozionante capitolo di una serie che ha conquistato migliaia di lettrici in tutto il mondo.

Per consultare il nostro catalogo
visita il sito www.leggereditore.it
e iscriviti alla newsletter
per essere continuamente aggiornato
sulle nostre pubblicazioni.
Seguici su:

e sul blog Leggereditore, www.leggereditore.it

Finito di stampare nel gennaio 2014 presso il
Nuovo Istituto Italiano d'Arti Grafiche – Bergamo
Printed in Italy